兰州大学2014中央高校基本科研业务费专项资金项目
"秦文化与甘肃"

先秦两汉文学与文化研究

杨玲 著

上海古籍出版社

图书在版编目(CIP)数据

先秦两汉文学与文化研究/杨玲著.—上海:上海古籍出版社,2015.8
ISBN 978-7-5325-7687-6

Ⅰ.①先… Ⅱ.①杨… Ⅲ.①中国文学—古典文学研究—先秦时代②中国文学—古典文学研究—汉代③文化史—研究—中国—先秦时代④文化史—研究—中国—汉代 Ⅳ.①I206.2②K203

中国版本图书馆 CIP 数据核字(2015)第 141897 号

先秦两汉文学与文化研究

杨 玲 著

上海世纪出版股份有限公司
上海古籍出版社 出版
(上海瑞金二路 272 号 邮政编码 200020)
(1)网址:www.guji.com.cn
(2)E-mail:guji1@guji.com.cn
(3)易文网网址:www.ewen.co
上海世纪出版股份有限公司发行中心发行经销
上海展强印刷有限公司印刷
开本 890×1240 1/32 印张 10.25 插页 2 字数 257,000
2015 年 8 月第 1 版 2015 年 8 月第 1 次印刷
印数:1—1,100
ISBN 978-7-5325-7687-6

Ⅰ·2934 定价:38.00 元

如有质量问题,请与承印公司联系

目　录

先秦两汉文学研究

试论《韩非子》散文结构对其美学思想的表现 …………… 003

嬴政青睐《韩非子·五蠹》和《孤愤》原因探析 …………… 011

从《诗经·秦风》看早期秦文化与甘肃的关系 …………… 025

论"末世情怀"在《诗经》、《古诗十九首》及晚唐诗歌中的

　表现 ………………………………………………………… 037

浩浩其志通千古

　——《史记·屈原列传》"悲其志"探微 ………………… 052

《古诗十九首》反映的东汉文人心态的两重性

　——兼论《古诗十九首》"悲"之成因 ………………… 064

霸王别姬:真实抑或虚假? ………………………………… 073

异曲而同工,同途而殊归

　——屈原与韩非之比较 …………………………………… 078

智者　执者　达者

　——论古典诗文中"渔父"意象的形成 ………………… 094

从中国古代女性作家名、字、号与文集名看《楚辞》的传播与

　接受 …………………………………………………………… 104

司马迁评商鞅探微
　　——兼论《史记》"太史公曰"的独立价值 ················ 116
从秦代刻石文看秦始皇对先秦法家的接受与发展 ········ 133
理身如理国:历代赋中的"言医"叙写 ················ 150

先秦两汉文化研究

论先秦法家的学术渊源 ························· 163
齐、晋法家吏治思想比较 ······················ 195
给法家一个公允的说法
　　——从亚里士多德对法治和人治的比较看先秦法家的
　　　"以法治国" ························· 215
法家:反智还是崇智? ························ 229
试论经济观念对齐法家和三晋法家政治理念的影响 ····· 242
齐、晋法家君臣观比较 ······················ 254
《管子》和《商君书》兵学思想比较 ················ 274
一篇研究先秦法家与秦关系的重要文献
　　——《史记·李斯列传》 ···················· 290
媒人探源 ······························· 312

后记 ································· 321

先秦两汉文学研究

试论《韩非子》散文结构对其美学思想的表现

以《韩非子》为代表的先秦法家美学以注重实际和崇尚简约见长。这一美学思想不仅与韩非的以法治国思想相辅相成,而且与其散文结构互为阐释,珠联璧合,形成先秦诸子美学中一道靓丽风景,值得我们细心品味,认真探究。

一

先秦法家是应时而生的学派。牟宗三先生说,同是针对周文疲弊的问题,儒家向立教方面发展,道家则变成玄理,虽然具有普遍性、永恒性,但不切实际。而法家把周文疲弊视为一政治社会之客观问题来处理,故能切实际①。从前期法家之商鞅到后期的集大成者韩非,有一个共同特点:反对虚无,崇尚实际。他们针对战国时代特点提出富国强兵的政治目标,实现这一目标需要着眼于现实,而这一目标的实现又促使他们更加注重现实。韩非抨击儒家仁义礼让治国论,反对墨家"兼爱"、"非攻"之说,并非只是基于学术观点的不同,而是因为它们在强凌弱、众暴寡、大并小的战国时期显得迂阔而不切实际。以此治国,国将不国,君将不君,更遑论富国强兵、称霸诸侯。法家重实际的特点体现在治国理论中,也

---

① 牟宗三著《中国哲学十九讲》,上海:上海古籍出版社1997年版,第149—150页。

体现在美学思想上,《韩非子》堪称代表。

《韩非子·外储说左上》说:"人主之听言也,不以功用为的,则说者多'棘刺'白马之说;不以仪的为关,则射者皆如羿也。……是以言有纤察微难而非务也,故李、惠、宋、墨皆画策也;论有迂深闳大非用也,故畏震车状皆鬼魅也。"韩非认为,人主听言如果不以实用为标准,游说者就会用一些华丽而不着边际的虚言浮辞欺骗之。人主对此"说(悦)而不禁",国家将走向衰败。所以他主张把实用作为检验言行、衡量事物价值的唯一标准。在这一标准下,无底的玉卮价值比不上有底的瓦卮。讴癸的歌声虽能使"行者止观,筑者不倦",却不如其师射稽让"行者不止,筑者知倦"的歌声,因为讴癸唱歌时工人只筑了四版厚的墙,而射稽唱歌时工人却筑了八版厚的墙。检查墙的坚实程度,讴癸唱歌时筑的墙能捣进去五寸,射稽唱歌时候筑的墙则只能捣进去两寸[①]。因此,从实用价值看,讴癸的歌声显然不如射稽的歌声。通常人们认为这则寓言说明韩非对艺术的态度着眼于纯功利,而忽略人的正当审美需求。不可否认这一倾向的存在,但是同时我们必须注意故事发生的前提:"宋王与齐仇也,筑武宫。"此种情形下,保住国家社稷是第一位的,因此武宫的坚固与歌声的动听相比,前者的重要性显而易见。韩非说:"糟糠不饱者不务梁肉,短褐不完者不待文绣。夫治世之事,急者不得,则缓者非所务也。"[②]在诸侯争雄的战国时代,每个诸侯国的当务之急是找到使国家富裕、强大的策略,摆脱被吞并的命运。正如韩非反驳孔子关于"一时之权与万世之利"关系时所说:"战而胜,则国安而身定,兵强而威立,虽有后复,莫大于此,万世之利奚患不至? 战而不胜,则国亡兵弱,身死名息,拔拂今日之死不及,安

---

① 陈奇猷校注《韩非子新校注·外储说左上》,上海:上海古籍出版社 2000 年版。
② 陈奇猷校注《韩非子新校注·五蠹》。

暇待万世之利?"①当作为审美主体的人不存在时,美的意义又如何体现? 对一个失去家国的人来说,既使惊心动魄的美展现在眼前也无心欣赏,这是人人都懂的浅显道理。从这一点来说,韩非以实用为美在当时有其现实意义。

韩非美学思想的另一特点是崇尚质朴、简约,反对以文辞和修饰为中心的形式之美。

韩非不是简单地否定形式之美,这点从他对文与质的关系和礼的认识上即可看出。《外储说左上》篇,楚王问田鸠:"墨子者,显学也。其身体则可,其言多而不辩,何也?"田鸠说:"今世之谈也,皆道辩说文辞之言,人主览其文而忘有用。墨子之说传先王之道,论圣人之言以宣告人,若辩其辞则恐人怀其文,忘其直,以文害用也。"②"以文害用"这是韩非反对文辞和修饰的真正原因。由此也知他并非一味地、单纯地反对文辞、修饰。韩非说:"善毛嫱西施之美无益吾面,用脂泽粉黛则倍其初。"③可见他也承认、肯定修饰的作用。只是这一肯定有条件限制:修饰必须增加被修饰主体的价值而不是喧宾夺主,使人们因修饰而忽略了主体自身的价值,以至主次颠倒,犯了卖珠的楚人和嫁女的秦伯的错误④。所以当文之于质有害无益时,当修饰削弱、甚至否定了被修饰主体自身价值时,韩非对它们由肯定转而反对、否定。

韩非对文辞和修饰的认识与他的法家学说相辅相成。韩非深知,尽管法家思想是治国的最佳指导思想,但是要让君主接受却并

---

① 陈奇猷校注《韩非子新校注·难一》。

② 陈奇猷校注《韩非子新校注·外储说左上》。

③ 陈奇猷校注《韩非子新校注·显学》。

④ 楚人要卖珠,但因为给珠子做了一个非常漂亮且贵重的盒子——"薰以桂椒,缀以珠玉,饰以玫瑰,辑以翡翠",以至于"郑人买其椟而还其珠"。秦伯嫁女儿,把陪嫁的侍妾装扮得比自己的女儿还漂亮,以至于"晋人爱其妾而贱公女"。两故事详见《韩非子·外储说左上》。

不容易。即使接受了,因实施过程中不可避免地触及"当途之人"的利益,遇到的阻力非常大。而于治国无益的学说却往往用华丽的形式迷惑君主,使其在不知不觉中走上亡国之路。这是让韩非痛恨不已的事情。于是,他对以文害质、单纯追求形式之美的行为、现象给予毫不留情地激烈批判和抨击,以至给人们留下否定一切形式之美的印象,这实在是一种误会。而他对礼的认识进一步加深了这一误会。

通常人们都以为韩非反对礼、否定礼,但实际上他反对的是以虚假形式掩饰真情的礼。韩非虽然主张"一断于法",但其法治以等级制度为基础,目的是建立君主专制,因此继承和借鉴儒家之礼是情理中事。特别是对君臣之礼,韩非不但不反对,而且大力提倡。司马谈"论六家要旨"评价法家"若尊卑臣,明分职不得相逾越,虽百家弗能改也"①就证明了这一点。韩非说:"礼者,所以貌情也。凡人之为外物动也,不知其为身之礼也。"②肯定了礼是人之内心情感的自然表现。但是同时他又说:"礼为情貌者也,文为质饰者也。夫君子取情而去貌,好质而恶饰,夫恃貌而论情者,其情恶也;须饰而论质者,其质衰也。"③和氏之璧、隋侯之珠毋需装饰,因为"其质至美。物不足于饰之。夫物之待饰而后行者,其质不美也"。把这一观点延伸至礼的范畴,韩非提出"实厚者貌薄,父子之礼是也。由是观之,礼繁者实心衰也。……故曰:'礼者,忠信之薄也,而乱之首乎'"④。在韩非看来,真正深厚的感情不需要礼来表白,如父子之情。内质美好的事物毋需修饰,事物如有修饰的需要,反衬出的就是其内在质的不足和虚弱。这似乎又在说韩非

---

① 汉·司马迁著《史记·太史公自序》,北京:中华书局1959年版。
② 陈奇猷校注《韩非子新校注·解老》。
③ 同上。
④ 同上。

是反礼的。到底该怎样解释这一看似矛盾的观点？实际上，和对文辞、修饰的认识一样，韩非不是简单地否定礼，他否定的是繁琐的、流于形式的礼。战国时期，礼崩乐坏，人们一方面在破坏旧有的礼制，另一方面又虚伪地维持礼的形式。作为礼的内涵的礼义被弃置一边，作为形式的礼仪却日趋复杂、繁琐，人们似乎想通过礼之仪式的繁琐弥补其内涵的缺失。对此，倡导礼的儒家先祖孔子也表示不满。他说："礼，与其奢也，宁俭；丧，与其易也，宁戚。"①韩非之反礼正是针对此而言，所以他说："礼繁者实心衰也"，"礼者，忠信之薄也，而乱之首乎。"韩非对礼的认识进一步证明韩非对文辞、修饰等形式之美的态度：反对过度追求，一定程度上给予肯定。简约、质朴正符合了这一要求，故成为其美学思想的又一特点。

二

实用、简约是韩非美学思想不可分割的两个方面。实用须以简约为手段。如果实用却拖沓累赘，其美学价值将大打折扣；简约须以实用为前提。简约却无所用，简约就失去其存在的必要和依据。实用、简约的美学思想处处表现在韩非散文中。比如文章题目多用数字，《二柄》《八奸》《八经》《三守》《十过》等。《二柄》就是君主统治国家必需的两种手段：刑、德；《八奸》讨论了危害君主和国家的八类奸邪之臣；《三守》论述君主保护自身的三种手段。每个题目都简洁明了，不故弄玄虚。论述过程中，韩非一样喜欢用数字，一、二、三、四分门别类，有条不紊，非常清晰。实用、简洁的美学思想在其散文结构中表现得最为充分。

---

① 杨伯峻编撰《论语译注·八佾》，北京：中华书局1980年版。

　　文学作品的结构是指"文学作品内部的组织构造和总体安排"①,它的本质是以一统多,"作者从一定的主观意图和审美理想出发,将分散的文学材料熔铸成一个完整的有机统一的艺术整体"②。因此,结构常常体现着作者对美的理解。先秦诸子散文发展前期主要以语录体为主,简洁是其特点,有时寥寥数语即构成一篇文章,所以尚未深入涉及作品结构问题。及至战国末期,社会生活日益丰富,散文反映的内容随之增加,如何把庞杂的材料熔铸成结构紧凑的文章是作者必须思考的问题。韩非在汲取前人创作经验的基础上,创制了与其法家思想吻合的散文结构,形成一篇篇在古代散文史上影响久远的长篇巨帙。

　　并列式和总分式是韩非散文结构的主体。并列式指文章由若干个对等的部分组成,其间没有任何起承转合的文字,所有内容由一条隐含的主线——法家思想将其联系在一起,形散而神不散,构成一个有机整体。此类结构以《难》四篇为代表。

　　"难"作为一种议论文体式,首创于韩非。其基本格式是作者先提出一种观点,然后以此为的予以批判反驳,在反驳中阐述、树立自己的观点。《韩非子》中有"难"体散文四篇,每一篇都有若干章驳论组成。对于整篇文章而言,这些驳论的地位是等同的,没有轻重主次之分。驳论与驳论之间也没有起承转合的词语或句子,乍看似乎是随意放在一起的,实际不然,它们表现着一个共同的主题——韩非的法术势思想。如《难二》共由七章驳论组成,第一章借晏子谏齐景公"止多刑"说明,法律的实施关键在于是否得当,而不在多与少。第二章借批评齐桓公为消除遗冠之耻而"发仓囷赐贫穷,论囹圄出薄罪"的做法阐明"赏无功"、"不诛过"不仅不能雪耻,而且是"乱之本"。其他五章也均是从不同角度入手宣扬法家

① 童庆炳主编《文学概论》,武汉:武汉大学出版社1989年版,第189页。
② 同上书,第190页。

的以法治国思想。

在并列式结构的散文中,《亡征》是一篇奇文。文章列举了将会导致覆国亡君的 47 种做法,47 种做法被韩非用 47 个以"可亡也"结尾的句子简炼地概括出来,并列平行地组合在一起,气势宏大,震撼人心。读之,一个接一个"可亡也""可亡也"扑面而来,仿佛杀身之祸就在眼前,令人不由得悚然惊觉。郭沫若先生评价此文可以和屈子的《天问》媲美①。除此之外,用并列式结构的还有《解老》《喻老》《八经》等篇章。而在一些非并列式的篇章中,韩非也往往穿插大段的并列相承式文字,如《难言》中对各种进言方式弊端的描述,《说难》中对游说之难的分析等。由此可见韩非对并列式的青睐。

总分式是韩非散文的另一重要结构方式。"总"就是文章的主旨,"分"是对主旨的阐释和发明。如《十过》,开首便点出文章主旨,即君主容易犯的 10 种过错及其危害。接着用唇亡齿寒、濮上之音、重耳灭曹等 10 个寓言或历史故事分别进行阐释。《韩非子》中有《储说》6 篇,可谓总分结构的代表。如《内储说上——七术》,开篇点题:"主之所用也七术,所察也六微,七术:一曰、众端参观,二曰、必惩明威,三曰、信赏尽能,四曰、一听责下,五曰、疑诏诡使,六曰、挟智而问,七曰、倒言反事。此七者,主之所用。"这是全文的总纲。接着有 7 小段并列文字对"七术"分别作初步地解释。如"众端参观":

> 观听不参则诚不闻,听有门户则臣壅塞,其说在侏儒之梦见灶,哀公之称"莫众而迷"。故齐人见河伯,与惠子之言"亡其半"也。其患在竖牛之饿叔孙,而江乙之说荆俗也。嗣公欲治不知,故使有敌。是以明主推积铁之类,而察一市之患。

---

① 郭沫若著《十批判书》,北京:东方出版社 1996 年版,第 369 页。

　　这一段文字相对总纲来说是"说",相对下文的"说"而言则又是"经"。"经"多使用对偶修辞手法,富于节奏,朗朗上口,便于记诵。"说"多为故事,趣味横生,帮助人们理解"经"所述道理。如果把总分结构比喻成一颗大树,那么"总"——文章的主旨,是大树的本根,"分"——对主旨的解说,是大树繁茂的枝叶。根为枝叶提供营养,枝叶表现着根的活力,二者缺一不可。

　　并列式和总分式结构形式上虽有不同,其实质却一样。二者都是通过主旨把零散的材料熔铸成一个整体,使其从不同角度表现主旨。唯一不同的是并列式结构中文章的主旨是隐含的,而总分式结构的主旨是点明的。刘勰《文心雕龙·附会》对两种结构的特点做了形象概述:"是以驷牡异力,而六辔如琴;并驾齐驱,而一毂统辐,驭文之法,有似于此。去留随心,修短在手,齐其步骤,总辔而已。"韩非之选择并列式和总分式作为其散文结构的主体正反映了他崇尚实用、简约的美学思想。这两种结构的特点之一是容量大。无论并列式还是总分式,围绕或暗或明的文章主旨,作者可以恣意挥洒,尽情铺排,毋需顾虑作为形式的结构是否能够容纳丰富的内容。其次,文章可长可短,不必拘泥于一定之规。正如刘勰所说"去留随心,修短在手"。最后,这两种散文结构具有简约明了的特点。文章的主旨如一条线把各个相对独立的部分联系在一起,中间不夹杂任何任何转承文字,干脆、简洁,不拖泥带水,却又不失紧凑。

　　综上所述,韩非散文结构实践着他的美学思想,是美学思想的变现,二者的有机融合使其散文在内容和形式实现了了和谐统一,从而形成了一篇篇文采斐然、内容充实的古典散文佳作。

嬴政青睐《韩非子·五蠹》和《孤愤》原因探析

说到秦始皇与先秦法家的关系,人们首先想到的就是他与韩非之间因《孤愤》、《五蠹》引起的恩怨是非。这一读者与作者的遇合故事是那么引人注目,以至于千百年以下依然被津津乐道①,在中国思想文化史上,它则是研究秦始皇与先秦法家关系的一把钥匙。

一、嬴政读到的是《孤愤》、《五蠹》还是《储说》系列?

司马迁在《史记·老子韩非列传》中说:"秦王见《孤愤》、《五蠹》之书,曰:'嗟乎,寡人得见此人与之游,死不恨矣!'"李斯闻此言答曰:"此韩非之所著书也。"于是嬴政立命攻韩。韩王无奈之下只好派韩非作为使节前往秦国。这一去韩非再没有回来。

为两篇文章发动一场战争,这在中国文学史上似乎绝无仅有。无论信奉儒家的"君子"们怎么批判诋毁韩非,这一独属于他的荣耀是无可辩驳的事实。遗憾的是崇拜者和被同崇拜者相见后,这

---

① 除下文所引晋代葛洪、南朝梁刘勰言之外,清代文学家和考据学家王谟也曾说:"韩非之书,传在秦庭,始皇叹曰:'独不得与此人同时。'陆贾《新语》,每奏一篇,高祖左右称曰万岁。夫叹思其人,与喜称万岁,岂可空为哉? 诚见其美,懑气发于内也。"(王利器《新语校注·附录》,北京:中华书局1986年版,第211—212页)

段文坛佳话的剧情突然发生了转折——韩非没有得到嬴政的重用，反而因李斯和姚贾的谮毁被杀。这不禁令后人感慨万分，并探究其中的原因。晋葛洪《抱朴子·广譬》说：

> 贵远而贱近者，常人之用情也；信耳而疑目者，古今之所患也。是以秦王叹息于韩非之书而想其为人，汉武慷慨于相如之文而情不同世；及既得之，终不能拔。或纳谗而诛之，或放之乎冗散，此盖叶公之好伪形，见真龙而失色也。

葛洪之后，南朝梁刘勰《文心雕龙·知音》又说：

> 古来知音，多贱同而思古。所谓"日进前而不御，遥闻声而相思"也。昔《储说》始出，《子虚》初成，秦皇汉武，恨不同时；既同时矣，则韩囚而马轻，岂不明鉴同时之贱哉！

葛洪和刘勰都认为，嬴政之所以在没见韩非时那么渴慕，及至见了之后却听信李斯等人之语将其杀害，根源在于古人都有"贵远而贱近"的通病。我们暂且不论葛洪和刘勰的说法是否正确，仔细阅读《史记·老子韩非列传》相关内容和上面两段引文会发现，对于始皇见韩非这一史实，史迁、葛、刘三人的叙述有小小的不同。司马迁说秦王读韩非《五蠹》、《孤愤》而叹，葛洪说"秦王叹息于韩非之书而想见其为人"，具体是哪一篇没交代。刘勰却说秦王读《储说》而叹。那么，秦王嬴政读到的究竟是韩非的《孤愤》和《五蠹》还是《储说》？在讨论秦王嬴政为什么青睐《孤愤》和《五蠹》之前，这是我们首先需要解决的问题。

刘勰生活在南北朝时期，司马迁生活在汉武帝时期，两人之间相差六百余年，司马迁距离韩非生活的战国末期要近得多，这是他了解、研究韩非的优势之一。其次，司马迁是一名专职史官，他有条件接触官方保存的一手文献资料,这是他的优势之二。第三,汉初思想领域一个重要的任务就是反思秦王朝的得失,反思秦王朝得失就不能不触及先秦法家,触及先秦法家势必涉及先秦法家的集大成者韩非。秦代虽然焚烧诸子典籍,但法家著作因为统治阶层的青睐而得以完整保存,这就为汉代学者研究法家思想提供了极大便利。司马迁作为太史令更是近水楼台先得月。这点从他在《韩非列传》中对《韩非子》一书的创作和流传过程的描述即可看出。《韩非列传》开篇即说:"(韩非)悲廉直不容于邪枉之臣,观往者得失之变,故作《孤愤》、《五蠹》、《内外储》、《说林》、《说难》十余万言。"结尾又说:"申子、韩子皆著书,传于后世,学者多有。"司马迁在文中还全文引用《韩非子·说难》。这一切都说明韩非文章在汉代流传较广,司马迁对其非常熟悉。这种情形下,秦王嬴政见到的究竟是《孤愤》、《五蠹》还是《储说》系列,司马迁搞错的可能性不大。最后一个有力的证据是《史记·秦始皇本纪》和《李斯列传》都说到不学无术的秦二世胡亥言谈中能大段引用《五蠹》原文,这说明《五蠹》在秦国和秦朝宫廷影响甚大。其原因,显然是嬴政的青睐。因为"越王好勇,而民多轻死。楚灵王好细腰,而国中多饿人"[1]。同时,《史记·秦始皇本纪》和《李斯列传》没有任何地方提及《储说》,这进一步证明司马迁的记载是正确的。既然如此,为什么六百余年后,刘勰却要将《孤愤》、《五蠹》换成《储说》呢? 这与刘勰对《孤愤》、《五蠹》和《储说》这三篇文章的不同态度、感情有关。

　　刘勰不喜欢《五蠹》、《孤愤》,特别是《五蠹》。《文心雕龙·时序》说:"春秋以后,角战英雄,六经泥蟠,百家飙骇。方是时也,韩魏力政,燕赵任权;五蠹六虱,严于秦令。"《诸子》篇又说:"至如商、韩,六虱、五蠹,弃孝废仁,轘药之祸,非虚至也。"在《五蠹》中,韩非把学者(主要指儒者)、言古者、患御者、带剑者和商工之民比喻为

---

[1] 陈奇猷校注《韩非子新校注·二柄》,上海:上海古籍出版社2000年版。

国家的五种害虫,并说"人主不除此五蠹之民,不养耿介之士,则海内虽有破亡之国,削灭之朝,亦勿怪矣"。《商君书·靳令》有:"六虱:曰礼乐,曰诗书,曰修善,曰孝弟,曰诚信,曰贞廉,曰仁义,曰非兵,曰羞战。国有十二者,上无使农战,必贫至削。"①刘勰认为,商、韩把包括儒家在内的诸种人比喻为国家的蠹虫、虱子是背弃仁孝之言,这些言论比后来秦国的法令还要严酷,因此商鞅被车裂、韩非被毒杀并非无缘无故。于此可见,刘勰对商、韩这类文章的厌恶。但是对韩非子的《储说》系列,刘勰似乎别有一种喜爱,从他在撰文时对《储说》的引用可见。《文心雕龙》引用到韩非的文章有《难一》、《说难》、《大体》、《储说》等,占比例最大的是《储说》系列。单是《韩非子·外储说左上》就出现了3次。分别是《情采》篇:"韩非云'艳采辩说',谓奇丽也。"《铭箴》:"赵灵勒迹于番吾,秦昭刻博于华山,夸诞示后,吁可笑也。"《议对》:"昔秦女嫁晋,从文衣之滕,晋人贵滕而贱女;楚珠鬻郑,为熏桂之椟,郑人买椟而还珠。若文浮于理,末胜其本,则秦女楚珠,复在于兹矣。"除此之外,《声律》有"练才洞鉴,剖字钻响,识疏阔略,随音所遇,若长风之过籁,南郭之吹竽耳",其中"南郭之吹竽"出自《内储说上》,即我们熟知的"滥竽充数"故事。同篇"古之教歌,先揆以法,使疾呼中宫,徐呼中征"句直接引用《外储说右上》原文。刘勰对《储说》的熟悉和喜爱不言自明。在《诸子》篇中,刘勰还指出了《韩非子》一书在写作上最显著的特点是"著博喻之富",即《韩非子》擅长用生动形象的寓言故事通过比喻说理。而《储说》系列正是最能体现《韩非子》这一特点的篇章之一。至此,问题的答案基本明晰:作为一个文学评论家,刘勰对韩非《储说》系列情有独衷,对《五蠹》因观点不同而心生厌恶,

---

① 蒋礼鸿先生说:"此言十二者,而中间所列凡九事。《农战》、《去强》、《赏刑》三篇并有其文,名目或同或异,数目或十或八,或不举数。盖六者乃汪中所谓虚数,必斠而一之,则非矣。"(《商君书锥指》,北京:中华书局1986年版,第80页)

故其改《史记》秦王嬴政读《五蠹》《孤愤》而叹为读《储说》而叹。

二、嬴政青睐《孤愤》和《五蠹》的原因

嬴政青睐《孤愤》和《五蠹》的原因主要与嬴政继承君位后面临的紧迫局势、秦国政坛浓郁的法家氛围和嬴政本人的性格特点有关。

嬴政青睐《孤愤》和《五蠹》首先与秦国政坛浓郁的法家氛围有关。

秦国自孝公任用商鞅进行变法以来,法家思想就在本土渐渐生根,发芽,成长起来。孝公死后,秦国贵族虽然车裂商鞅,但商鞅的法家思想以及以此为原则制定的国策并没有消失,而是在治国中继续发挥着效用。譬如奖励农战。公元前260年,秦赵长平之战关键时刻,为鼓励民众奋勇作战,秦昭王下令"赐民爵一级",征召十五岁以上男子到前线[1]。嬴政四年(前243年),秦国遭遇蝗灾,"百姓内粟千石,拜爵一级"[2]。"内粟"即向国家交纳粮食。也就是说一般百姓向国家交纳一千石粮食,就可被授予一级爵位。在平定嫪毐叛乱中,凡斩首数百的士卒都"拜爵",连参战的宦官也"拜爵一级"。另外,秦国朝廷还有李斯等法家人物,他们的一言一行无不在宣扬、彰显着法家精神。所以从赵国回到秦国后的少年嬴政耳濡目染法家思想,对它熟悉甚至是亲切的,这些都成为他接受法家的有利背景条件。

其次,嬴政的性格与法家契合。

清代杨椿谈到《周礼》一书的产生时说:"是书非周公作也。疑其先出于文种、李悝、吴起、申不害之徒,务在富国强兵,以攻伐、聚

---

① 汉·司马迁著《史记·白起王翦列传》,北京:中华书局1959年版。

② 汉·司马迁著《史记·秦始皇本纪》。

敛为贤;而其人类皆坚强猛鸷,有果毅不群之材,故能谋之而必行,行之而必成,而其书亦遂得传于世。"①这里提到的四个历史人物,其中三个都可归入法家行列。李悝是法家的鼻祖,著有《法经》。吴起虽属先秦兵家,但其行事颇具法家风范,况且兵家和法家本就关系密切。申不害是前期法家术之一派的代表。杨椿所言概括出了这一类人的性格特点,那就是果断、坚定、勇猛,这正是法家人物性格中优秀的一面,从商鞅的行事、《韩非子》的文风都可以感受到。这种性格特点也为嬴政所具备。

童年生活对一个人性格的形成往往产生很大影响。嬴政于秦昭王四十八年(前259年)在赵国出生,他的父亲,即后来的秦庄襄王子楚是秦国安排在赵地的人质,因不受重视,生活极为困顿,后来在大商人吕不韦的帮助下才有所改善。所以嬴政出生时家庭环境无论如何都谈不上富贵。而且,因为秦赵之间持续不断的矛盾和战争,他一降临这个世界就与担惊受怕相伴。秦昭王五十年(前257年),秦围攻邯郸,赵国情急之下要杀嬴政的父亲子楚,吕不韦贿赂了看守才使得子楚死里逃生,回到秦国。没抓到子楚,赵国又要杀嬴政母子,但因为母亲的娘家是赵国豪门大户,故此母子二人被藏匿起来,躲过了这一劫,那年嬴政二岁。直到秦昭王五十六年(前251年),子楚被立为太子,赵国才送回嬴政母子。这时嬴政八九岁。也就是说来到人世间最初的八年多时间,他在赵国感受到的是惊恐,是被欺压、受鄙视,他心里留下的是仇恨。所以,公元前229年秦国的统一大军攻到赵国后,嬴政亲自赶赴邯郸,将当年欺辱他们母子的人全部坑杀②。但是,童年的磨难也培养了嬴政的坚毅、果敢和为世人所诟病的残忍,这是他日后成就人生辉煌的基

---

① 顾颉刚著《"周公制礼"的传说和〈周官〉一书的出现》,《文史》第六辑,第40页。
② 《史记·秦始皇本纪》:"十九年,王翦、羌瘣尽定取赵地东阳,得赵王。……秦王之邯郸,诸尝与王生赵时母家有仇怨,皆坑之。"(北京:中华书局1959年版)

础,也恰是他与法家思想的契合之处。大梁人尉缭说:"秦王这个人,高鼻梁,大眼睛,老鹰的胸脯,豺狼的声音,缺乏仁德,而有虎狼之心,穷困的时候容易对人谦下,得志的时候也会轻易地吃人。我是个平民,然而他见到我总是那样谦下。如果秦王夺取天下的心愿得以实现,天下的人就都成为奴隶了。我不能跟他长久交往。"①这一评价一方面说明赢政胸怀大志,因此能礼贤下士。当他发现尉缭是个人才时不仅委以重用,而且还能屈尊以待,这在等级森严的古代中国实为难得,同时也说明赢政做事有不达目的誓不罢休的决心和劲头。当然,尉缭的描述也道明赢政性格中残忍的一面。这点方士侯生和卢生有同样感受,他们说:"始皇为人,天性刚戾自用,起诸侯,并天下,意得欲从,以为自古莫及己。"②刚戾,意即刚愎残暴。《史记·伍子胥传》说伍子胥:"员为人刚戾忍訽,能成大事。"可见"刚戾"作为一种性格虽不完美,但在古人看来却是成大事者不可或缺的素质。司马迁《史记·商君列传》说"商君,其天资刻薄人也",《韩非列传》又说"韩子引绳墨,切事情,明是非,其极惨礉少恩"。"刻薄""惨礉少恩"均有残忍、苛刻之意,与"刚戾"含意有交叉。这进一步证明,赢政在性格上与法家人物的相似。因此也就不难理解赢政为什么读韩非《孤愤》《五蠹》会产生那么强烈的共鸣了。

赢政青睐《五蠹》和《孤愤》的关键在于他继承君位以后面临的政坛紧迫局势。

赢政十三岁继位,因为年龄尚小,委国事于大臣。当时秦国朝廷的第一重臣是吕不韦。此人凭借当年对子楚的帮助获得了赢政父子理所应当的尊重。作为国相,吕不韦在朝廷中的地位是一人之下万人之上。他效仿战国四君子广招门客,鼎盛时食客三千。

---

① 汉·司马迁著《史记·秦始皇本纪》。
② 同上。

他财力雄厚，所以他的食客待遇丰厚，对其忠诚无比。他们为吕不韦著书立说，并悬挂到咸阳街市门上，名为让众人帮助修改，实则炫耀和宣扬的成份更多。汉代思想家王充说："《淮南》、《吕氏》之无累害，所由出者，家富官贵也。夫贵，故得悬于市；富，故有千金副。观读之者，惶恐畏忌，虽见乖不合，焉敢谴一字！"[①]王充认为吕不韦能把自己的著作和千金悬于咸阳市门，这本来就是一个富贵的象征，一般人哪敢这么做？哪能这么做？而围观者不敢措一辞，不敢改一字，并非因为《吕氏春秋》完美无缺，而是慑于吕不韦的权势。这一观点得到另一汉代学者高诱的赞同，他说："时人非不能也，盖惮相国畏其势耳。"[②]由此可见，吕不韦在秦国权势之大。古代一些特殊场所的门阙通常是公布国家法令的地方。《周礼·天官·太宰》有："正月之吉，始和，布治于邦国都鄙，乃县治象之法于象魏，使万民观治象，挟日而敛之。"正月初一日，太宰开始向邦国都鄙宣布治法，悬法于阙门，以供百姓观览知晓。地官大司徒、夏官大司马、秋官大司寇分别以同样方式负责向邦国都鄙的百姓宣传各自掌管的教法、政法、刑法。《吕氏春秋》是吕不韦治国思想的集中体现，悬其于"咸阳市门"也有向民众宣扬他与嬴政不同的治国思想，迫使嬴政接受的用意。所以张双棣先生说："吕氏这一行动，也是出于政治目的。他公开宣布自己的主张，企图以相国之位，仲父之尊，迫使秦王政完全依照自己的主张行事，使自己的主张定于一尊，从而维持秦国的长治久安，也维持自己的地位和权力。"[③]吕不韦的这些行为已经有意无意地僭越了君臣之礼，同时带有明显挑战意味。而最让嬴政羞辱的是吕不韦和他的母亲私通。嬴政的母亲本就是吕不韦的姬妾，因为被嬴政的父亲子楚看

---

① 黄晖著《论衡校释·自纪》，北京：中华书局1990年版。
② 许维遹撰《吕氏春秋集释》，北京：中华书局2009年版，第3页。
③ 张双棣编撰《吕氏春秋译注·序》，北京：北京大学出版社2011年版，第3页。

上,吕不韦忍痛割爱。子楚死,嬴政虽贵为国君,但年龄小,因而吕不韦与嬴政母亲有了重续旧情的机会。这件事和其后男宠嫪毐与太后之间的私情对嬴政的伤害从他做了皇帝后出游时嘱李斯所作刻石文中或可窥一斑。

　　秦始皇不喜欢儒家,但他"似乎对儒家有关男女之大防的观念有特别热衷的倾向"①。二十六年秦始皇游泰山,刻石文中说:"贵贱分明,男女礼顺,慎遵职事。昭隔内外,靡不清静,施于后嗣。"专门提到了男女之间要守礼。三十七年,出游浙江,刻石文中有:"有子而嫁,倍死不贞。防隔内外,禁止淫佚,男女絜诚。夫为寄豭,杀之无罪,男秉义程。妻为逃嫁,子不得母,咸化廉清。"②通常,涉及男女之大防,中国古代多是首先规范女性,一旦男女之间发生淫佚之事,罪责也多由女性承担。但在三十七年的刻石文中,对女性的谴责和惩戒多与母子关系相连。譬如母亲有了孩子再改嫁,这是不贞洁的行为。妻子抛弃丈夫,孩子嫁于他人,孩子可以永远不再认这个母亲。嬴政的童年是在母亲的庇护下度过的,他深知母亲对一个孩子的重要性。但是在他长大之后,母亲的不贞又给他带来极大的痛苦和政治上的障碍。在惩治吕不韦和嫪毐集团过程中,他一度与母亲断绝关系。他认为在关键时刻,母亲没有与他站在一起,反而站在他的对立面,无形中等于抛弃了他这个儿子。正因为此,他对做了母亲的女性抛夫弃子极为反感。所以即使在歌颂自己治国有方的碑文中都不忘强调这方面的教义。接着又说如若男性淫污他人之妻,被杀是罪有应得,杀人者无罪。但是如若女性发生类似事件要怎么惩罚却只字未提。这一与众不同不能不让我们想到吕不韦及其后来他推荐的男宠嫪毐与太后之间的关系。当年,他们的龌龊之举深深伤害了年幼的嬴政,可是那时的他虽贵

　　① 于琨奇著《秦始皇评传》,南京:南京大学出版社2002年版,第299页。
　　② 汉·司马迁著《史记·秦始皇本纪》。

为国君，却手中无大权，无法惩治以太后为靠山的吕不韦和嫪毐，因此只能把所有的耻辱埋在心中。尽管后来吕、嫪为此而送命，也仍难消嬴政心中之恨。这一切都说明，在嬴政初继位的几年，掌握朝政的实际是太后和有太后支持的吕不韦。及至嬴政稍长，吕不韦担心他与太后的私情给自己带来祸患，为了抽身而出，他向太后推荐了嫪毐。嫪毐凭借床上本领很快赢得太后欢心，获得丰厚赏赐，同时势力日益膨胀，家僮数千人，与吕不韦不差上下。嫪毐骄奢跋扈，专断国事。他和朝中宠臣及皇帝的左右侍从一起饮酒作乐时因言语不和发生争斗，立刻瞋目大叱："吾乃皇帝之假父也，窭人子何敢乃与我亢！"①嫪毐对秦王的宠臣都敢大呼小叫，其气炎之盛于此可见。嬴政二十二岁举行冠礼后，在忍无可忍的态势下首先对嫪毐集团发起反击，最终将其车裂。因为嫪毐背后的支持者是太后，所以盛怒之下的嬴政不顾母子之情将太后迁离咸阳，并下令敢有劝谏者杀无赦。但是依然有二十多个大臣前赴后继，冒死进言，最后齐人茅焦的劝说触动嬴政，出于为国家和政权考虑，他只好又接太后回咸阳。此时嬴政心中的无奈和愤怒即使隔着千年的历史，我们也可以想象揣度得到。汉人就曾说："人主有私怨深怒，欲施必行之诛，诚难解也。……昔秦始皇有伏怒于太后，群臣谏而死者以十数。得茅焦为廓大义，始皇非能说其言也，乃自强从之耳。茅焦亦廑脱死如毛氂耳，故事所以难者也。"②从整个事件的发生发展过程可以看出嬴政虽贵为人君，但他并没有大权在握，很大一部分权力因为太后的缘故被分化到吕不韦和嫪毐手中。嬴政继承君位后的前九年有吕不韦在培养自己的势力，有嫪毐依靠太后与他抗衡，还有王弟长安君成蟜的叛乱，他虽没有沦为傀儡，但王位却十分不稳，甚至可以说摇摇欲坠。但是也正是这些经

---

① 向宗鲁校证《说苑校证·正谏》，北京：中华书局1987年版。

② 汉·班固《汉书·贾邹枚路传》，北京：中华书局1962年版。

历使他意识到集国家大权于自己一人手中是多么重要！粉碎嫪毐和吕不韦势力终于使嬴政彻底掌握了君权,但他依然没有探索到他想要的理想的统治途径。就在这时,他接触到了韩非的《孤愤》和《五蠹》。《孤愤》和《五蠹》字字句句都说到了嬴政心里,使他忍不住惊呼感慨。这之后,"嬴政思想从被动地受吕不韦的杂家思想的影响转变为主动接受韩非子的新法家思想影响的阶段,也是嬴政思想逐步走向定型与成熟的阶段"①。《孤愤》和《五蠹》成为嬴政开启法家之门的钥匙,从此法家在秦孝公、商鞅变法之后再次成为历史舞台上的主角,它携手嬴政,灭六国,建秦朝,铸造了一段新的辉煌。尽管这段辉煌短暂得犹如流星闪过历史的星空,但在这之后,中国千年的古代政治文化再也无法消除法家和秦王朝的影响。

三、《孤愤》《五蠹》对嬴政施政的影响

《孤愤》主要讲智术能法之士与重人(又称"当涂之人")之间的矛盾和斗争。文章开宗明义,首先对智术能法之士做了定义:"智术之士,必远见而明察,不明察,不能烛私;能法之士,必强毅而劲直,不劲直,不能矫奸"。接着解释什么是重人:"重人也者,无令而擅为,亏法以利私,耗国以便家,力能得其君,此所为重人也。"智术能法之士与重人是"不可两存之仇"。因为"重人"只顾追求个人私利,而智士能法之士一心为公,两者的利益目标根本相互冲突。"当涂之人"(重人)对国家危害极大:"当涂之人擅事要,则外内为之用矣。是以诸侯不因,则事不应,故敌国为之讼;百官不因,则业不进,故群臣为之用;郎中不因,则不得近主,故左右为之匿;学士不因,则养禄薄礼卑,故学士为之谈也。此四助者,邪臣之所以自

---

① 于琨奇著《秦始皇评传》,第 265—267 页。

饰也。重人不能忠主而进其仇,人主不能越四助而烛察其臣,故人主愈弊而大臣愈重。"韩非描述的这一情形正和嬴政初继君位时秦国的政坛状况吻合:先是吕不韦利用他和嬴政一家的特殊关系掌握朝廷政权,接着嫪毐利用太后意欲篡权,并发动叛乱。那时的秦国,民众只知道吕不韦和嫪毐,"秦自四境之内,执法以下至于长輓者,故毕曰:'与嫪氏乎? 与吕氏乎?'虽至于门闾之下,廊庙之上,犹之如是也"①。那些追求富贵名利、仕途通达者纷纷投奔他们门下,一时间吕不韦和嫪毐一呼百应,门庭若市。有事,群臣为他们所用;有错,左右近臣帮他们掩饰;就连学者们也为了得到丰厚的俸禄而到处宣扬他们的功绩,传诵他们的贡献。吕、嫪在秦国正是《孤愤》所说的"重人"、"当涂之人"。嫪毐受到太后喜爱,"事皆决于嫪毐","诸客求宦为嫪毐舍人千余人"。他与太后之事暴露后,干脆一不做二不休,发动叛乱,企图篡权。于此可见他的权力欲已经膨胀到何种程度,而这种权力欲显然不是产生于一时,而与他日常因为太后的宠幸而在秦国一直是炙手可热的风云人物有密切关联。吕不韦虽没有嫪毐那么放肆嚣张,但他对嬴政政权的威胁不亚于嫪毐。他因嫪毐事件受到牵连,本是要被诛杀的,但是宾客辩士前来为其说情者众多,嬴政最终不忍,只是将其免官遣往河南封地。但是没多久,各国宾客使者往来不绝于道,都是前去问候吕不韦的。一个被贬官员在同僚中还有如此大的号召力,他在位时手中的权力有多大、可为多少人办事也就可以想见了。

《孤愤》结尾,韩非严正地告诫国君:"万乘之患,大臣太重;千乘之患,左右太信;此人主之所公患也。……主利在有能而任官,臣利在无能而得事;主利在有劳而爵禄,臣利在无功而富贵;主利在豪杰使能,臣利在朋党用私。是以国地削而私家富,主上卑而大臣重。故主失势而臣得国,主更称蕃臣,而相室剖符。此人臣之所以谄主

---

① 汉·刘向著《战国策·魏策四·秦攻魏急》,上海:上海古籍出版社 1985 年版。

便私也……使其主有大失于上,臣有大罪于下,索国之不亡者,不可得也。"经历了吕不韦和嫪毐事件,嬴政对君臣关系等问题必然有思考有认识,但不可能如韩非说得这般犀利透辟。韩非提出的警示以及解决问题的途径让他恍然大悟,因而产生了强烈的共鸣。

　　嬴政青睐《五蠹》是因为它勾勒出了统一的君主专治政权的蓝图,那正是嬴政的政治理想。《五蠹》首先从发展的角度论述实行以法治国的合理性和必要性,接着韩非对他的以法治国主张进行了详细论述:"赏莫如厚而信,使民利之;罚莫如重而必,使民畏之;法莫如一而固,使民知之。故主施赏不迁,行诛无赦。誉辅其赏,毁随其罚,则贤不肖俱尽其力矣。"为了完全实现以法治国,韩非提出不仅要从行动上还要从思想上控制民众:"明主之国无书简之文,以法为教;无先王之语,以吏为师;无私剑之捍,以斩首为勇。是境内之民其言谈者必轨于法,动作者归之于功,为勇者尽之于军。"出于以法治国的需要,韩非认为五种人必须除去,那就是学者、言谈者、带剑者、患御者、商工之民。《五蠹》全面透辟地论述了韩非的治国理想和实现这一理想的措施及途径,而这一切与嬴政对未来统一王朝的规划不谋而合。明白了这一点,也就明白了秦统一六国后为什么李斯依据韩非学说提出的诸多策略譬如"以法为教,以吏为师"、不分封子弟都被嬴政采纳并实施,为什么做了皇帝的嬴政"专任狱吏,狱吏得亲幸","乐以刑杀为威"①;明白了他为什么极度重视权势,为了把权势牢固地掌握在自己手里,事无巨细均亲力亲为,为此要焚膏继晷,日夜操劳;明白了他为什么希望自己的行踪神秘万分,不为人所知。有人泄露,他就要大开杀戒②。那正是韩非倡导的"道在不可

---

　　① 汉·司马迁著《史记·秦始皇本纪》。
　　②《史记·秦始皇本纪》:"(始皇)行所幸,有言其处者,罪死。始皇帝幸梁山宫,从山上见丞相车骑众,弗善也。中人或告丞相,丞相后损车骑。始皇怒曰:'此中人泄吾语。'案问莫服。当是时,诏捕诸时在旁者,皆杀之。自是后莫知行之所在。"

见,用在不可知。虚静无事,以闇见疵"①、"主上不神,下将有因"②、
"事以密成,语以泄败"③的为君之道的体现。同时也就理解了为什
么秦法规定方士"不得兼方,不验,辄死"④。嬴政迷信占卜,为了防
止受骗,他用法家治吏的方法管理方士:每人只能使用一种占卜方
法。如果占卜不灵验,就要被处死。韩非曾说:"明君使事不相干,
故莫讼;使士不兼官,故技长;使人不同功,故莫争。"⑤又谓:"明主之
道,一人不兼官,一官不兼事。"⑥也就是要求官吏不能同时兼任两个
官职,这样职责清楚,就易于用"参验"、"参同"的方法进行考核。同
样,方士们只使用一种占卜方法,灵验与否就非常容易验证。如果
同时使用两种以上占卜方法,就很难检验出他们的能力。总之,这
一切无不是围绕着在《五蠹》基础上阐发的法家思想而实施的国家
行为。因此,《五蠹》是被嬴政作为新王朝的施政纲领使用的。既是
施政纲领,就要广泛宣传,大力弘扬,所以不仅李斯,就连秦二世都
可以随口引用《五蠹》。而和《五蠹》一起受到嬴政青睐的《孤愤》因为
所讲乃是君臣之间的矛盾斗争,更适合君王自己阅读、揣摩,所以嬴
政不会向众人推荐,故而传播就没有《五蠹》那么广泛,在秦国及秦
朝宫廷中知道的人就很少了。

　　清楚了嬴政青睐《五蠹》和《孤愤》的原因,也就明了他与法家
之间的关系。

---

① 陈奇猷校注《韩非子新校注·有道》。
② 陈奇猷校注《韩非子新校注·扬权》。
③ 陈奇猷校注《韩非子新校注·说难》。
④ 《史记·秦始皇本纪》。
⑤ 陈奇猷校注《韩非子新校注·用人》。
⑥ 陈奇猷校注《韩非子新校注·难一》。

从《诗经·秦风》看早期秦文化与甘肃的关系

　　研究文化与地域之间的关系,通常需要从两方面入手,一是考古发现,二是传世文献。秦早期文化与甘肃的关系随着礼县大堡子山秦文化遗址的发掘已得到证明,但是从传世文献,特别是秦国流传下来的屈指可数、因而显得弥足珍贵的文学作品入手探讨二者的关系还有许多工作可做。本文试从《诗经·秦风》再次论证这一问题。

　　《诗经·秦风》收录诗歌凡十篇,是秦人、秦地的土风乐歌,也是秦人社会生活的生动写照,不失为研究秦人历史、地理、礼制、风格、文学等极其宝贵的经典文献。《秦风》各篇大致产生于秦襄公八年(前770年)至秦康公十二年(前609年),其间历襄公、文公、宁公、出公、武公、德公、宣公、成公、穆公、康公等朝,共计161年,其所跨时间为十五国风中最长者。从《秦风》中可以看出早期秦文化与甘肃的关系,具体说来就是与甘肃南部西汉水流域的关系。可以说,没有甘肃陇南西汉水流域这片神奇土地的孕育,就不可能有后来历史学家们津津乐道的秦文化。

一、秦人善养马与其早期生活地域的关系

　　秦人的祖先或因擅长驾御,或因擅长养马而发迹,马在秦民族发展过程功莫大焉。据司马迁《史记》记载,秦人的先祖之一大费有两个儿子:大廉、费氏。费氏的玄孙叫费昌。夏桀时,费昌离夏

归商,给商汤驾车,在鸣条打败了夏桀,因此立功。大廉的玄孙叫孟戏、中衍,因声名在外,太戊帝请他们来驾车,并给他们娶了妻子。嬴姓子孙由此显贵。其后,中衍的后裔造父又因善驾得到周缪王的宠幸。周缪王到西方巡视,乐而忘返,朝内徐偃王作乱,造父给缪王驾车,日夜兼程赶回周朝,平定了叛乱。缪王为此封造父于赵城,造父族人从此姓赵。中衍后裔的另一支有一个叫非子的后代,非子居犬丘,喜爱马和其他牲畜,并善于饲养繁殖。周孝王由此让他在汧、渭之间管理马匹。在非子精心管理下,马匹大量繁殖。周孝王因此赐给非子秦地作为封邑,让他接管嬴氏的祭祀,号称秦嬴①。可以看出,秦民族发展过程中的关键转折都与马有密切关系。这一点也间接反映在《诗经·秦风》中。

　　马在先秦时人生活中具有重要地位,不仅是交通工具,而且在战争中充当着不能缺少的角色。所以《诗经》中多有关于马的描写。如《小雅·采薇》有"戎车既驾,四牡业业"、"驾彼四牡,四牡骙骙。君子所依,小人所腓。四牡翼翼,象弭鱼服。岂不日戒?猃狁孔棘!""业业"、"骙骙"、"翼翼"都是形容马匹的雄壮威武,是一种主观感觉的描写。《大雅·桑柔》、《崧高》、《烝民》、《韩奕》同样有类似描写,但却无一涉及马匹具体外形的描绘。《秦风》中关于马的描写却不同。《车邻》有:"有车邻邻,有马白颠。"朱熹《诗集传》:"白颠,额有白毛,今谓之额。"这就是非常具体的关于马的形体的描写。通常要对马非常熟悉且有仔细的观察方能为之。《秦风·小戎》是《诗经》中写车的名篇,写车必然涉及驾车之马,其中对马的描写也非常细致。第一章有"文茵畅毂,驾我骐馵"。"骐馵",朱熹释曰:"骐,骐文也。马左足白曰馵。""文"通"纹"。骐文指马的皮毛呈青黑色有如棋盘格子花纹。诗人不仅注意到马之皮毛的纹路,还能关注到马的左脚颜色。假如不熟悉马匹难有如此细微的

---

① 参见《史记·秦本纪》。

描绘。第二章"骐骝是中，骊骊是骖"。骝，指赤身黑鬣的马，即枣骝马。骊，特指毛皮为黄色，嘴是黑色的马。骊，指黑马。如此具体地刻画马的形态在《诗经》中实为少见。能与《秦风》相媲美的只有《鲁颂·駉》。《駉》言"僖公牧马之盛"①，即歌颂鲁国牧业兴旺发达。故其中写到各种毛色不同、形态迥异的马匹："有骓有皇，有骊有黄……有骓有駓，有骍有骐……有驔有骆，有骝有雒……有骃有騢，有驔有鱼。"这说明重视牧业，经常和马匹打交道的地区的人在写马时通常更能抓住细节，因为他们对马了熟于心。由此可知，《秦风》之所以写马频繁，且对马的描写能够做到细致入微，反映的正是秦人对畜牧的重视和他们与牧马的密切关系。而秦人之所以擅长驾御和养马，与他们发祥于甘肃陇南不无关系。

早期西汉水流域的礼县、西和是少数民族聚集地，不但有与秦人长期对立的西戎，还有氐人。《逸周书·王会解》说："正西昆仑，狗国，雕题。""狗国"即西戎，"雕题"即氐族②。这两个民族都善于畜牧。其次，陇南一带气候温暖，牧草丰茂，加之产盐，由此形成得天独厚的养马自然条件。

《水经注·漾水注》说仇池山上"有平田百顷，煮土成盐，因以百顷为号。山上丰水泉，所谓清泉涌沸，润气上流者也"③。又说："西汉水又西南，迳宕备戍南，左则宕备水自东南，西北注之。右则盐官水南入焉。水北有盐官，在嶓冢西五十许里，相承煮盐不辍，味与海盐同。故《地理志》云：西县有盐官是也。"④仇池山、盐官镇均位于陇南市西和县境内，自古盐业发达。经盐水滋润的牧草对牧马的成长

---

① 宋·朱熹编撰《诗集传》，北京：中华书局 2011 年版，第 318 页。

② 关于"雕题"与氐族的关系，详见赵逵夫《古代神话与民族史研究》（《西北民族研究》2002 年第 1 期）一文。

③ 北魏·郦道元著，陈桥驿、叶光庭、叶扬译注《水经注全译》，贵阳：贵州人民出版社 1996 年版，第 698 页。

④ 同上书，第 697 页。

非常有益,故而这一带马匹长得高大俊美。《括地志》说:"陇右成州、武州,皆白马氐。"白马氐是氐人的一支,因奉白马为图腾而得名。由此可知,这一带很早以前就是著名的良骏产地。《史记·货殖列传》说:"天水、陇西、北地、上郡与关中同俗,然西有羌中之利,北有戎翟之畜,畜牧为天下饶。"早期生活在这一带的羌氐人和西戎族擅长畜牧,秦人也以养马发家,与此地特有的自然条件不无关系。上世纪七十年代,先后在陇南礼县出土了两件家马鼎,其上铭文曰:"天水家马鼎,容三升,并重十九斤","天水家马鼎,容三升,并重十斤"。"家马"是秦官,其职责是给君主养马。班固《汉书·表·百官公卿表》曰:"太仆,秦官,掌舆马有两丞,属官有大厩、未央、家马三令。"颜师古云:"家马者,主供天子私用,非大祀、戎事、军国所需,故谓之家马。"这也说明此地养马业之发达,否则国家不会在此设养马官。畜牧业的发达带动了这里的骡马交易,所以在陇南礼县盐官镇形成了西北最大的骡马交易市场。笔者于2014年9月与业师赵逵夫先生前往礼县参加秦文化年会,途经盐官镇时,赵先生指着车窗外说,不了解这里养马的优越自然条件和悠久的养马历史,就难以理解何以在这里会形成西北、乃至整个西部都闻名的骡马市场。

二、从《蒹葭》看秦人早期生活环境

读《诗经·秦风》,最令读者不解的是,在民风彪悍好武的秦地何以会产生《蒹葭》这样柔媚深情、被王国维先生称之为最得"风人之致"的言情诗篇。陈子展先生在《诗三百解题》中说:"不错,我们不能确指其人其事。但觉《秦风》善言车马田猎,粗犷质直。忽有此神韵缥缈不可捉摸之作,好像带有象征的神秘的意味,不免使人惊异,耐人遐思。在《三百篇》中只有《汉广》和这首诗相仿佛。"①陈先生不

---

① 转引自赵逵夫编撰《诗经》,南京:凤凰出版传媒集团2011年版,第146页。

仅注意到《蒹葭》与其他《秦风》诗歌的不同,而且还注意到它与产生于汉水流域的《周南·汉广》的相似。这种相似表面看是诗歌风格的相似,深层却是二诗产生的地域在气候、地貌等自然条件上的接近。《蒹葭》所描写的自然环境与人们通常对甘肃的理解和认识有很大差距。一般说来,一说到甘肃或大西北,人们立刻想到的是干旱少雨,植被稀疏,荒漠无边。自然环境对文学作品的创作有巨大影响。即使同一个诗人,作于西北的诗歌与作于江南的诗歌完全是两种截然不同的风格。如唐代大诗人王维笔下既有"大漠孤烟直,长河落日圆"的豪迈粗犷,又有"竹喧归浣女,莲动下渔舟"的清新灵动。之所以有这种区别,全在于诗人所处自然环境之不同。那么,《蒹葭》为什么表现出浓郁的水乡泽国气象?假如我们知道早期秦人活动在甘肃南部气候温暖湿润的西汉水流域,答案瞬间明了。

《诗序》说:"蒹葭,刺襄公也。"言外之意,此诗作于秦襄公(前777—前766年)时。彼时秦人尚未东迁,生活区域就在西汉水流域一带。所以《蒹葭》表现的凄美迷离的秋晨美景就是西汉水流域水边秋色的写照。陇南地处秦巴山区,古属梁州,是甘肃境内唯一的长江流域地区,也是甘肃唯一的四大地理区域中的南方地区。陇南气候属亚热带向暖温带过渡区。境内高山、河谷、丘陵、盆地交错,气候垂直分布,地域差异明显,既含南国之灵秀,又具北国之雄奇。作为早期秦人发祥地的西和、礼县、天水等地在气候与地貌上更是得天独厚,颇具江南风情。在甘肃流传着人尽皆知的一句谚语:"金张掖,银武威,金银不换是天水。"张掖、武威是河西走廊上的历史名城,古代丝绸之路必经之地。故有"金张掖,银武威"美称。但是在甘肃,比张掖和武威历史更悠久,地理条件更优越的是天水,所以说"金银不换是天水"。至于西和和礼县,著名的秦史研究专家祝中熹先生说:"以西邑为中心的西汉水上游这一地带,又是一片肥沃的河谷盆地,即今日西起大堡子山、东至祁山的永兴川。西和河（古建安水）由南而北与西汉水汇合，山川交错，河流纵横，地势开阔平坦，气候温润，物产丰饶，人烟稠密。"①了解了陇南的气候和地理特点，再来读《蒹葭》就不会诧异了。一方水土育一方人，陇南秀丽的山水孕育出的秦民族虽然好战，但那是为了生存不得已而为之。和平时期，他们面对清山绿水、奇峰幽峡也会自然流露出儿女情长的一面。仿佛江南儿女一向温文尔雅，柔情似水，但也有卧薪尝胆、金钢怒目的勾践。因为山川交错，河流纵横，故能激发诗人灵感，发而为"所谓伊人，在水一方"，并以溯水而行比喻追求伊人之艰辛。假如没有此般充满诗情画意的自然美景，诗人单凭想象，即使手握生花妙笔，恐怕也难写出这么优美的诗篇。

《蒹葭》之外，从《秦风·车邻》所述"阪有漆，隰有栗"、"阪有桑，隰有杨"及《晨风》所描写"山有苞栎，隰有六駮"②、"山有苞棣，隰有树檖"也可以看出秦人早期生活环境的特点。阪，指山坡，隰，指湿地。漆，指漆树，落叶乔木，大体生长在北纬 25°～42°，东经 95°～125°之间的山区。秦巴山地和云贵高原为漆树分布集中的地区。栗，即栗树。桑，指桑树，虽然我国南北广泛栽培，但主要以长江流域为多。苞栎，即栎树，分布在北半球温和地区。在中国，陕西、四川是其产地之一。檖，落叶乔木，高可达 10 米，分布于长江流域各省及山东、河南等低海拔地区。从这些树木也可判断出早期秦人生活的西汉水流域气候接近陕西和西南地区。另，《小戎》云："在其板屋，乱我心曲。"板屋，指用木板盖的屋。朱熹特别

---

① 祝中熹著《秦史求知录》，上海：上海古籍出版社 2012 年版，第 42 页。

② 《毛传》"駮如马"。《疏》陆机云："駮马，梓榆也。其树皮青白駮荦，遥视似駮马，故谓之駮马。下章云：山有苞棣，隰有树檖，皆山隰之木相配，不宜云兽。"宋·沈括《梦溪补笔谈·辩证》："梓榆，南人谓之朴，齐鲁间人谓之驳马。驳马，即梓榆也。"（按，驳、駮同）。今人潘富俊《诗经植物图鉴》认为"駮"是鹿皮斑木姜子，常绿乔木，分布于河南、华中、华南及西南各省、台湾等低海拔阔叶林中（上海：世纪出版集团 2003 年版，第 181 页）。

指出以板制屋是西戎的习俗。这样的习俗须有一个前提就是当地盛产各种树木。《汉书·地理志》说："天水郡、陇西，山多林木，民以板为室屋。"恰说明了这一点。屈原《九歌·国殇》"带长剑兮挟长弓"，洪兴祖注："《汉书·地理志》云：'秦地迫近戎狄，以射猎为先，又秦有南山檀柘，可为弓干。"可见早期秦人的居住地植物资源丰富，林木众多。据统计，现今陇南有各类树种 1100 多种，有不少被列为国家级、省级保护的珍稀树种。如银杏、红豆杉、香樟、法国梧桐、油松、华山松、冷杉、桦柏等优质乔木。一些温带和亚热带植物如生漆、板栗、茶树、楠木、棕榈等也在这里生长。可见《秦风》相关诗篇的描写完全是当时这一地域自然条件的真实反映。

三、秦人好战与其早期所处地域的关系

今人一说到秦文化，首先想到的是刻薄寡恩和好战。公允地说，两特点均非秦人之本性。前者与秦后来崇奉以商鞅、韩非为代表的晋法家思想有一定关系，后者与其早期所处地域邻近西戎密切关联。

从《史记·秦本纪》的记载可以看出，秦人和西戎的关系错综复杂，时好时坏。为了使强悍的西戎臣服，秦人曾与其通婚。但是当周王朝内乱时，"西戎反王室，灭犬丘大骆之族。周宣王即位，乃以秦仲为大夫，诛西戎。西戎杀秦仲"①，周宣王还给召公兄弟五人士卒七千，"使伐西戎，破之"。这种特殊的居住状况决定了秦人必须为生存而战。2004 年，甘肃礼县考古发现与西北少数民族密切相关的寺洼文化遗址 22 处，它们与同一地区发现的周秦文化遗址既有各自的分布范围，又有彼此对峙、交错的地段，考古学界认

---

① 汉·司马迁著《史记·秦本纪》，北京：中华书局 1959 年版。

为此即文献中与秦人敌对的戎人的遗存①，由此证实《史记》所言秦戎或毗邻或部分混居之言不虚。张天恩先生形象地描写这一情景：

> 　　试想使用着两类不同考古学文化的人群，同时居住在一条河谷的南北，将会出现一种什么样的生活场景呢？当然不难想象这是一种对峙状的分布，或彼此进退，杀伐之声盈耳；或鸡犬之声相闻，而互不来往；或和平相处，互通有无。既然以赵坪、大堡子山等周代遗址基本已经肯定属于秦文化，那么，同时居住于西汉水上游地区寺洼文化，应该就是与秦发生赤许多纠葛的西戎族的考古文化无疑。周秦与西戎的种种矛盾纠纷，从考古学方面观察，实际就是存在于周秦文化与寺洼文化之间。②

　　秦人的好战正是这一生存环境的产物。秦人始国前后长达一个多世纪的对戎战争，使秦文化先天具有军事性。其后，这种军事性与商鞅变法的奖励军功不谋而合，因而造就了战国时期秦兵闻战而喜的好战风格，使得在农耕文明、礼乐文明熏陶下的六国面对秦的大力进攻，只有招架之功，无还手之力，最终土崩瓦解，被秦国统一。秦之好战从《诗经·秦风》可一睹其风貌。

　　《无衣》和《小戎》是《诗经·秦风》中描写征战的名篇。《小戎》中的女子对在前方与敌作战的丈夫思念心切，为此心烦意乱，辗转反侧。但她同时想到的却是丈夫出征时秦军威武雄壮的场面：战车列阵，兵强马壮，武器精良，置身于其中的丈夫英姿勃发。其中

---

　　① 王辉著《寻找秦人之前的秦人——以甘肃礼县大堡子山为中心的考古调查发掘记》，《中国文化遗产》2008(2)。

　　② 张天恩著《甘肃礼县秦文化调查的一些认识》，《考古与文物》2004(6)。

表现出的豪迈之情远远多于思念的忧伤。联系此诗写作背景，我们就明白为什么女主人公虽然承受着剧烈的思念痛苦，却没有怨言、不憎恨战争的原因。《诗序》说得很清楚："《小戎》美襄公也，备其兵甲以对西戎，西戎方强，而征伐不休，国人则矜其车甲。夫人能闵其君子焉。"朱熹《诗集传》说："西戎者，秦之臣子所与不共戴天之仇也。襄公上承天子之命，率其国人往而征之，故其从役者之家人，先夸车甲之盛如此，而后及其私情。盖以义兴师，则虽妇人亦知勇于赴敌，而无所怨矣。"①因为是对西戎的战争，因为关系到秦人的生死存亡，所以诗中的妇人虽然饱受思念之苦，却无丝毫埋怨之情。

　　说到《秦风》中的战争诗，最典型、影响最大的还数《无衣》。班固《汉书·赵充国辛庆忌传》中有："山西天水、陇西、安定、北地处势迫近羌胡，民俗修习战备，高上勇力鞍马骑射。故《秦诗》曰：'王于兴师，修我甲兵，与子偕行。'""山西"即陇山之西。秦汉时期有"山东出相，山西出将"②之说。"天水、陇西、安定、北地"加上"上郡、西河"合称"六郡"，都在现今甘肃境内。"王于兴师，修我甲兵，与子偕行"即出自《秦风·无衣》。《毛传》说："《无衣》，刺用兵也，秦人刺其君好攻战，而不与民同欲焉。"但是在解释第一章时却又说："上与百姓同欲，则百姓乐致其死。"前后矛盾显而易见。拿毛氏对《小戎》主题的阐发做以对比，这一矛盾就更加明显了。于是，宋代朱熹《诗集传》对《无衣》有了全新解读："秦俗强悍，乐于战斗。故其人平居而相谓曰：岂以子之无衣，而与子同袍乎？盖以王于兴师，则将修我戈矛，而与子同仇也。其欢爱之心，足以相死如此。"把《无衣》的主题由"刺"——讽刺国君好战，转而为"美"——赞美士卒同仇敌忾，保家卫国。结合同为表现战争的《小戎》，我们可以

① 宋·朱熹著《诗集传》，第96页。
② 汉·班固著《汉书·赵充国辛庆忌传》，北京：中华书局1962年版。

断定朱熹说更切合诗意。《无衣》巧妙选取"共衣"这样一个角度表现士卒们齐心协力、保卫家园的决心,使全诗洋溢着昂扬的斗志。一般来说,如不是为了保卫家园,士卒很难有如此高涨的士气。

《无衣》和《小戎》之外,我们还应该注意到《秦风·车邻》和《晨风》对秦土多战争的含蓄反映。

《车邻》主旨,众说纷纭。《毛诗序》说:"美秦仲也。秦仲始大,有车马礼乐侍御之好焉。"丰坊《诗传》:"襄公伐戎,初命秦伯,国人荣之。赋《车邻》。"程俊英《诗经译注》:"反映秦君腐朽的生活和思想的诗。"这其中值得注意的是高亨《诗经今注》认为"这是贵族妇人所作的诗,咏唱他们夫妻的享乐生活"。把此诗的主旨从前人所论写君或君臣转到夫妻家庭生活方面。但是高先生说得过于笼统,没有讲清楚首章"未见君子"的原因何在。而二、三章以孤、隰之树起兴,显然是有思念在其中。蓝菊荪《诗经国风今译》的解释弥补了这一欠缺:"妇人喜见其征夫回还时欢乐之词。"此说甚得诗歌要意。《汉书·地理志》中说天水、陇西及安定、北地、上郡、西河等秦之故地"皆迫近戎狄,修习战备,高上气力,以射猎为先。故《秦诗》曰'王于兴师,修我甲兵,与子偕行'。及《车邻》、《四驖》、《小戎》之篇,皆言车马田狩之事。"把《车邻》、《四驖》、《小戎》都说成是"车马田狩"之作,即描写战争的诗歌。朱熹《诗集传》解释"邻邻":"众车之声。""邻邻"通"辚辚"。什么情况下才有众多车子集聚到一起?《诗经》时代一般来说只有两个场合,一是出征,二是凯旋归来。唐代大诗人杜甫《兵车行》"车辚辚,马萧萧"与此诗开首非常相像,但是因为写的是出征,将士生死未卜,所以诗人着力渲染的是悲伤气氛"牵衣顿足拦道哭,哭声直上干云霄"。而从《车邻》表现的喜悦之情判断,应该是写将士凯旋归来。"有马白颠"句通过马匹长相的与众不同的突出女子所思念的丈夫的独出于众。寺人,朱熹释为"内小臣也"。马瑞辰《毛诗传笺通释》则认为:"寺人者,即侍人之省,非谓《周礼》寺人之官也。"王先谦《诗三家义集疏》也说："盖近侍之通称，不必泥历代寺人为说。"高亨《诗经今注》释"寺人"为官名："寺读为侍，侍候王侯贵族的人。"女子急切地想见到凯旋归来的丈夫一时却见不到，只能等待丈夫身边的近侍的通报。此句再次强调女子的丈夫不是一般的士卒，而是将领。二、三章写女子终于见到丈夫的喜悦"并坐鼓瑟"、"并坐鼓簧"。打仗必定有死伤，女子的丈夫能够安然回来，二人感慨万分，因此感叹"今者不乐，逝者其耋""今者不乐，逝者其亡"，那种经历了生死离别后的再次相聚产生的巨大喜悦溢于言表。而战争的残酷也使他们认识到相聚不易，享乐难得，因此要抓住眼前的机会心情享受。

《晨风》通常被认为是一首弃妇诗。其依据是朱熹《诗集传》对此诗的解释："妇人以夫不在，而言鴥彼晨风，则归于郁然之北林矣；故我未见君子，而忧心钦钦也。彼君子者，如之何而忘我之多乎！此与《扊扅之歌》同意，盖秦俗也。"朱熹明言女子是因为丈夫不在，由归林的晨风鸟而起忧思之情。又因忧思而生埋怨"你为什么把我们的海誓山盟都忘了"？与其说女子被弃，不如说是夫妻离别更恰当。朱熹还特别强调《晨风》与《扊扅之歌》同意。而《扊扅之歌》并非弃妇诗。其本事是写秦相百里奚在虞灭亡后，辗转流离，后被识才的秦穆公拜为秦相。百里奚发达后，一日在府中举办宴席，千里寻夫的百里奚之妻扮作洗衣女佣为众宾客操琴抚弦而奏，唱道："百里奚，五羊皮。忆别时，烹伏雌，炊扊扅。今富贵，忘我为！"百里奚听后大为惊讶，仔细询问，方知是失散的妻子，于是夫妻团圆。百里奚之所以与其妻失散，其根源在战争。虞君不听百里奚之言，贪图晋国之宝，致使虞君和百里奚被俘，虞国灭亡，百里奚被迫逃亡。朱熹还说此乃"秦俗"。这是非常值得玩味的一句话，为什么《晨风》与《扊扅之歌》所述被朱熹视为秦俗？假如把《晨风》定性为弃妇诗，难道丈夫发达后即抛弃妻子是秦国一带的习俗吗？显然不对。但是假如把《晨风》中女子的忧思与秦土多战争联系到一起，一切就迎刃而解。秦在与西戎的战争中付出了惨重的代价。秦仲被杀，世父被俘，于此可以想见一般贵族与普通民众在战争中的境况只会更危险。男子在前方拼杀，女子在家既担心他们的安全，又因思念而忧虑，故而"忧心钦钦"、"忧心靡乐"、"忧心如醉"。时间久了，难免因思念之痛、担心之重而产生些微埋怨，认为丈夫"忘我实多！"见晨风鸟归林而生思念，与《君子于役》中在家妇人看到夕阳西下，鸡进窝，牛羊下山发出"君子于役，如之何勿思？"感慨如出一辙。只不过《晨风》是通过淡淡的怨表现爱之深思之切，而《君子于役》则直接表达对服役在外之人的忧思。

有学者认为，"甘肃东部周秦遗址的出现是伴随着军事征服与人口迁徙而实现的，秦人进入西汉水上游地区具有军事殖民性质。考古发现和文献记载都表明，先周文化晚期和西周早期，周、秦文化已经先后进入甘肃东部的牛头河流域和西汉水流域。而这种进入，是随着周人势力的扩张，对戎人征伐的过程中实现的"①，这就决定了秦人在其发展中必须重视军事，好战是早期秦人迫不得已的选择，因为它关系到生存还是死亡。周人在其中起到巨大的推动作用。只是他们没想到，由他们一手培养出的好战的秦人，最终埋葬了周王朝。

秦人后来虽然东移至陕西，但他们在甘肃西汉水流域形成的早期文化特点一直伴随着他们。因为那是秦文化的根柢。于此可见甘肃对秦文化的影响。

---

① 王志友著《考古材料所见早期秦文化的军事性》，《兰州学刊》2014(5)。

论"末世情怀"在《诗经》、《古诗十九首》及晚唐诗歌中的表现

王国维在《人间词话》中说"凡一代有一代之文学。楚之骚、汉之赋、六朝之骈语、唐之诗、宋之词、元之曲,皆所谓一代之文学。"也就是说不同的政治、经济和文化氛围孕育出不同的文学样式。实际上,即使同一个朝代的不同时期,因其社会状况的不同,其文学主流也有差异。当一个朝代走向衰落时,它的文学主流就由兴盛时期的关注国家政治、渴望建功立业转向对自我的关照,这一特定时期的文学主题常常表现为"人生无常、及时行乐"的"末世情怀"。《诗经》、《古诗十九首》和唐诗是我国古代诗歌史上的三座高峰,代表了古典诗歌发展过程中三个重要阶段,"末世情怀"在其中均有表现。

一、"末世情怀"在《诗经》中的表现

春秋末年,社会急剧变化,周王室名存实亡,贵族没落,有的甚至陷入衣食无着的境遇。《诗经·秦风·权舆》就反映了这一状况。诗云:"於我乎! 夏屋渠渠。今也每食无余。于嗟乎! 不承权舆。於我乎! 每食四簋。今也每食无饱。于嗟乎! 不承权舆。"程俊英先生说:"这是一首没落贵族回想当年生活而自伤的诗。春秋时代,地主的私田渐多,各国纷纷实行按亩税田。领主没落,生活

下降。这首诗就是当时社会变革的一种反映。"①诗中的贵族为生活今不如昔叹息,他说以前住着广屋大厦,每餐饭都有许多美味佳肴,而现在食物没有多余,甚至吃不饱。强烈的今昔对比使他们发出喟叹。他们不满现状,却又无力改变,于是就有了及时行乐的想法。《诗经》中的《唐风·蟋蟀》、《唐风·山有枢》和《小雅·頍弁》就是表现这种"末世情怀"的诗歌。

《史记·周本纪》说:"共王崩,子懿王立。懿王时,王室遂衰,诗人作刺。"周懿王后,经过孝王、夷王,到周厉王时周王朝衰落的趋势逾加显著。徐复观先生说:"西周穆王的侈心远伐,已经削弱了周室的力量。而周室的衰微没落,厉王更是一个决定的大关键。"②厉王暴虐好利,最终导致国人暴动。《唐风·蟋蟀》、《秦风·车邻》就反映了这一时期奴隶主贵族及时行乐的颓废心态。

《唐风·蟋蟀》可谓我国诗歌史上第一首及时行乐诗。孙鑛云:"劝行乐意,始于此诗见之。"③姚际恒云:"感时惜物诗肇端于此。"④诗云:"蟋蟀在堂,岁聿其莫。今我不乐,日月其除……蟋蟀在堂,岁聿其逝。今我不乐,日月其迈……蟋蟀在堂,役车其休。今我不乐,日月其慆。"堂,指建于高台基之上的厅房。"蟋蟀在堂"与《豳风·七月》所言"(蟋蟀)九月在户,十月蟋蟀入我床下"意近。周代建子,农历十月即岁末,意味着一年将要结束。诗人身处衰世,岁暮起意,虽说自警,但其感叹岁月匆匆、主张及时行乐的意味更浓重一些。钱钟书先生说:"《蟋蟀》正言及时行乐。"⑤可谓一语中的。

① 程俊英著《诗经译注》,上海:上海古籍出版社 1985 年版,第 234—235 页。
② 徐复观著《两汉思想史》,上海:华东师范大学出版社 2001 年版,第 40 页。
③ 陈子展著《诗经直解》,上海:复旦大学出版社 1983 年版,第 342 页。
④ 姚际恒著《诗经通论》,北京:中华书局 1958 年版,第 129 页。
⑤ 钱钟书著《管锥编》第 1 册,北京:中华书局 1986 年版,第 118 页。

钱钟书先生认为《唐风·山有枢》是一首"反言及时行乐的诗歌"①。钟惺有相似说法："行乐之词，乃以斥（涩）苦之音出之，开后来诗人许多忧生惜日之感。末语促节，便可当一部挽歌。"②。诗曰：

子有衣裳，弗曳弗娄。子有车马，弗驰弗驱。宛其死矣，他人是愉。

子有廷内，弗洒弗埽。子有钟鼓，弗鼓弗考。宛其死矣，他人是保。

子有酒食，何不日鼓瑟？且以喜乐，且以永日。宛其死矣，他人入室。

《诗序》说："《山有枢》，刺晋昭公也。不能修道以正其国，有财不能用，有钟鼓不能以自乐，有朝廷不能洒埽。政荒民散，将以危亡。四邻谋取其国家而不知，国人作诗以刺之也。"是否刺晋昭公，因没有确凿的依据，故不可断然下结论。但"政荒民散，将以危亡"应是接近诗本意的。所以陈子展先生说："《山有枢》，盖写行将没落之奴隶主贵族颓废自放之诗。"奴隶主贵族看到的是一个行将灭亡、朝不保夕的政权，只好得过且过，尽可能抓紧时间享受生活，饮酒作乐，驰骋车马。

君臣相聚宴饮是一件欢乐之事，特别是周王朝的君臣通常还有宗亲关系，因此这样的宴饮又多了一份亲情带来的温馨。所以在诗人笔下，美酒是那么甘醇，菜肴是那么丰盛，相聚是那么美好，宴会似乎成了一个欢乐的海洋。但是，就在欢乐达到极致时，《小雅·頍弁》转而不无悲伤地说："如彼雨雪，先集维霰。死丧无日，无几相见。乐酒今夕，君子维宴。"突如其来的悲伤决绝之语使热

---

① 钱钟书著《管锥编》第 1 册，第 119 页。
② 引之陈子展著《诗经直解》，第 346 页。

闹欢快的宴饮顿时沉重得令人呼吸都要凝滞。《诗序》说:"《頍弁》,诸公刺幽王也。暴戾无亲,不能宴乐同姓,亲睦九族,孤危将亡,故作是诗也。"诗人感受到危亡的迫近,因此把人生比做飘洒在天地间的雪花,看似美好,实际很快就会雪终融尽,消失得无影无踪。死亡不知何时就会降临,所以今日有酒今日醉吧,好好享受这宴饮的快乐。王室的危机带给诗人的悲哀是多么深切,寥寥数句把人生无常、及时行乐的"末世情怀"表现得淋漓尽致。

二、"末世情怀"在《古诗十九首》中的表现

西汉武帝独尊儒术,为了选拔人才,于元朔五年(前124年)正式设立中央官学——太学。东汉王朝为了加强统治,继续这一养士制度。及质帝时,太学生发展至三万余人。其吸收对象也不再局限于贵族官僚子弟,而是延及中下层士子。与此相适应,东汉采用选举制度从文人中提拔官吏,赵壹、傅毅等都是通过这条途径踏上仕途的。但是随着统治集团的腐败,贿赂公行,卖官鬻爵成风,所谓选举制度名存实亡。中下层文人对仕途的热烈营求渐渐转化为对社会的不满和人生的倦怠。这时的文学不再是实现理想的工具,而是失意后的发泄、补偿。文学作品由国家强大时对王权的歌颂转向对自我人生的细细追述,人生无常、及时行乐的"末世情怀"成为文学的主题。被刘勰称之为"五言之冠冕"的《古诗十九首》正反映出东汉文人的此种心态。

中国古代社会的文人有着强烈的功名意识,他们不满足于生活停留在吃饱穿暖的低层次。面对稍纵即逝的人生,他们把建功立业、追求荣华富贵看作人生大事。"人生寄一世,奄忽若飚尘。何不策高足,先据要路津。无为守穷贱,轗轲长苦辛"[①],"人生非

---

① 隋树森编撰《古诗十九首集释·今日良宴会》,北京:中华书局1957年版。

金石,岂能长寿考。奄忽随物化,荣名以为宝"①。显赫的社会地位和声名是他们汲汲以求的人生目标。然而,"法禁屈挠于势族,恩泽不逮于单门"②,严格的等级制度和腐败的政治将他们排除在仕途之外。他们本以"徒步而为相"的范雎、蔡泽、苏秦、张仪和"白身而为将"的孙膑、白起、乐毅、廉颇、王翦等人为偶像,希望通过"学而优则仕"改变卑微的人生,从而"身处尊位,珍宝充门,外有廪仓,泽及后世,子孙长享"③。然而,"修先王之术,慕圣人之义,讽诵诗书百家之言,不可胜数,著于竹帛,唇腐齿落,服膺而不释,好学乐道之效,明白甚矣;自以智能海内无双,则可谓博闻强辩矣。悉力尽忠以事圣帝,旷日持久",最终却不过"官不过侍郎,位不过执载。"同心而离居,忧伤以终老"④,他们忍受离别相思之苦,长年游学在外,结果仍是两手空空。理想和现实的冲突,加之道家思想的影响,使他们悲极生"乐",转而以消极的及时行乐表达对现实社会的不满。"人生天地间,忽如远行客。斗酒相娱乐,聊厚不为薄。驱车策驾马,游戏宛与洛"⑤、"人生忽如寄,寿无金石固。万岁更相送,贤圣莫能度。服食求神仙,多为药所误。不如饮美酒,被服纨与素"⑥、"生年不满百,常怀千岁忧。昼短苦夜长,何不秉烛游。为乐当及时,何能待来兹"⑦。他们试图冲破儒家纲常名教的束缚,以求身心的一时快慰,即使驾着驽马也要去冠盖云集的洛阳城中游玩,借一点薄酒也想狂欢一番,然而这一切不过是苦中作乐,折射出的恰是中下层文人内心无以言表的痛苦和悲伤,是含泪

---

① 隋树森编撰《古诗十九首集释·回车驾言迈》。
② 南朝宋·范晔《后汉书·文苑列传》,北京:中华书局1965年版。
③ 汉·班固《汉书·东方朔传》,北京:中华书局1962年版。
④ 隋树森编撰《古诗十九首集释·涉江采芙蓉》。
⑤ 隋树森编撰《古诗十九首集释·青青陵上柏》。
⑥ 隋树森编撰《古诗十九首集释·驱车上东门》。
⑦ 隋树森编撰《古诗十九首集释·生年不满百》。

的笑。所以马茂元先生说:"斗酒、驽马,就是裘敝金尽的客中落拓之感。'聊厚不为薄',并不是什么'无入而不自得'的达人心情,不是'旷达之士,能不以利禄介怀'(王世贞语)的想法,而是无可奈何中姑作解嘲的苦语。"①

三、"末世情怀"在晚唐诗歌中的表现

和汉代文人相比,唐代文人的社会地位有了一定程度的改观,因此参与国家政治的意识也更强烈。这一方面缘于国家的强盛,另一方面也是因为自隋代以来实行的科举制度为下层文人提供了相对于汉代更合理更公平的入仕机会。所以初盛唐时的诗歌充满功业意识和蓬勃向上的精神。至晚唐,李氏政权日薄西山,江河日下,面对不尽人意的现实,文人志士既感回天无力,从而由立志报国转向对自身的关照。反映在晚唐诗坛上,就是这一时期的诗歌少了初唐的功业意识,更没有盛唐的乐观向上和浪漫豪情,却多了些许个人情怀。这使得晚唐诗坛不但出现大量描写个体生活、透视个体心灵的诗篇,而且此类诗篇中情爱诗还占了相当比重。这正是"末世情怀"在晚唐诗坛上的表现。

孔子曾说"沽之哉,沽之哉,我待贾者也"②,表现出古代士人对被认可、被赏识的渴望。当社会为士人提供了充分的建功立业机会时,他们花在家庭的时间和精力就非常有限。然而,一旦社会不能给士人提供这样的时机,他们就从对功名利禄的追逐转而渴望爱情和家庭生活,关注的焦点也由以国家、政治为主转向以自我为主。晚唐诗人面对正是后一种情形。"处在这样背景下(宦官专

---

① 朱自清、马茂元著《朱自清马茂元说〈古诗十九首〉》,上海:上海古籍出版社1999年版,第89页。

② 杨伯峻编撰《论语译注·子罕下》,北京:中华书局1980年版。

权,藩镇跋扈,党派倾轧)的晚唐文人,他们的心态基本是灰暗的……对现实的失望促使他们转向个人生活小天地,幽幽地吟唱狭窄天地里的个人情思,就成了文人们精神上的一种寄托"①。李商隐和杜牧是晚唐诗坛上的杰出代表,他们的诗歌由面向现实关注社会,到回归自我关照内心的过程就是"人生无常、及时行乐"的"末世情怀"在晚唐诗人笔下的具体体现。

　　李商隐本是一位怀济世之才、充满政治热情的诗人,他早期诗歌表现出以天下为己任的政治责任感。《行次西郊一百韵》写于诗人二十六岁时,从中可以看出他对国家命运的关心和理性思考。在京西郊畿,诗人看到"高田长檞枥,下田长荆榛。农具弃道旁,饥牛死空墩。依依过村落,十室无一存。存者皆面啼,无衣可迎宾"。田地荒芜,民不聊生的情景令诗人痛心不已。他认为治乱在人不在天,因此提出"我愿为此事,君前剖心肝。叩头出鲜血,滂沱污紫宸",洋溢着澎湃的政治热情。在《安定城楼》一诗中,诗人雄心勃勃地说:"永忆江湖归白发,欲回天地入扁舟。"用范蠡的故事表明自己要在国家治理好后才功成身退、泛舟江湖的决心。但是现实像一盆冷水烧灭了诗人心头的希望之火。面对"不问苍生问鬼神"②的统治者,面对"使典作尚书,厮养为将军"③的社会状况,诗人心里有说不出的悲凉。"秋阴不散霜飞晚,留得枯荷听雨声"④、"回头问残照,残照更空虚"⑤、"客散酒醒深夜后,更持红烛赏残花"⑥,字字句句都是对江河日下的李氏王朝的无奈叹息。这时诗人只能由关注国家、政治回归个人,并创作了大量情爱诗。李商隐

---

① 文航生著《晚唐艳诗概述》,载《四川师范学院学报》1996(1)。
② 唐·李商隐著《贾生》,上海古籍出版社1999年版。
③ 唐·李商隐著《行次西郊一百韵》。
④ 唐·李商隐著《宿骆氏亭寄怀崔雍崔衮》。
⑤ 唐·李商隐著《槿花》。
⑥ 唐·李商隐著《花下醉》。

留下诗歌六百多首,其中情爱诗近四分之一。这些情爱诗深情绵渺,属对精工,成为晚唐诗坛上此类诗作的代表。诗歌侧重表达了感情追求中的痛苦和郁闷,感伤情调非常浓厚。如《无题·相见时难别亦难》,八句诗用了难、无力、残、死、尽、灰、泪、愁、寒等传递悲伤、甚至绝望的字眼。其他如"春心莫共花争发,一寸相思一寸灰"①、"刘郎已恨蓬山远,更隔蓬山一万重"②等诗句,都表达出令人难以释怀的深重悲哀。它们一方面反映了诗人仕途失意,试图从感情中寻找安慰和寄托心情,另一方面也写出了他对国家、政治的极度失望和由此而生的灰暗心态,从更深层次表现了"人生无常、及时行乐"的"末世情怀"。

　　和李商隐一样,杜牧初入仕途时也希望有一番作为。"岂为妻子计,未去山林藏? 平生五色线,愿补舜衣裳"(《郡斋独酌》),正是诗人理想和抱负的真实写照。他敏锐地看到大唐帝国的种种忧患,试图以自己的才能为国分忧,但现实却让他大失所望。一边是惨遭回纥侵略者蹂躏的边地百姓——"金河秋半虏弦开,云外惊飞四散哀"③,一边却是醉生梦死的统治阶级——"一骑红尘妃子笑,无人知是荔枝来"④。诗人空怀报国热情却无处施展才华,只能爱云爱僧:"清时有味是无能,闲爱孤云静爱僧。"⑤进而把时事带来的忧伤转为对颓废生活的向往。他长期浪迹风景秀美的繁华江南,饮酒作乐,征歌狎妓,用放浪形骸、狂放不羁排解痛苦,并倾注笔端,写下了不少诗歌,如:《遣怀》、《赠别》、《叹花》等。但是诗人真的从放荡不羁的生活中找到了快乐和满足吗?"落魄江湖载酒

---

① 唐·李商隐著《无题》。
② 同上。
③ 唐·杜牧著《早雁》,上海古籍出版社 1997 年版。
④ 唐·杜牧著《过华清宫绝句》。
⑤ 唐·杜牧著《将赴吴兴登乐游原》。

行,楚腰纤细掌中轻。十年一觉扬州梦,赢得青楼薄悻名"①,放纵之后,诗人倍感失落,梦醒时分,内心充满自责和更深的痛苦。杜牧被后世称为"无行文人",实际上,他的"无行"正是内心苦闷的表现。

四、"末世情怀"在《诗经》、《古诗十九首》和晚唐诗歌中表现之不同

　　牟宗三先生说:"中国哲学,从它那个通孔所发展出来的主要课题是生命,就是我们所说的生命的学问。它是以生命为它的对象,主要的用心在于如何来调节我们的生命,来运转我们的生命,安顿我们的生命。"②那么,和哲学有着千丝万缕联系的文学又怎能摆脱对生命的关注以及由此产生的痛苦?"人生无常、及时行乐"的"末世情怀"正是古人时光意识和生命意识的反映。孔子说"逝者如斯夫,不舍昼夜",屈原在《离骚》中反复咏叹"日月忽其不淹兮,春与秋其代序。惟草木之零落兮,恐美人之迟暮",以及自宋玉以来许许多多的悲秋之作,都是古人认识到人生之短暂和生命之脆弱的明证。身处末世的士人,人生失去方向,理想无处着落,人生短暂和抱负难施这一矛盾更加突出,当他们找不到消解的途径时就以及时行乐来排遣由此产生的悲伤。这是"末世情怀"在《诗经》、《古诗十九首》和晚唐诗歌中产生的共同原因。但是三类诗歌产生时代相隔甚远,各自代表我国古代诗歌发展的不同阶段,故而"末世情怀"在它们中的表现又有所不同。

---

① 唐·杜牧著《遣怀》。
② 牟宗三著《中国哲学十九讲》,上海:上海古籍出版社1997年版,第14页。

（一）诗人身份不同。

西周初年，学在官府，只有贵族才有机会接受教育。"春秋中叶以后，大批贵族的没落，把贵族手上所保持的知识，解放向社会，所以孔子便能以原在贵族手上的诗书礼乐作为教育他学生的教材"①。尽管如此，获得机会接受教育的仍是为数不多的士人。奴隶没有人身自由，更遑论接受教育。繁重的劳动、贫穷的生活、低下的社会地位迫使他们发出"鲜民之生，不如死之久矣"②、"知我如此，不如无生"③的呼喊。人生无常、及时行乐的思想不可能在他们头脑中产生。奴隶主贵族则不同，享有教育机会，拥有知识促使他们自我意识的觉醒，加之又亲身体验了社会由盛至衰的巨变，心灵受到强烈冲击，反映在文学作品中就形成了表现"末世情怀"的诗篇。所以，与《古诗十九首》和晚唐诗歌不同，《诗经》中表现"末世情怀"的诗篇多出自奴隶主贵族之手，诗中描述的也是奴隶主贵族的生活。《蟋蟀》中的"良士"指的就是周王朝的大臣。姚际恒云："观诗中良士二字，既非君子，亦不必尽是细民，乃士大夫之诗也。"④陈子展云："良士者何也？ 良臣之谓也。"⑤《山有枢》中的主人公不但有衣裳、房子，还有车马和娱乐的钟鼓，显然也是贵族。"弁"特指贵族戴的帽子，皮质、形状很高，由此可知《小雅·頍弁》所涉及之人物亦为贵族，而非普通百姓。

《古诗十九首》和晚唐诗歌中表现"末世情怀"的诗篇则多出自中下层文人之手，诗中描述的也是他们的追求和痛苦。"他们(《古

① 徐复观著《两汉思想史》，上海：华东师范大学出版社 2001 年版，第 53 页。
② 《诗经·小雅·蓼莪》，上海古籍出版社 1985 年版。
③ 《诗经·小雅·苕之华》。
④ 姚际恒著《诗经通论》，第 129—130 页。
⑤ 陈子展著《诗经直解》，第 342 页。

诗十九首》的作者)和乐府民歌的作者不同,大都是属于中小地主阶级的文人,为了寻求出路,不得不远离乡里,奔走权门,或游京师,或谒州郡,以博一官半职"①。同样,作为晚唐诗坛代表的李商隐和杜牧,前者受党争牵连,仕途不济,后者因刚直不阿屡受排挤,总之一生遭遇坎坷,抱负难施,在悲愤抑郁中走完人生。作为封建社会统治阶级内部被压制的阶层,中下层文人能清晰地看到上层统治阶级的腐败,对其不满并有所揭露。但是受其阶级局限,他们基于个人人生遭遇的揭露往往最终流于感伤和颓废。

(二) 表现内容不同。

同是表现"人生无常、及时行乐"的"末世情怀",《诗经》相对《古诗十九首》和晚唐诗歌而言内容要单纯一些。譬如《蟋蟀》中,诗人说"今我不乐,日月其除……今我不乐,日月其迈……今我不乐,日月其慆",由时光流逝、人生无常而产生及时行乐的想法,但对"行乐"的内容却未涉及。从《山有枢》和《頍弁》的简单描述来看,他们的"行乐"仅限于宴饮和钟鼓娱乐这些物质的、外在的人生需求,精神方面的需求如情感尚未涉及,所以诗歌就较少有关于个体内心体验的精细描述。《古诗十九首》和晚唐诗歌则不同,它们所描写的"及时行乐"有物质的、外在的,更多则是内在的、精神的(情感)。这是因为封建社会文人在人生失意后常常躲入感情的巢穴中舐舐心灵的创伤、寻找安慰,并通过对情感的描写间接表达他们对人生的灰色感受。由此,诗歌中就较多心理活动和内心体验的描述,"人生无常、及时行乐"的"末世情怀"也正是通过对诗人心灵的剖析和透视来表现的。如《古诗十九首·行行重行行》中"思君令人老,岁月忽已晚",因为思念,意识到时光飞逝;因为追求情

---

① 游国恩著《中国古代文学史》,北京:人民文学出版社1963年版,第214页。

感,感受到人生无常。《东城高且长》"回风动地起,秋草凄已绿。四时更变化,岁暮一何速! 晨风怀苦心,蟋蟀何局促。荡涤放情志,何为自约束? 燕赵多佳人,美者颜如玉……思为双飞燕,衔泥巢君屋",诗人从旋风、秋草、晨风(一种鸟)、蟋蟀等四时景物变换意识到人生无常,因而想到人生苦短何必自我束缚,这就有了"荡涤放情志"、寻找情感归宿的强烈愿望。由物至心,整个过程描写得丝丝入扣、曲折有致,"末世情怀"通过对诗人心理变化的描绘体现出来。晚唐情爱诗对心理活动刻画得更加细致入微。李商隐《无题》:"重帏深下莫愁堂,卧后清宵细细长。神女生涯应是梦,小姑居处本无郎。风波不信菱枝弱,月露谁教桂叶香。直道相思了无益,未妨惆怅是清狂。"诗中描写一个女子午夜梦回时追想自己的身世,发现美满的爱情只是梦境,蕙心兰质无人怜惜,只有因相思而来的惆怅伴随自己。除第一二句描写环境,其余都是对女子内心的刻画。诗人身处末世无奈、悲伤的心态就在对女子内心的揭示中得到完整显现。

《诗经》时代生产力低下,人们只能满足饮食、居住等人生最基本的需求。封建社会生产力有了一定提高,人们的需求也相应提高,仅物质满足是不够的,精神需求在人们生活中,尤其是文人生活中扮演着日益重要的角色。所以,生产力水平发展不一导致人们需求的不同,是《诗经》中反映末世情怀的诗篇在内容上和《古诗十九首》及晚唐诗歌有差异的原因。但是,同处封建社会,《古诗十九首》和晚唐诗歌对"末世情怀"的表现也不尽相同,这是因为汉代文人和晚唐诗人受道家思想影响程度不一而致。

虽然汉代统治者采取了"罢黜百家,独尊儒术"的思想统治政策,但是道家思想始终是其时代思想的一部分。东汉末年,当"章句渐疏,而多以浮华相尚,儒者之风衰矣"[①]时,社会的黑暗、现实

---

① 南朝宋·范晔《后汉书·儒林列传》。

的刺激使找不到人生出路的文人转而求助于道家思想以寻求精神支柱和解脱方式。"人生天地间,忽如远行客"、"人生忽如寄,寿无金石固"、"服食求神仙,多为药所误"、"仙人王子乔,难可与等期",说明道家对文人的影响之大。要注意的是,道家思想对中国文学的影响是到了魏晋才格外地凸显出来,东汉则是西汉武帝以来儒家思想占主导地位发展到魏晋时期道家占主导地位的过渡期。这一时期的文人心态呈现两重性,即由儒家思想为正统开始向道家回归,却又不能弥合两者的矛盾(儒家要求克己复礼,融小我于大社会,道家主张摆脱礼法束缚,自咨以适己),想放纵,一时又难以摆脱长期在儒家思想影响下形成的心理定势,因而犹豫不决。这就使得《古诗十九首》中的"及时行乐"只是一种心理活动,或者说是诗人的一种想法、欲望。叶嘉莹先生这样说:"需要注意的是这(何不策高足,先据要路津)乃是一个疑问,并不是一个行动。"①谈及"荡子行不归,空床难独守"时,她又说:"所谓'难独守',是说这个女子现在还在'守',只不过她内心之中正在进行着'守'与不守的矛盾挣扎。"②"'难独守'三个字,实在是写尽了千古以来人性的软弱!写尽了千古以来人生所需要经受的考验"③。分析鞭辟入里。其他如"昼短苦夜长,何不秉烛游"、"不如饮美酒,被服纨与素",也都表现了诗人面临人生选择时的困惑和犹豫。唐代则不同,因为统治阶级的提倡,道家及由道家发展而来的道教势力逐渐增大,导引着文人的思想、行为并影响他们的创作。唐代文人中好道者大有人在,李白自不用说,晚唐诗坛上,李商隐、温庭筠等都和道家道教有密切联系。道教所提倡的求仙求艳,更成为文人冶游、狎妓的理论根据。所以,与《古诗十九首》相比,晚唐诗歌所描述的

---

① 叶嘉莹著《汉魏六朝诗讲录》,石家庄:河北教育出版社 1997 年版,第 102 页。

② 同上书,第 98 页。

③ 同上书,第 99 页。

及时行乐是大胆的行为而不再仅仅是想法。"十年一觉扬州梦,赢得青楼薄倖名",唐代文人不再犹豫徘徊,而是将及时行乐付诸行动,并藉以入诗。

(三) 表现风格上的不同。

《诗经》是我国古代诗歌的源头,和《古诗十九首》与唐诗相比,具有质朴直白的风格特点。《古诗十九首》标志着五言诗的成熟,唐诗则是我国古代诗歌发展的高峰,二者承《诗经》余绪,表现手法有了长足发展,从而影响到诗歌风格的变化,显著特点就是含蓄深刻。刘勰《文心雕龙·明诗》评《古诗十九首》曰:"直而不野,婉转附物。"晚清诗学批评家陈祚明《采菽堂古诗选》则这样说:"'十九首'善言情,惟是不使情为径直之物,而必取其宛曲者以写之,故言不尽而情则无不尽。"晚唐诗人更是将诗的含蓄发展到极致,李商隐尤为突出。叶燮《原诗》曰:"李商隐七绝,寄托深而措辞婉,可空百代,无其匹也。"元好问《论诗绝句》有:"望帝春心托杜鹃,佳人锦瑟怨华年。诗家总爱西昆好,独恨无人作郑笺。"都道出了李商隐诗歌幽微杳渺的特点。同是表现时光飞逝、人生无常,《诗经》直截了当地说:"日月其除"、"日月其迈"、"日月其慆"、"逝者其耋"、"逝者其亡"。《古诗十九首》则这样说:"人生天地间,忽如远行客"、"人生寄一世,奄忽若飙尘",用"忽"、"奄忽"形容时间流逝之快,用"远行客"、"飙尘"比喻人在宇宙间之渺小,既委婉又形象。同样是面对混乱的时局和趋于衰落的政权,同样是对现实不满又回天无力、对苟延残喘的政权充满叹息又无可奈何,同样是抑郁愤懑,寻求解脱,《诗经·小雅·頍弁》说"如彼雨雪,先集维霰。死丧无日,无几相见。乐酒今夕,君子维宴"。晚唐诗歌则采用象征等较为隐微的手法将其表现得含蓄隽永、回味无穷。李商隐和杜牧都有《登乐游原》之作。杜诗曰:"长空澹澹孤鸟没,万古销沉向此中。

看取汉家何事业,五陵无树起秋风。"李诗写道:"向晚意不适,驱车登古原。夕阳无限好,只是近黄昏。"两首诗不约而同选取乐游原黄昏作背景,既象征大唐帝国的陨落,也暗含诗人对自身身世和生命的慨叹。整首诗看似平和、淡然,实际却用深刻的笔触道出作者面对末世无与言表的哀痛、失望和无奈。

　　人生无常、及时行乐的"末世情怀"是社会既盛而衰的必然产物。当一个朝代处于末期时,政权的腐败往往伴随着礼法崩溃。对文人而言,这无疑是身心解放的时机。他们忽略往日必须遵守的礼法,挣脱纲常名教的约束,使人性得到舒展和释放。如果说正常时期是个性消融在社会中,那么在末世,礼法松弛使个性从社会中疏离,以表现自我为主的文学作品因之繁荣起来。所以在某种程度上可以这样说,《诗经》、《古诗十九首》和晚唐诗歌中表现"末世情怀"的文学作品的繁荣,在现实层面反映了生活在混乱、黑暗社会中的文人对人生的迷惘和失望,在哲学层面上体现了人的觉醒、人性的逐步解放。

浩浩其志通千古

——《史记·屈原列传》"悲其志"探微

研究司马迁和《史记》的著名学者李长之先生这样说:"汉的文化并不接自周、秦,而是接自楚、齐。原来就政治上说,打倒暴秦的是汉,但就文化上说,得到胜利的乃是楚。这一点必须详加说明,然后才能了解司马迁的先驱实在是屈原。"①楚辞研究专家姜亮夫先生也论述到这一点:"汉代在很多方面延续着楚文化"②,"中国文学自从有了《楚辞》,特别到了汉代,得到汉高祖的提倡,可以说,整个中国文化都楚化了,因为它适用于整个民族的语调"③。而说到楚、汉文化的代表,屈原及其楚辞体作品和司马迁及其《史记》无论如何是不能忽略的。本章从《史记·屈原列传》"太史公曰"所言"余读《离骚》、《天问》、《招魂》、《哀郢》,悲其志。适长沙,过屈原所自沉渊,未尝不垂涕,想见其为人"入手,对屈子和史迁进行一些比较性地探讨和研究。这样做,一方面是为了解读二者之间的关系,另一方面也是为了更好地理解司马迁写作《史记·屈原列传》的苦心孤诣和深刻用意。

---

① 李长之著《司马迁之人格与风格》,北京:三联出版社 1984 年版,第 2 页。

② 姜亮夫著《姜亮夫全集·楚辞今绎讲录》(七),昆明:云南人民出版社 2002 年版,第 35 页。

③ 姜亮夫著《姜亮夫全集·楚辞今绎讲录》(七),第 37 页。

一

　　鉴赏主体(读者)与鉴赏客体(文学作品,具体说就是作品中所表达的作者情感)产生感应与交流,这一现象在文学理论中称为共鸣。司马迁读《离骚》、《天问》、《招魂》、《哀郢》而"悲其志"即是共鸣现象的一种,而且是深度共鸣。所以清代学者刘熙载说:"太史公《屈原传赞》曰:'悲其志。'又曰:'未尝不垂涕想见其为人。''志也','为人也',论屈子辞者,其斯为观其深哉!"①产生共鸣的原因是多方面的,有时代和社会的因素,也和个人的人生经历有关。将司马迁与屈原作一比较,我们不难发现二者都以命运的多舛及造诣的深宏在文学史上占有不可替代的地位。这或许正是司马迁读《离骚》、《天问》、《招魂》、《哀郢》而产生共鸣的原因所在。具体来说,我们可以从以下三个方面来做探寻。

(一) 屈原和司马迁在性格上的相似

　　刘勰在《文心雕龙·知音》篇中说:"慷慨者逆声而击节,酝藉者见密而高蹈,浮慧者观绮而跃心,爱奇者闻诡而惊听。"性情慷慨者听到激昂的音节就会击节称赞,心思细密者看到含蓄的就不免手舞足蹈,倾心浮华者因绮丽而动心,喜欢新奇者听闻奇异之事就耸动。由此可见,读者的性格对文学鉴赏活动的影响。司马迁读屈原作品而心动,首先在于他与屈子在性格上有许多相似点。

　　司马迁和屈原性格的第一个相似点是耿直、不阿谀奉承。

　　屈原一生崇尚光明正大,在他眼里,尧舜是"耿介"的,鲧是"婞直"的,所以以这些先贤为榜样的他也是"博謇而好修"的。他明知

---

　　① 刘熙载著,王气中笺注《艺概笺注》,贵阳:贵州人民出版社1986年版,第18页。

"謇謇之为祸",但是为了楚国和楚君却不能闭口不言。他不愿同行为阴暗、卑鄙龌龊的楚国贵族同流合污,即使遭到他们的排挤和迫害也不改初衷,在流放中仍坚持"新沐者必弹冠,新浴者必振衣,安能以自生之察察,受物之汶汶者乎?宁赴湘流,葬于江鱼之腹中,安能以皓皓之白,而蒙世俗之尘埃乎!"①的处世准则。因"李陵之祸"使一生发生重大转折的司马迁亦是如此。他与李陵本只是同朝为官而已,非知己,更不是同党,如他自己所说"素非能相善也。趣舍异路,未尝衔酒、接殷勤之余欢"②。但是,当李陵蒙冤受屈、其他大臣躲之唯恐不及时,他却能从当时的具体情况和李陵平日的为人出发,挺身而出,为李陵辩解,以至触怒汉武帝而惨遭腐刑。

　　屈原与司马迁在性格方面的第二个相似点是重视自我完善。

　　屈原有感于时间流逝之快,"汨余若将不及"③,所以抓紧一切时间努力提高自我修养。他"朝搴阰之木兰兮,夕揽洲之宿莽"、"民生各有所乐兮,余独好修以为常。虽体解吾犹未变兮,岂余心之可惩"④。司马迁则自幼就在父亲和当时宿学名儒的教育下刻苦学习。二十岁之后,他游历祖国名山大川,足踏黄河、长江及粤江流域搜集史料,了解各地的民俗风情与经济状况,搜集著名历史人物的生平史料,丰富历史知识和生活经验,开阔眼界和胸襟,为写作《史记》做最充分的准备。自身的天赋加之后天的努力,使屈原和司马迁成就斐然,都为后人留下了千古传诵的绝世佳作。

　　司马迁和屈原二人在性格上的第三个相似点是好奇。

　　在《涉江》中,屈原明确地说:"余幼好此奇服兮,年既老而不

------

　　① 宋·洪兴祖编撰《楚辞补注·渔父》,北京:中华书局1983年版。
　　② 汉·司马迁著《报任少卿书》,载赵逵夫、刘跃进主编《中国文学作品选》(第一卷),第343页。
　　③ 宋·洪兴祖编撰《楚辞补注·离骚》。
　　④ 同上。

衰。带长铗之陆离兮,冠切云之崔嵬。"正因为诗人自身是一个好奇的人,所以在《离骚》中他塑造了一个充满奇美的主人公形象。这个主人公不但有吉利的生日、美好的名字,而且以芰荷芙蓉为裙裳,饮木兰坠露,餐秋菊落英。诗人正是通过这一高洁奇美的形象来显示自己鸷鸟般的卓尔不群。司马迁好奇的性格特征从他二十岁遍游全国就可以看出来。我们很难想象一个死气沉沉、因循守旧的人会不惜长途跋涉、栉风沐雨去"探禹穴","浮沅湘"。因为好奇,司马迁常常把笔下的英雄称为"奇士"。他说李陵"自守奇士",冯遂"亦奇士",评价深有计谋的陈平"常出奇计";因为好奇,不入寻常儒者之眼的项羽、陈胜被司马迁分别列入"本纪"和"世家",而游侠、刺客这些通常被历史忽略的草根阶层得以进入史传,引起大众的关注和兴趣;因为好奇,司马迁才能把一篇篇人物传记写得像变幻莫测的大自然,奇峰迭起,奇景频出。也是因为好奇,司马迁在遭遇"李陵之祸"后,悲伤地说,他再也不能"有奇策材力之誉,自结明主"①。所以扬雄说:"仲尼多爱,爱义也! 子长多爱,爱奇也。"②为《史记》做索隐的司马贞也说:"其人好奇而词省。"③

(二) 屈原和司马迁在身世和经历上的相似

司马迁世代为史官,这是喜欢《史记》的读者都熟知的一个文学常识。但是屈原也做过史官却少有人知。姜亮夫先生说:"屈原是楚之宗亲,又作过三闾大夫这样的宗官(即后代之宗正,亦即屈家之莫敖),因此,他可能是楚国史官的继承者,如司马迁继承其父

---

① 汉·司马迁著《报任少卿书》。
② 王以宪、张广保注释《法言·潜夫论》,北京:华夏出版社2002年版,第120页。
③ 司马贞编撰《史记索隐后序》,见司马迁《史记》附录,北京:中华书局1959年版,第9页。

司马谈作太史令一样。"①从屈原作品内容之丰富来看,姜先生这一推测不无道理。中国古代的史官相当于后世的国家图书馆和档案馆的馆长,拥有这一职位就意味着拥有了接触大量一手文献资源的机会,所以古代的史官大多博古通今,不少还在中国文学史上留下浓墨重彩的一笔,老子、屈原、司马迁是其中的佼佼者。做过史官这一共同人生经历不但为屈原和司马迁创作巨著提供了便利,而且也对他们创作思想产生一定的影响。这是因为史官在我国古代社会自有其特殊性,任此官职的人不但要具备丰富的学识和敏锐的眼光,还要具备公正不阿、不隐恶、不逢迎、坚持正义的职业道德。他们洞悉前朝历代统治者治国安邦之策及王朝兴衰原因,并能援引其中一些事例给当朝统治者作镜鉴。所以李长之先生这样评价史官:"史官是政治家、预言家和新闻记者合而为一的人物。"②相对一般人而言,他们对时政更敏感一些。正是这种敏感使得屈原和司马迁在遭谗见疏后郁结心中。心理学家弗洛伊德认为,创作是人们受了压抑的欲望在一种象征世界里的满足。所以屈原和司马迁不约而同地"发愤以抒情",前者留下了"抒情诗不可企及的典范"——《离骚》,后者留下了被称作"史传文学的长城"——《史记》。

其次,屈原和司马迁都有着盛极而衰的人生历程。同时,他们都把理想置于个人荣辱之上。从《史记·屈原列传》可以看出,遭谗见疏前的屈原在楚国宫廷中有着举足轻重的权位,他"入则与王图谋国事,以出号令;出则接遇宾客,应对诸侯。王甚任之"。又因为和楚王有宗亲关系,使得屈原在楚国宫廷的作用更非同一般,同时也使他的爱国之情因恋宗更多了一份深沉与执着。但是其后因为楚国贵族的排挤,楚王的多疑与偏听偏信,屈原被疏远,遭流放,

---

① 姜亮夫著《姜亮夫全集·楚辞今绎讲录》(七),第112页。
② 李长之著《司马迁之人格与风格》,第224页。

人生从峰顶跌入谷底。但是就是在这时，他的文学创作却进入高峰期。

司马迁在父亲司马谈离世后，继承其史官职位，成为汉廷一名外朝官员，虽没屈原那般权高位重，但一样不可或缺。他"厕大夫之列，陪外廷末议，不以此时引维刚，尽思虑"①。但是平静而高贵的人生因"口语"而突起波澜，"李陵之祸"使司马迁遭遇宫刑，只是为了撰写《史记》，他忍辱含垢度过余生。每当想起自己是一个刑余之人，司马迁"肠一日而九回，居则忽忽若有所亡，出则不知其所往。每念斯耻，汗未尝不发背沾衣也！"②"李陵之祸"是司马迁人生的转折点，也是他撰写《史记》的转折点，从此他不再满足于歌功颂德，"亲媚于主上"而是用批判的眼光审视历史，于是才有了我们现在见到的《史记》。

在对待理想的态度上，司马迁和屈原两人更无二辙。屈原为了在楚国实现"美政"，矢志不渝地和党人斗争，"虽九死其犹未悔"③。而司马迁之所以能够"已就极刑而无愠色"，"隐忍苟活，幽于粪土之中而不辞"④，就是为了完成"通古今之变，究天人之际，成一家之言"的《史记》⑤。

（三）屈原和司马迁在文学创作思想上的相似

我国传统的文学创作理论是言志说。"言志"既包含表达意志，也包含抒发感情，但后来在儒家思想的影响下，渐渐淡化了后一种含义。是屈原在继承言志说的基础上，明确提出了"发愤以抒

---

① 汉·司马迁著《报任少卿书》。
② 同上。
③ 宋·洪兴祖编撰《楚辞补注·离骚》。
④ 汉·司马迁著《报任少卿书》。
⑤ 同上。

情"的文学创作观。在诗篇中,屈原反复陈述这一观点:"惜诵以致愍兮,发愤以抒情"、"恐情质之不信兮,故重著以自明"①、"申旦以舒中情兮,志沉菀而莫达"②。继屈原之后,司马迁在《报任少卿书》和《史记·太史公自序》中用几近相同的笔墨描述了下列史实:文王拘而演《周易》,仲尼厄而作《春秋》,屈原放逐乃赋《离骚》,不韦迁蜀世传《吕览》等。最后得出一个结论:"诗三百篇大抵圣贤发愤之所为作也。此人皆有所郁结,不得通其道也,故述往事,思来者。"经过这一番历史的审视,司马迁坚定了忍辱负重完成《史记》的决心。他像行吟泽畔的屈子一样,在创作中宣泄自己的满腔悲愤,对笔下的历史人物或赞叹,或批判,或感慨,"总之,是抒情的而已! 不惟抒自己的情,而且代抒一般人的情,这就是他的伟大之处!"③就这样,"发愤以抒情"自然而然地融进司马迁的创作,造就了《史记》忧郁的抒情风格。鲁迅先生称赞《史记》是"史家之绝唱,无韵之《离骚》",刘熙载则说:"学《离骚》得其情者为太史公"④,从不同程度上说明了《离骚》与《史记》在创作思想上的相通。

正是性格、身世、经历和文学创作思想等方面的相似或相同,使司马迁和与他相隔两百年的屈原产生了共鸣,发出"余读《离骚》、《天问》、《招魂》、《哀郢》,悲其志"的感叹。

二

经刘向整理而形成的《楚辞》一书中,屈原的作品有 25 篇之多,而司马迁却单单读《离骚》、《天问》、《招魂》、《哀郢》而"悲其

---

① 宋·洪兴祖编撰《楚辞补注·惜诵》。

② 宋·洪兴祖编撰《楚辞补注·思美人》。

③ 李长之著《司马迁之人格与风格》,第 92 页。

④ 刘熙载著,王气中笺注《艺概笺注》,贵阳:贵州人民出版社 1986 年版,第 36 页。

志",这是为什么?

(一)《离骚》等四篇集中表现了屈原的爱国之情、报国之志

　　《离骚》所表现的爱国之情、报国之志自不必多说。《天问》体现了屈原的学术思想,显示了其渊博的知识,这是楚辞学界公认的。然而《天问》表面上似乎是一篇有关人类早期天文、地理及自然的学术文章,实际上其深层仍是表达作者的爱国之情。司马迁在《史记·屈原列传》中这样评价屈原的创作风格:"其文约,其刺微,……其称文小而其指极大。"因此对屈原作品的理解不能仅限于表面,而要注意细心体味其深层内涵。那么《天问》的"微言大义"是什么呢?毫无疑问是作者的爱国之情。《天问》除讲天文、地理外,对历代昏君乱臣的荒乱现象特别提出来,而且占了相当的篇幅。诗人为什么这样做?诚如姜亮夫先生所说:"可能是现实时代情况的反映……这可能包含有他对楚王政治上的批评。"①所以《天问》的结尾不是泛泛而谈,而是由天落到人,由远古落到战国,最终落到楚国楚王身上。再者,《天问》中对夏代的历史讲述得非常详细,记夏史达二十多件,比周史和殷史都要多。这是因为楚是夏之后裔。从这些细节上都可看出屈原的殷殷爱国之情。洪兴祖在《楚辞补注·天问》中说的一段话更能说明问题:

　　　　《天问》之作,其旨远矣。盖曰遂古以来,天地事物之忧,不可胜穷。欲付之无言乎?而耳目所接,有感于吾心者,不可以不发也。欲具道其所以然乎?而天地变化岂思虑智之所能究哉?天固不可问,聊以寄吾意耳。楚之兴衰,天邪人邪?吾之用舍,天邪人邪?国无人,莫我知也。知我者其天乎?此

---

　　① 姜亮夫著《姜亮夫全集·楚辞今绎讲录》(七),第115页。

《天问》之所为作也。

王逸也同样认为,"忧心憔悴"的屈原是在"彷徨山泽"时见楚先王之庙而产生创作《天问》的激情,他的目的则是"以泄愤懑,舒泄愁思"。这样一篇诗歌自然不可能是纯粹的学术论文,必然融入了作者的某种感情——爱国之情。

《哀郢》是《九章》中的一篇,作于顷襄王二十一年,表现了诗人对危亡前夕的祖国无限怀念。"去终古之所居兮,今逍遥而来东,羌灵魂之欲归兮,和须臾而忘反",诗人离故乡愈远,对故乡的思念之情愈切,他一刻都不能把故乡忘怀,以至于灵魂无时无刻不盼着回去。"哀州土之平乐兮,悲江介之遗风",故乡的一切都那么美好,他怎么舍得离开呢!"鸟飞返故乡兮,狐四死必首丘",鸟儿和狐狸都知道思恋故乡,何况人?《哀郢》中的字字句句都蕴含着真挚感人的爱国情怀。

《招魂》力陈四方之恶、楚国之美,通过鲜明的对比,描绘了楚国的强大和富庶。这其中不乏诗人对祖国的希望和幻想,但正因为如此,才更深沉地表达出了作者对祖国的热爱。同时一声声"魂兮归来"的殷切呼唤,表达了深深的思君之情。要知道,在屈原那个时代,忠君与爱国其实是紧密联系的。

(二) 与屈原的作品的收集和传播有关

楚辞"书楚语,作楚声,纪楚地,名楚物",具有显著的地域特征。而战国时,在中原各个诸侯国的眼里,楚国是落后、不开化的荒蛮之地,楚人是文明程度低下的"南蛮",是他们共同的讨伐对象,故而有"戎狄是膺,荆舒是惩"之说。所以,汉之前,中原地区知晓楚辞、接触屈原作品的人不多。汉代建立以后,由于统治者的喜好,楚辞成为一门学问,并开始在中原地区传播,但也仅是个别影响较大的作品单篇传播。及西汉末,刘向编校群经,才把屈原、宋玉和贾谊等人的楚辞体作品辑为一书,取名《楚辞》。我们现在所见到的被称之为《九章》的一组诗歌也是那时才被刘向整理出来的。刘向和司马迁生年相隔颇远,司马迁死时刘向尚未出生,由此推测司马迁读到屈原全部作品的可能性极小。

《史记·屈原列传》中提到屈原的作品有《离骚》、《天问》、《招魂》、《哀郢》、《怀沙》、《卜居》、《渔父》凡七篇。《卜居》、《渔父》在内容上侧重于表达屈原的处世观念和高洁之志。在形式上采用对话,叙事浓于抒情,与赋更接近。无论内容还是形式均与《离骚》、《天问》等篇章不相类。所以不在令司马迁为屈子之志感慨的作品之列。至于为何排除《怀沙》,我以为与司马迁遭腐刑有关。司马迁赞赏屈原为志而死,认为所有"死节者"之死都重于泰山。但当他自己面临死与隐忍苟活两种选择时,却选择了后者。其原因有二,一则司马迁认为"伏法受诛"不过若"九牛一毛,与蝼蚁何异"①,二是他著书立说、传文于世的志愿还没有完成。在权衡了生与死的价值之后,他选择了屈辱地活。因此,他在《屈原列传》中列出屈原赴江自沉前的绝笔《怀沙》,实则暗示他因自己隐忍苟活而产生的难抑悲愤。既如此,自然不可能在令其"悲"屈原之"志"的作品中再提及《怀沙》。

三

那么"悲其志"的内涵是什么?

首先是"悲"屈原的爱国之志不能实现,这一点毋庸置疑。其次,是"悲"屈原宁死不与奸佞同流合污的志气不被楚王理解。司马迁在《史记·屈原列传》中引用淮南王刘安对屈原的称颂之辞:

---

① 汉·司马迁著《报任少卿书》。

"其志洁,故其称物芳;其行廉,故死而不容。自疏濯淖污泥之中,蝉蜕于浊秽以浮尘埃之外,不获世之滋垢,皭然泥而不滓者也。推此志也虽与日月争光可也。"在司马迁看来,屈原的高洁志向本应为他带来美名,使他得到楚王的赏识,然而事实却是遭迫害、被流放,这使司马迁不禁发出"悲其志"的慨叹。所以洪兴祖在《楚辞补注·天问》里说:"楚之兴衰,天邪人邪? 吾之用舍,天邪人邪? 国无人,莫我知也。知我者其天乎? 此《天问》之所为作也。太史公读《天问》,悲其志者以此"。第三,"悲其志"也是司马迁对自己一生的哀叹。古人非常重视志气、气节,欣赏"宁为玉碎,不为瓦全",蔑视苟且偷生。司马迁本是一个热情而敏感的学者,腐刑带给他的痛苦是无法想象的。但是在封建社会言论不自由的情况下,他无法诉说,无法发泄,最后只能借他人之酒杯浇自己心中之块垒,把个人的遭遇和感情融入创作。法国印象主义批评家法朗士曾说:"优秀的批评家就是这样一个人,他把自己的灵魂在许多杰出作品的探险活动中加以叙述。"①其实,优秀的作家又何尝不是这样呢?"我们必须注意《史记》是在一部历史书之外,又是一部文艺创作,从前的史书没有像它这样具有作者个人的色彩的。其中有他自己的生活经验、生活背景,有他自己的情感作用,有他自己的肺腑和心肠。所以这不但是一部包括古今上下的史书,而且是司马迁自己的一部绝好传记"②,李长之先生这段话印证了这一点。"司马迁写《屈原贾生列传》是寄有很大苦心的,可能是为了表露自己对国家的忠爱之忧"③。姜亮夫先生所说更是有力的证明。

《离骚》、《天问》、《招魂》、《哀郢》表达了屈原不顾自身的地位、安危,一心一意地爱着祖国的可贵精神。这种精神不但感动和激

---

① 转引自童庆炳主编《文学概论》,武汉:武汉大学出版社1989年版,第565页。
② 李长之著《司马迁之人格与风格》,第220页。
③ 姜亮夫著《姜亮夫全集·楚辞今绎讲录》(七),第116页。

励了两百年之后的司马迁,而且影响着一代又一代炎黄子孙。

屈子的浩浩之志永垂史册!

《古诗十九首》反映的东汉文人心态的两重性
——兼论《古诗十九首》"悲"之成因

被刘勰《文心雕龙》称之为"五言之冠冕"的《古诗十九首》代表汉代五言诗的最高成就,在两汉文学中占有举足轻重的地位。传统观点认为,《古诗十九首》是东汉末年游学之风大盛、宦官专权严重等社会状况的反映。诚然,文学作品的内容与一定的社会状况的确有着不可分割的关系,但同时也不能忽视文化背景,具体说来就是一个时代的哲学思想对文学的影响。从这一点入手,我们或许可以对《古诗十九首》做一些新的解读。

一

《古诗十九首》依据内容可以分为离别、失意、人生无常三类,无论哪一类都笼罩着悲凉、抑郁的情绪。譬如,表现离别的游子思妇诗在《古诗十九首》中有十首,占二分之一强。这类诗除了表现独守空闺的女性的思念之苦,还表现出她们面对不稳定生活战战兢兢且无可奈何的心理。如《行行重行行》:"浮云蔽白日,游子不顾返。思君令人老,岁月忽已晚。弃捐勿复道,努力加餐饭。"女主人公想念远方的丈夫,又担心丈夫在外面有了新欢,愁肠百结,却又无奈,只好故作潇洒豁达状,自我宽慰。《冉冉孤生竹》中的女主人与夫君新婚即别,从此日日望穿秋水盼君归,但却迟迟不见夫君归来的轩车。于是自叹曰："伤彼蕙兰花,含英扬光辉。过时而不采,将随秋草萎。君亮执高节,贱妾亦何为!"她自比赏心悦目的兰、蕙,虽然美丽芬芳却无人欣赏,于是只好随着秋草悄然枯萎。一句"亦何为"(我又能怎么样呢)透露出她内心深深的悲凉和绝望。《孟冬寒气至》中的思妇一直拿丈夫的书信自我安慰。然而,虽然丈夫的信"上言长相思,下言久别离",但是三年不见人,做妻子的不免心生疑虑,又不能直接责问丈夫,只好从侧面试探,"一心抱区区,惧君不识察"。再如《庭中有奇树》的女主人公,看到美丽馨香的花朵,立刻想到与思念的人一起欣赏,虽然她"攀条"折了下来,却因路远而"莫致之"。这种因鞭长莫及产生的遗憾使整首诗透出欲说还休的悲哀。《迢迢牵牛星》中的牛郎和织女真心相爱却被一条浅浅的银河隔开,"盈盈一水间,脉脉不得语"。那种咫尺天涯、爱而不得的痛苦让人痛彻心肺。

　　至于《古诗十九首》中表现仕途失意和人生无常的诗歌悲凉气氛就更加浓郁了。诗人笔力所及不是萧瑟的秋景就是令人悲从心头起的坟墓,不是朋友无情就是无边的孤独。诗中的士子们渴望爱情,希望长寿,急于追求高官厚禄,而现实却恰恰相反。于是,在极端苦闷的情况下,他们不免产生及时行乐思想,即使秉烛夜游,晚宴上高谈阔论,实际不过是强作笑颜,终至无味。诗中表现出的是悲哀的极致,是含泪的笑。由此可见,《古诗十九首》在某种程度上可以说是以悲为主,一悲到底。为什么会这样?历来学者们的解释都将其与东汉末年社会的动荡、政治的腐败相联系,认为这是社会生活在文学作品中的反映。然而,纵观中国古代历史,文人们向往的人尽其才、地尽其力、贤能得位、奸邪远离的"美政"很少成为现实。"学而优则仕",或为国家社稷,或为功名利禄,是历代文人孜孜以求的目标。"学虽优"却不能入仕也是历朝历代都存在的。面对这一现实,文人们或以看似豪放不羁的言行以示对现实的不满,如魏晋时的阮籍、嵇康;或躬耕田亩但求一片悠然之心,如东晋的陶渊明；或浪迹天涯，纵情诗酒，如唐代的李白。经过一番出世入世的洗礼，他们都对社会、人生有了深刻而清醒的认识，反映在诗文中，虽有失落和痛苦，更多的却是对社会上黑暗的鞭挞，对田园生活的向往，对祖国大好河山的赞美以及激昂的战斗精神。极少见哪一朝哪一代的文人像《古诗十九首》的作者，让所有的作品都以悲为主。这是其一。

其二，从中国历史上看，每一个朝代在它走向衰落、即将灭亡时，社会都很混乱，政治都很黑暗，东汉只不过是其中之一而已。冯友兰先生反驳胡适曾说"此种形势（即政治那样黑暗，贫富那样不均，民生那样困苦）在中国史中几于无代无之，对于古代哲学之发生，虽不必无关系，要不能引以说明古代哲学之特殊情形"①。那么，东汉末期的社会状况与《古诗十九首》所反映的思想之关系是否也类似于此呢？二者虽有关系却非必然。

其三，纵观汉代诗歌，慨叹人生苦短，主张及时行乐的诗歌除《古诗十九首》之外还有很多。壮志凌云的汉武帝毕生致力于大汉帝国的富强兴盛，为此对内"罢黜百家，独尊儒术"、重用酷吏，对外倾尽国力与匈奴作战。可就是这么一个强悍坚毅、贵为天子的"大丈夫"，在"行幸河东，祠后土，顾视帝京，欣然中流，与群臣饮燕"时，却发出"欢乐极兮哀情多，少壮几时兮奈老何"（《秋风辞》）②的叹息。广陵王刘胥由于政治上不得意也长歌曰："欲久生兮无终，长不乐兮安穷！……人生要死，何为苦心！何用为乐心所喜，出入无憬为乐亟。"（《广陵王刘胥歌》）③宋子候的《董娇娆》则通过采桑女与洛阳道边桃李花的一番对话，揭示了花落自有再开时，人的生

① 冯友兰编撰《三松堂全集》第二卷，郑州：河南人民出版社2000年版，第262页。
② 见姜书阁、姜逸波选注《汉魏六朝诗三百首》，长沙：岳麓书社1992年版，第5页。
③ 载汉·班固著《汉书·武五子传》，北京：中华书局1962年版。

命却一去不复返的残酷事实。诗人无法解决这个难题，只好"挟瑟
上高堂"，以酒浇愁。秦嘉《赠妇诗三首》也有"人生譬朝露，居世多
屯蹇。欢会常苦晚，念当奉时役"之叹①。再如"出西门，步念之。
今日不作乐，当待何时。天为乐，为乐当及时……人生不满百，常
怀千岁忧。昼短而夜长，何不秉烛游……人寿非金石，年命安可
期"（《西门行》）②，"天德悠且长，人命一何促。百年未几时，奄若
风吹烛。嘉宾难再遇，人命不可续"（《怨诗行》）③。这些诗的作者
身份不一，有帝王，有士子，还有来自民间的无名氏；产生时间不
一，散见于汉朝不同时期。但是这些诗歌表现出的悲凉情绪和人
生短暂、及时行乐的思想与《古诗十九首》如出一辙。由此可见，把
东汉末期的社会状况看作《古诗十九首》产生悲凉抑郁情绪和人生
无常、及时行乐思想的唯一原因，恐不全面。由于道家思想的影
响，汉末文人摇摆于儒道两种思想之间特殊的双重心态才是不可
忽视的、重要的原因。

二

春秋战国，分裂动荡、贤圣不明、道德不一的社会状况为所谓
的"士"提供了发展机会，"游说则范雎、蔡泽、苏秦、张仪等，徒步而
为相。征战则孙膑、白起、乐毅、廉颇、王翦等，白身而为将"④。他
们用所学改变了自己卑下低微的社会地位，从而"身处尊位，珍宝
充内，外有廪仓，泽及后世，子孙长享"⑤。那时的"士"何等风光，

---

① 袁行霈主编《中国文学作品选》（第一卷），北京：中华书局 2007 年版，第 406 页。

② 曹道衡编《乐府诗选》，北京：人民文学出版社 2007 年版，第 44 页。

③ 宋·郭茂倩编《乐府诗集》，沈阳：万卷出版公司 2009 年版，第 122 页。

④ 清·赵翼著，王树民校证《廿十史札记校证明》，北京：中华书局 2013 年版，第
37 页。

⑤ 东方朔《答客难》。载袁行霈主编《中国文学作品选》（第一卷），第 248 页。

何等荣耀！然而到了天下一统、皇帝独尊的汉代,这种状况遽然改变。士人们的人生在专制集权的压制下变得被动起来。他们虽然"修先王之术,慕圣人之义,讽诵《诗》《书》百家之言,不可胜数,著于竹帛,唇腐齿落,服膺而不释,好学乐道之效,明白甚矣,自以智能海内无双,则可谓博闻辩智矣。然悉力尽忠,以事圣帝,旷日持久"①,却"官不过侍郎,位不过执戟"②。面对现状,士子们徬徨迷茫,不知路在何方。他们自悲"逢时不祥"。彼时,自汉朝建立以来以道家为核心的楚文化的兴盛,为士子们接受道家思想提供了契机。汉初著名文学家贾谊就是一个典型例子。贾谊年少即扬名京城,其后因受朝中老臣排挤,被文帝调至长沙任长沙王太傅。期间,贾谊写了著名的《鵩鸟赋》。贾谊的思想虽然驳杂,但总体上以儒为主,辅以法家,崇尚积极入世。但《鵩鸟赋》却充满道家淡薄名利、出世入道的思想。其原因就是因为仕途受挫。其后当他再次回到朝廷任职时,贾谊的思想也发生转变,以儒、法取代了道。他屡屡就朝廷之事向文帝积极进谏,乃至因怀王堕马而死自责不已,最终忧伤而逝。可见,道家思想只是贾谊失意时的疗伤之药,儒、法才是他每天都要进食的"五谷杂粮"。汉代的士子无不如此。他们虽无贾谊的才华,也没有贾谊的幸运,但顺利时信奉儒家,遇挫理想破灭时转而到道家那里寻求安慰的做法却是相似的。

汉初为革除秦繁法严律之弊,以黄老道家为施政指导思想。武帝继位后意欲黜道尊儒,经过一番激烈斗争才最终实施"罢黜百家,独尊儒术"思想,但是因为南楚文化在汉代的影响,道家思想始终在汉代思想领域占有一席之地。从一些儒者的言行即可看出。马融,"才高博洽,为世通儒,教养诸生,常有千数"。但是就是这样

---

① 东方朔《答客难》。载袁行霈主编《中国文学作品选》(第一卷),第247—248页。
② 同上书,第248页。

一位大儒,却"尝坐高堂,施绛纱帐,前授生徒,后列女乐,弟子以次"①。桓谭,"博学多通,遍《五经》",同时"性嗜倡乐,简易不修威仪,而憙非毁俗儒"②。在他们身上已表现出即儒即道、即道即儒的特点。至东汉末,"章句渐疏,而多以浮华相尚,儒者之风盖衰矣"③时,道家对文人的影响越来越大,非统治者强力所能抑制。朱自清曾说:"比起儒家,道家对于我们的文学和艺术的影响的确广大一些。"④道家对中国文人的影响到了魏晋才格外突出地表现出来,东汉则是文学和哲学思想由西汉的儒家占主导地位发展到魏晋南北朝道家地位上升的过渡期。这一过渡期中,文人心态呈现出两重性,即以儒家思想为正统的文人开始回归道家思想,却又不能弥合两者的矛盾(儒家注重人与人之间的关系,提倡克己复礼;道家注重人与自然间的关系,提倡潇洒人生),而是在两者之间摇摆不定。这一特点在《古诗十九首》中得到充分体现。

在儒家思想指引下,汉代文人把"学而优则仕"看作人生信条,以为这条路能使他们摆脱贫穷,改变卑微的社会地位,从而得到荣华富贵,享受人生。但是东汉末期"上品无寒门,下品无庶士"的严格等级门第制度却将他们完全排除在官场仕途之外。"洛中何郁郁,冠带自相索"、"东城高且长,逶迤自相属"以婉转含蓄的口吻道出了这一现实。"冠带"指代达官贵人。"自相索",达官贵人自形成一个追逐利益的圈子,外人无法进入,游学士子看着触手可及的繁华只能黯然兴叹。高而长的城墙形象地道出了同样的境况。叶嘉莹先生说:"一个是'冠带自相索',一个是'逶迤自相属'这口气和句法多么相像!倘若这城墙有一个缺口,也许还可以挤进去,可

---

① 南朝宋·范晔撰《后汉书·马融列传》,北京:中华书局1965年版。
② 南朝宋·范晔撰《后汉书·桓谭冯衍列传》。
③ 南朝宋·范晔撰《后汉书·儒林传》。
④ 朱自清著《荷塘清韵》,北京:北京大学出版社2010年,第185页。

是你看不到任何缺口,它不但又高又长,而且连绵不断,连一个缝隙也找不到,城市,代表着繁华和名利的所在;连绵不断的城墙,对你来说就是一种隔绝和排斥。"①这时的文人士子已接受了部分道家思想,加之仕途受挫,他们悲极生"乐",淡泊人世,不为功名利禄困扰、及时兴乐的想法应时而生:"不如饮美酒,被服纨与素"②,"昼短苦夜长,何不秉烛游。为乐当及时,何能待来兹"③。"不如"、"何不"透露出他们在试图放弃人生持守、突破内心底线时的矛盾挣扎,饮美酒、被纨素、及时行乐还停留在思考的阶段而没有付诸行动。这是因为他们虽然受道家文化影响,但植根于内心深处的儒家思想仍然保持着一定力量,道家还不足以使他们弃功名利禄如敝屣,像庄子那样挣脱名缰利索的束缚,潇洒天地间。他们始终摆脱不了儒家礼的约束,更无法忘却儒家建功立业的思想。世俗的富贵荣华、功名利禄对他们仍然有很大的诱惑。他们做不到刘伶"以天地为栋宇,屋室为裈衣"的豪放不羁,更没有陶渊明在靠乞食度日、赤足见客的情形下,仍然保持的"采菊东篱下,悠然见南山"的平和自如。他们渴望他人的理解,所以听到"慷慨有余哀"的乐曲即发出"不惜歌者苦,但伤知音稀"的叹息,并且希望与歌者"愿为双鸿鹄,奋翅起高飞"④;当朋友高升而"不念携手好"时,他们就责备说"南箕北有斗,牵牛不负轭。良无盘石固,虚名复何益"⑤;看到丘与坟、被犁为田地的古墓和劈为柴薪的松柏,他们就产生难以排解的忧愁。对于家庭他们更是难舍难离,温暖的小家、贤顺的妻子仍是他们所盼望的,所以看到美丽而孤独的佳人,即有

---

① 叶嘉莹著《汉魏六朝诗讲录》,石家庄:河北教育出版社1997年版,第118页。
② 隋树森编撰《古诗十九首集释·驱车上东门》,北京:中华书局1957年版。
③ 隋树森编撰《古诗十九首集释·生年不满百》。
④ 隋树森编撰《古诗十九首集释·西北有高楼》。
⑤ 同上。

"思为双飞燕,衔泥巢君屋"①的愿望。虽然意识到在广阔无垠的
宇宙中人类的渺小和生命的短暂,他们仍然希望得到功名利禄和
荣华富贵,既说"人生寄一世,奄忽若飚尘",又言"何不策高足,先
据要路津。无为守贫贱,坎坷常苦辛"②;既说"盛衰各有时",又叹
息"立身苦不早"③;既说"人生非金石,岂能长寿考!"又说"奄忽随
物化,荣名以为宝"④。他们羡慕道家的洒脱,又忘不了儒家倡导
的功业意识,然而现实却是人生苦短,仕途无路。当这一矛盾无法
解决时,道家淡泊人世、及时行乐的思想就占了上风。他们"荡涤
放情志"⑤,故作潇洒,饮酒赏乐,秉烛夜游。但是这种欢乐只是一
时,植根于心底的儒家思想时时提醒他们岁月如白驹过隙而功名
依然未立,于是悲从心头起。正如《今日良宴会》所说,宴会上"欢
乐难具陈",欢乐掩盖下却是人生失意的痛苦和不平。明代钟惺
说:"欢宴未毕,忽作热中语,不平之甚"⑥,这种突兀的转折和不协
调正是儒道两家思想冲突的表现。

　　《古诗十九首》的作者之所以会摇摆于儒道之间、产生两重心
态还在于,作为中下层文人,他们缺乏坚定而远大的人生理想,更
缺少对社会、国家的担当,因而不可能具备孔子"知其不可为而为
之"的执着,更不可能像屈子那样在发出深沉凝重的时光之叹的同
时,仍然坚持不懈地为理想而战,直至殉身。他们的奋斗固然体现
了人性觉醒的一面,但是从另一个角度说这种奋斗仅仅是为了自
己能够享受人生。朱自清先生在评《古诗十九首·今日良宴会》一
诗时一语中的:"诗中人并非孔子的信徒,没有安贫乐道,'君子固

　　①　隋树森编撰《古诗十九首集释·东城高且长》。
　　②　隋树森编撰《古诗十九首集释·今日良宴会》。
　　③　隋树森编撰《古诗十九首集释·回车驾言迈》。
　　④　同上。
　　⑤　隋树森编撰《古诗十九首集释·东城高且长》。
　　⑥　施议对编著《古诗一百首》,长沙:岳麓书社 2011 年版,第 58 页。

穷'等信念。他们的不平不在守道而不得时,只在守穷贱而不得富
贵。"①东汉末年思想界的特殊状况,加之这样低级的人生目标,使
得他们摆脱不了儒家思想,在受挫时又很容易陷入道家,从而形成
两重性心态,即始终在儒家和道家、功名利禄和淡泊人世之间摇
摆,达不到一种有机融合,找不到一个平衡点。这种心态使汉末文
人失去人生目标,迷失了生活的航向,从而导致他们的人生充满悲
剧色彩,这是汉末魏初这一特定时期文人的必然,同时也是《古诗
十九首》"悲"之产生的一个不可忽视的原因。王国维在《红楼梦评
论》中引叔本华语,把悲剧分为三种,第三种是:"非必有蛇蝎之性
质,与意外之变故也,但由普通之人物,普通之境遇,逼之不得不如
是。……此种悲剧,其感人贤于前二者远甚。"②《古诗十九首》的
作者正处于这样一种状况。

　　综上所述,我们可以说《古诗十九首》之"悲"产生的原因是多
方面的,其中东汉文人的两重性心态是一个重要的因素。把握住
这一点将会使我们更好地理解作品。

──────────

　　① 朱自清著《朱自清讲国学》,北京:华文出版社2009年版,第303页。
　　② 张正吾、陈铭选注《中国近代文学作品系列·文论卷》,福州:海峡文艺出版社
1992年版,第322页。

霸王别姬:真实抑或虚假?

2010 年 11 月 15 日《学习时报》刊发了作者署名张剑锋的《霸王别姬:中国历史上最著名的一次虚假报道》一文(《新华文摘》2011 年第 2 期转载)。该文乍看起来分析透彻,论证有力,似利剑出鞘,犀利无比。仔细阅读后却发现假设过于大胆,结论过于武断,令人有剑走偏锋之感。笔者是《史记》的热心读者,对文中的几个问题有不同看法,在此提出与张剑锋先生商榷。

先从《霸王别姬:中国历史上最著名的一次虚假报道》(下面简称《虚假报道》)的末尾一段说吧:

> 然而,在太史公司马迁的生花妙笔之下,通过突出局部(别姬、突围、自刎)、无视整体(弃军而逃的性质、剩余楚军的命运)的方式,竟把一场丑剧装裱成了一曲壮丽的英雄史诗,以无韵之《离骚》为载体,深深铭刻进了中华文化之中。当然,司马迁这样写是有他个人原因的。史学界许多人认为司马迁因为受到汉武帝的冤屈,而在《史记》中特意抬高项羽、贬低刘邦,霸王别姬的这一幕可能也就是因此而产生的。然而,太史公的一介个人恩怨,却造就了这中国历史上最著名的一次虚假报道,懦夫成了英雄,真正的英雄却被遗忘,那八万抛头颅洒热血的楚军将士地下有知,情何以堪啊!

这段话让熟知司马迁与《史记》的中国人读后有惊心动魄之感，它不仅颠覆了司马迁原有的的良史形象，而且使《史记》的真实性也遭到质疑。但是，这一看起铿锵有力、标新立异的结论能站住脚吗？先看下面一段话：

> 五年，高祖与诸侯兵共击楚军，与项羽决胜垓下。淮阴侯将三十万自当之，孔将军居左。费将军居右，皇帝在后，绛侯、柴将军在皇帝后。项羽之卒可十万。淮阴先合，不利，却。孔将军、费将军纵，楚兵不利，淮阴侯复乘之，大败垓下。项羽卒闻汉军之楚歌，以为汉尽得楚地，**项羽乃败而走，是以兵大败。**使骑将灌婴追杀项羽东城。斩首八万，遂略定楚地。①

这是《虚假报道》使用的材料之一，但是不知何故，作者忽略了其中一句很显然的叙述：项羽乃败而走，是以兵大败。

司马迁没有为项羽掩饰。"是以"意即"因此"，这句话翻译成现代汉语就是项羽兵败逃跑，楚军因此大败。司马迁明确地把楚军的失败归罪于项羽。至于为什么在《项羽本纪》中没有指出这一事实，那是因为"互见法"的使用所需。所谓"互见法"就是把某一历史人物的部分材料不放在本传中去写，而是移植到其他相关的人物传记中。其主要目的是从对某一历史人物的基本认识出发，将材料加以有意识地安排和剪裁，以使它们服从于对某一人物形象的塑造。《项羽本纪》中，司马迁着重突出的是项羽的长处以及他悲剧的人生结局，因此某些缺点就没有提及，而是将其移至其他人物传记，如《高祖本纪》、《淮阴侯列传》等。"互见法"是《史记》的独创，历来为学者们称道。如此看来《虚假报道》一文对司马迁的指责实为子虚乌有。

---

① 汉·司马迁著《史记·高祖本纪》，北京：中华书局 1959 年版。

另一个需要澄清的问题是项羽出逃时垓下楚军营中的士卒究竟有多少？这直接关系到对项羽的评价。《虚假报道》是这么说的：

> 《高祖本纪》中说垓下之战时"项羽之卒十万"，虽然经过此前与汉军的拼死搏杀会有所损失，但到被围时为止，汉军还没有对楚军构成歼灭性打击，因此守卫在垓下大营的楚军至少还有数万，否则汉军也不用唱什么楚歌了。直接大军一拥而上灭了项羽即可。而且后来知道项羽率800骑出逃后，汉军只派了5000骑去追，若不是垓下大营中还有大量楚军英勇奋战，刘邦是不会如此不把项羽放在心上，让五六十万大军在营中睡大觉的。

首先，5000骑追击项羽根本不能证明垓下楚营中尚有大量士卒。原因在于，一、项羽逃跑时只带了800骑兵，因此如派步卒去追杀，即使人数众多，意义却不大，反而会贻误战机；二、中国古代战争中，骑兵晚于步兵出现，每个诸侯国的骑兵占士卒总量的比例非常小。以战国时出现骑兵较早的赵国为例，"赵地方三千里，带甲数十万，车千乘，骑万匹"①。骑兵数量小，但是威力却很大。公元前206年，秦、赵长平之战，秦以骑兵5000突入赵军壁垒间，使赵军一分为二，粮道断绝，结果全军覆灭，被杀45万人。秦军大胜②。在楚汉战争前期，韩信曾在井陉口巧用2000骑兵，最终打败赵国20万大军③。因为骑兵数量小，汉之前的重大战役中，动

---

① 汉·刘向著《战国策·赵策二·苏秦从燕之赵始合从》，上海：上海古籍出版社1985年版。

② 参见汉·司马迁著《史记·白起列传》。

③ 参见汉·司马迁著《史记·淮阴侯列传》。

用骑兵超过 5000 骑的非常之少。因此,用 5000 骑兵追击项羽充分说明了刘邦对项羽的重视和畏惧。

其次,"四面楚歌"只是军事策略,同样不能证明楚营中还有大量士卒。"四面楚歌"发生在夜晚。经过白天的激战,楚军汉军都已疲惫不堪。刘邦面对的是骁勇无比的西楚霸王,即使楚军营中士卒所剩无几,他也不愿无为冒险。长期的对垒和交手,使刘邦及其手下对项羽十分了解,他们知道项羽虽然勇猛善战,但是却常常感情用事、情感大于理智。譬如他一直思念江东故乡。因此,与其和他正面交锋,不如用唱楚歌的办法在精神上瓦解他,既省力又安全。事实证明这一策略非常高明,以最小代价获得最大收益,可谓事半功倍。

垓下之战汉军斩杀楚军八万,这八万楚军究竟战死在项羽出逃前还是出逃后?这是与前一个问题密切相关的问题。笔者以为,他们死于项羽出逃前与汉军的激战中。根据依然是《高祖本纪》的叙述:"项羽之卒可十万。淮阴先合,不利,却。孔将军、费将军纵,楚兵不利,淮阴侯复乘之,大败垓下。""大败"已经说明楚军损失之惨重。根据这场战争开始前楚汉两军力量的对比和楚军在战场上的表现,我们可以进一步证明这一点。垓下之战,汉军与楚军力量相差悬殊,汉军五六十万,楚军十万;汉军兵强马壮,粮草充足,楚军却是"兵疲食尽"(见《史记·项羽本纪》)。这种情形下,楚军迎战韩信部队却能让其出师不利,可见项羽及楚军的英勇。但是,正因为英勇,楚军的伤亡就很大。接下来的战斗越来越激烈,楚军奋勇搏杀,死伤只会越来越多,越来越重。在汉军多路部队的围攻下,楚军终于"大败垓下"(张先生所谓"汉军还没有对楚军构成歼灭性打击"难以自圆)。正因为此,当夜幕降临时,看着十万士卒只剩下不多的两万人,而他们天亮要迎战的却是几十倍于他们的汉军,英勇如项羽也无法挽狂澜于既倒,他的悲伤可以想见。当四面楚歌响起时,他最后的一丝勇气随风而逝,于是一幕深深铭刻在中华文化中的悲情剧上演了:霸王别姬。

分析到这里,霸王别姬真实抑或虚假的答案已经很清楚了,简而言之,就是霸王别姬是历史的真实,司马迁无愧"良史"之称。尽管司马迁受了冤屈,但是史官的良知使他控制了个人情感,不虚美,不隐恶,秉笔直书,努力还原历史真相,而不是扭曲、粉饰,将其任意打扮。垓下之战中的项羽并非《虚假报道》一文说的那么卑劣。他和他的士兵并肩奋勇作战,在死伤众多,败局已定的情形下,他表现出人性的弱点,但是假如我们仅因此就指责他是懦夫,或许有点儿苛刻了。战死沙场的八万楚军是英雄,项羽也是英雄,一个悲情英雄。

异曲而同工，同途而殊归
——屈原与韩非之比较

　　研究先秦时期作家和作品时，我们遇到的契机和困难都在于文献资料的缺失。说它是契机，因为文献资料的缺失给研究者提供了一定研究空间；说它是困难，因为它限制了我们对作家、作品的深入了解。这一情形同样存在于对屈原和韩非的研究中。目前我们见到的关于屈、韩的一手史料主要来源于司马迁的《史记》。但是《史记》的记载并不十分详细，因此后人所"看到"的屈原和韩非实际是有限史料与文学作品融合过程中形成的"屈原"和"韩非"。如此一来，对屈原和韩非的评价就与对屈《骚》和《韩非子》的评价密切联系。通过屈、韩之间的比较研究，我们可以非常明晰地看到这一点。

　　屈原和韩非，乍看两个风马牛不相及的历史人物，实则有着让后人惊讶的相似。譬如他们均出身于贵族，与本国君王有宗亲关系；他们都是学者型的政治家；他们的政治主张相似；他们都执着于理想；他们的人生均以悲剧结束，等等。当然，除了这些"似"，他们的"异"也很显然，其突出的表现，不是来自于他们自身，而是始于后人。后人对屈《骚》和《韩非子》的不同认识及评价，人为地拉大了屈原和韩非之间的距离，凸显了他们的差异，隐去了他们的相似。本章旨在通过比较，揭示民族文化对文学作品接受的影响，同时对屈《骚》和《韩非子》提出自己一些尚不成熟的看法，以就教于方家。

一、爱国与恋宗的交织——身世的相似

说到屈原，我们首先想到的就是他的忠君爱国。屈原为楚国鞠躬尽瘁、至死不离故土的赤子情怀经过后人的发挥推演，成为中国文化中爱国的象征。但是，我们也看到，屈原的爱国具有明显的时代烙印，那就是与恋宗密切联系。他不离楚国，因为楚国是他的宗族，其间有着割舍不断的血缘亲情。因此在楚才晋用、朝秦暮楚、人才流动频繁的战国时期，他有出众的才华，在楚国得不到公正待遇，却仍然固守故土，直至长眠于斯。无独有偶，同样出类拔萃的韩非因为韩国公子的身份，对自己的祖国抱着和屈原一样深刻的眷恋之情。

《史记·韩非列传》中说韩非："韩之诸公子也。""诸公子"指诸侯的庶子，即诸侯嫡子之外的其他公子。"诸公子"是王室要员，与王族关系密切，以下数例可以说明之。《史记·李斯列传》："斯长男由为三川守，诸男皆尚秦公主，女悉嫁秦诸公子。"这是表现李斯在秦国身份显赫的一句话。假如"诸公子"地位不高，司马迁无需用"女悉嫁秦诸公子"这一事实来证明李斯在秦庭权势之重。再如《史记·楚世家》："昭王病甚，乃召诸公子大夫曰……"君王病重时通常要交代后事，其中最重要的是王位继承问题，因此召集于病榻前的往往是子嗣、亲信、重臣。这里"诸公子"和大夫相提并论，其地位之重要自不待说。此类例子在《史记》中还有不少。如：

1.《史记·孙子吴起列传》："忌数与齐诸公子驰逐重射。……田忌信然之，与王及诸公子逐射千金。"

2.《史记·平原君虞卿列传》："平原君赵胜者，赵之诸公子也。"

3.《史记·魏豹彭越列传》："魏豹者，故魏诸公子也。其

兄魏咎,故魏时封为宁陵君。"

　　4.《史记·范睢蔡泽列传》:"魏相,魏之诸公子,曰魏齐。"

　　以上数例说明,"诸公子"在各诸侯国王室举足轻重。不仅如此,"诸公子"还有成为太子、继承王位的可能。《史记·赵世家》有:"赵衰卜事晋献公及诸公子,莫吉;卜事公子重耳,吉,即事重耳。"重耳即后来的晋文公。《伍子胥列传》中,吴王听信宰嚭谗言,赐剑伍子胥,命其自尽。伍子胥说:"谗臣嚭为乱矣,王乃反诛我。我令若父霸。自若未立时,诸公子争立,我以死争之于先王,几不得立。"《韩信卢绾列传》:"唯韩无有后,故立韩诸公子横阳君成为韩王。"明白了"诸公子"的身份和地位,也就清楚了韩非与韩国、韩王的关系正如屈原与楚国、楚王的关系,即二人分别为韩国和楚国的宗亲。正是这一点对他们的人生产生重大影响。
　　中国古代国家的形成与西方有着截然不同的过程。西方国家组织是金属器与生产工具相结合产生的技术革命的产物,在此之前,宗族组织已经崩坏,所以国家的出现是以地域原则取代亲属原则。但是在中国,国家是人与人关系变化的一个结果,因此,它的产生并非以氏族组织的瓦解为代价,而是保留了原有的血缘关系,把氏族内部的亲属关系转化为政治国家的组织形式,从而将旧的氏族组织与新的国家形态熔铸为一①。家是小国,国是大家。周王朝实施的宗法制度也是以此为基础而确立。周天子与各个诸侯国国君既是君臣,又是亲戚。而在一个诸侯国内,贵族之间亦保持着千丝万缕的血缘亲情。这就使得贵族比一般百姓更加重视宗亲关系,受此束缚也更多。所以,同处战国时代,出身贫贱的苏秦、张仪、范睢等人在选择辅佐对象时着眼于哪一个诸侯国可以让他们

---

① 梁治平著《寻求自然秩序中的和谐》,上海:上海人民出版社1991年版,第10页。

施展才华、获得高官厚禄，而无所谓它是不是祖国。但是屈原和韩非却始终把自我理想的实现与爱国、恋宗交织在一起，他们渴望创造人生辉煌，只是这一目标的实现必须与祖国的富强紧密相连。这样，爱国、恋宗就成为他们追求自我理想实现过程中必然的表现。说到这里就产生了一个问题：屈原的爱国毋庸置疑，韩非爱国吗？这一疑问的产生缘于《韩非子·初见秦》一文。

《初见秦》是一篇上奏秦王的奏折，开篇即对包括韩在内的六国所坚持的合纵之策抱以嘲笑和不屑一顾："臣闻：天下阴燕阳魏，连荆固齐，收韩而成从，将西面以与秦强为难。臣窃笑之。"此番言论表现出的对韩国的冷漠无情，完全不像韩之宗亲。而最露骨的还在结尾："臣昧死愿望见大王，言所以破天下之从、举赵、亡韩、臣荆魏、亲齐燕、以成霸王之名、朝四邻诸侯之道。大王诚听其说，一举而天下之从不破，赵不举，韩不亡，荆魏不臣，齐燕不亲，霸王之名不成，四邻诸侯不朝，大王斩臣以徇国，以为王谋不忠者也。"假如《初见秦》的确为韩非所作，说其卖国求荣实不为过。但是事实却是发表此番高见的不是韩非，而是另有其人。依据如下：一、此篇同时见于《战国策·秦策》，作者是张仪而非韩非。其次，《初见秦》的亡韩主张与《韩非子·存韩》表露的对韩国的殷殷赤子之情截然相反。第三，《初见秦》全文所说情势不像是公元前234年的秦国。因此早在汉代，刘向就提出《初见秦》是张仪所为，而不是韩非。近代梁启超、胡适也持相同说法。容肇祖、刘汝霖认为是蔡泽所作，郭沫若认为是吕不韦所作，邹旭光认为乃荀子所作①。总之，多数学者认为此篇非韩非所作。当然，也有学者持不同观点。如张觉认为《初见秦篇》是韩非所作，但不是公元前234年韩非出使秦国时的上书。张觉推测公元前255年至公元前251年韩非曾

① 参见张觉编撰《韩非子全译》，贵阳：贵州人民出版社1990年版，第2页。

到过秦国,并接触了秦国的高层,《初见秦》即作于此时①。但是,司马迁在《史记·老子韩非列传》中记载秦王嬴政是看到韩非《五蠹》、《孤愤》后,经李斯推荐介绍方知韩非其人,也就是说此前的韩非对于秦国是陌生的。张宽先生的推断与此显然相悖。另外,公元前234年韩非出使秦国名义上为韩王所派遣,实则为秦国逼迫,韩王不得不让韩非以使者身份来到秦国。因此,韩非并不担负存韩的重任。而且,此时的韩国国势衰败,岌岌可危,处在灭亡的边缘。而此时的韩非多年不得重用,应该说内心积怨更深,无论从哪个角度说,这时他上书秦王灭韩似乎更合情理。可是,韩非在《存韩》一篇中不顾一切地为韩国辩护,希望秦国不要逼迫韩国,其中表露的爱国之情不输屈原。他说:"韩事秦三十余年,出则为扞蔽,入则为席荐,秦特出锐师取韩地,而随之怨悬于天下,功归于强秦。且夫韩入贡职,与郡县无异也。"②接着,他给秦王详细分析了存韩之于秦的战略重要性:

　　　　夫韩,小国也,而以应天下四击,主辱臣苦,上下相与同忧久矣。修守备,戒强敌,有畜积,筑城池以守固。今伐韩未可一年而灭,拔一城而退,则权轻于天下,天下摧我兵矣。韩叛则魏应之,赵据齐以为原,如此,则以韩、魏资赵假齐以固其从,而与争强,赵之福而秦之祸也。夫进而击赵不能取,退而攻韩弗能拔,则陷锐之卒,勤于野战,负任之旅,罢于内攻,则合群苦弱以敌而共二万乘,非所以亡赵之心也。均如贵臣之计,则秦必为天下兵质矣。陛下虽以金石相弊,则兼天下之日未也。③

---

① 张觉编撰《韩非子全译》,第2页。
② 张觉编撰《韩非子全译·存韩》。
③ 同上。

可以想见,韩非说这番话时的悲愤之情和他试图挽韩国于狂澜既倒的急切。这样的一个韩非怎么可能在数年前上书秦王灭韩?求证于史册,我们还发现,韩非在韩国的境遇与屈原非常相似。太史公在《史记·韩非列传》中这样说:"非见韩之削弱,数以书谏韩王,韩王不能用。于是韩非疾治国不务修明其法制……,悲廉直不容于邪枉之臣,观往者得失之变,作《孤愤》《五蠹》《内外储》《说林》《说难》十余万言。"在主辱臣苦、自身不被重用的情形下,他和屈原做了同样的选择:不是一走了之,而是始终陪伴苦难的祖国,直至迫于秦国武力威胁出使秦国。最终,因为替韩国申辩而被李斯一句"终为韩不为秦"送入秦国大狱,毒杀于此。韩非对于韩国的殷殷之情在他的著作中没有直接表现出来,史书上也没有充分记载,因此被后人忽略。但是即便如此,仔细研读现存有限文献材料仍能感受到他的爱国之情、报国之志,感受到他对韩国、韩王的一片忠心。在这一点上,韩非完全可以与屈原媲美。

二、极高寒的理想与极热烈的感情——性格的相似

朱熹这样评说屈原:"窃尝论之,原之为人,其志行虽或过于中庸而不可以为法,然皆出于忠君爱国之诚心。"[①]无独有偶,司马光对屈原亦有"过于中庸,不可以训"的类似评价,并因此在《资治通鉴》中不收屈原[②]。梁启超说得更明确:"屈原性格诚为极端的,而与中国人好中庸之国民性最相反也,而所以能成为千古独步之大文学家亦即以此。"[③]屈原的极端表现在他对理想的执着追求,也

---

① 宋·朱熹编撰《楚辞集注·目录后序》,上海:上海古籍出版社 2001 年,第 2 页。
② 转引崔富章主编《楚辞学文库·楚辞评论集览》,武汉:湖北教育出版社 2003 年版,第 65 页。
③ 同上书,第 465 页。

表现在他对阻碍楚国改革的党人不折不扣、坚持不懈的斗争。在
众芳萎绝的情形下,他孤独而坚定地为"美政"理想奋斗,"虽九死
其犹未悔"、"虽体解吾犹未变"、"阽余身而危死兮,览余初其犹未
悔"。他是不惜以生命为代价来换取理想的实现。这一点成为《离
骚》感动世人的关键之处。

　　韩非性格的极端同样可以从其著作《韩非子》中看出。《韩非
子》作为三晋法家的代表之作,其显著的特点就是对绝对确定性
(或者说是极端君主专制)的追求。《显学》说:"有术之君不随适然
之善,而行必然之道。"所谓的"必然之道"就是人们的行为完全受
法的约束,不能逾越一步。法是客观的、强硬的,因而被韩非视为
是最佳的、唯一的治国手段。而道德、感情则因带有主观随意性,
被韩非排斥在治世之外,他还因此否定了人与人之间感情的存在。
在韩非笔下,君臣如寇仇,因此"上下一日百战"①;君民之间,民为
君用不是因为"爱之",而是迫于君之势,所以君要绝"爱道","使人
不得不爱我,而不恃人之以爱为我"②;父母与子女之间不仅没有
深情厚意,而且"用计算之心以相待",所以"产男则相贺,产女则
杀之"③;没有血缘关系的夫妻之间绝对不能谈什么诚信。如此彻
底、全面地否定人之感情,在先秦诸子中可谓绝无仅有。类似的极
端化、绝对化的表述在《韩非子》中俯拾皆是。譬如他要求大臣要
无条件地服从国君:"有口不以私言,有目不以私视,而上尽制之。
为人臣者譬之若手,上以修头,下以修足,清暖寒热不得不救。"④
按照文如其人的文学理论推导,诸如此类论述间接映射出的正是
韩非性格上极端的特点。

　　① 张觉编撰《韩非子全译·扬权》。
　　② 张觉编撰《韩非子全译·奸劫弑臣》。
　　③ 张觉编撰《韩非子全译·六反》。
　　④ 张觉编撰《韩非子全译·有度》。

极端的性格使屈原和韩非把对祖国、对社会的爱与恨都推向极致,爱得深,恨得切,爱、恨都是那样纯粹,没有一点儿杂质;爱、恨都是那样决绝,没有任何回旋余地。这使得他们性格表现出另一个共同点:热情。梁启超说屈原有极高寒的理想与极热烈的感情①。所谓"极高寒的理想"是指屈原的政治抱负:楚国通过政治改革而国富兵强,进而统一六国。这是一条崎岖坎坷、充满艰辛的道路。旧贵族的阻挠、君王的偏信都使屈原面临重重阻力。可是,热情的他会为人生道路之艰辛而"太息掩涕",为自己生不逢明君盛世而歔欷郁邑、热泪纵横,但是最终还是要义无反顾地为理想拼搏、奋斗。林庚说:"屈原伟大的人格,正生在一个热情求真的时代,先秦诸子的思想的光芒,使人生从此成为一个崇高的醒觉;在这些光芒当中,屈原所受的影响,与其说是思想的,勿宁说是感情的。"②梁启超则说:"屈原是情感的化身,他对于社会的同情心,常常到沸度。看见众生苦痛,便和身受一般,这种感觉,任凭用多大力量的麻药,也麻他不下。"③这些论述从不同角度道出了一个热情的屈原。

因为《韩非子》一书,韩非被后人评价为冷漠无情、刻薄寡恩,可事实却是他对人生充满热情。这一点首先从他对韩国的热爱可以看出。

韩非敏锐地看出韩国政坛的症结所在,也找出了相应的解决途径,并屡次上书韩王,却不被采纳。他抑郁愤懑,但是没有一走了之。凭他的才学,到其他国家施展抱负并非难事,但他宁可在韩国遭遇冷落和委屈也不肯离开。迫于秦国压力入秦本来是一个绝好的展示才华的机会,但是他仍然挂念着危难中的祖国,入秦后做

---

① 崔富章主编《楚辞学文库·楚辞评论集览》,第 468 页。
② 同上书,第 681 页。
③ 清·梁启超《饮冰室文集点校》,昆明:云南教育出版社 2001 年版,第 3414 页。

的第一件事就是为韩国申辩解围,以至于为此殒命。

其次,韩非的热情表现在对理想的执着追求。正如屈原毫不留情地谴责、抨击苟且偷生、结党营私的楚国贵族一样,韩非对狐假虎威、借君自重的重臣、党人等有违其以法治国主张者也给予一针见血地揭露和批判。他把有碍于国家发展的工商之人、学者、侠客、患御者和纵横之士比喻为五种蠹虫,认为"不除此五蠹之民"、"不养耿介之士"则破国失家不可避免。一个"除"字可以看出韩非对"五蠹"之人的痛恨之情,而这正是缘于他对君王及国家的热爱和对理想的热烈追求。一位外国学者这样评价韩非:

> 然而,人们要记住,人们毕竟是在和一位身心极其脆弱但决心使自己心肠很硬的"知识分子"打交道。他很容易动怒,痛恨这个不承认他才能的世界。尽管他为他的信念寻求一种"道家"的基础,但明显缺乏慎到所具备的像"土块一样的"冷漠无情的素质。①

这的确是深刻而独到的见解,特别是说韩非缺少"慎到"的冷漠无情,可谓入木三分。就韩非的本性来说,他不是一个冷漠的人,所以他教导君王要虚而静,但是自己却做不到;他深知"当途之人"与"法术之士"势不两立,却把自己完完全全暴露给对手;他不遮不掩,不韬光晦迹,因为他是一个对人生充满热情的学者和政论家,充满爱国热情,充满救世热情。他的人生悲剧正是他的追求与他的性格矛盾所致。恰如梁启超先生说,屈原一身同时含有矛盾两极之思想:彼对于现社会极端的恋爱,又极端的厌恶;彼有冰冷的头脑,能剖析哲理,又有滚热的感情,终日自煎自焚;彼绝不肯同

---

① [美]本杰明·史华兹著《古代中国的思想世界》,南京:江苏人民出版社2004年版,第353页。

化于恶社会，其力又不能化社会。故终其身与恶社会斗，最后力竭自杀①。韩非又何尝不是如此呢？

三、"循绳墨而不颇"——政治主张的相似

诸子分家始于汉代。先秦时期，诸子只有学术观点的不同，没有派别之分。而且，一个人的思想也很难截然分明地归入某个流派。韩非被列入法家，但却是儒学大师荀子的学生，其思想本源又与道家相关，所以司马迁说他喜刑名法术之学，而归本于黄老。因此韩非思想中儒道因素都非常鲜明。同样，屈原的思想也很难单纯归入某一家，但谓其思想中有显著的法家因素则不为过。

《离骚》中，诗人批评党人说："固时俗之工巧兮，偭规矩而改错。背绳墨以追曲兮，竞周容以为度。""规矩"、"绳墨"在战国时期常用来比喻法令制度，几近法令制度的代名词，《韩非子》中比比皆是。如"法不阿贵，绳不挠曲"②、"智术能法之士用，则贵重之臣必在绳之外矣"③、"法不信则君行危矣，刑不断则邪不胜矣。故曰：巧匠目意中绳，然必先以规矩为度"④等等。诗人认为楚国的时俗是党人投机取巧，为了谋取私利，置国家政策法令于不顾。这正是他所痛恨的。在诗人看来，一个国家没有严格的法令，就像骑马缺少能够控制马的辔头、泛船激流却没有船桨固定船的方向一样危险。诗人反复申明：法度明确，国家才能富强。《大招》一篇，诗人力陈楚国之好时，着意强调了政治情况："先威后文，善美明只。魂乎归来，赏罚当只。"诗人认为赏罚得当也是吸引亡灵留在楚国，而

---

① 转引崔富章主编《楚辞学文库·楚辞评论集览》，第 465 页。
② 张觉编撰《韩非子全译·有度》。
③ 张觉编撰《韩非子全译·孤愤》。
④ 张觉编撰《韩非子全译·有度》。

不漂流到他方的重要因素。这些政治主张正是以韩非为代表的法家"以法治国"的核心所在。

在用人上，法家主张打破任人唯亲，实现任人唯贤唯能。《韩非子·说疑》有："（圣王明君）内举不避亲，外举不避仇。是在焉，从而举之；非在焉，从而罚之。是以贤良遂进而奸邪并退。"屈原则明确提出："举贤而授能兮，循绳墨而不颇。"《大招》有曰："魂乎归来，尚贤士只。……举杰压陛，诛讥罢只。直赢在位，近禹麾只。豪杰执政，流泽施只。""举杰压陛"、"直赢在位"、"豪杰执政"说的都是任用德才兼备的大臣坐镇朝廷、掌握大权。"诛讥罢只"即罢免昏庸无能之辈，实则"举贤授能"的另一个方面。可见，在用人上，屈原与法家不谋而合。

战国时期，一些说客凭借三寸不烂之舌猎取功名利禄。这正是法家反对的。韩非在《五蠹》中把说客列为国家必除而后安的五种蠹虫之一。法家从前期之商鞅到后期的集大成者韩非均认为国家最需要的是农战之人。"农"指从事农业生产者，"战"则指战士。屈原亦持同样观点。《卜居》中说："宁诛锄草茅以力耕乎？将游大人以成名乎？"答案不言自明。《九歌·国殇》是一篇歌颂为国捐躯的将士的诗歌，诗中描写了战争的残酷，也高度称赞战士的英勇不屈："诚既勇兮又以武，终刚强兮不可凌。身既死兮神以灵，子魂魄兮为鬼雄。"作者通过对战士的歌颂表现他的重战思想。

从屈原反雍蔽、禁止朋党的思想中亦可看出他的政治主张与法家之相似。法家认为，朋党的存在对君主专制政体构成巨大威胁，所以他们在著作中反复论述其弊端，并探讨禁止朋党的途径。如韩非在《有度》中这样说："交众与多，外内朋党，虽有大过，其蔽多矣。故忠臣危死于非罪，奸邪之臣安利于无功。忠臣之所以危死而不以其罪，则良伏矣；奸邪之臣安利不以功，则奸臣进矣。此亡之本也。"朋党最大的危害在于君主被雍蔽，耳目闭塞，是非忠奸难辩。即韩非在《孤愤》中所说："大臣挟愚污之人，上与之欺主，下与之收利侵渔,朋党比周,相与一口,惑主败法,以乱士民,使国家危削,主上劳辱。"因此,禁朋党、反壅蔽就成为法家政治思想的重要内容之一。屈原在楚国的政治改革遇到的最大阻力也是来自于为了一己私利结成朋党的贵族。《离骚》中,诗人感叹道"世并举而好朋"。结成朋党的贵族"偷乐"、"鄙固",嫉贤妒能,颠倒是非;"服艾盈要",却认为"幽兰不可佩";"粪壤充帏",却说"申椒不芳"。不仅如此,他们还"蔽晦君之聪明兮,虚惑误又以欺"①在党人的媚惑下,楚君"弗参验以考实兮,远迁臣而弗思"、"谅聪不明而蔽壅兮,使谗谀而日得"②。要禁朋党、反壅蔽,最佳途径就是以法治国,所以屈原和韩非都主张以"法治"代替"心治",公私分明,赏罚得当。以上均体现出二者在治国思想上的一致③。

　　当然,我们也不可否认,韩非与屈原在政治主张上存在着差异。譬如对人民的态度,韩非认为民愚、民懦、民猾。民愚,所以治理国家不能听从民众的意见;民懦、民猾,所以要通过严刑使其安分守己。韩非的政治学说立足于建立一个完全、彻底的君主专制政体,所以他的一切主张均从君主的角度考虑,无论君主贤能与否。民众只是实现这一政治理想的工具。屈原则不同,他"美政"的理想首先要求国君具备高尚的品德,品德高尚的君主才能享有国家。而所谓的高尚品德即包括爱民。在《九章·涉江》一篇中,屈原更是为百姓被迫远离故乡、流离失所而悲伤不已。其中均可看出他的政治观念中百姓地位之重。另外,在君臣关系上,韩非和屈原也不同。韩非要求为臣要绝对地无条件地服从君主,即使面对的是昏君亦仍然如此。屈原在君臣关系上追求"两美必合",即

---

① 宋·洪兴祖编撰《楚辞补注·惜往日》,北京:中华书局1983年版。

② 同上。

③ 参见赵逵夫著《屈原与他的时代》,北京:人民文学出版社2002年版,第176—190页。

君贤臣忠。这些体现出二者在政治主张上的差异。

四、生前身后名——不同的人生结局

屈原和韩非的人生均以悲剧谢幕。屈原在理想破灭、救国无望的情形下沉江自杀。韩非抱着"存韩"的热情"出使"强秦,结局却是韩国不免被吞并的命运,自己客死于异地他乡。他们都是为理想而死,为祖国而死。相似的身世,相似的性格,政治主张亦不乏相似之处,同样对祖国抱着深厚的赤子之情,但二者身后得到的评价却大不相同。屈原成为中华民族爱国的象征,而韩非却遭到诸多非议。究其原因,在于后人对他们身后留下的作品屈《骚》和《韩非子》的接受和评价。

相似的人生际遇使韩非和屈原发愤而作,在中国文学史上留下浓墨重彩的一笔:屈《骚》和《韩非子》。屈《骚》无论思想价值还是艺术成就均得到后人高度称赞。淮南王刘安评《离骚》说:"其文约,其辞微,其志洁,其行廉……其志洁,故其称物芳。其行廉,故死而不容。自疏濯淖污泥之中,蝉蜕于浊秽,以浮游尘埃之外,不获世之滋垢,皭然泥而不滓者也。推此志也,虽与日月争光可也。"①这一评价经史迁《屈原列传》引用后,得到广泛赞同。历史上虽然也有批评屈原露才扬己者,但这不是评价屈《骚》的主流。《韩非子》则不同,它对法治的极端崇拜,对君人南面之术毫不掩饰的赞美,对人性中阴暗面的夸大,都使后人对其贬多于褒,甚至视之为洪水猛兽。如宋代苏辙就说:"使非不幸获用于世,其害将有不可胜言者矣。"②但是,《韩非子》一书果然一无是处、百害无一益吗? 答案显然是否定的。早在汉代,司马迁就在指出其"惨礉少

---

① 汉·司马迁著《史记·屈原列传》,北京:中华书局1959年版。

② 转引陈奇猷校注《韩非子新校注》,上海:上海古籍出版社2000年版,第1253页。

恩"的同时，又说后世"学者多有"①。这实际上间接说明了《韩非子》的积极意义。三国时蜀相诸葛亮曾为后主抄录包括《韩非子》在内的法家著作。晋葛洪在《抱朴子·用刑篇》中说："世人薄申、韩之实事，嘉老、庄之诞谈，然而为政无能错刑，杀人者原其死，伤人者赦其罪，所谓土拌瓦藏，无救朝饥者也。"在提倡建设法治社会的今天，《韩非子》的价值仍然不容忽视。它所主张的"以法治国"尽管不能等同于现代意义上的法治，但其中颇多相似之处，这点已经得到研究中国法律文化的学者认可；它主张通过"以法治国"实现社会和谐更彰显出其理论的超前；它所讨论的在"以法治国"的前提下实现"无为而治"在管理学上也不乏积极意义。假如我们把《韩非子》的思想与西方某些政治学著作中的相关观点做以对比，其价值意义会更加显著。

但是，与屈原之《离骚》相比，《韩非子》得到的负面评价远远多于正面评价。"法家是先秦诸子百家中的'显学'，但不幸也是最被后世误解的一个学术流派"②；《韩非子》是法家的集大成之作，但不幸也是最被后世误解的一个诸子。究其深层原因，首先是我国传统文化对法治的排斥。中国古代提倡以德治国，法是不得已而用之、退而求其次的治国工具。中国古人以"无讼"为"治世"的象征。《史记·周本纪》有："成康之纪，天下安宁，刑错四十余年不用。"《韩非子》一书对以法治国的高度赞扬，乃至于崇拜，无疑与中国古代文化的主流背道而驰。其次，《韩非子》主张的重刑、严刑以及对人际关系中温情一面的全面抹杀也为一个以血缘为基础的宗族社会中人所不能接受。第三，中国古代选拔官员看重的是个人文化修养，而非行政管理知识和能力。唐代科举制正式确立，主要

---

① 汉·司马迁著《史记·韩非列传》。
② 束景南著《中和与绝对的抗衡·序》。杨玲《中和与绝对的抗衡》，北京：中国社会科学出版社 2007 年版。

考试科目是诗赋,"时海内和平,士有不由文学而进,谈者所耻"①。宋代范仲淹和王安石首先注意到以诗赋选拔行政官员的弊端,因此庆历年间,范仲淹推行新政,其中一项内容即要求进士科先策论后诗赋。熙宁变法中,王安石提出相似主张,要把人才由诗赋引到实际政治学习上来。但是,两次变法对科举制都没有实质的影响。由此可见,中国古代在选拔政治人材过程中以个人文化素养为标准的主张是多么根深蒂固、难以更改!《韩非子》虽说蕴含着高超的政治管理理论,但是由于与社会需求不合,所以不可能被关注和重视。这一切都影响了韩非其人其书的传播、接受及评价。另外,以《离骚》为代表的屈赋在内容上反复述说的是诗人对君主的赤胆忠心。虽然"不察余之中情"、"中道而改路"的都是楚王,但是诗人直面谴责的却是楚国的"群小"、"党人"。这一点满足了专制社会对忠臣的要求,从而奠定了屈《骚》被体认的基础。宋代以降,屈原圣贤地位和"千古第一忠臣"形象的确立更是与此不无关系。洪兴祖说:"原之敬王,何异孟子?"②朱熹说:"夫屈原之忠,忠而过者也。屈原之过,过于忠者也。"③都可以说明问题的实质所在。第四,中国被称为"诗的国度",诗歌在古代文学中占有突出地位,唐诗宋词自不必说,即便在分别以赋和小说戏剧为"一代之文学"的汉和明清,诗歌依然在文学领域扮演着举足轻重的角色。屈《骚》从本质上说仍然属于诗歌范畴,而且它"香草美人"的表现手法符合国人重视含蓄委婉,鄙薄直白率直的审美要求。而《韩非子》作为政论性散文,犀利峭劲、不遮不掩、一针见血是其突出特点,这与儒家提倡的"温柔敦厚"、"哀而不伤、乐而不淫"的中和之美相悖,一定程度上也影响了它的传播和接受。第五,内容的不同决定了

① 董浩等编撰《全唐文·李公(史鱼)墓志铭》卷五二〇,北京:中华书局1985年版。
② 转引姜亮夫编撰《楚辞书目五种》,上海:上海古籍出版社1993年版,第405页。
③ 宋·朱熹著《楚辞后语》,上海:上海古籍出版社1979年版,第242页。

屈《骚》和《韩非子》受众面的不同。《韩非子》全书围绕"君人南面"之术而论，一定程度上可以说是写给帝王看的书。秦始皇在称帝前读到韩非的《五蠹》、《孤愤》，就发出"得与此人游，死而无憾"的感慨，其后为得到韩非更是发动对韩战争①。诸葛亮曾给后主刘禅抄写包括《韩非子》在内的法家著作。北魏道武帝拓跋珪读《韩非子》而"称善"。北周文帝宇文泰曾和大臣苏绰通宵达旦地谈论"申、韩之要"②。与此相对的是在儒家士人层面，从汉代开始，韩非和《韩非子》就不断受到责难。汉昭帝时召开的盐铁会议上，倾向于儒家的文学、贤良一方说："韩非非先王而不遵，舍正令而不从，卒蹈陷井，身幽囚。客死于秦，本夫不通大道而小辩斯足以害其身而已。"③这使得《韩非子》难以引起普通士子共鸣。而屈《骚》所述的"遭谗见疏"、"忠而被谤"的人生经历在专制社会何止屈原一人？汉代是屈《骚》接受的第一个高峰，其中很多作品，如贾谊《吊屈原赋》都是借屈《骚》抒发"不遇"的悲伤。而中国古代文学史上由屈《骚》开其端而形成的逐臣文学更可以说明屈骚在士人心目中的地位。

　　概言之，文学作品的传播与接受受制于历史，也受制于民族文化。而当我们把文学作品与作者融为一体时，这种制约就影响到我们对作者的认识和评价。这既有失公允，也在一定程度上遮蔽了历史的本来面目。

---

① 参见汉·司马迁著《史记·老子韩非列传》。
② 以上均引自陈奇猷校注《韩非子新校注·附录》，第1251页。
③ 汉·桓宽著，王利器校注《盐铁论校注·刑德》，北京：中华书局1992年版，第568页。

智者　执者　达者

——论古典诗文中"渔父"意象的形成

　　若论唐代文人对楚辞的接受,柳宗元或可推第一。宋人严羽说:"唐人惟子厚深得骚学。"①林纾在《春觉斋论文》中说:"乃知《骚经》之文,非文也,有是心血,始有是言……后人引吭佯悲,极其摹仿,亦咸不能似,似者唯一柳州。"②假如我们从词语的袭用、文体的拟拟、意象的使用等角度来考察柳宗元对楚辞的接受,就会发现严羽、林纾所说实乃至言。正因为如此,学者们对柳宗元与楚辞的关系多有涉足,且成果颇丰。本章拟从大家尚未充分注意的渔父意象入手探讨柳氏对楚辞的接受,以期见微知著、窥一斑而知全豹。

一

　　意象之用,缘于古人追求含蓄蕴藉之美,《诗经》、楚辞已有之。明人王廷相在《与郭价夫学士论诗书》中这样说:"夫诗贵意象透莹,不喜事实黏著。古谓水中之月,镜中之影,可以目睹,难以实求

---

　　① 郭绍虞编撰《沧浪诗话校释·诗评》,北京:人民文学出版社1983年版,第186页。
　　② 戴伟华著《柳宗元贬谪期创作的"骚怨"精神》,《唐代文学研究》第五辑,桂林:广西师范大学出版社1994出版,第364页。

是也。"接下来他即以《楚辞·离骚》为例加以说明论证：

> 《离骚》引喻借论，不露本情。……不曰"己德之修"也，曰："余既滋兰之九畹兮，又树蕙之百亩；畦留夷与揭车兮，杂杜蘅与芳芷。"则己德之美，不言而章。不曰"己之守道"也，曰："固时俗之工巧兮，偭规矩而改错；背绳墨以追曲兮，竞周容以为度。"则"己之守道"，缘情似灼。斯皆包韫本根，标显色相，鸿才之妙似，哲匠之冥造。①

　　可见楚辞的意象之用早已引起论诗者的关注。实际上，楚辞之美就艺术形式上而言，就在于它的意象之用。其中诸多意象随着后代文人的广泛使用，逐渐成为中国文化中的"语码"，产生了特定的含义，"渔父"即其一。"渔父"意象的产生和形成与先秦楚地文化密切相关，其内涵的延伸则与唐代大文学家柳宗元对楚辞"渔父"意象的继承发展不可分割。

　　意象植根于现实，就"渔父"这一意象而言，它反映了早期人类生活中捕鱼活动的重要和频繁。这点从我国最早的诗歌总集《诗经》即可看出。《诗经》中有关捕鱼的诗句不少。如《邶风·新台》："鱼网之设，鸿则离之。"《卫风·硕人》："施罛濊濊，鳣鲔发发。"这里说的是用鱼网捕鱼（"罛"即大鱼网）。《齐风·敝笱》："敝笱在梁，其鱼鲂鳏。"《小雅·小弁》："无逝我梁，无发我笱。"笱，一种竹制捕鱼器。大腹、大口小颈，颈部装有倒须，鱼入而不能出。除了网捕和用鱼笱，垂钓也是早期人类重要的捕鱼方式。如《卫风·竹竿》："籊籊竹竿，以钓于淇。"《小雅·采绿》："之子于钓，言纶之绳。其钓维何，维鲂及鱮。"《召南·何彼襛矣》："其钓维何，维丝伊缗。"无论哪种方式捕鱼的描述，在《诗

---

① 韩林德《境生象外》著，北京：三联书店1995年版，第55—56页。

经》中都主要是用作比兴，尚没形成意象。最早的"渔父"意象出现在南楚文化的代表者之一庄子笔下。《庄子·外物》中讲了一个任公子钓鱼的故事，尽管仍是比喻，但是因为情节完整，叙述生动，形象逼真，因而与《诗经》的比兴已有显著区别，或可视为"渔父"意象的萌芽。至《庄子·渔父》一篇，产生了中国古代文学史上第一个"渔父"意象。

《庄子·渔父》中的渔父"须眉交白，被发揄袂"，闻孔子弦歌之声而来，"左手据膝，右手持颐以听"。当他听子贡言孔子无王侯之实，却强为王侯之事时说："孔氏的确称得上仁义，但是自身却不能免于祸患。折磨心性，劳累身形，且危害了人的自然本性。孔氏离大道也实在是太远了！"这显然是一个以道家身份出现的渔父。他认为，人应该以一种闲适的心情生活，而不应沉湎于功名利禄的追求。假如和《楚辞·渔父》做对比，不难看出两个渔父在神态、言行方面的相似。《楚辞·渔父》中，当渔父听了屈原"举世皆浊我独清，众人皆醉我独醒，是以见放"的回答后，对屈原说："圣人不凝滞于物，而能与世推移。世人皆浊，何不淈其泥而扬其波？众人皆醉，何不哺其糟而啜其醨？何故深思高举，自令见放为？"这也是道家的人生态度：随遇而安，顺世而为，不必孜孜以求。《庄子·渔父》奠定了中国古典诗文中"渔父"这一意象的基调：潇洒、随意、闲适、不执着于物。这一形象在《楚辞·渔父》中被进一步强化。《楚辞·渔父》对渔父的外貌没有描写，但从其言谈中读者可以感受到其容貌恰与屈原的"颜色憔悴，形容枯槁"形成鲜明对比。屈原是执着的，而渔父是随意的；渔父不赞成屈原，屈原也不为渔父所改变。因此渔父以"莞尔一笑，不复与言"结束了他们的对话。这莞尔一笑可谓意味深长，既表现渔父对屈原的敬佩之情，也有对他无谓执着的嘲笑。如果说，《庄子·渔父》一文在"渔父"意象形成链条上的重要性在于开其端，那么《楚辞·渔父》的重要性则体现在因为楚辞"衣被词人,非一代也"①,从而确立了"渔父"这一意象在中国文学史上深远的影响。

二

　　公元773年,唐代著名文学家柳宗元生于唐都长安,此后较长时间生活、为官于长安,后因参预王叔文领导的永贞改革被贬永州(今湖南零陵)。相比被贬之前的生活环境,永州可谓地道的南方。身份的改变、环境的更易使得诗人的生活内容也随之发生变化。南方多水。在作者著名的《永州八记》中,写永州之水的就有《钴鉧潭记》《小石潭记》《袁家渴记》《石渠记》《石涧记》五篇。有水则有鱼。如《石渠记》说:"潭幅员减百尺,清深多倏鱼。"《小石潭记》又言:"潭中鱼可百许头,皆若空游无所依。"这就具备了垂钓的自然条件。而此时的作者不再是京城身居要职、日理万机的重臣。作为一名谪客,名没有了,利也远离了,多的是无处打发的闲暇时间。于是,垂钓的主观条件也具备了。因此,被贬永州期间,垂钓水到渠成地成了柳宗元最好的排遣忧愁苦闷、消磨寂寞时光的途径。其《与杨诲之第二书》说:"浚沟池,艺树木,行歌坐钓,望青天白日,以此为适。"《酬娄秀才将之淮南见赠之什》诗又曰:"只应西涧水,寂寞但垂纶。"无形中,柳宗元成了一个名副其实的"渔父"。这一转变在其创作中得到充分体现,那就是"渔父"、"渔翁"成为其作品中吟咏的对象。当然,这一现象产生的还有一个深层原因是柳宗元深受楚辞影响。《旧唐书》本传说:"宗元少聪警绝众,尤精西汉诗骚,下笔构思,与古为侔。"被贬永州期间,他更是潜心研读先秦诸子之学与楚辞,诗人屈原忠而被谤的人生遭遇和楚辞的瑰伟奇幻都深深触动了柳宗元的心灵。加之身处屈原当年的流放

---

① 周振甫著《文心雕龙今译·辩骚》,北京:中华书局1986年版,第46页。

地,触处皆诗人笔下所歌所咏,而他此时的心情与当年遭谗见疏的屈原也颇为相似,因此这一时期的柳宗元"投迹山水地,放情咏《离骚》"①,并主动积极地吸取楚骚的营养,创作出大量拟骚仿骚之作。即使在他的非拟骚仿骚作品中,也不时可看到屈原的影子,嗅到楚辞的馨香。楚辞中留给后人印象最深、最能打动后人的两个形象莫过于《离骚》中的"诗人"和《渔父》中的"渔父"。前者处庙堂之高,执着于理想令人感佩;后者处江湖之远,无忧无虑、洒脱自在让人羡慕。《离骚》为柳宗元喜爱自不必说,从其诗文来看,他对《渔父》一文也是青睐有加。他常常袭用《渔父》中的词语,如"无限居人送独醒,可怜寂寞到长亭"②;"今朝不用临河别,垂泪千行便濯缨"③;"新沐换轻帻,晓池风露清"④。"独醒"、"濯缨"、"新沐"均来自《楚辞·渔父》。当然,柳宗元最喜爱的还是楚辞中渔父这一形象,因为此他笔下产生了三个"渔父":《江雪》中的独钓者、《渔翁》中的渔翁和《设渔者对智伯》中的渔者。这三篇诗文均作于被贬永州时,三个"渔父"都是作者的化身,但因其心态变化而各不相同,反映了柳宗元被贬后不同阶段的思想活动。其中《江雪》中的独钓者不仅是中国文学史上旷世独步的一个文学形象,而且成为继《楚辞·渔父》之后渔父意象形成链条上又一关键环节。

　　唐代后期藩镇割据愈演愈烈,严重威胁大唐帝国的统治基础和社会稳定。永贞改革的一项重要措施就是打击藩镇。但是改革的失败使这一愿望化为泡影。柳宗元被贬永州后,唐王朝连续发生了几起节度使叛乱事件。此时的柳宗元虽为谪客,政治热情却没有消减,在写于永州的著名论文《封建论》中,柳宗元对造成国家

---

　　① 唐·柳宗元著《柳宗元集·游南亭夜还叙志七十韵》,北京:中华书局1979年版,第1198页。
　　② 唐·柳宗元著《柳宗元集·离觞不醉至驿却寄相送诸公》,第1151页。
　　③ 唐·柳宗元著《柳宗元集·衡阳与梦得分路赠别》,第1159页。
　　④ 唐·柳宗元著《柳宗元集·旦携谢山人至愚池》,第1211页。

分裂、权力分散、民不聊生的地方势力给予严厉谴责和批判,其矛头直指唐代藩镇。正是基于这一政治观点,柳宗元积极主张削藩。《设渔者对智伯》就是反映他削藩主张的一篇短文。文中借战国时期的智伯谴责"藩镇"的狂妄自大、贪得无厌,并通过渔者之口警告他们:多行不义必自毙。作者把渔父设计为一个智者的形象,他能审时度势,由小及大,运用事物发展规律,以最小代价获得最大收益。这一渔父本视己为姜太公,以智伯为文王。他仿效姜太公用直钩钓鱼引起文王注意,希望通过自己与众不同的行为——坐钓,引起智伯的注意。他成功了,于是有了与智伯的一番对话。渔者以垂钓为喻规劝智伯要适可而止,不能过于贪婪。当智伯问自己与文王相比怎样时,渔者回答说如能适时收手,以其勇力强大,完全可能建立一番比文王还要辉煌的功业。但是智伯听了渔者之言不悦不寤,最终落得兵败被杀的结局。这里,渔者正是柳宗元的化身,渔者对智伯的规劝传达的是柳宗元对藩镇节度使的希望和警告。

《江雪》作于元和二年(807)柳宗元初贬永州时。这时的柳宗元刚从人生的巅峰落入谷底。王叔文改革的失败使他由一个政坛宠儿成为落魄谪客,内心的孤独可以想见。所以《江雪》中的舟是孤舟,钓也是独钓。而与之形成鲜明对比的则是"千"山和"万"径,而"千山"之上却又不见鸟的踪影,"万径"之中不闻人的踪迹。在这样背景的衬托下,独钓者的孤独之感也被放大了千万倍,毋庸置疑,这正是柳宗元当时心境的反映。当然,孤独只是《江雪》诗浅层的、表面的的含义,更深刻、丰富的内涵则在于它表现了柳宗元的持守和执着。只有看到这一点,才能充分理解与认识诗中独钓渔父在中国文学史上的地位和价值。永贞改革失败后,八司马虽然被逐出大唐帝国的政治中心,但是政敌对他们的迫害并未终止。元和元年,王叔文被处死。在不到一年时间里,朝廷先后四次下诏,规定永贞改革的主要成员不在被赦之列。除此之外,造谣诽谤、人身攻击更是数年不断。柳宗元在孤独中承受的巨大压力，恰如《江雪》中独钓的蓑笠翁眼中不见鸟迹的“千山”和没有人踪的“万径”。面对这一切柳宗元没有屈服，他依然坚持“辅时及物”、“利安元元”的政治理想，认为“苟守先圣之道，由大中以出，虽万受摈弃，不更乎其内”①，正可视为《江雪》的最佳注脚。“千山鸟飞绝，万径人踪灭。孤舟蓑笠翁，独钓寒江雪。”白雪笼罩下的原野四顾茫茫，渺无人迹，声影皆无，寂静得让人窒息、崩溃，渔翁用他独钓的背影承受了仿佛来自天宇的巨大压力，且岿然不动。孑然一身，无人相助，他却依然孤独地坚持，不动摇、不放弃、不妥协。这一孤傲伟岸的渔父迥然有别于自《庄子》和楚辞沿袭下来的潇洒自如、与世推移的渔父形象。在这个渔父身上，我们看到的是屈原的孤傲和执着，“鸷鸟之不群兮，自前世而固然”、“虽九死其犹未悔”、“虽体解吾犹未变”、“阽余身而危死兮，览余初其犹未悔”②。在《楚辞·渔父》中，渔父是与屈原相对的一种人生态度的代言人。而在《江雪》中，渔父则是柳宗元的化身，表现了他的人生态度和变革失败被贬后的心境。因此，就有了与《庄子》和楚辞中“渔父”截然不同的内涵。可以说，《江雪》中的独钓者是《楚辞·渔父》中的“渔父”和《离骚》中“诗人”形象的融合，即选取了“渔父”的形式，择用了“诗人”的内涵，二者水乳交融。因此这一形象远较柳宗元的其他作品更能说明他对屈《骚》的接受。

　　与《江雪》中的“独钓者”截然不同的是《渔翁》中的“渔翁”，这是一个可称之为达者的“渔父”。“渔翁夜傍西岩宿，晓汲清湘燃楚竹。烟销日出不见人，欸乃一声山水绿。回看天际下中流，岩上无心云相逐。”诗作于元和七年（812），柳宗元已在永州生活了七年，永贞改革的影响尚未完全消弭，但随着时间的推移，毕竟淡化了许

---

①　唐·柳宗元著《柳宗元集·答周君巢饵药久寿书》，第839页。
②　宋·洪兴祖编撰《楚辞补注·离骚》，北京：中华书局1983年版。

多。因此,《渔翁》里的渔翁回归了《庄子·渔父》和《楚辞·渔父》中"渔父"的道家风范,"他"不再孤独地执守,而是随遇而安,可以"岩上无心云相逐";"他"不再与"千山万径"紧张对立,而是与之相依相伴,水乳交融,所以诗中的山是青山,水是绿水,渔翁夜晚眠于岩下,喝的是清湘水,燃的是楚地竹,含哺而熙,鼓腹而游,无忧无虑,与《庄子》和楚辞中的渔父可谓有异曲同工之妙。可以看出,这时的柳宗元没有了初贬时的激愤、执着,多了一份悠闲、平和,尽管其中仍不免惆怅。

<h2 style="text-align:center">三</h2>

无可置疑,柳宗元塑造的三个渔父形象,影响最大的显然是《江雪》中孤傲执着的"渔父",在中国文学史上可以和《楚辞·渔父》比肩而论、堪称双璧。"他"深受后人喜爱。在中国古代艺术史上,宋代马远、明代朱端和袁尚统均有《寒江独钓图》。马远之作以虚衬实,画面上仅见一叶扁舟,舟上一老翁俯身垂钓,船旁以淡墨寥寥数笔勾出水纹,余皆为空白。作者利用实、虚比例的巨大差异表现诗作孤独、寒冷的意境。朱端和袁尚统更忠实于诗作,画中有皑皑白雪、寂静的远山、峭劲挺拔的大树。这些物件占了较大的画面,独钓的老人却很小。可见画家充分理解了柳氏《江雪》的思想内涵。纵观中国古代艺术长廊,以《江雪》为题材的作品远非仅此三件,其表现形式也多种多样,可见这一主题之深入人心。

其次,后代受《江雪》影响的文学作品也不乏其作。这里选择其中有代表性的几首诗词略加分析。宋代李纲《望江南》:

> 江上雪,独立钓渔翁。箬笠但闻冰散响,蓑衣时振玉花空。图画若为工。　　云水暮,归去远烟中。茅舍竹篱依小屿,缩圆鲫入轻笼。欢笑有儿童。

　　李纲是南宋著名抗金爱国将领,一生坎坷。两次被贬,有十二年蛰居赋闲家中。他的词多为闲居时所作,表面上表现隐逸生活的恬静、安适,但常在不经意间流露出不被重用、抗金主张得不到实施的悲愤和不屈。这首《望江南》作于李纲第一次被贬北归时,开首即用了柳宗元《江雪》中渔父的意象,暗示作者对自己政治主张的持守,同时也表现出他希望此次北归能获重用的心情。词的格调愉悦。另一首同样用了"独钓寒江雪"渔父意象的《六幺令·次韵和贺方回金陵怀古,鄱阳席上作》则不同:

> 长江千里,烟淡水云阔。歌沉玉树,古寺空有疏钟发。六代兴亡如梦,苒苒惊时月。兵戈凌灭。豪华销尽,几见银蟾自圆缺。　　潮落潮生波渺,江树森如发。谁念迁客归来,老大伤名节。纵使岁寒途远,此志应难夺。高楼谁设。倚阑凝望,独立渔翁满江雪。

　　这首词作于建炎四年(1130年),作者被贬海南后遇赦北上。虽然历经磨难,年岁已老,但是初衷不改。这种在困境中执守的精神恰与柳氏笔下那位孤独的寒江垂钓者遥相呼应,"纵使岁寒途远,此志应难夺。高楼谁设。倚阑凝望,独立渔翁满江雪"已说明一切。

　　如果说李纲对《江雪》的接受更多表现在思想和精神上,那么后代还有一些诗词作者则是从美学角度接受《江雪》。如洪适《生查子》:

> 腊月到盘洲,寒重层冰结。试去探梅花,休把南枝折。顷刻暗同云,不觉红炉热。隐隐绿蓑翁,独钓寒江雪。

　　这里特别强调了"隐隐绿蓑翁",一个"绿"字,生机顿现,柳氏原诗悲怆的基调刹时改变。而绿、红和雪之洁白构成了一幅美丽的图画。再看赵长卿《浣溪沙(赋梅)》：

> 雪压前村曲径迷。万山寒立玉参差。孤舟独钓一蓑归。
> 别坞时听风折竹，断桥闲看水流澌。一枝冻蕊出疏篱。

白雪覆盖的小径、银装素裹的山峰、独钓的渔翁、疏落的竹篱中凌寒独自开的梅花，一幅乡村冬景宛若眼前。"断桥"句则透露出作者闲适、随意的心情。整首词表现的情绪与《江雪》迥然有别。词中独钓的渔父只是抒写冬景的一个道具，作者着眼点主要在《江雪》的美学意义。从美学而非思想上接受《江雪》，与洪适和赵长卿的个人兴趣爱好有很大关系。洪、赵两人都喜好并擅长书法，具备较好的书画功底。《宋史》本传说洪适工书法，取古今石刻，法其字为之韵，辨其文为之释，以辨隶书，曰隶释隶续。赵长卿则喜爱苏轼书文，曾经买一妾，教之习苏书，又能唱苏词。深厚的艺术素养使他们具有与众不同的美学趣味，因而在接受《江雪》时就有了与众不同的独特视角。

综上所述，古典文学中意象的形成并非一步到位、一蹴而就，而是经过历代文人墨客添薪加火、不断丰富而成。整个过程呈现链式结构，不同时代不同作家仿佛其中的每一个环节，环环相扣，彼此相连，又彼此区别。"渔父"这一意象的形成已充分说明这一点。楚辞中类似意象的形成还有其他例子，如在"南浦"意象的形成过程中，江淹《别赋》起着举足轻重的作用；"菊"意象的形成中，陶渊明是一个重要环节。这是我们在研究楚辞接受时应予关注的问题。

从中国古代女性作家名、字、号与文集名看《楚辞》的传播与接受

　　中国古代社会,男性是文学创作的主体。受"女子无才便是德"观念的影响,女性中鲜有受过教育、能识文断字者,至于具备文学创作能力的就更少了。加之古代女性一朝为人妇即失去自己的姓名权,随夫姓称某氏,从而使得本章的考察范围进一步缩小。胡文楷《历代妇女著作考》(上海古籍出版社 1985 出版)收录自先秦至民国女性作家四千余人,本章即以该书中至少是名姓俱全的女性作家为对象,通过研究她们依《楚辞》而起的名、字、号和文集名来看《楚辞》在中国文化中的地位和影响。

　　中国古人不仅有名,还有字,甚或号。起名、赐字都是人生大事。屈原《离骚》云:"皇览揆余初度兮,肇锡余以嘉名。"说的就是诗人起名的过程:仔细观察新生命的出生情况,然后根据占卜所得卦象赐予他一个美好的名字。《白虎通义》卷九引《礼服传》也说:"子生三月,则父名之于祖庙。"可见古人对给新生儿取名的慎重。

　　名,是一个新生命降临后很快就可以拥有的称谓,而字(也称表字)则是到了特定年龄才可以获得的。《礼记·檀弓上》说:"幼名,冠字,五十以'伯'、'仲',死谥,周道也。"①《曲礼上》又有:"男

---

　　① 陈戍国点校《周礼·仪礼·礼记》,长沙:岳麓书社 1989 年版,第 305 页。

子二十,冠而字……女子许嫁,笄而字。"①"冠"即冠礼,是古代男子的成年仪式,也就是说男子二十岁举行冠礼时才有字。而女子要到出嫁时才有字,所以未出嫁的女子被称为"待字闺中"。对男子来说,冠字是成长过程中一个重要时刻,不能随意为之。《西京杂记》记载梁孝王子刘贾年龄尚幼,窦太后就想为其冠字完婚。作父亲的梁孝王不答应,他回复皇帝说:"臣闻《礼》二十而冠,冠而字,字以表德。自非显才高行,安可强冠之哉?"②可见,冠字必须达到限定年龄,而且还要具备相应的才能和德行。名和字通常由长辈赐予,寄托着长辈对晚辈的期望,表达着他们的美好祝愿,二者在意义上或互相补充,或互为解释。

号是名、字以外的称谓,又称别号。与名、字不同,号通常自己起。如晋陶潜在《五柳先生传》中说:"宅边有五柳树,因以为号焉。"③《红楼梦》第三十七回"秋爽斋偶结海棠社,蘅芜苑夜拟菊花题",讲的是宝玉、黛玉等人要结社作诗,于是黛玉提议改称呼,李纨应道:"极是,何不大家起个别号,彼此称呼则雅。"文集名通常也由个人或他人所起,但须得到作者本人认可赞同。所以,从一个人的名和字可以看出他者(一般说来是长辈。对女性来说,字有时可能取自夫君)的喜好、愿望和对被命名者的期望,而号和文集名则体现着自己的喜好、理想、志向。因此,通过研究古人的名、字、号、文集名这些看似不起眼的小问题,有助于我们从一个侧面了解特定的文化大现象。

中国人起名、赐字、取号的一个重要来源是"采典籍",也就是从古代典籍中撷取名言佳句作为名、字、号。如魏武帝曹操,字孟

---

① 陈戍国点校《周礼·仪礼·礼记》,第283页。

② 葛洪著,成林、程章灿译《西京杂记全译》,贵州:贵州人民出版社1993年版,第149页。

③ 袁行霈主编《中国文学作品选》(第二卷),北京:中华书局2007年版,第114页。

德,名与字均出于《荀子·劝学》:"生乎由是,死乎由是,夫是之谓德操。"①《楚辞》无疑是对中国人影响巨大的一本典籍。据统计,在历代被推荐频率最高的十本书中就有《楚辞》②,因而国人喜欢依《楚辞》取名、字、号也就在情理之中了。如现代著名作家朱自清原名朱自华,他性格耿介刚直,因欣赏《楚辞·卜居》"宁廉洁正直以自清乎",故以"自清"作笔名③。中国共产党早期的理论家肖楚女原名萧秋,后取屈原《离骚》中"忽反顾以流涕兮,哀高丘之无女",改名为楚女④。在古代,《楚辞》几为文人墨客必读之书,所以以它为源起名取字采号者就更多了。又因《楚辞》中"美人""香草"比兴手法的运用使其广泛涉及诸多植物,而芳香美丽的花草既为女性喜爱,又与女性的形体、性格等特征吻合,于是《楚辞》就成为古代女性名字号最重要的来源之一。通过考察我们发现,中国古代女性作家依《楚辞》取名、字、号和文集名具有以下几个特点:

一、《楚辞》众多的香花香草中,"兰"在女性作家的名、字、号、文集名中出现频率最高。

为了看起来清晰方便,笔者把相关女性作家的名、字、号及文集名分类为三个表格。从表一和表二可以看出,古代女性作家依据《楚辞》所涉香花香草而起的名、字、号中,用兰者最多。这是因为兰形态娇好,香味馥郁。《周易·系辞上》就有:"同心之言,其臭如兰。"《左传》宣公三年记载郑文公一妾梦见天使给她一支兰花,并对她说:兰花的香味全国第一,佩戴着它,别人就会像爱它一样

---

① 袁行霈主编《中国文学作品选》(第一卷),第 130 页。
② 王余光著《推荐书目与传统经典的命运》,《新华文摘》2008(16)。
③ 何晓明著《姓名与中国文化》,北京:人民出版社 2001 年版,第 113 页。
④ 同上书,第 248 页。

爱你。后来,这个妾生下了郑穆公,就为他起名兰。可见,以兰命名,渊源有自。但是,真正使国人知兰、爱兰,使兰深入人心的则是《楚辞》。在《楚辞》中,兰不仅出现频率高(32 次),而且被赋予高洁、典雅、美好等含义。随着《楚辞》的广泛流传和对中国文学产生的巨大影响,兰逐渐为国人认识、接受、喜爱,不仅成为文人墨客歌咏的对象,也被频繁用于名、字、号。汉代是《楚辞》接受的第一个高峰。楚辞之得名及其成书均在这一时期。《史记·酷吏列传》有言:"始长史朱买臣,会稽人也。读《春秋》。庄助使人言买臣,买臣以《楚辞》与助俱幸。"可见《楚辞》在当时很受统治阶级青睐。故而汉高祖刘邦的宠妃戚夫人有一女侍,名贾佩兰①。此名出自《离骚》"扈江离与辟芷兮,纫秋兰以为佩"句。据统计,1949 年 10 月新中国成立之前,兰是中国人名字中使用频率最高的 6 个字之一②。

　　兰之外,入名较多的是蕙。蕙是兰之一种,又名佩兰、零陵香。《离骚》中,兰、蕙是香花香草的代表,它们在诗中或象征优秀人才,或象征诗人的高洁品质,所以家有两个女儿者,常用兰、蕙命名。表一所列,元代的薛兰英、薛蕙英,清代湖南长沙的杨书蕙、杨书兰,清代江苏丹徒鲍皋之女鲍之兰、鲍之蕙为最典型的例子。著名豫剧剧目《花木兰》中,姊妹两个分别名花木兰、花木蕙。兰、蕙有时也被用作同一个人的名和字,如表一所列,叶蕙心,字兰如;王清兰,字若蕙;申蕙,字兰芳;沈淑兰,字清蕙。《晋书·列女传》所载窦滔妻苏氏,名蕙,字若兰。凡此这正体现了古人名与字意义互补的特点。汉语中比喻女子性情贤淑娴雅的词语有兰情蕙性,形容女子气质高雅有兰心蕙质,无不受到《楚辞》的影响,甚至习惯兰蕙相提并论了。

---

① 葛洪著,成林、程章灿译《西京杂记全译》,第 106 页。
② 何晓明著《姓名与中国文化》,第 35 页。

表一

诗文集名	姓　名	字	号	页　码
《聊芳集》	薛兰英			78
	薛蕙英			78
《红蕖吟馆诗钞》	杨书兰	畹　香		673
《幽篁吟馆诗钞》	杨书蕙	纫　仙		673
《起云阁诗钞》	鲍之兰	畹　芬		763
《清娱阁诗钞》	鲍之蕙	茞　香		763
《三秀斋诗钞二卷》	鲍之芬			762
《尔雅古注斠》	叶蕙心	兰　如		686
《陋室吟草》	王清兰	若　蕙		239
《缝云阁集》	申　蕙	兰　芳		268
《黛吟草》	沈淑兰	清　蕙		366

注：此表格专门列姊妹两个分别以兰、蕙命名，或一个人的名与字分别命以
　　兰、蕙的女性作家。

表二

诗文集名	姓名	字	号	页码
《鲜洁亭诗词稿》	蒋纫兰	秋　佩		734
《吟秋阁集》	李佩兰			331
《纫兰阁吟蠹》	汪　兰	纫秋/如兰	吟秋	359
《怡然阁诗钞》	裴纫兰	佩　秋		693
《留香室遗稿》	汝　兰	佩　之	纫　秋	290
《兰圃遗草》	胡佩芳	秀　亭	纫秋居士	440
《国香楼诗钞》	胡佩兰	畹　芳	国　香	440

（续表）

诗文集名	姓名	字	号	页码
《佩珊珊室诗存》	王纫佩			235
《梦香吟馆诗遗稿》	侯淑兰	佩香		412
《听秋轩诗集》	骆绮兰	佩香		761
《丽晓楼诗钞》	王佩香	紫兰		233
	钱蘅生	佩芬		760
《兰韵诗稿》	楼秋畹	佩馨		725
《愿香室笔记》	王佩华	兰如		233
	钱纫蕙	秋芳		753
《写韵楼吟草》	吴清蕙	佩湘		310
《静好楼诗草》	王兰佩		楚芳	258
《纫佩集》	夏荪	纫佩	楚畹	458
《早花集》	吴筠	湘萍	畹芬	313
《湘兰子集》	马守贞		湘兰子	152
《同心室小咏》	邵齐芝	季兰	畹生	402
《吟香榭小草》	金畹	佩芳	纫秋	408
	鲍芳蒨	兰畹		763
《浣香斋诗草》	王湘婴	兰畹		241
《琴趣词》	王淑	畹兰		239
《静兰诗文稿》	丁畹芬	静兰		215
《评月楼诗词薆》	赵畹兰			708
《三十六鸳鸯吟舫存稿》	王梦兰	畹芬		251
《梦香集》	朱兰	梦香	清畹	285

（续表）

诗文集名	姓名	字	号	页码
	刘祖满	兰雪/畹卿		193
《先得月楼遗诗》	朱 兰	畹 芳		286
《锄月山房诗草》	胡若兰	畹 香		441
《寄生馆诗稿》	沈畹香			369
《写秋轩诗草》（安徽含山人）	朱 兰	畹 香		286
《友兰阁馈余集》	方 静	畹 香		226
《余香诗草》	沈 畹	振 兰		369
《研香室吟草》	叶兰贞	淑 畹		688
《滋兰诗遗稿》	王嗣晖			242
《佩秋阁遗藁》	吴 苣	佩纕/纫之		312
《兰佩阁诗存》	李 明			332
《纫庵诗钞》	毛兰生	畹 芬	纫 庵	230
《纫兰草》				200
《纫兰吟草》	邱林芳	韵 芳		403
《纫香室遗稿》	邵 兰	南 苹		402
《纫兰室诗稿》	孟慧莲		净 香	389
《（"彀"的左边加"鳥"）音集》	汪 纫	畹 姝	香 隐	352
《佩兰室诗集》	杭佩兰			395
《莔香阁诗钞》	詹瑞芝	兰 芬		693
《生香馆诗》	李佩金	纫 兰		330
《芷居集》	马闲卿	芷 居		154
《纫兰阁集八卷》、《纫兰阁诗集十四卷》				83

诗文集名	姓名	字	号	页码
《树香阁诗遗》	周曰蕙	佩兮		377
《落花诗》	褚贞	纫兰		703
《吟秋阁稿》	王郁兰	蕙芝	香谷	237
《爱兰轩集》	王琼	碧云	爱兰老人	256
《昙红阁诗》	王兰修	仲兰		259
《清香绣阁诗稿》	何如兰	茝清	香农	291
《碧桃仙馆词》	赵我佩	君兰		704
《纫余小草》	邹佩兰	浣香		694
《竹荫楼诗集》	贾景蕙	兰苏		694

兰、蕙之外，《楚辞》中涉及的茝（芷）、蘅、荪、桂、若等香花香草亦在古代女性作家名、字、号中时有出现。

茝（芷）即白芷，因其气味芳香，《楚辞》中时称其"芳芷"，又把它与其他香花相提并论，于是有了"蕙芷"、"蘅芷"、"兰芷"之说。《离骚》"兰芷变而不芳兮"即是一例。芷（茝）在《楚辞》中出现 14次，也是一种重要的香花香草。以芷（茝）入名的如《佩秋阁遗藁》的作者姓吴名茝。吴茝字佩缰，一字纫之，文集名《佩秋阁遗藁》，分别出自《离骚》"既替余以佩缰兮"和"纫秋兰以为佩"，由此可证吴茝其名与《楚辞》的密切关系。以茝（芷）入字的如《清娱阁诗钞》作者鲍之蕙，字茝香，《清香绣阁诗稿》的作者何如兰，字茝清。

"荪"又称"荃"，《楚辞》中出现 7 次，本义是一种香草。《九歌·湘君》"荪桡兮兰旌"即用此意。"荪"又是一味中药，因中药讲究君臣佐使，"荪"常做君药，用以开心窍，故在《楚辞》中又借指楚王。《抽思》"数惟荪之多怒兮"，王逸注："荪，香草也。以喻君。"受《楚辞》影响，后世有"芳荪"、"兰荪"之用。如李德裕《春暮思平泉杂咏二十首》"楚客重兰苏,遗芳今未歇";苏轼《王维吴道子画》"摩诘本诗老,佩芷袭芳荪";晁补之《万年欢·次韵和季良》"捐袂江中往岁,有骚人、兰荪遗韵"。以"荪"入名、字,多取其香草之义。如《渌水倡酬集》作者王荪,字兰姒,号秋士。"兰姒"已传递出其名与《楚辞》的关系,"秋士"进一步做了证明,因为中国古代文学中的"士悲秋"主题正是源自《楚辞》。另有《文一集》的作者姓沈名荪。

　　"桂"在《楚辞》中出现 24 次,有"桂舟"、"桂酒"、"桂栋"、"桂浆"、"桂枝"、"桂櫂"等。民间常以桂入名,但在古代女性作家名字中则不多见。或许因为"桂"、"贵"同音,女性作家为避俗,故不甚喜爱。以"桂"入名,并可证明是依《楚辞》而起的有《伴蛩吟稿》的作者王桂,字秋英。"秋英"显然出自《离骚》"夕餐秋菊之落英",桂又是《楚辞》中常见的芳香植物,开花在初秋,依据古人名与字或互为解释或互相补充的惯例可以判断,王桂之名应出自《楚辞》。

　　"若"和"蘅"作为香花香草之义在《楚辞》中偶尔见之,以它们来入名或字的女性作家也不多。较典型的有《镜清阁集》的作者方若蘅,字叔芷。名、字均是《楚辞》中的香花香草。

二、女性作家的名、字、号多出自"扈江离与辟芷兮,纫秋兰以为佩"和"余既滋兰之九畹兮,又树蕙之百亩"两句。

　　从表一和表二看出,中国古代女性作家的名、字、号集中于《离骚》"扈江离与辟芷兮,纫秋兰以为佩"和"余既滋兰之九畹兮,又树蕙之百亩"两句。下面先看名、字与这两句诗的关系,号留待后论。

　　由"扈江离与辟芷兮,纫秋兰以为佩"句直接产生的名、字有佩秋、秋佩、佩兰、兰佩、纫兰、纫秋、纫佩。延伸产生的名、字有纫香、纫蕙、佩芳、佩芬、佩馨、佩湘、佩华、佩兮、佩之等等。《愿香室笔记》作者王佩华,字兰如。"华"同"花",根据名与字互相解释或补充的原则,"兰如"正解释了"佩华"即佩兰之义。钱纫蕙,字秋芳。

因为兰蕙常常并称,或许此女认为叫兰的太多,于是别出心裁不再用"纫兰",而用"纫蕙",但是从字"秋芳"仍可看出其名与字的出处是《离骚》。再如《写韵楼吟草》作者吴清蕙,字佩湘。湘即湖南,属古楚地,又是屈子流放地,因此佩湘之源仍在"纫秋兰以为佩"。至于佩芳、佩芬、佩馨皆从兰之芬芳而来自不用多言。

由"余既滋兰之九畹兮,又树蕙之百亩"产生的名、字有畹、兰畹、畹兰、畹香、畹芬、畹香、畹姝、畹清等等。

"畹",本是古代的面积单位,或以三十亩为一畹,或以十二亩为一畹,或以三十步为一畹,说法不一。这样的含义使畹本不适合用作名或字,更不适合作为女子之名字,但因了《离骚》,有的女子直接用畹作名,如《余香诗草》作者姓沈名畹,字振兰。《研香室吟草》作者叶兰贞,字淑畹。辜兰凰、项兰贞,字孟畹。究其原因,显然在于《离骚》中"滋兰树蕙"段叙述了诗人对人才的培养。加之畹读音轻柔和顺,且与婉音同,无论单用还是搭配使用,熟读《离骚》者立刻就明白其意蕴,因而用其取名或字者反而较多。

"扈江离与辟芷兮,纫秋兰以为佩"和"余既滋兰之九畹兮,又树蕙之百亩"之外,由《楚辞》其它句中产生的名、字、号和文集名非常稀少,偶有一二例而已。如《胡绳集》、《胡绳集诗钞》作者范壸贞,字蓉裳。其字出自《离骚》:"集芙蓉以为裳。"《纫秋楼诗文丛》作者屈茝纕,字云珊;其妹屈蕙纕,字逸珊,著《含青阁诗草》。姐妹两个的名出自《离骚》:"既替余以蕙纕兮,又申之以揽茝。"《浣香斋诗草》作者王湘娿,湘指湖南,娿是楚国对小女孩的称呼。《离骚》中有:女娿之婵媛兮,申申其詈予。"

三、女性作家号和文集名与《楚辞》的关系。

号与文集名通常是个人所起,因此通过女作家的号和文集名可以看出她们自己对《楚辞》的接受状况。如表一和表二所示,女作家的号与文集名仍以出自《离骚》"扈江离与辟芷兮,纫秋兰以为佩"句和"余既滋兰之九畹兮,又树蕙之百亩"句者居多。文集名出自前句的如汪兰《纫兰阁吟藁》、夏荪《纫佩集》,出自后句的如王嗣晖《滋兰诗遗稿》。号出自前句的如《吟香榭小草》作者金畹和《留香室遗稿》作者汝兰号都是纫秋。号出自后句的如汪兰号楚畹、《梦香集》作者朱兰,号清畹。其他分见表一表二,不一一例举。文集名产生于《楚辞》其它句的如表三所列。需要特别说明的是,范壶贞文集《胡绳集》和《胡绳集诗钞》,简单地判断其名出自《离骚》"索胡绳之纚纚"略显武断。但是范壶贞,字蓉裳,出自《离骚》:"制芰荷以为衣兮,集芙蓉以为裳。"清代方文《自题采药图用谈长益韵》:"却讶灵均好奇服,制荷衣又索胡绳。"此诗道出了"蓉裳"与"胡绳"之间的关系,即前者是衣服,后者是佩饰。因此,《胡绳集》和《胡绳集诗钞》得名于《离骚》"索胡绳之纚纚"确凿无疑。

表三

姓　名	诗文集名	出　　处	页　码
陈契	《茹蕙集》 《搴兰小咏前集晚集》	《离骚》:揽茹蕙以掩涕兮 《离骚》:"朝搴阰之木兰兮,夕揽洲之宿莽。"	167 125
沈蕙端 (吴江)	《晞发集》	《九歌·少司命》:"与女沐兮咸池,晞女发兮阳之阿。"	117
鲍之芬	《三秀斋诗钞二卷》	《九歌·山鬼》:"采三秀兮于山间"	762
杨书蕙	《幽篁吟馆诗钞》	《九歌·山鬼》"余处幽篁兮终不见天"	673
范壶贞	《胡绳集》 《胡绳集诗钞》	《离骚》:"索胡绳之纚纚。"	133

注:以上三个表格所标页码均为《历代妇女著作考》中的页码。

结　语

《楚辞》一书形成于汉代,包括战国楚地作家屈原、宋玉及汉代刘向、东方朔等人的楚辞体作品。从表一、表二、表三看出,《楚辞》所录众多作品中,最具影响力的是屈原的作品,其中《离骚》影响更是无与伦比。

其次,国人取名,男子倾向"阳刚",女子偏以"阴柔"。自古以来,花花草草给人纤弱、柔静之感,与古人对女性的审美要求恰好吻合。《楚辞》在中国文学上具有不可替代的地位和影响,依《楚辞》取名、字、号既可使名、字、号意蕴丰富,又显示出起名、字、号者的博学与修养。这恐怕就是古人热中依《楚辞》命名的首要原因。

第三,同时,"扈江离与辟芷兮,纫秋兰以为佩"、"余既滋兰之九畹兮,又树蕙之百亩"两句也是被后代文人化用最多的楚辞体诗句。如唐代韩愈《合江亭》:"树兰盈九畹,栽竹逾万个";宋代王十朋《点绛唇·国香兰》"国香风递,始见殊萧艾。……堪纫佩,灵均千载。九畹遗芳在";唐代无可的《兰》有"畹静风吹乱,亭秋雨引长。灵均曾采撷,纫珮挂荷裳"。此类例子在历代诗文中不胜枚举。也许是"扈江离与辟芷兮,纫秋兰以为佩"表达了诗人孜孜不倦地修养自身,"滋兰树蕙"句则表达了诗人为改革培养人才的过程。前者侧重德,后者立足才,而德才兼备正是古代文人最看重的两个个体要素。加之这两句诗堪称《离骚》"香草"比兴手法的典范,因而受到历代文人广泛喜爱,除了在诗文中频繁地引用或化用,还频频以之起名、字、号。

以"屈骚"为代表的《楚辞》既为古代文人提供了文学创作上的营养,也为起名、字、号、文集名提供了"素材",足见《楚辞》影响之广博深远。

司马迁评商鞅探微

——兼论《史记》"太史公曰"的独立价值

　　法家,因其严刑酷法的主张与自周王朝以来的宗法社会现实的冲突,历来受到史家诟病。承秦而建的汉代,文人墨客在反思秦亡教训时,得出的结论是"仁义不施"、"繁刑严诛,吏治刻深",故而对作为秦王朝治国主导思想的法家多有詈责,对法家人物也少有好评。譬如汉代著名的史学家兼文学家司马迁在《史记》中对法家的三个代表人物商鞅、韩非、李斯分别立传,却无一佳评。但是,值得注意的是,同为不佳评价,其中却有差别。这些差别虽然细微,却恰如其分地表现出司马迁作为历史学家的良好修养,和作为文学家高超的创作技巧。对此加以研究,不但可以帮助我们发现《史记·商君列传》中一些不被注意的隐秘,还可以深刻地了解司马迁创作《史记》的心路历程,同时也进一步认识《史记》"太史公曰"的独立价值。

一

　　司马迁的《报任少卿书》曾言及创作《史记》的目的:"究天人之际,通古今之变,成一家之言。"所谓"成一家之言"就是通过《史记》表现司马迁的理想和主张。这种表现的实现主要有两条路径:一是通过人物传记材料的剪裁和融炼,二是以传记末尾的"太史公曰"(又称"论赞")。前者观点相对隐微,却客观公允,贴近历史,反映了作者不虚美不隐恶、秉笔直书的良史素养。后者观点鲜明直接,代表了作者对历史事件和人物的看法,具有浓郁的个人色彩。因此,我们要了解司马迁对法家人物的看法,既要借助商鞅、韩非、李斯的正传,更要充分解读《正传》中的"太史公曰"。

《韩非列传》中的"太史公曰"是这样说的:

> 韩子引绳墨,切事情,明是非,其极惨礉少恩。皆原于道德之意,而老子深远矣。

韩非是先秦法家的集大成者,因其学说承继道家老子,故司马迁将其与老子列于同篇传记中。所谓的"引绳墨,切事情,明是非,其极惨礉少恩"是针对韩非学说的评价,紧接其后的"皆原于道德之意,而老子深远矣",正说明了这一点。对韩非其人,司马迁是抱着些许同情的。为周秦诸子列传时,司马迁通常不引用他们的文章,但《韩非列传》中却全文照录《说难》。之所以这么做,司马迁有两个目的。其一诚如他所说:"余独悲韩子为《说难》而不能自脱耳。"这一意思司马迁在《韩非列传》中前后表达了两次。韩非称得上一个深刻的政论家,却非成熟的政治家,所以才会冤死于李斯、姚贾之手。对此,司马迁看得非常清楚,故而对韩非的人生遭遇深为同情,一个"悲"字充满怜悯和惋惜。其二,司马迁要借《说难》为自己而悲。宋代高似孙《子略》说:"太史公之所以悲之(指韩非)者,抑亦有所感慨而发者欤!"[①]司马迁感慨什么?为何感慨?仅仅是为韩非作《说难》却不能自脱吗?显然不是。苏辙《韩非论》说得更清楚:"太史公以李陵之事不合于汉武帝,终身废辱,是以深悲

---

① 陈奇猷校注《韩非子新校注》,上海:上海古籍出版社 2000 年版,第 1254 页。

之欤!"①所谓"之"指韩非。司马迁因替李陵辩护而触怒汉武帝,终遭腐刑。与韩非一样,也是口舌惹祸。所以他说:"仆以口语遇此祸,重为乡党所笑,以汙辱先人。"②故此他对韩非《说难》一文深有感触,也能由己及彼体味韩非。在《报任少卿书》中,说到"发愤抒情"的创作心理时,司马迁列举了周文王、孔子、屈原等人的事迹,还并列地论及了韩非。可见,经历和创作心路历程的相似使司马迁对法家的集大成者韩非产生同情和理解。

《史记·李斯列传》的"太史公曰"这样评价李斯:

> 李斯以闾阎历诸侯,入事秦,因以瑕衅,以辅始皇,卒成帝业,斯为三公,可谓尊用矣。斯知六艺之归,不务明政以补主上之缺,持爵禄之重,阿顺苟合,严威酷刑,听高邪说,废嫡立庶。诸侯已畔,斯乃欲谏争,不亦末乎!人皆以斯极忠而被五刑死,察其本,乃与俗议之异。不然,斯之功且与周、召列矣。

司马迁首先肯定李斯辅助秦始皇统一六国、建立新王朝的功业,接着才指出他严威酷刑、废嫡立庶之错。对于李斯因忠而亡身的说法,司马迁不认可,而反对比较委婉:"人皆以斯极忠而被五刑死,察其本,乃与俗议之异。"他以一个史学家的敏锐看出,李斯的奋斗,更多是为了一己私利,所以他才会最终屈服于赵高。但是,司马迁又说"不然,斯之功且与周、召列矣"。周公、召公忠心耿耿辅佐年幼的成王,对周王朝功莫大焉,因此被视为忠臣的典范,也是司马迁深为敬重的先贤。在《史记·淮阴侯列传》中,司马迁说假如韩信学会谦让,不伐己功,则"可以比周、召、太公之徒"。在

---

① 陈奇猷校注《韩非子新校注》,第1253页。
② 汉·司马迁著《报任少卿书》,载赵逵夫、刘跃进主编《中国文学作品选注》(第一卷),北京:中华书局2007年版,第346页。

《绛侯周勃世家》中，他又说："勃匡国家难，復之乎正。虽伊尹、周公，何以加哉！"可见，在司马迁心目中，周公、召公就是忠臣的一个标度。他认为，如果李斯没有阿顺苟合赵高和胡亥，其功劳实际可以和周、召相提并论。由此可见，司马迁对李斯才能的肯定和对他不能坚守节操、善始善终的惋惜。

分析了司马迁对韩非、李斯的评价之后，再看司马迁是怎样评价商鞅的。《史记·商君列传》的"太史公曰"说：

> 商君，其天资刻薄人也。跡其欲干孝公以帝王术，挟持浮说，非其质矣。且所因由嬖臣，及得用，刑公子虔，欺魏将印，不师赵良之言，亦足发明商君之少恩矣。余尝读商君开塞耕战书，与其人行事相类。卒受恶名於秦，有以也夫！

"商君，其天资刻薄人也"，一锤定音，怒责尽现。司马迁认为商鞅的刻薄是天性，渗入骨子里。接着又说："跡其欲干孝公以帝王术，挟持浮说，非其质矣。"同样是贬责之辞。《史记》记载，商鞅见秦孝公，先后交谈数次，初为帝道，后是王道，终了才是霸道。帝道、王道主张效仿前代圣王，以德治国，霸道则是不计手段、以武力取胜。据《汉书·艺文志》，商鞅的老师是隶属杂家的尸佼，所以商鞅对帝道、王道、霸道均谙熟。游说、辅佐君王使用哪一"道"，这要看君王的喜好，因为君王的支持是谋臣说客得以施展身手、大展宏图的前提。而在当时，帝、王之道经过儒家的发展和宣扬已成为一种成熟的治国策略，相比较而言，霸道作为新生事物还处于萌芽阶段。所以，商鞅在不明了秦孝公心思的情形下，试探着先给他讲帝道、王道，最后才是霸道。至于最终选择哪一"道"，取决于秦孝公而非商鞅。这是成熟的谋臣为了自身安全和游说君王获得成功而采用的策略。战国时期的游说实际是一种高风险的政治活动。《史记·范睢蔡泽列传》记载，范睢初见秦昭王，当昭王征询治国策略时，范雎"唯唯"数次，不肯直言。在昭王的再三追问下，范雎才道出原由："今臣羁旅之臣也，交疏于王，而所愿陈者皆匡君之事，处人骨肉之间，愿效愚忠而未知王之心也。此所以王三问而不敢对者也。"范雎所言真切地道出了谋士在游说君王时战战兢兢的心理。在没有了解君王心思之前就直言相告，一旦与君王所虑相悖，轻则遭逐，多年所学付之流水；重则触怒君王，性命难保。怎么能不小心翼翼？而商鞅入秦之前，在魏国刚经历了一场政治风波：商鞅离开自己的国家卫国到魏国后，投奔于魏相公叔痤门下。他出众的才华深受公叔器重，二人相处甚欢。但是，公叔痤出于对国家的忠心，临终前嘱咐魏惠王：要么对商鞅委以重任，要么杀之，勿留后患。幸而此话被魏惠王以为是病中之言，不足为信，商鞅才死里逃生，否则他怎能坐在秦孝公面前侃侃而谈？此后商鞅处变不惊地继续在魏国停留了一段时间，看到秦孝公的招贤令才到秦国，但是这件事情在他心里一定掀起过波澜，而不可能风吹竹面，雁过长空，不留任何痕迹。所以，到秦国后，对政坛的波谲云诡已有所领教的商鞅不再鲁莽地自我确定治国策略又去游说君王，而是把所掌握的治国之术——帝道、王道、霸道一一摆出来，让秦孝公去选择，再据之喜好相形而动。这反映了商鞅政治上的成熟，司马迁却认为商鞅的根本目的就是向秦孝公推销"霸道"，"帝道"、"王道"不过是虚言浮辞，一个诱饵，一种掩饰罢了。这，不免有主观武断之嫌。

在《商君列传》"太史公曰"的最后，司马迁说"余尝读商君《开塞》《耕战》书，与其人行事相类。卒受恶名于秦，有以也夫！"《开塞》、《耕战》两篇集中体现了商鞅严刑重赏、重视农战的思想，正是商鞅变法的核心所在。而所谓与"其人行事相类"主要指商鞅改革中不分贵贱，不别亲疏，一断于法，以及轻罪重罚、以刑去刑的做法。"卒受恶名于秦"之说与史实不尽相符，商鞅变法虽然开始遭到秦国民众反对，但他们从变法中受益后，转而就赞同了。自始至终嫉恨商鞅的是如公子虔之流的秦国贵族，因为变法损害了他们的利益。"卒受恶名於秦,有以也夫"意即"商鞅在秦国留下骂名、没有好结局,的确是有原因的啊!"用现在的话说即罪有应得。评述对商鞅最终的悲惨结局充满了快意,好像一个恶贯满盈者终于受到了应有的惩罚。司马迁对商鞅的憎恶由此可见。

二

那么,历史上的商鞅究竟是个怎样的人?秦国丞相李斯《谏逐客书》说:"孝公用商鞅之法,移风易俗,民以殷盛,国以富强,百姓乐用,诸侯亲服,获楚、魏之师,举地千里,至今治强。"(《谏逐客书》)汉初文学家兼政论家贾谊的《过秦论》谈到秦孝公时秦国的强大也有相似的评语:"当是时,商君佐之,内立法度,务耕织,修守战之备,外连衡而斗诸侯。于是秦人拱手而取西河之外。"最重要的是,连太史公自己也说,商君之法在秦实施三年,"百姓便之"①。实施十年后,"秦民大悦,道不拾遗,山无盗贼,家给人足"②,秦国也由一个偏居一隅的小国成为富强之国,"天子致胙于孝公,诸侯毕贺"③。为此,司马迁道出了为商鞅作传之缘由:"鞅去卫适秦,能明其术,强霸孝公,后世遵其法。作商君列传第八。"《史记·太史公自序》可见,与李斯、贾谊相同,司马迁看到并认可商鞅的历史功绩。既然如此,《商君列传》末尾的"太史公曰"中,司马迁为什么对商鞅无一句好评,且字里行间充满鄙视和憎恶?究其矛盾产生的原因,一方面需从司马迁的生平经历入手,另一方面要探讨《史记》"太史公曰"在人物传记中的独立价值,同时还要注意司马迁对儒法两家思想的接受状况。

---

① 汉·司马迁著《史记·商君列传》,北京:中华书局1959年版。
② 同上。
③ 同上。

在"太史公曰"中,司马迁明确指出商鞅的三条罪状:"因由嬖臣"、"刑公子虔"、"欺魏将卬"。

"因由嬖臣",指商鞅通过秦孝公身边的宦官景监接近孝公一事。对此,司马迁表现出不加掩饰的反感和鄙视。在商鞅的正传中,司马迁借赵良之口已表明了自己对此事的看法:"今君之见秦王也,因嬖人景监以为主,非所以为名也。"也就是说,让宦官引见这一做法使得商鞅无论为秦国做出多么大的贡献,都不可能留下美名。在《报任少卿书》中,司马迁进一步申明这一点:"昔卫灵公与雍渠同载,孔子适陈;商鞅因景监见,赵良寒心;同子参乘,袁丝变色。自古而耻之。夫以中才之人,事有关于宦竖,莫不伤气,而况于慷慨之士乎!"在他看来,即使只有中等才能的人,一旦涉及宦官,无不以之为耻。慷慨之士更不会和宦官同流。鄙视宦官是中国古代大众普遍的心理:"刑馀之人,无所比数,非一世也,所从来远矣。"①毋庸讳言,司马迁对宦官表现出的极度厌恶更多地与他的经历——遭遇李陵之祸密切相关。

公元前 99 年,汉将李陵在与匈奴交战中兵败投降。司马迁因为替李陵辩护触怒汉武帝,遭受宫刑,从此成为他心头的巨大隐痛。在司马迁看来"诟莫大于宫刑",受过宫刑者"大质已亏缺",即使"才怀随、和,行若由、夷,终不可以为荣,适足以见笑而自點耳"②。于是自称"身残处秽"的"扫除之隶"。司马迁视名声重于生命。被施宫刑,既毁清誉,也使他无颜面对世人和已故父母,"是以肠一日而九迴,居则忽忽若有所亡,出则不知其所往。每念斯耻,汗未尝不发背沾衣也。"③可以看出,自李陵事件之后,司马迁

---

① 汉·司马迁著《报任少卿书》,载赵逵夫、刘跃进主编《中国文学作品选注》(第一卷)。

② 同上。

③ 同上。

坠入万劫不复的深渊,余生都是在耻辱、痛苦中度过。不过,仅仅是因为世人对宦官的鄙视使司马迁如此为宫刑而痛苦吗? 实际上,宫刑只是原因之一,司马迁的痛苦还在于,他原本被判死刑,为完成《史记》,他自请改为宫刑,为此给世俗之人留下了贪生怕死、苟且偷生的印象,简直让司马迁难以接受。

最早提出司马迁自请改死刑为宫刑的是清代学者赵铭,其《琴鹤山房遗稿》(卷五)说:

> 夫迁以救李陵得罪,迁但欲护陵耳,非有沮贰师意也。帝怒其欲沮贰师而为陵游说,则迁罪更不容诛。以武帝用法之严,而吏傅帝意以置迁于法,迁之死尚得免乎? 汉法,罪当斩赎为庶人者,唯军将为然。而死罪欲腐者许之,则自景帝时著为令……迁惜《史记》未成,请减死一等就刑,以继父谈所为史;帝亦惜其才而不忍致诛,然则迁之下蚕室,出于自请无疑[5]21。①

韩兆琦先生同意这一观点②。《报任少卿书》所说也可证:"假令仆伏法受诛,若九牛亡一毛,与蝼蚁何以异? 而世又不与能死节者比,特以为智穷罪极,不能自免,卒就死耳。何也? 素所自树立使然也。人固有一死,或重于泰山,或轻于鸿毛,用之所趋异也。"结合"世又不与能死节者比"、"不能自免,卒就死耳"等句可知,"伏法受诛"意即"伏法被杀",显然与宫刑不符。而且,接着司马迁又论及死的价值,似乎也与受宫刑无关。下面司马迁又说:

> 夫人情莫不贪生恶死,念父母,顾妻子,至激于义理者不

---

① 韩兆琦著《史记讲座》,桂林:广西师范大学出版社 2008 年版,第 21 页。
② 参见韩兆琦著《史记讲座》,第 21 页。

然,乃有不得已也。今仆不幸,早失父母,无兄弟之亲,独身孤立,少卿视仆于妻子何如哉?且勇者不必死节,怯夫慕义,何处不勉焉!仆虽怯懦欲苟活,亦颇识去就之分矣。何至自沈溺缧绁之辱哉?且夫臧获婢妾,犹能引决,况仆之不得已乎?所以隐忍苟活,幽于粪土之中而不辞者,恨私心有所不尽,鄙陋没世,而文彩不表于后也。

这段话都在说自己并不怕死,之所以隐忍苟活,是为了完成《史记》。对这段话,一般理解为司马迁解释他受了宫刑后宁可痛苦地生也不选择自戕的原因。如果结合上一段对生死价值的论述,就可以明白,这段话实际上是在说他自请宫刑并不是为了偷生,而是为了完成《史记》。由此可知,自请改死刑为宫刑,其实司马迁承受了巨大的舆论压力。所以,他要利用给任安复信机会自明心迹。如此看来,腐刑对司马迁造成的痛苦不仅仅在于"大质已亏缺",还在于它让不知情者把司马迁视作没有气节、苟且偷生之辈,使他尊严尽失,怎能不痛苦万分?所以,司马迁为"因由嬖臣"而鄙薄商鞅,一方面固然是当时社会的普遍观念,而更主要的则在于他自请改宫刑后世人的误解而造成的巨大心理压力。指责商鞅是其渲泄、释放压力的一种方式和途径,更是间接地宣告和表白。

司马迁列出的商鞅的第二条罪状是"刑公子虔"。公子虔是秦国的太子傅,商鞅变法刚开始时,他因太子犯法而被株连受刑。商鞅变法四年后,公子虔又因自己违法被施以劓刑,他以之为耻,八年闭门不出。这一事件一方面是商鞅变法赢得民众信任和支持的需要,另一方面也是法家不分贵贱以法治国思想的体现。但是,遭酷刑、人生为之遂变的司马迁,即使非常清楚这一点也不会为此原谅商鞅。酷刑,是他憎恶商鞅的关键。在《史记·太史公自序》中,司马迁还特别说明一点:"司马氏世典周史。"其深层寓意是强调,司马氏为史官世家,自己应以继承和发扬先辈之业为己任。同时司马迁自觉地把自己划入士大夫之列，并认为"士"这一群体有它的独特性，那就是看重个人尊严，可杀不可辱。因此他对法家"不别亲疏，不殊贵贱，一断于法"、取消贵族阶层特权、使得"亲亲尊尊之恩绝"的做法极为反对。而赞同《礼记·曲礼》所说"礼不下庶人，刑不上大夫"。所以对"刻轹宗室，侵辱功臣"、后来被夷族的酷吏侯封和以"刻深"著名最终被杀的晁错，司马迁不论他们的功绩，一概加以斥责。而对那些原本身份显赫高贵，无论何种原因一朝沦为阶下囚的王侯将相，无一例外地表示同情。在《报任少卿书》中，他说："传曰：'刑不上大夫。'此言士节不可不勉励也。"接着以文王、李斯、韩信等人的经历为例，说明酷刑对人身心的巨大摧残：

> 此人皆身至王侯将相，声闻邻国，及罪至罔加，不能引决自裁，在尘埃之中，古今一体，安在其不辱也？由此言之，勇怯，势也；强弱，形也。审矣！何足怪乎？夫人不能早自裁绳墨之外，以稍陵迟，至于鞭箠之间，乃欲引节，斯不亦远乎？古人所以重施刑于大夫者，殆为此也。①

这是司马迁经历了汉武帝时代无妄牢狱之灾后的悲切感慨。因了这段痛苦经历，他自然能设身处地为公子虔着想，而对大力提倡严刑重刑的商鞅要大加挞伐了。

司马迁列出的商鞅的第三条罪状是"欺魏将卬"，即指商鞅曾利用与魏国公子卬的友情，在秦魏两军即将开战之际，将其诱骗捕获，而后一举攻破魏军。凭借此次胜利，商鞅获得商、於十五邑的封赏，自此以后号为商君。以友情为诱饵，用欺骗获取功名利禄的确很不光彩，也是商鞅一生不能抹去的污点。假如说"因由嬖臣"

---

① 汉·司马迁著《报任少卿书》，载赵逵夫、刘跃进主编《中国文学作品选注》（第一卷），第344页。

是商鞅为了接近秦孝公、施展抱负不得已而为之,"刑公子虔"是政治改革的需要。那么,"欺魏将卬",在把诚信、友情看得重于生命的中国古代,的确很难为商鞅找到辩护的理由。但是,战阵之间,不厌诈伪,所谓"兵不厌诈。"商鞅之举固然不值得称道,但同时也说明公子卬缺少将领的头脑和才能。实际上,春秋战国时期,以诈伪取胜的战例不在少数,比商鞅诈公子卬手段更阴暗更残酷的事例也不胜枚举,李斯毒杀同窗韩非不就是一个吗? 从各为其主的角度说,商鞅不足以为此而背千古骂名。而司马迁之所以将此作为商鞅的一大罪状,同样与他在李陵事件中所见所闻和感受不无关系。

　　李陵兵败降敌,大汉帝国上下为之震惊,武帝更是焦虑、愤怒。当汉武帝询问司马迁对此事的看法时,司马迁本着平日对李陵的观察和了解替他做了辩护。司马迁的本意是为武帝分忧,同时也想堵一堵朝廷上下那些佞臣对李陵的攻击,最终却被武帝误解为"沮贰师",非但没有帮李陵洗脱罪名,反而把自己拖下深渊。直言获罪本就冤屈莫名,而最让司马迁寒心的是在下狱之后,亲朋故交看着他受刑却无一人出手相救。"家贫,货赂不足以自赎,交游莫救;左右亲近,不为一言"(《报任少卿书》),也就是说当时假如有人出钱帮司马迁赎罪,他就可免除刑罚。但是事实却是因他得罪的是皇帝,大家唯恐避之不及,连一个替他说话的人都没有。司马迁已经看到朝中那些"全躯保妻子之臣"丑恶的嘴脸:为了阿顺汉武帝,他们纷纷落井下石,弃友情、同僚之情于一边,"随而媒糵其(指李陵)短"[1]。这一幕幕不能不让他对为利益而背叛友情之举怒加谴责,在《商君列传》中,把诱骗公子卬列为商鞅一大罪状实正是司马迁这种难抑之情的流露。但是,李斯杀韩非,其手段之恶毒卑鄙

---

　　① 汉·司马迁著《报任少卿书》,载赵逵夫、刘跃进主编《中国文学作品选注》(第一卷),第 343 页。

与商鞅诱捕公子印不相上下,司马迁对此却不置一辞,这又是为什么? 因曾贵为丞相的李斯在受赵高诬陷入狱后也惨遭酷刑,这使司马迁不由得对其同情有加。其次,先秦法家人物中明确提倡并实践严刑酷法,商鞅为法家代表人物之一,因此,司马迁评说商鞅时,联想到自己的经历,悲愤难抑,就难免"厚此薄彼"了。韩兆琦说:"作者(指司马迁)出于个人的惨痛经历,对于商鞅这个法家人物从态度上是反感的,这与他对待吴起、晁错一样,是同一种性质的偏颇。"①李长之说:"李陵案给司马迁的印象太深,有意无意间,他的整部《史记》里,都有这件事的影子。"②都说明了这一点。

三

讨论司马迁为什么在《商君列传》"论赞"中恶评商鞅,还应注意一个问题,那就是司马迁对商鞅的认识及评价自相矛盾:如上所述,在《史记·商君列传》及《史记·秦本纪》《史记·太史公自序》中,充分肯定了商鞅的历史功绩,而《商君列传》"太史公曰"却是全盘否定。其实,对于这一问题,早有学者注意到,因为在《史记》人物传记中不止《商君列传》一篇的"太史公曰"与正传冲突,《晁错列传》、《酷吏列传》等人物传记也存在此类情形。对这一现象,学者们说法不一。比较典型的如牛震运和李景星认为这是《史记》互见法的运用。以《酷吏列传》为例,李景星说:"赞语与传,意义各别,传言酷吏之短,赞取酷吏之长,褒贬互见,最为公允。"③这种说法后来被扩展到包括《商君列传》在内的相关篇章。朱榴明则认为,

---

① 韩兆琦著《史记选注集评》,桂林:广西师范大学出版社1996年版,第248页。
② 李长之《司马迁之人格与风格》,天津:天津人民出版社2007年版,第93页。
③ 俞樟华著《史记新探》,北京:民族出版社1994年版,第21页。

一些与正传观点相悖的"太史公曰"非司马迁所作①。过常宝说部分篇章正传与"太史公曰"的相悖体现了史官精神的萎缩,有汉赋曲终奏雅之嫌②。学者们见仁见智,尚有讨论空间。笔者以为,这种相悖的存在是因《史记》撰述的特点所致:正传和"太史公曰"各有侧重,各司其职,又相互呼应。诚如有人说:"《史记》论赞往往直抒胸臆表达强烈的感情倾向,而传记载述则善恶必书。"③在正传中,司马迁要尊重历史真实,尽可能回避个人的喜怒哀乐,更不能因个人的好恶而歪曲历史。"太史公曰"则突出表现的是司马迁自己对历史人物与事件的看法,它是"一种作者亲自出马的形式,是见识和感慨的凝缩"④。"太史公曰"既已标明是太史公自己说的话,那么就可以无所顾忌地表达自己的爱憎。司马迁本就是一个富于热情与激情的学者,在属于他的"领地",他独抒胸臆,纵情挥洒,丝毫不加掩饰,这就使得"太史公曰"具有浓郁的个人情感色彩。因此有学者说:"如果说,《离骚》是屈原的自传体诗歌,'太史公曰'则是司马迁的自述体散文。"⑤司马迁反对法治,原本对法家就持冷漠态度,而李陵之祸更使他对法家无一丝好感。他可以在法家人物的正传中克制感情,客观叙写,但到了"太史公曰"中他的历史职责已完成,既然要成"一家之言",他就要表现真实的自我,《商君列传》、《晁错列传》等正传与"太史公曰"的相悖,也在情理之中了。这种相悖,非但没有削弱《史记》人物传记的价值,相反它既体现出作为良史的司马迁不虚美不隐恶的态度,又在客观反映历史的同时以恰当的方式兼顾了自己观点,让我们看到一个史学家的高妙。正传和"太史公曰"分工明确,又相辅相承,使得《史记》最

①　朱榴明著《史记"太史公曰"抉疑》,《人文杂志》1986(3)。
②　过常宝著《论〈史记〉"太史公曰"和"互见法"》,《唐都学刊》2006(9)。
③　张大可著《史记论赞辑释》,西安:陕西人民出版社1986年版,第32页。
④　可永雪著《史记研究集成》第九卷,北京:华文出版社2005年版,第219页。
⑤　刘猛著《20世纪史记"太史公曰"述评》,《南京师范大学文学院学报》2004(1)。

终实现"究天人之际，通古今之变，成一家之言"的目的。由此可见，了了数语的"太史公曰"确是《史记》人物传记不可或缺的一部分。他的评论未必令人信服，却使《史记》这样一部历史著作鲜活又生动起来，且并非人云亦云，而是一家之言，无可仿制。所以学者们或称其为"《史记》一书之血气"，《史记》的"点睛之笔"①。张大可说："《史记》之所以成为不朽的文史名著，其特点之一就是长于有论。"②这里的"论"就是"太史公曰"。

《史记》"太史公曰"是司马迁直抒胸臆，有着独立的文献价值，故又成为研究司马迁思想的重要材料。于中可以看到司马迁思想的一个特点：儒法合而未融。

汉初思想界一个显著特点是"非秦"、"过秦"，而在此过程中，一些学者同时认识到了法家的进步意义。他们批判暴秦，指斥法家，却又不得不承认秦始皇、商鞅等人的历史功绩，甚至在治国主张中不自觉地融合部分法家因素，吸纳一些秦朝政策。司马迁即其一。与汉初诸多学者相同，司马迁完全是崇儒的。他反对暴政，主张德治，抨击暴秦，反对酷吏，又理性地看到秦"成功大"，承认酷吏的优点，认可法家之长。《太史公自序》中，司马谈"论六家要指"说法家："严而少恩；然其正君臣上下之分，不可改矣。"司马迁解释："法家不别亲疏，不殊贵贱，一断于法，则亲亲尊尊之恩绝矣。可以行一时之计，而不可长用也，故曰'严而少恩'。若尊主卑臣，明分职不得相踰越，虽百家弗能改也。"对法家的认识客观公允而清醒冷静。不仅如此，司马迁甚至主张汉王朝继承秦的一些制度："秦取天下多暴，然世异变，成功大。传曰'法后王'，何也？以其近己而俗变相类，议卑而易行也。学者牵于所闻，见秦在帝位日浅，不察其终始，因举而笑之，不敢道，此与以耳食无异。悲夫！"（《史

① 可永雪著《史记研究集成》第九卷，第218页。
② 张大可著《史记论赞辑释·序》，第1页。

记·六国年表序》)显然,这是司马迁在反对之外对秦王朝和法家的另一种态度,而这种态度与他对儒家的持守是相对的。司马迁忠诚地追随着儒家。他对孔子"高山仰止,景行行止",崇敬备至;视儒家"六艺"之一的《春秋》为史书之典范;他投师于西汉大儒董仲舒门下……。种种细节都说明司马迁与儒家有着千丝万缕的联系,而《史记》则是对这种联系全方位的展示。通过《史记·袁盎晁错列传》与《汉书·爰盎晁错列传》①的简单对比就可以清晰地看出这一点。《史记·袁盎晁错列传》全文约三千七百余字,关于袁盎的记述约二千六百余字,晁错的只有六百多字,余为关于邓公的描述和"太史公曰"。《汉书·爰盎晁错列传》全文八千八百多字,是《史记》的两倍多,而关于袁盎的内容只有一千五百多字,比《史记》还少。关于晁错的内容则约六千多字,是《史记》的十倍之多。余为关于邓公的描写和"赞"。从篇幅的差别就已经可以看出司马迁和班固各自的"偏爱"。而通过同为代表作者意见的《史记》的"太史公曰"和《汉书》"赞",这种"偏爱"就表现得更为鲜明。《史记·袁盎晁错列传》"太史公曰"说:

　　袁盎虽不好学,亦善傅会,仁心为质,引义忼慨。遭孝文初立,资適逢世。时以变易,及吴楚一说,说虽行哉,然復不遂。好声矜贤,竟以名败。晁错为家令时,数言事不用;後擅权,多所变更。诸侯发难,不急匡救,欲报私雠,反以亡躯。语曰"变古乱常,不死则亡",岂错等谓邪!

《汉书·爰盎晁错列传》"赞"说:

　　爰盎虽不好学，亦善傅会，仁心为质，引义慷慨。遭孝文初立，资適逢世。时已变易，及吴壹说，果于用辩，身亦不遂。晁错锐于为国远虑，而不见身害。其父睹之，经于沟渎，亡益救败，不如赵母指括，以全其宗。悲夫！错虽不终，世哀其忠。故论其施行之语著于篇。

　　《汉书》"赞"承《史记》"太史公曰"而来，有一部分人物传记的"赞"甚至直接照搬《史记》，爰盎传记就是一例。这说明，对于爰盎，司马迁和班固观点一致。但是对于晁错，两人分歧明显。"太史公曰"对晁错多否定之辞，而对他为臣之忠却一字不提。班固则相反，他承认晁错治国方面的卓越才能，并指出他善于为国而谋却不善于保身。晁错的人生虽以悲剧终结，但是他的忠诚得到世人认可。其父富于远见，只是最终依然没能保住晁氏一门。对此，班固充满同情。《汉书·晁错列传》的"正传"与"赞"观点完全一致，而《史记·晁错列传》的"正传"与"太史公曰"观点却相反。《孝景本纪》的"太史公曰"又说："汉兴，孝文施大德，天下怀安。至孝景，不复忧异姓，而晁错刻削诸侯，遂使七国俱起，合从而西乡，以诸侯太盛，而错为之不以渐也。及主父偃言之，而诸侯以弱，卒以安。安危之机，岂不以谋哉？"一个"刻削"已见司马迁对晁错的否定。作为史家，无论司马迁还是班固都认为晁错乃一忠臣，但是作为个体，因为司马迁崇尚儒家反感法家，所以对以儒家思想作为行事标准的爰盎多有赞美之辞，而对汉代最有代表性的法家人物晁错，因个人感情而多加批判。所以祝宗斌先生说："《史记》的指导思想是为了体现、宣扬儒家思想。"①不无道理。因此，当与儒家对立、曾经相互攻讦的法家要融入司马迁的思想时，他承受的是磨砺之痛，

---

　　① 祝总斌著《材不材斋文集——祝总斌学术研究论文集》，西安：三秦出版社2006年版，第89页。

仿佛被砂粒入侵的蚌。这种痛要一直持续到儒法交融成一颗浑圆的珍珠。

从个人感情说，司马迁厌恶法家，所以"太史公曰"对法家人物多加挞伐。从历史的真实来说，司马迁又不得不承认法家思想的积极价值，所以在正传中他对法家人物的功绩给予客观记录。这是司马迁的痛苦，也是他的伟大。这既由他自身的性格、经历所致，也是那个时代的必然。《商君列传》、《李斯列传》、《晁错列传》乃至《酷吏列传》正传与"太史公曰"的相悖既是儒法在司马迁身上合而未融的表现，也是儒法合而未融的必然结果。如果说了解司马迁的身世经历是我们初步解释这一悖反的基础，那么认识到这一点，则使我们在更深层次理解司马迁对商鞅的评价何以如此矛盾。

从秦代刻石文看秦始皇对先秦
法家的接受与发展

　　刻石文字是战国时秦国及统一后的秦王朝一道独特的文化风景。从先秦时期的石鼓文、诅楚文到秦代由李斯捉笔而成的一组刻石文,无不具有重要的艺术价值和史学价值。秦代刻石文共有或长或短七篇文字,其中六篇见于《史记·秦始皇本纪》,一篇(峄山刻石文)见于《金石萃编》卷四。这七篇文字均作于秦始皇统治时期,虽然出自李斯之手,但却是代始皇立言,因此能反映秦始皇的思想。刻石文为整齐的四言为体式,在功能上与《诗经》"大雅"和三"颂"相似,于歌功颂德中回顾历史(主要是声讨六国和歌颂秦最终统一六国,结束战乱),瞻望未来(主要是构想新王朝蓝图)。因此,从这组刻石文中可以管窥秦王朝建立初期,以秦始皇为首的统治阶级对新王朝的规划设计,以及秦始皇继位后,怎样继续坚持实施法家思想,同时对法家思想进行了改造和发展。

一、秦始皇对法家思想的接受

　　秦王朝建立后,秦始皇继续奉行自孝公以来就被视为治国之圭臬的法家思想为治国指导思想,重视法令,重用法吏,为以法治国寻求理论基础……。对此,仅数百字的刻石文中有着充分体现。

（一）重视国家法令

统一六国后，秦始皇率大臣东巡至琅邪，君臣在商议如何治国时说："古之五帝三王，知教不同，法度不明，假威鬼神，以欺远方，实不称名，故不久长，其身未殁，诸侯倍叛，法令不行。"（《琅琊刻石》）他们认为，五帝三王名不副实，首先表现为"知教不同，法度不明"，所以统治不能久长。秦王朝如要避免重蹈覆辙，就必须致力于以法治国，全面实施法家思想。在七篇刻石文中，以法治国以及相关的内容所占比例最高。如"皇帝临位，作制明法"（泰山刻石）、"维二十八年，皇帝作始。端平法度，万物之纪"（琅邪刻石）、"大圣作治，建定法度，显著纲纪"（之罘刻石）、"秦圣临国，始定刑名，显陈旧章"（会稽刻石）。以上主要是就法律的制定而言。可以看出，秦始皇君臣对以法治国的重要性的认识和认可与期待。制定法律只是以法治国的第一步，接下来是法律的宣传和执行。之罘刻石说："普施明法，经纬天下，永为仪则。"称国家法律为"明法"，认为它是天下家国永远不变的规则，这正是先秦法家心目中法的地位和作用。东观刻石云"圣法初兴，清理疆内，外诛暴强"。这是说利用国家法律要做到对内杜绝犯罪，对外诛杀异族。同篇还有"黔首改化，远迩同度，临古绝尤"。因为实施以法治国，法度划一，民众都遵纪守法，至死不犯罪。琅邪刻石有"忧恤黔首，朝夕不懈，除疑定法，咸知所辟。方伯分职，诸治经易。举错必当，莫不如画"。"除疑定法，咸知所辟"是指民众通过法律学习，知道哪些行为合法，哪些行为违法，清楚了法与非法的界限，消除了疑惑，就可避免犯罪；各级地方长官职掌明晰，举措公平得当。以法治国最终是让民众受益无穷，所以他们"欢欣奉教，尽知法式"（琅邪刻石）、"皆遵度轨，和安敦勉，莫不顺令。黔首修絜，人乐同则，嘉保太平。后敬奉法，常治无极"（会稽刻石）。此说法不免阿谀，但一定程度上也反映了当时现实。由此可见，法家以法治国的思想深入秦始皇君臣之心，被他们完全接受、认可，并在绘制治国蓝图时屡屡提及。

（二）重分职

明确官吏职掌和管辖范围是政治昌明的一种表现。先秦诸子中，法家最为强调"官不兼职"。法家强调分职，首先因为人非万能，不可能精通诸般事务。明于分职使官吏才有所专，进而提高办事效率（法家最讲究事功，尤其强调注重效率）。长期从事一项工作使官吏的技能由生疏而熟稔，从而对职任游刃有余。所以韩非说："人臣安乎以能受职，而苦乎以一负二。"①法家主张"官不兼职"的第二个原因是便于治吏。法家用"形名参同"、"循名责实"考核官吏，决定赏罚，其内容之一即把官吏的职掌与其实际所为对应，验证二者是否契合。一人兼数职，其职掌范围模糊，自然增加考核难度，既不利于管理，各级官吏也无法各尽其能。所以，是否重分职是君主贤明与否的标准之一。《管子·明法解》说："明主之治也，明于分职而督其成事，胜其任者处官，不胜其任者废免，故群臣皆竭能尽力以治其事。"第三，法家强调分职也是为了防止官员越位篡权和发生谋杀事件。法家的根本目标是建立君主专制政体，他们首要防范的就是君主的安全和权力受到威胁，故对侵官越职极为警觉，处罚也很严厉，"越官则死，不当则罪"②。对"越官"的惩罚比"不当"重得多。这是法家针对春秋以来诸多僭越、弑君事件而提出的对策。钱穆说："中国人称权，乃是权度、权量、权衡之意，此乃各官职在自己心上斟酌，非属外力之争。故中国传统观念，只说君职相职。凡职皆当各有权衡。设官所以分职，职有分，

---

① 陈奇猷校注《韩非子新校注·用人》，上海：上海古籍出版社2000年版。
② 陈奇猷校注《韩非子新校注·二柄》。

则权自别。"①所以对法家的重分职不能做简单理解,它是吏治的需要,也是吏治的内容之一。

东观刻石说"职臣遵分,各知所行,事无嫌疑"。"遵分",即遵守自己的职责。每个官员都明确自己的职责范围,如此则既不能越职,也无法推诿。会稽刻石"初平法式,审别职任,以立恒常"。由此可以推知,秦王朝官吏的职责是通过国家律令的形式确定,并已常态化。秦王朝对法家提倡的官吏分职主张贯彻得有多么彻底。琅邪刻石"方伯分职,诸治经易。举错必当,莫不如画"。"方伯",指地方官员。这句是说地方官员职责清楚,各项工作做起来有规有矩,举措适宜,符合国家法令要求,对错清晰。刻石文中关于分职的反复要求正体现出秦始皇对法家重分职这一吏治思想的接受和实践。

(三)民俗法律化

民俗是最早的一种社会规范,成文法出现之前用以约束人们行为的习惯法实即民俗,所以民俗和法律关系密切。恩格斯说:"在社会发展某个很早的阶段,产生了这样的一种需要:把每天重复着的生产、分配和交换产品的行为用一个共同规则概括起来,设法使个人服从生产和交换的一般条件。这个规则首先表现为习惯,后来便成了法律。"②只是民俗对大众的约束与法律不同,法律带有强制性,民俗是自觉的,但它同样具有强大的力量。《史记·货殖列传》说:"使俗之渐民久矣,虽户说以眇论,终不能化。故善者因之,其次利道之,其次教诲之,其次整齐之,最下者与之争。"正

① 钱穆著《中国历史研究法》,北京:三联书店2001年版,第26页。
② 马克思、恩格斯著《马克思恩格斯选集·论住宅问题》,北京:人民出版社1972年版,第538—539页。

因为如此,国家政令的制定须考虑民俗的作用。《黄帝四经》说:
"有佴(耻)则号令成俗而刑伐(罚)不犯,号令成俗而刑伐(罚)不犯
则守固单(战)联(胜)之道也。"①当守法蔚然成风、无需强制时,法
就转化为一种习俗。因俗制法,守法成俗,法和俗的关系在这一过
程中表现得很清楚了。以商鞅、韩非为代表的晋法家非常注重民
俗,但是他们不是提倡因俗制法,而是主张把民俗法律化。接受了
法家文化的秦始皇在民俗与法律的关系上同样坚持这一观点。

统一后的秦王朝面临的问题之一,就是六国各有各的风俗,有
的甚至与秦王朝法律的价值取向背道而驰。从《睡虎地秦墓竹
简·语书》可见一斑。《语书》发布于公元前 227 年秦统一六国大
局已定时,那时秦国的官吏已经认识到其他诸侯国不同的风俗民
情对秦国法律执行造成的障碍。《语书》说:

> 古者,民各有乡俗,其所利及好恶不同,或不便于民,害于
> 邦。是以圣王作为法度,以矫端民心,去其邪僻,除其恶俗。
> 法律未足,民多诈巧,故后有闻令下者。凡法律令者,以教导
> 民,去其淫僻,除其恶俗,而使之之于为善也。

指出"民各有乡俗",而这些乡俗好恶不同,所以有害于国家。
秦王朝一俟建立,为了解决这一问题,秦始皇不惜跋山涉水"匡饬
异俗"(琅邪刻石)。匡饬,纠正整治之意。这其中就包括他对儒
家一向看重的男女关系习俗的纠正。泰山刻石,"贵贱分明,男女
礼顺,慎遵职事,昭隔内外,靡不清净"。会稽刻石又说"饰省宣
义,有子而嫁,倍死不贞。防隔内外,禁止淫泆,男女絜诚。夫为
寄豭,杀之无罪,男秉义程。妻为逃嫁,子不得母,咸化廉清。大
治濯俗,天下承风,蒙被休经。皆遵度轨,和安敦勉,莫不顺令"。

---

① 陈鼓应译注《黄帝四经今注今译·经法·君正》,北京:商务印书馆 2007 年版。

这些做法都是把儒家的道德习俗问题上升到法律高度，用法律来约束人们的道德行为。正如《语书》所说国家法律不仅要惩治犯罪，同时还要"矫端民心"、"除其恶俗"。这与商鞅、韩非的主张完全一致。道德习俗法律化无论于法律还是于道德习俗都是灾难。这一法律思想是秦王朝法网如脂，赭衣满山，以至于国祚不长的关键原因之一。

（四）对确定的大一统王朝的追求

以商鞅、韩非为代表的晋法家主张绝对君主专制，这正是通过他们对君主专制绝对确定性的追求体现出来的。《韩非子·显学》概括说是："有术之君不随适然之善，而行必然之道。"为君主考虑，凡事都追求绝对确定性以确保君主利益万无一失。晋法家的理想国是达到绝对确定的一种有序状态："使天下皆极智能于仪表，尽力于权衡，以动则胜，以静则安"①，"发矢中的，赏罚当符，故尧复生，羿复立。如此，则上无殷、夏之患，下无比干之祸，君高枕而臣乐业，道蔽天地，德极万世矣"②。也就是要求民众按照统一标准行事，言行纳入一个既定模式，不允许特立独行。刻石文用非常简明扼要的语言表述了秦始皇对法家这一思想的认同和赞赏。琅邪刻石说："六合之内，皇帝之土。西涉流沙，南尽北户。东有东海，北过大夏。人迹所至，无不臣者。"国境之内，所有人都要对秦始皇俯首称臣。这是专制的第一步。其次，"普天之下，抟心揖志。器械一量，同书文字。日月所照，舟舆所载，皆终其命，莫不得意"（琅邪刻石）。要求全国上下不仅要称臣，而且必须在思想行为上与皇帝一致。秦始皇梦想秦王朝可以世代传袭，永不衰亡。为了实现这一愿望，他致力于建立

---

① 陈奇猷校注《韩非子新校注·安危》。
② 陈奇猷校注《韩非子新校注·用人》。

一个固定的模式化的王朝,整个王朝的运作仿佛一辆在既定轨道上运行的车子,这辆车上所有人的言行举止通过国家法律限制在一个既定框架内,不允许任何个体行为存在,也就是实现整个社会的高度规范化、有序性。秦始皇希望他的子民都安分守己,不逾规矩,尊卑贵贱,不逾次行,举错必当,莫不如画。所以泰山刻石说"治道运行,诸产得宜,皆有法式";碣石刻石有"男乐其畴,女修其业,事各有序";琅邪刻石有"远迩辟隐,专务肃庄。端直敦忠,事业有常"。一切规矩法令制定好后,其子孙后代只需接受继承,无需变革,这就是泰山刻石所说"大义休明,垂于后世,顺承勿革"及东观刻石所言"常职既定,后嗣循业,长承圣治"。

法家追求以法术势为前提和保障的绝对君主专制,秦始皇深以为然,因而在他统一六国后,立刻将法家这一理论作为自己理想的社会模式付诸实践。

二、秦始皇对法家思想的发展

尽管重用法家思想,但是秦始皇并非全盘接受,其中也有改造和舍弃。这一过程正体现出先秦法家在秦代的发展与流变。

(一)难以践行的无为而治

作为一种政治管理思想,法家非常强调"无为而治",这是在疆土日益扩大情形下一国之君必须掌握的管理策略。"无为而治"强调君是静的,臣是动的,君从大处着眼,臣从小处着手。《慎子》说:"君臣之道,臣事事,而君无事。君逸乐而臣任劳,臣尽智力以善其事,而君无与焉,仰成而已。"[1]申不害说:"主处其大,臣处其细,以

---

[1]《慎子》,《诸子集成》第5册,第3—4页,北京:中华书局2006年版。

其名听之，以其名视之，以其名命之。"①韩非说："夫物者有所宜，材者有所施，各处其宜，故上下无为。使鸡司夜，令狸执鼠，皆用其能，上乃无事。"②《管子·心术上》说："心之在体，君之位也。九窍之有职，官之分也。耳目者，视听之官也。心而无与于视听之事，则官得守其分矣。"其实质均为通过"审合形名"而达"无为而治"。作为一种治国之术，"无为而治"的高明首先在于它能充分调动臣吏的积极性，发挥臣吏的才能。其次，"无为而治"使君主有充足的时间、充沛的精力着眼于全局，而不被琐碎之事羁绊手脚。对于一个疆域广大、人口众多的统一帝国来说，它更显得弥足重要，甚至可以说是帮助最高统治者应对复杂的政治管理的不二法门。但是崇尚法家的秦始皇却没有遵从法家的"无为而治"。《史记·秦始皇本纪》中记载方士批评秦始皇说："天下之事无小大皆决于上，上至以衡石量书，日夜有呈，不中呈不得休息。"秦始皇事无巨细都要亲自过目、决断，为此每天要工作至深夜。他给自己规定了每天要看的奏章量，达不到就不休息。这点在刻石文中也得到证实。泰山刻石说"皇帝躬圣，既平天下，不懈于治，夙兴夜寐"。琅邪刻石有"忧恤黔首，朝夕不懈"。东观刻石曰"皇帝明德，经理宇内，视听不怠"。会稽刻石言"皇帝并宇，兼听万事，远近毕清。运理群物，考验事实，各载其名"。统一六国后，秦始皇贵为天下之首，却没有丝毫懈怠之心，夙兴夜寐，励精图治，因此对国家治理情况了如指掌，"贵贱并通，善否陈前，靡有隐情"。他不仅自己勤于政事，同时也要求秦朝臣民都要尽心于国事，不得偷懒，他们也都"细大尽力，莫敢怠荒"（琅邪刻石）。

　　信奉法家思想的嬴政之所以不肯践行"无为而治"，从现实政治

---

　　① 清·严可均校辑《全上古三代秦汉三国六朝文》，北京：中华书局1958年版，第33页。

　　② 陈奇猷校注《韩非子新校注·扬权》。

管理来看,"无为而治"固然具有一定的科学性、可行性,但其中也不乏理想化成分。它是法家在战国人口急剧增加、国土迅速扩大的情形下提出的合理的治国方法。它提醒君不能事必躬亲,而要充分发挥国人的才能治国。但在实际中,做为最高统治者的皇帝,面对国家治理中层出不穷的各种复杂问题,即使能够把臣民的才能都调动起来,自己也依然要勤于政事方能保证天下太平。汉武帝曾问董仲舒:"盖闻虞舜之时,游于岩郎之上,垂拱无为,而天下太平。周文王至于日昃不暇食,而宇内亦治。夫帝王之道,岂不同条共贯与?何逸劳之殊也?"①董仲舒回答,尧受命继位天子后,以天下为忧,而不是以做天子为乐,所以他诛逐乱臣,务求贤圣,得到舜、禹、稷、契、咎繇等人的辅佐,把天下治理得很好,天下和洽,万民皆安仁乐谊。尧在位七十载,禅位于舜后,以禹为相,因尧之辅佐,继其统业,是以垂拱无为而天下治。但是文王之前是殷纣,殷纣在位时,逆天暴物,杀戮贤知,残贼百姓,有德有才之人宁可隐居避世也不愿意辅佐他。"当此之时,纣尚在上,尊卑昏乱,百姓散亡,故文王悼痛而欲安之,是以日昃而不暇食也"②。所以,同为帝王,或劳或逸,"劳逸异者,所遇之时异也"③。从这个角度说,秦始皇初登皇位时,百废待兴,他和他的大臣做的是开创性的工作,因此他的日理万机、凤兴夜寐虽然不免贪权之嫌,但也是治理国家所需。所以钱穆先生说:"近世言秦政,率斥其专制。然按实而论,秦人初创中国统一之新局,其所努力,亦均为当时事势所需,实未可一一深非也。"④

　　另一方面,嬴政不肯践行无为而治与他的性格也有一定关系。方士侯生和卢生曾说秦始皇"天性刚戾自用,起诸侯,并天下,意得

---

① 汉·班固著《汉书·董仲舒传》,北京:中华书局1962年版。

② 同上。

③ 同上。

④ 钱穆著《秦汉史》,北京:三联书店2005年版,第20页。

欲从，以为自古莫及己"①。"刚戾自用"即刚愎自用，强硬固执，自以为是，听不进别人的意见。"意得欲从，以为自古莫及己"正是对"刚戾自用"的解释。这样的性格使秦始皇难以相信周围大臣、官吏，因此凡事都要亲历亲为。

(二) 重农但不完全抑商的经济政策

重农抑商是晋法家重要的经济思想。《商君书》把农、商截然对立，重农和抑商相伴而行，发展农业就必须坚决抑制商业，只有坚决抑制商业才能实现重农之目的。《韩非子》认为"商工之民，修治苦窳之器，聚弗靡之财，蓄积待时而侔农夫之利"，所以"明王治国之政，使其商工游食之民少而名卑，以寡趣本务而趋末作"②。视工商业和农业水火不容，不抑制工商，农业就无法发展。秦始皇继位后即实行法家这一经济主张。《史记·秦始皇本纪》说："三十三年，发诸尝逋亡人、赘婿、贾人，略取陆梁地。"晁错说秦代谪戍情况是"先发吏有谪及赘婿、贾人，后以尝有市籍者，又后以大父母、父母尝有市籍者，后入闾，取其左"（《汉书·爰盎晁错列传》）。为了抑制商业，打击商人，把商人、赘婿及因犯罪而被贬谪者相提并论。而琅邪刻石也有"皇帝之功，勤劳本事。上农除末。黔首是富"。可见，重农抑商是秦朝不二的经济方针。但是，值得注意的是，刻石文中同时也含蓄地提倡发展工商。同是琅邪刻石又有"诛乱除害，兴利致福。节事以时，诸产繁殖"。碣石刻石有"男乐其畴，女修其业，事各有序。惠被诸产，久并来田，莫不安所"。泰山刻石有"治道运行，诸产得宜，皆有法式"。所谓"诸产"即指农工商各种经济活动。这说明秦王朝建立后，一方面仍以农业为根本，以

① 汉·司马迁著《史记·秦始皇本纪》，北京：中华书局1959年版。
② 陈奇猷校注《韩非子新校注·五蠹》。

大力发展农业为要,另一方面不再视农业与工商业水火不容,而是给了工商业适度发展空间。这一点从云梦睡虎地秦简中与工商业相关的法律条文《效律》《关市律》《工律》《金布律》、司马迁《史记》所记秦始皇给以畜牧致富的乌氏倮比封君、为凭借丹穴致富的寡妇清筑怀清台,以及屠户的儿子可以为将等举动,可以得到证明①。假如完全抑制工商业发展,就没必要制定工商管理方面的法律条文,对于经商成功的商人更没必要通过国家行为予以认可;假如完全抑制工商业发展,屠夫的儿子又怎么可以做将领? 就此,郭沫若说:"始皇和吕氏的重农相反,颇有重商的倾向。虽然《琅邪台刻石》有'上农除末,黔首是富'那样的话,李斯议焚书时也说过'今天下已定,法令出一,百姓当家则力农工',然而他那样征伐连年,徒役遍地,农业事实上是要大受影响的。"②"征伐连年,徒役遍地"使得农业受到影响不能作为秦始皇不重农业的依据。假如征伐是维护大一统帝国的必要手段,即使他非常重视农业,也必得发动战争。至于说秦始皇"重商",也谈不到。这是因为专制政权无论如何都不可能把农业和工商业放在对等的位置上。法家之重农抑商,不仅是为了发展农业,更重要的是通过抑制工商业保证专制政权的稳固。这一点在由吕不韦组织编纂的《吕氏春秋·上农》中有明确论述。所以徐复观先生认为乌氏倮、寡妇清之事不过是出于嬴政的边疆政策,并非表示他的抑商政策有所改变③。但是,假如纯粹是为了边疆政策,屠户之子居然可以担任秦军将领又怎么解释? 因此,客观地看,这些举动至少说明,秦始皇时期,秦国一向奉行的商鞅坚定不移地抑制工商业的政策有所松动。其原因,一

---

① 《史记·货殖列传》记载"沛公欲以兵二万人击秦峣下军",张良说:"我听说秦军的将领是屠户的儿子,商人很容易为利所动"。

② 郭沫若著《十批判书》,北京:东方出版社 1996 年版,第 472—473 页。

③ 徐复观著《两汉思想史》(一),上海:华东师范大学出版社 2001 年版,第 85 页。

方面正如徐复观先生所说是社会发展所致：“社会愈进步，分工便愈发达。分工愈发达，商人的商业行为，便成为分工社会生活中的纽带。”[1]其次，我们不能不考虑到身为富商大贾的吕不韦对秦始皇的影响。《吕氏春秋·上农》说：“故当时之务，不兴土功，不作师徒……”意即农忙时节，不要大兴土木，不要发动战争，以免影响农业生产。上引郭沫若先生所说“始皇和吕氏的重农相反，颇有重商的倾向”可能即由此而来。但是郭沫若先生忽略了《吕氏春秋·上农》同时还说“凡民自七尺以上，属诸三官：农攻粟，工攻器，贾攻货”。可见，吕不韦并不反对工商业，而是主张有限制地适度发展工商业。他在嬴政成长过程中实际扮演着父亲兼同僚的角色。他经商的行为和经历、商人的身份是秦始皇对商人、商业最早的认识，在他的影响下，秦始皇至少不排斥工商业。当然，理智上，秦始皇和吕不韦一样，深知商业和商人群体对专制政权的威胁，所以，他们都依然奉行法家抑工商的策略，只是不再那么严格而绝对。

（三）阴阳家思想与法家的融合

琅邪刻石云“应时动事，是维皇帝”。意即顺应四时而行事，就是大秦皇帝。尽管这一内容的词句在刻石文中仅出现一次，相对以法治国、重分职、偃兵息武等内容稍显简单薄弱，但是刻石文本就简明扼要，凡选刻其中的内容一般均有关涉治国的重要地位，因此这一句不能被轻易忽略。应四时而行事是阴阳家的基本思想，在晋法家的代表作《商君书》和《韩非子》中非常少见[2]，而在齐法

---

① 徐复观著《两汉思想史》（一），第89页。
② 仅《韩非子·解老》一见：“周公曰：‘冬日之闭冻也不固，则春夏之长草木也不茂。’天地不能常侈常费，而况于人乎？故万物必有盛衰，万事必有弛张，国家必有文武，官治必有赏罚。”以此证明治国中刑赏并用的必要性，尚没有把赏罚与四时相连。

家《管子》中相对较多①。这与阴阳家思想本就产生于齐地有关。
战国时秦国和后来统一的秦王朝接受的是晋法家思想，为什么刻
石文中会出现"应时而动"？这使我们联想到秦始皇在为以法治国
寻找理论基础时应用的五行说：

> 始皇推终始五德之传，以为周得火德，秦代周德，从所不
> 胜。方今水德之始，改年始，朝贺皆自十月朔，衣服旄旌节旗
> 皆上黑，数以六为纪，符、法冠皆六寸，而舆六尺，六尺为步，乘
> 六马。更名河曰德水，以为水德之始，刚毅戾深，事皆决于法，
> 刻削毋仁恩和义，然后合五德之数。于是急法，久者不赦。②

秦始皇这一理论出自《吕氏春秋·应同篇》："凡帝王者之将兴
也，天必先见祥乎下民。……火气胜，故其色尚赤，其事则火。代
火者必将水，天且先见水气胜。水气胜，故其色尚黑，其事则水。"
《吕氏春秋》一个显著特点，就是通过阴阳家的五德终始说，把自然
界的循环运动引入人类社会，认为人类社会的演变和朝代的更替
就像木火土金水那样相生相克，周而复始。虽然秦始皇不完全认
同《吕氏春秋》，但显然受到五德终始说影响。因为它为秦始皇实
践法家学说提供了一个坚实的基础。《吕氏春秋》的十二纪是全书
的大旨所在，分为《春纪》、《夏纪》、《秋纪》、《冬纪》。每纪15篇，凡
60篇。十二纪使用十二月令作为组合材料的线索。《春纪》主要
讨论养生之道，《夏纪》论述教学道理及音乐理论，《秋纪》主要讨论
军事问题，《冬纪》主要讨论人的品质问题。这种安排的依据就是
阴阳家的春夏主生、秋冬主杀理论。所以养生在春，兵事在秋。这
成为中国古代封建社会始终遵循的一个规则。琅邪刻石所谓"应

---

① 如《管子·版法解》、《形势解》、《七臣七主》、《禁藏》等均有相关论述。
② 汉·司马迁著《史记·秦始皇本纪》。

时动事"即指此而言。由此可知,秦始皇的法家思想中已开始融入阴阳家的思想要素。这在法家思想发展过程中是一个非常值得关注的变化。到了汉代,随着齐学进一步兴起,阴阳五行思想与法家联系越来越多,越来越密切。这一过程也是中国古代法律自然化的过程。而法律的自然化后来成为中国古代法律文化不可或缺的构成要素。

(四) 对儒家思想的吸收

在法家的形成过程中,儒家是他们汲取营养的学派之一。但在法家形成之后,儒家又成为他们重点批驳的对象。《商君书》、《韩非子》中嘲讽、否定儒家之语俯拾皆是。但这种状况在秦始皇时期有所改变。秦始皇在积极运用法家思想治国的同时,也根据需要适度吸收儒家思想因子,从而在实践中实现了儒法融合。诸如秦朝初建立时设有博士制度,允许儒生们参政议政,更重要的是这时的秦王朝把儒家的忠、孝、义等观念作为评判大臣的重要标准。赵高矫诏命扶苏和大将蒙恬自杀,其理由分别是"扶苏为人子不孝,其赐剑以自裁!"、"(蒙恬)为人臣不忠,其赐死"[1]。即使不学无术的胡亥在赵高劝其篡位时也有不义不孝乃逆德的顾虑:"废兄而立弟,是不义也;不奉父诏而畏死,是不孝也;能薄而材谫,强因人之功,是不能也;三者逆德,天下不服,身殆倾危,社稷不血食。"[2]特别是对儒家"忠"理念的重视,在秦王朝非常突出[3]。琅邪刻石有"端直敦忠,事业有常"。这与法家对君臣之间臣须绝对服从君的思想一致。同时也说明,经历了嫪毐、吕不韦"挑战"的秦始

---

① 汉·司马迁著《史记·李斯列传》。
② 同上。
③ 王子今《秦代社会意识研究》(商务印书馆 2012 年版)对此有较为详细的论述。

皇意识到,仅以法家的赏罚还不能完全实现臣对君的绝对服从,无法保证政权万无一失,而儒家忠观念从道德上的强化无疑可以起到弥补作用。

对儒家思想的吸收还表现在前文所论秦始皇对男女礼俗的重视。针对泰山刻石和会稽刻石中关于男女关系的内容,明末清初大儒顾炎武曾说:"秦之任刑虽过,而其坊民正俗之意固未始异于三王也。汉兴以来,承用秦法以至于今日多矣,世之儒者言及于秦,即以为亡国之法,亦未之深考乎!"①

(五) 主张偃兵息武

为秦国的崛起立下汗马功劳的商鞅极为重视战争,《商君书》常常把战争和国家的经济命脉农业生产相提并论,视战争为称王称霸必不可少的条件。《画策》说:"不胜而王,不败而亡者,自古及今未尝有也"。《农战》有:"国待农战而安,主待农战而尊。"所以无论国家强弱贫富都要打仗。因为"国强而不战,毒输于内,礼乐虱官生必削"②,"国富而不战,偷生于内,有六虱,必弱"③。反之,国家贫穷,只要务力于战争,"毒生于敌,无六虱,必强"④。《商君书》的观点是农业是国家的经济命脉,战争是国家由弱小贫穷而富裕强大不能缺少的手段。商鞅学派之好战于此可见。

秦国的发展历史就是一部战争史。这点从《诗经·秦风》即可看出。《小戎》和《无衣》是《秦风》中两首典型的战争诗。与《诗经》中其他战争诗最大的不同在于,这两首秦地的民歌充满英勇作战

---

① 黄汝成《日知录集释》,石家庄:花山文艺出版社1990年版,第582页。
② 蒋礼鸿编撰《商君书锥指·去强》,北京:中华书局1986年版。
③ 蒋礼鸿编撰《商君书锥指·靳令》。
④ 同上。

的豪情壮志,而不是战争的悲伤。《小戎》中的妻子回想送丈夫出征时的壮观场面和丈夫的美好形象,希望他早日凯旋归来。仰慕之情溢于言表。《无衣》则通过"共衣"这一细节表现战士们同仇敌忾的决心。朱熹说:"秦人之俗,大抵尚气概,先勇力,忘生轻死,故其见于《诗》如此。"①商鞅变法后,奖励农战的政策把秦人善武能战的特点引导、发挥到极致,"其强毅果敢之资,亦足以强兵力农,而成富强之业,非山东诸国所及也"②。嬴政继君位后,因为致力于统一而必须热衷战争,因为他知道战争是消弥战争的最佳途径。但是当统一大局尘埃落定,已经成为秦始皇的嬴政热切盼望在全国实现和平安定。这一心情在刻石文中被多次反映:

　　乃今皇帝,壹家天下,兵不复起。灾害灭除,黔首康宁,利泽长久。(峄山刻石)
　　圣法初兴,清理疆内,外诛暴强。武威旁畅,振动四极,禽灭六王。阐并天下,灾害绝息,永偃戎兵。(东观刻石)
　　黔首安宁,不用兵革。六亲相保,终无寇贼。(碣石刻石)
　　地势既定,黎庶无徭,天下咸抚。(琅邪刻石)

　　因为渴望和平,秦始皇反对分封诸子。他说:"天下初定,又復立国,是树兵也,而求其宁息,岂不难哉!"③因为渴望和平,秦始皇收缴所有兵器铸成十二个铜人立于咸阳宫门前,其中固然有追求神异的成分④,但不能否认这么做的另一个重要目的是为了永久

① 宋·朱熹《诗集传》,北京:中华书局2011年版,第100页。
② 同上书,第101页。
③ 汉·司马迁著《史记·秦始皇本纪》。
④ 汉·班固著《汉书·五行志》:"始皇二十六年,有大人长五丈,足履六尺,皆夷狄服,凡十二人,见于临洮。……是岁始皇初并六国,反喜为瑞,销天下兵器,作金人十二以象之。"

地偃兵息武,使广大百姓安居乐业,远离战争的苦难。这的确是"统一盛运一最受憧憬之美景"①。只是秦始皇最终没能把这一憧憬之美景变成现实。对一个封建专制制度下的君王来说,君位的万无一失而非百姓的安宁才是第一位的。因此,当方士奏錄图书"亡秦者胡也"时,秦始皇将"胡"错解为北方少数民族,于是"使将军蒙恬发兵三十万北南胡,略取河南地"。秦王朝征讨南北少数民族的战争由此拉开序幕。希望和平的秦始皇为了确保江山永固,再次陷他的子民于战争的水深火热之中。

通过对刻石文的解读,我们看到的秦始皇是一个励精图志,谋求百姓安居乐业、国家富强、有远大政治理想的君主形象。只是他没能避免专制政权下最高统治者的必然走向,因此最终还是以暴君的形象留在历史中。同时,在解读刻石文过程中我们也发现,秦始皇在接受和实践法家思想过程中,通过吸纳儒家、阴阳家思想因子等各种途径对法家思想进行了改造。这是法家在秦代的重要发展与流变。徐复观先生说:"由秦始皇和李斯继承商鞅的余烈,以法家思想为骨干,又缘饰以阴阳家和儒家所建立的专制政治,在像始皇这种英明皇帝统治之下,是可以发挥很高的效果、很快地解决问题的。"②这说明秦始皇对法家思想的接受与发展既是专制统治的需要,也是专制统治的必然。

---

① 钱穆《秦汉史》,第17页。
② 徐复观《两汉思想史》(一),第87页。

理身如理国:历代赋中的"言医"叙写

赋作为汉之一代文学,没有随着汉王朝的消失式微,而是始终绚丽夺目地开放在中国文学的园囿。与其他文学体式一样,赋反映着时代变迁、世俗人情。因此,通过纵向考察历代赋作,可以勾勒出某些文化现象的发生发展脉络。

中医是中国传统文化的一支奇葩,作为古代人民维护健康的重要手段,它存在的历史非常悠久,上古神话、《诗经》、先秦诸子文学典籍等都有关于中医的记载。相对晚起的赋体文学虽然对中医的描写和记录远不如都市、音乐、美人、情爱等主题那么频繁、普遍,但是其中却不乏有价值有特色、值得予以特别关注的内容,譬如对"言医"这一独特的医者形象的叙写就是其中之一。

"言医",顾名思义,就是以言语治病的医者。在民间,至今依然存在着"说病"这种独特的治病方法。"说病"就是通过言谈治愈患者的疾病,这正是"言医"的职能。一定程度上与现代医学中的心理医生相似。纵观产生于不同时代的四篇赋作《晏子春秋·景公有疾》、汉代枚乘《七发》、唐代李华《言医》、明代黄省曾《射病赋》,不难发现,"说病"这一中医独特的治疗方法早在先秦时期就已产生,那时就有了像晏子这样的"言医"。到了唐代,李华在他的赋作《言医》中正式提出了"言医"这一名称。因此,从中医学史方面来说,我们应该重视这一文学形象。从文学史方面看,"言医"这一形象在赋中的频繁出现,体现了医与赋之间的一种内在联系,这也值得关注。

一、"言医"的来历及赋作中的"言医"形象

　　"言医"这一名称首见于唐代李华赋作《言医》。此赋写秦国名医和不发药石,仅仅通过言谈就治好了晋侯疾病,并终止了秦晋之间即将爆发的一场大战。这是一个基于历史真实而虚构的故事。《左传·鲁昭公元年》记载,晋平公有疾,向秦国求医,秦景公派医和前往。医和为晋平公诊断后,认为晋平公得病于过度沉溺女色,已不可治,并由此预言晋国将灭亡。李华《言医》借用了这一历史故事的基本框架,但内容大不同于《左传》记述。《言医》中,晋侯得病于贪婪。而医和前往晋国不仅仅是以医生的身份,同时还是秦国的使节,肩负着秦伯托付的终止秦晋之战的重任。医和到了晋国,晋国君臣为了表示对他的重视,同时也是为了炫耀晋国的富裕,极尽铺张之能事,不仅准备了丰富精美的饮食,而且在装饰得富丽堂皇的宫殿中接待他。医和却借此发挥,以楚比晋,说明君王的奢侈和贪得无厌轻则给老百姓带来沉重负担,重则还会危及国家存亡。医和这一番话正中晋侯的病症,当说到"楚王甚泰而楚人甚病,申叔请老而不与政"时,"晋侯舒气而伸干"。医和再进一步:"若张而无厌,则不可为也。"这时晋侯色生力起,斥责御者赶紧撤去膳羞,然后向医和请罪:"先生终说寡人病,幸闻矣。"最后医和警示晋侯,楚国恃其富强,因侈生欲,妄图入侵秦国。但因秦伯爱护百姓,所以全国人民齐心协力,争先恐后上战场杀敌保国,楚国人闻讯撤退,"君臣震伏而受职于秦"。晋侯听到这儿,"恍以楚事而照于晋,遂辍谋秦"①。医和在治愈晋侯疾病的同时,圆满完成秦伯交给的任务。从此,大国修好,小国来朝,天下皆服于秦。

---

　　① 李华著《李遐叔文集》(卷四),影印文渊阁《四库全书》本,第17页。

通观《言医》可知，晋侯之病，不在其他，而是心理负担过重导致。大战在即，胜负难料，作为故意挑起战争一方的国君难免患得患失，精神高度紧张，内心焦虑。此时得病，心理因素是主要诱因。而晋国发动战争的目的不外乎为了扩张土地，争夺人口，增加权势，称霸诸侯，满足君王的一己私欲。医和正是号准了此"脉"，所以不用针石药剂，只以言语为灵丹妙药，就解开了晋侯心结，不但使其病愈，而且消弥一场大战，避免了生灵涂炭。整篇赋围绕医和的言谈及其过程中晋侯病情的变化展开，充分表现言语威力，突出言医的神奇高妙和与众不同。医和"以词痊晋"，故得到一个特殊的称呼"言医"。

"言医"一词在唐代才产生，但是这一文学形象却可以上溯至先秦。较早涉及"言医"的赋作是俗赋《晏子春秋·景公有疾》。赵逵夫先生说："俗赋同俳优的活动有很大关系。齐人淳于髡搜编有关晏婴的文献与传说故事而成的《晏子春秋》一书中，就有些类似于俗赋的东西，虽然不像西汉时的《神乌赋》、敦煌考古发现的《燕子赋》那样有生动的情节，但语言通俗，多为四言句，风格诙谐，用对话体，已具备俗赋的基本特征。"[1]《景公有疾》说齐景公患病，久而不愈。佞臣梁丘据等人借机进谗言说是祝、史之官向神灵祷告不力所致，应该把他们杀掉谢罪。景公把这一番话告诉晏子，晏子听后对齐景公说治国获得民众的支持比遇事向神灵祷告灵验得多。有德之君"外内不废，上下无怨，动无违事，其祝、史荐信，无愧心矣。是以鬼神用飨，国受其福，祝、史与焉。其所以蕃祉老寿者，为信君使也，为信君使也"[2]，而无德淫君"外内颇邪，上下怨疾，动作辟违，从欲厌私，高台深池，撞钟舞女，斩刈民力，输掠其聚，以成其违，不恤后人，暴虐淫纵，肆行非度，无所还忌，不思谤讟，不惮鬼

① 赵逵夫主编《历代赋评注·先秦卷》，成都：巴蜀书社2011年版，第11页。
② 同上书，第43页。

神,神怒民痛,无悛于心。其祝史荐信,是言罪也;其盖失数美,是矫诬也。进退无辞,则虚以求媚。是以鬼神不飨,其国以祸之,祝、史与焉。所以夭昏孤疾者,为暴君使也,其言僭嫚于鬼神"。接着晏子告诉齐景公,要想得到神灵的保佑,就必须施德于民众,赢得他们的支持。在晏子一番至情至理地开导劝说下,景公改变治国之策,毁关去禁,薄敛已责,不久"公疾愈"。历史上,晏子是一个开明的政治家,在这篇赋中则成为"言医"的先行者。

　　说"言医",就一定绕不开汉代枚乘的《七发》。《七发》在汉赋发展史上具有里程碑意义,它标志着骚体赋向汉大赋的转变。而就"言医"类赋作而言,它直接启发了其后李华的《言医》及明代黄省曾的《射病赋》。《七发》塑造的吴客虽没有言医之名,却奠定了"言医"这一文学形象的基础。楚太子疾病缠身,吴客前去探望,同时还抱着帮楚太子解除病痛的目的。因为他了解楚太子疾病产生的原因:骄奢的生活导致精神涣散,进而影响到肉体。这种精神疾病靠针石药剂起不了作用,关键是通过改变生活方式振作精神,解开病人的心理困惑。所以吴客见到楚太子首先呈明他的见解:"今太子之病,可无药石针刺灸疗而已,可以要言妙道说而去也。"[1]这正是"言医"的特点。接着吴客从贵族通常比较感兴趣的音乐说起,先后绘声绘色地描述了饮食、田猎、观潮等活动,但这些寻常的娱乐方式已不足以刺激楚太子,因而不能让他精神振奋。直到吴客说要给他讲要言妙道,吴太子涩然汗出,精神焕发,恢复健康。比起《景公有疾》中的晏子,吴客这一"言医"形象更加生动丰满。

　　明代黄省曾的《射病赋》以神医扁鹊给晋昭公治病影射明代政治存在的诸多问题,通篇采用比喻,文笔辛辣犀利,讽刺意味浓郁。此赋表面写扁鹊为晋昭公治病,实际是作者为所生活的明代社会"把脉"。晋昭公身体上的疾病就是作者看到的社会问题,如"政如

---

　　① 赵逵夫主编《历代赋评注·汉代卷》,第2页。

束湿,科以箕敛,深刑刻罚,税及鸡犬"、"贪臣播虐,豪门煽毒,空夫包怒,子妇吞哭"等。晋昭公听了扁鹊的"诊断"后明白了病之所在:"寡人所苦,一如先生所言,天苟不弃,寡人得从先生以治,南面有日矣。"①最后扁鹊开出重用贤臣、关注民生的"药方"。扁鹊的"治病"方法与《景公有疾》中的晏子、《七发》中的吴客、《言医》中的医和相似,依然是用言语而非针石药剂治病,所以也是一个"言医"的形象。只是这个"言医"已被完全虚拟化,比喻色彩更加浓厚。

二、"言医"赋作的特点:以理身喻理国

考察《景公有疾》等四篇言医赋作,会发现它们具有一个共同的鲜明特点:以理身喻理国,理身背后隐藏理国思想。先秦俗赋《景公有疾》自不必说,其中晏子所言句句关涉治国。枚乘《七发》在告诫膏粱子弟不能沉溺于奢华享受的背后,还隐含着作者对时局的担忧,对吴王刘濞的规劝。据赵逵夫先生考证,"《七发》作为一篇具有一定创作意图的完整赋作,是完成于吴王濞初生怨恨之情、欲图不轨之后的几年之中。大约在汉文帝中期"②。《汉书·邹阳传》说:"吴王濞招致四方游士,阳与吴严忌、枚乘等俱仕吴,皆以文辩著名。久之,吴王以太子事怨望,称疾不朝,阴有邪谋。"枚乘就是在这一背景下写成了《七发》,用以劝说吴王守君臣之礼,不要积恶成祸。"作者(即枚乘)一则要吴王濞顺天委命,保其福寿;二则要借此话题,当面陈述关系到吴王身家性命的大道理"③。而所谓"关系到吴王身家性命的大道理"即劝诫吴王不要谋反。所以,《七发》一文在理身背后的理国意图非常清楚。

---

① 赵逵夫主编《历代赋评注·明清卷》,第 255 页。
② 赵逵夫著《古典文献论丛》,北京:中华书局 2003 年版,第 311 页。
③ 同上书,第 317 页。

　　《言医》的作者李华经历过安史之乱,并深受其害,故反战是其作品的主题之一。除了他的代表作《吊古战场文》通过对古战场遗留场景的生动描写,揭露了战争的残酷,鲜明直接地表现了他反对战争的态度。《言医》则是李华另一篇反战力作,它借助医和为晋侯治病而消除秦晋之战这样一个虚构故事,间接含蓄地表达了对战争的厌恶。李华对秦伯和医和的赞美是对所有反战君臣的赞美。在这篇赋中,李华一方面认为君王不应把自己的私利、私念建立在百姓的痛苦之上,这是引发战争的根源。另一方面提出,战争不是解决冲突的唯一途径,妥当的外交和谈可以为冲突双方赢得最大利益。这是非常超前的治国理念。李华在《国之兴亡解》中说:"为国者同于理身,身或不和则药石之针灸之。"①可见李华本来就有把理国与理身联系在一起、以理身喻理国的观念。这也进一步证明他的《言医》不是单纯地就医说医,而是以医喻国、借治病说治国。

　　黄省曾是明代著名作家,一生著述颇丰。他的赋作受明代小品文影响,多针砭时事,讽刺揭露政治。《射病赋》直指明代社会弊端的旨意非常明显。扁鹊为晋昭公治病只不过是作者所借助的一个写作手段,文章真正的目的是批判明末官场黑暗、统治者穷奢极欲,置百姓于不顾的社会现实。作者用"虫蚀"、"痞膈"、"筋瘰"等九种疾病分别喻指明代社会存在的问题,把晚明比喻成一个病入膏肓者,并借扁鹊之口毫不留情地进行抨击谴责,表达自己的愤怒与失望。但在赋的末尾,作者通过扁鹊之口说:"征五臣于虞廷,借九人于周室,寄以调燮,委之融和,庶几可瘳也。"这实际是黄省曾对统治者寄予的一线希望:重用贤臣,调和社会。《射病赋》通篇看似在说治病理身,实则落笔于救治社会。

　　"言医"赋用理身喻理国表现了古代士人把个体修养与治国平

――――――――――

　　① 李华著《李遐叔文集》(卷四),第9页。

天下合二为一的思想，以及赋作为一种文体在形成过程中对先秦散文的继承和发展。《礼记·大学》曰："欲治其国者，先齐其家；欲齐其家者，先修其身……身修而后家齐，家齐而后国治，国治而后天下平。"①修身是治国的根本，一个人修好身才能治好家、国。这里的修身虽然主要指思想品性的修养，但是精神必须依附于肉体，就仿佛心与身不能截然分开。因此"修身"概念在后来的发展中渐渐就有了精神与肉体双修的含义。与此相似的是《吕氏春秋·执一》篇，楚王与詹何的一段对话。楚王问詹何如何治国，詹何回答："何闻为身，不闻为国。"因为"为国之本在于为身，身为而家为，家为而国为，国为而天下为"②。同书《审分》篇更是明确提出："夫治身与治国，一理之术也。"高诱注曰："身治则国治，故曰一理之术也。"③在这一思想的影响下，人们谈论治国常常从治身切入。而治身，就肉体来说最重要的莫过于健康无病。但是现实却是人吃五谷杂粮，经受风吹日晒雨淋，不可能不生病。有病就要求医。古人喜欢类比，在他们看来医生治病就仿佛君臣治国，所以先秦典籍中以治病喻治国的论述俯拾皆是。前文所及《左传》记载医和为晋平公治病一事中，医和同时预言晋国的良臣将要死去，晋国要灭亡。这时晋国佞臣赵文子说医生还要管国家之事吗？医和回答："上医医国，其次医人。"这句话后来成为医与国密切关系的一句至理名言。《战国策·秦策二·医扁鹊见秦武王》中，秦武王请扁鹊看病，却又听信不懂医的大臣之言。扁鹊于是怒而投石，斥责秦武王："君与知之者谋之，而与不知者败之。使此知秦国之政也，则君一举而亡国矣。"④作为医者的扁鹊很自然地把治病和治国联系起

---

① 陈成国点校《周礼·仪礼·礼记》，长沙：岳麓书社1989年版，第531页。
② 许维遹校释《吕氏春秋校释》，北京：中华书局2009年版，第469页。
③ 同上书，第431页。
④ 王守谦等译《战国策译注》，贵阳：贵州人民出版社1992年版，第106页。

来，由秦武王对待医生的态度看出他在治国上的缺陷。这些事例都说明中医在其发展的早期就是既关注治病也关注治国，这使得文学作品中以治病喻治国非常普遍。《韩非子·喻老》用扁鹊见蔡桓公的故事来说明治国要由小见大，灭祸患于萌芽。郑国大臣叔赡、虞国宫之奇正因为做到了这一点，故而被称为郑、虞之扁鹊。这是非常典型的以理身喻理国，以良医喻贤臣。《安危》一篇，韩非说："闻古扁鹊之治其病也，以刀刺骨；圣人之救危国也，以忠拂耳。刺骨，故小痛在体而长利在身；拂耳，故小逆在心而久福在国。故甚病之人利在忍痛，猛毅之君以福拂耳。忍痛，故扁鹊尽巧。拂耳，则子胥不失。寿安之术也。病而不忍痛，则失扁鹊之巧；危而不拂耳，则失圣人之意。如此长利不远垂，功名不久立。"这是用扁鹊让病人忍小痛而免大痛比喻法在治国中的不可或缺。可见，以身喻国，以理身喻理国，早在赋正式形成之前已普遍存在，甚至成为先秦时期士人游说、论说的一种常见方式。而汉赋的形成，先秦散文是关键要素之一，因此这种言说方式也就被赋所吸收、发扬，从而成就了赋作中以理身喻理国的"言医"这一文学形象。

三、"言医"形象与赋体文学的关系

中医作为中国传统文化的宝贵遗产，与中国古代文学不无关系：中医的产生和发展在古代文学中可以找寻脉络；中医医者常常是古典诗词的吟咏对象或古代小说戏剧中的角色；中医药材常常是包括辞赋在内的各类文学作品的描写对象。古人还有用文学作品治病的传统。《汉书·王褒传》记载："太子体不安，苦忽忽善忘，不乐。诏使褒等皆之太子宫虞侍太子，朝夕诵读奇文及所自造作。疾平复，乃归。太子喜褒所为《甘泉》及《洞箫颂》，令后宫贵人左右皆诵读之。"因此，"言医"屡屡见于赋作并非偶然，它既是中医与中国古代文学密切联系的一个表现，也是"言医"独特之处与赋体文学特点完美结合的必然结果。

　　赋体文学以虚设的主客问答为典型结构方式，而言医治病的主要途径又是言谈，前者正为后者提供了施展身手的平台，这是赋作中多"言医"形象的首要原因。本文所涉及的四篇赋作均使用了主客问答方式，除《晏子春秋·景公有疾》之外，其他三篇情节都依据历史虚设主客问答。而《景公有疾》与《左传》对同一事件的记述相比，多了一句"公疾愈"。虽然只三个字，却表现了赋与史的不同，凸显了赋作为一种文学体裁允许虚构的特点。

　　另外，赋体文学所具有的讽谏传统与中国古代医者以理身为主兼理国的职业特点关联，这是赋作中多"言医"形象的第二个原因。"劝百讽一"是西汉散体赋的显著特点。如司马相如《上林赋》，作者首先用大幅篇幅浓墨重彩地铺写天子上林苑的广阔繁富，天子出游随从之多，场面之宏大。临近结尾时，笔锋一转：酒酣乐终之际，天子幡然醒悟，意识到这种奢侈挥霍是对国家财物的浪费，而且不利于垂范子孙后代。于是解酒罢猎，重用贤臣，"地可垦辟，悉为农郊，以赡萌隶；隤墙填堑，使山泽之人得至焉。实陂池而勿禁，虚宫馆而勿仞。发仓廪以救贫穷，补不足，恤鳏寡，存孤独。出德号，省刑罚，改制度，易服色，革正朔，与天下为更始"。这正是作者对统治者委婉的劝谏，前面大量的铺陈都是为了引出结尾了了数语。枚乘《七发》中，作者用大量笔墨描写音乐美食畋猎，最后寥寥几笔以要言妙道结尾。但这寥寥几笔却正是作者的写作目的所在。可见，赋表现了文人兼济天下的理想，在一定程度上承载着文人的理国思想。这与古代医生以治病理身为天职却兼顾理国相似。医与赋于是有了第二个契合点。

　　"言医"与赋的结合还体现了古人迂回婉转的言谈技巧和中国文学以含蓄为美的特点。

　　刘勰《文心雕龙·隐秀》篇说"文之英蕤，有秀有隐"。隐就是文章含蓄的言外之旨。刘勰认为"若篇中无隐，等宿儒之无学，或一叩而语穷"①。而有了隐，就可以使"玩之者无穷，味之者无厌"②。可见中国文学对含蓄的重视。而且，含蓄委婉也是古代君主专制制度下言说者为自身安全考虑普遍采用的方式。早在先秦，韩非就有《说难》、《难言》专门探讨游说君王的困难和要注意的问题。而那些因为耿直进谏丢掉性命的例子使得试图以言谈获取官爵者多采取迂回含蓄的说话方式。那么，怎么实现迂回含蓄？刘勰《文心雕龙·谐讔》说："遁辞以隐意，谲譬以指事。"即用躲闪话来隐藏含义，绕弯子打比方来暗指事情。就文学创作来说就是用比。齐人用"海大鱼"谏止靖国君城薛，淳于髡用"大鸟三年不飞不鸣"警示沉溺于酒色的齐威王，都是精彩的用比例子。荀子《赋论》开以赋名篇之先河，更是通篇用比说话。李华的《言医》和黄省曾的《射病赋》正是继承了古人好用比、善用比的传统，以理身喻理国，言在此而意在彼，既表现文学作品的含蓄之美，也避免了触及统治者逆鳞，充分展示了比在赋体文学中的作用。

　　在劝百讽一的散体大赋中，赋的修辞手法是保证赋体文学含蓄的另一途径。假如说"讽一"是作者的写作目的所在，那么前面长篇大论的"劝百"就是引子，是为了吸引读者关注，提起读者兴趣，为后面的"讽一"做铺垫，使它不过于突兀，易于为读者接受。《七发》中，吴客一开始就点明太子的病只能用要言妙道治疗，但接下来他却把要言妙道弃之一边，说了音乐说美食，说了美食说观涛，似乎把要言妙道彻底忘了，直至结尾，这时楚太子在吴客逐步地启发引导下精神好转，接受要言妙道的氛围和条件已酝酿成熟，吴客这才说出他真正要说的内容。虽然只是寥寥数语，却取得了显著效果，达到治疗目的。以上四篇塑造"言医"形象的赋作正是或通过比或通过赋的手法巧妙地实现了作者的写作目的，体现了

①　周振甫译《文心雕龙今译》，北京：中华书局1986年版，第359页。
②　同上书，第357页。

中国文学的含蓄之美。

宋代文天祥《彭通伯卫和堂》诗非常形象地写出了中国文化中治病与治国的关系,诗曰:

> 理身如理国,用药如用兵。人能保天和,于身为太平。外邪好其间,甚于寇抢攘。守护一不谨,乘间敌益劼。古有黄帝书,犹今六韬经。悍夫命雄喙,仁将资参芩。羽衣为其徒,识破阴阳争。指授别生死,铮然震能名。道家摄铅汞,肤胰如重扃。到头关键密,六气无敢撄。君方建旗鼓,不敢走且惊。他时櫜吾弓,闭门读黄庭。①

历代赋作对"言医"的描写不但让我们看到赋与中医文化的完美融合,而且让我们领略到中医文化的深厚,赋体文学的多彩。

---

① 宋·文天祥著《文山先生全集》(卷一),《四部丛刊》217 部,第 375 页。

先秦两汉文化研究

论先秦法家的学术渊源

法家作为后起诸子，既因世事而产生，也是前期学术发达的结果，可以说没有儒、道、墨、名等家思想，就不可能有法家。尽管法家对以上诸家学说激烈抨击、批判，但同时又尽情地从中汲取营养。

一、法家与道家

道家和法家的关系是学者们津津乐道的一个问题。慎到是法家还是道家？《管子》属于法家还是道家？法家集大成者《韩非子》中怎么会有《解老》、《喻老》？从学者们对这些问题的困惑中我们看到的不仅是分辨学术流派的困难，也看出法家和道家的密切联系。

道家思想是法家学说的哲学基础。法家本是从实践中诞生的一个学术派别，欠缺系统的理论，后期法家吸纳、改造道家思想，从而为本学派寻找到了形而上的哲学基础，弥补了这一不足。

"道"和"无为"是原始道家的两个重要概念，被法家借鉴后，成为其思想不可或缺的因子。道家认为宇宙原本有其固有的法则——道，人需要做的就是不要妄为，让宇宙按照它的法则运行，这就是"无为"。不妄为就遵循了自然之道，最后的结果就是"无不为"。法家由此引申出法即治国之至道，君主依此道"无为"，不用

感情不用智慧,是是非非皆由法去评判,合法则赏,逆法则罚,即可
"无不为"。遵循一个恒常的规则,避免人的主观行为,从而由"无
为"而"无不为",这是道、法两家共同的旨趣。但二者的契合仅是
目的的契合,实现这一目的手段却相反。老子提倡"无为"是因为
看到统治者"为"之太多,对民众正常生活造成极大损害,故提倡
"无为"以呼吁统治者减少对民众的剥削、压榨,恢复其正常、自然
的生活。他认为法令制度也是人类多余的自为,因而对以法治国
持反对态度:"法令滋彰,盗贼多有。"①老子主张放弃礼、法,"我无
为,而民自化;我好静,而民自正;我无事,而民自富;我无欲,而民
自朴"②。《庄子·马蹄》说:"马,蹄可以践霜雪,毛可以御风寒,龁
草饮水,翘足而陆。"这是马的本性,是马的自然状态,因而也是马
的快乐所在。而伯乐说"我善治马",于是"烧之,剔之,刻之,雒之,
连之以羁馽,编之以皂栈,马之死者十二三矣;饥之,渴之,驰之,骤
之,整之,齐之,前有橛饰之患,而后有鞭策之威,而马之死者已过
半矣"。可见,道家"无为"重在去除人为,遵循自然之道,按人之为
人的本性生活,是自然放任主义,因而伯乐的做法正是他们反对
的。法家"无为"却以"有为"为前提,是强烈的干涉主义。老子说:
"三十辐,共一毂,当其无,有车之用。埏埴以为器,当其无,有器之
用。凿户牖以为室,当其无,有室之用。故有之以为利,无之以为
用。"③法家则从中感悟出"无"之存在是因为"有","无"之所以有
用也是因为"有",没有车毂、埏埴、室,就不存在相对于这些"有"的
"无",自然也不存在无之用,所以要"无为而治"首先必须"有为",
那就是制定法律条令,规范民众行为,把民众的言行乃至思想都纳
入一个既定的模型,整齐划一,这样统治者就可以高枕无忧,法立

---

① 陈鼓应编撰《老子注译及评介》第五十七章,北京:中华书局 1984 年版。
② 同上。
③ 陈鼓应编撰《老子注译及评介》第十一章。

而不用,刑设而不行。这是法家的"无为而治"。

在法家的"虚静说"中也能看到道家的影响。《老子》说:"至虚极,守静笃。万物并作,吾以观复。夫物芸芸,各复归其根。归根曰静,静曰复命。"《庄子·天道》曰:"水静则明烛须眉,平中准,大匠取法焉。水静犹明,而况精神! 圣人之心静乎! 天地之鉴也,万物之镜也。夫虚静恬淡寂漠无为者,天地之本,而道德之至,故帝王圣人休焉。休则虚,虚则实,实者备矣。虚则静,静则动,动则得矣。"法家认为君主应处虚守静,处虚则知实,守静才能知动。《韩非子·主道》曰:"虚静以待令……虚则知实之情,静则知动者正。"《管子·心术上》有:"虚者,万物之始也,故曰:可以为天下始。人迫于恶则失其所好,怵于好则忘其所恶,非道也。"又说:"毋先物动者,摇者不定,趮者不静……静则能制动矣。故曰静乃自得。"道家提倡虚、静,因为它正是符合"无为"的一种状态。而法家则将其权术化:君主要密藏心思,以此保证臣下对君主的敬畏;以法治国中,君主必须不存偏见,无好无恶,以便让法发挥作用。所以法家的虚、静仍以"有为"为前提,只是这种有为不是妄为,而是循道而为。

道家对法家的影响还在于其"无欲无知"思想是法家愚民政策的理论来源之一。老子说:"古之善为道者,非以明民,将以愚之。民之难治,以其智多。故以智治国,国之贼;不以智治国,国之福。"①又有:"不见可欲,使民心不乱。是以圣人之治,虚其心,实其腹,弱其志,强其骨。常使民无知无欲。"②《庄子·胠箧》曰:"故绝圣弃知,大盗乃止。"道家的"愚民"旨在让民众恢复无拘无束的自然状态。法家之"愚民"则从统治者角度出发,愚则易治。手段契合,目的却不同。

道家杨朱一派对法家的影响也值得一提。《韩非子》中多处引

① 陈鼓应编撰《老子注译及评介》第六十五章。

② 陈鼓应编撰《老子注译及评介》第三章。

用到杨朱的话。如《说林上》有："杨子过于宋东之逆旅,有妾二人,其恶者贵,美者贱。杨子问其故。逆旅之父答曰:'美者自美,吾不知其美也;恶者自恶,吾不知其恶也。'杨子谓弟子曰:'行贤而去自贤之心,焉往而不美。'"这里的杨子即杨朱。《八说》又说:"杨朱、墨翟,天下之所察也。"可见,韩非熟悉杨朱思想。杨朱思想的核心是贵己轻物重生,故有"杨子取为我,拔一毛而利天下,不为也"①之说。《列子·杨朱篇》说:"损一毫利天下,不与也;悉天下奉一身,不取也;人人不损一毫,人人不利天下,天下治矣。"法家一再强调君不仁臣不忠则霸,人与人之间没有感情可言,构成人类关系的只是纯粹的利益交换,人们在交换中各取所需,"医善吮人之伤,含人之血,非骨肉之亲也,利所加也。故舆人成舆则欲人之富贵,匠人成棺则欲人之夭死也。非舆人仁而匠人贼也。人不贵则舆不售。人不死则棺不买,情非憎人也,利在人之死也"②。正是对杨朱思想的一脉相承。所以翦伯赞认为杨朱学说是法家的最早渊源也是有道理的③。

　　道家主张的自由放任与法家的强烈干涉截然相反,从而决定了法家在对道家继承的同时必然有批判。《韩非子·六反》曰:

　　　　老聃有言曰:"知足不辱,知止不殆。"夫以殆辱之故而不求于足之外者老聃也。今以为足民而可以治,是以民为皆如老聃也。故桀贵在天子而不足于尊,富有四海之内而不足于宝。君人者虽足民,不能足使为君,天子而桀未必为天子为足也,则虽足民,何可以为治也?

　　这是对老子知足可以治民说的反驳。韩非认为人的欲望没有

---

① 《孟子注疏·尽心上》,北京:中华书局 1980 年影印《十三经注疏》本。
② 陈奇猷校注《韩非子新校注·备内》,上海:上海古籍出版社 2000 年版。
③ 参见翦伯赞《秦汉史》,北京:北京大学出版社 1999 年版,第 88 页。

止尽,所以以为知足即可治民根本就是一种不切实际的妄想。其次,法家主张法必须清晰、准确,便于易于民众理解、把握,而道家的微妙、恍惚之言恰好与此相对,所以针对老子的"古之善为道者,微妙玄通,深不可识"①,韩非反驳说:"微妙之言,上智之所难知也。今为众人法,而以上智之所难知,则民无从识之矣。故糟糠不饱者不务粱肉,短褐不完者不待文绣。夫治世之事,急者不得,则缓者非所务也。今所治之政,民间之事,夫妇所明知者不用,而慕上知之论,则其于治反矣。故微妙之言,非民务也。"②《庄子·刻意篇》有:"夫恬淡寂漠虚无无为,此天地之本而道德之质也。"《韩非子·忠孝》则曰:"世之所为烈士者,虽众独行,取异于人,为恬淡之学而理恍惚之言。臣以为恬淡,无用之教也;恍惚,无法之言也。言出于无法,教出于无用者,天下谓之察。臣以为人生必事君养亲,事君养亲不可以恬淡;之人必以言论忠信法术,言论忠信法术不可以恍惚。恍惚之言,恬淡之学,天下之惑术也。"法家希望人们有强烈的好利恶害之心,这是刑赏发挥效用的前提,因而极端反对道家欣赏的恬淡人生。面对恬淡之人,刑赏将无计可施。不"刑"不"赏",法家将无以安身立命。

对道家杨朱一派的"为我",法家在吸收利用的同时也给予批判,因为"为我"背离了法家去私为公的主张。《显学篇》对君主礼遇"义不入危城,不处军旅,不以天下大利易其胫一毛"的"轻物重生之士"的批驳,正是针对杨朱一派而言的。

二、法家与儒家

章学诚《文史通义·诗教上》说:"申、韩刑名,旨归赏罚,《春

---

① 陈鼓应编撰《老子注译及评介》第十五章。
② 陈奇猷校注《韩非子新校注·五蠹》。

秋》教也。"孔子修定《春秋》求的就是名实相当。《史记·孔子世家》说："约其文辞而指博。故吴楚之君自称王,而《春秋》贬之曰'子';践土之会实召周天子,而《春秋》讳之曰'天王狩于河阳':推此类以绳当世。贬损之义,后有王者举而开之。《春秋》之义行,则天下乱臣贼子惧焉。"《论语·子路》有:"名不正,则言不顺。言不顺,则事不成。事不成,则礼乐不兴。礼乐不兴,则刑罚不中。刑罚不中,则民无所错手足。故君子名之必可言也,言之必可行也。"孔子认为名不正是"刑罚不中"的根源,因此要正名,与法家以形名相合为准绳决定赏罚有相通之处,故章氏认为其出于《春秋》。由此可见法家与儒家之间的关系。而且,法家代表人物从早期之李悝、商鞅,到集大成者韩非无不受业于儒家之师。可以说儒家思想是法家学说的摇篮。

(一) 子夏对法家的影响

晋法家最早产生在三晋之一的魏国。魏国在文侯时励精图治,大聚贤才,其中就有孔门弟子子夏。子夏,名卜商,生于公元前507年,晋国温邑人(今河南省温县),小孔子44岁,是孔子得意弟子之一。他参预了儒家学说的创立,在传统经学和史学上卓有贡献。孔子曾颇为自豪地说:"德行:颜渊、闵子骞……文学:子游、子夏。"[1]孔子死后子夏长期任教于西河,培养出一批包括法家始祖李悝在内的政治改革家,使其思想在之后的法家思想中得以绵延。

选贤任能而不是任人唯亲是法家的特点之一,这在子夏思想中就已有反映。子夏说:"舜有天下,选于众,举皋陶,不仁者远矣。汤有天下,选于众,举伊尹,不仁者远矣。"[2]子夏不但主张选贤使

---

① 《论语注疏·先进》,北京:中华书局1980年影印《十三经注疏》本。

② 《论语注疏·颜渊》。

能,而且还要"选于众"。"选于众"的关键在于"知人",即了解贤与不肖,然后择而用之。贤者来,不贤者自然远。用人决定着国家的治乱兴衰,子夏"选于众"的择贤方式实为法家见劳授赏、因功予爵用人标准的前奏。

法家信奉功利至上,而儒家一向耻言利,但子夏却例外。子夏做莒父宰时,孔子叮嘱他:"无欲速,无见小利。欲速则不达,见小利则大事不成。"①又说:"女为君子儒,无为小人儒。"②孔子曾说过:"君子喻于义,小人喻于利。"③义、利是君子与小人的分界线,所谓君子儒也就是重义之儒,小人儒即重利之儒。孔子一向提倡因材施教,故他对子夏的这一番谆谆教导显然不是无的放矢,而是有所针对。

孔子一生追求的是一种理想境界,无论治国还是处世他都高自标置,故其学说脱离春秋战国现实,表现出迂阔不切实际的一面。子夏弥补了老师这一不足,他重实际,把对普通人来说难以企及的儒家学说向现实推进了一步。樊迟向孔子请教种五谷,孔子回答:"吾不如老农。"又请教种蔬菜,孔子说:"吾不如老圃。"樊迟出去之后,孔子批评他说:"小人哉,樊须也。上好礼,则民莫敢不敬。上好义,则民莫敢不服。上好信,则民莫敢不用情。夫如是,则四方之民,襁负其子而至矣,焉用稼。"④孔子认为君子之人应重视以仁义礼让教化人民,如此则无需耕稼之类的小道就能够赢得爱戴。但是子夏却说:"百工居肆以成其事,君子学以致其道。"⑤肆即市,是手工作坊,也是商品交换场所。百工居肆既为了广开耳目,也是让自己时时沉浸于所做之事中,所听所见所思所想无不与

---

①《论语注疏·子路》。

②《论语注疏·雍也》。

③《论语注疏·里仁》。

④《论语注疏·子路》。

⑤《论语注疏·子张》。

此有关,专心致志,心无旁骛,以成其事。子夏借此说明君子学以致道也必须像百工一样时时浸淫于道中,须臾不可离道方能得道。可见他没有丝毫鄙视百工小道的意思,反而从中找到与君子所追求的大道之间的相通之处。故其又说:"虽小道,必有可观者焉;致远恐泥,是以君子不为也。"①在交友上,子夏主张:"可者与之,其不可者拒之。"②善恶分明,不肯苟且,与法家赏罚分明的做法正吻合。子张反对这一交友原则,他说:"君子尊贤而容众,嘉善而矜不能。我之大贤与,于人何所不容? 我之不贤与,人将拒我,如之何其拒人也?"③子张认为圣贤应当气度宏大,包容一切,所以可与不可之人都可以做朋友。子张的雍容大度固然可嘉,但却非人人都能做到,子夏的观点虽略显偏狭,却着眼于普通人,因而更切实际。

礼包含两部分:礼仪和礼义。《尚书正义·周官》孔颖达疏:"或据礼文,或取礼意。""礼文"即礼仪,"礼意"即礼义。礼仪指礼的仪节,是外在的具体行为。礼义指礼的精神,是内在的思想,常被称为礼之本。礼仪是手段,礼义是目的。二者既密切联系,又相区别。《礼记·郊特牲》曰:"礼之所尊,尊其义也,失其义,陈其数,祝史之事也。故其数可陈也,其义难知也。知其义而敬守之,天子之所以治天下也。"数即礼之仪节,义即礼之精神。失去精神,仪节就只是空架子,存在意义将顿然削减。故主张"隆礼"的荀子说:"不时宜,不敬交,不欢欣,虽指,非礼也。"④这是说不合礼义的礼仪不是礼。但是不能因此说礼义重要而礼仪不重要。礼义必须通过礼仪表现,没有礼仪这种手段,礼义就是虚幻而无法落实的。礼义赋予礼仪意义,同时要借助礼仪表现。孔门弟子重礼,但着眼点

---

① 《论语注疏·子张》。
② 同上。
③ 同上。
④ 清·王先谦集解《荀子集解·大略》,北京:中华书局1988年版。

不同。子游重礼义,子夏虽不偏废礼义,但在礼义与礼仪中更重礼仪。荀子说:"正其衣冠,齐其颜色,嗛然而终日不言,是子夏氏之贱儒也。"①说的正是子夏这一派重视礼之仪节的特点。子夏重视礼仪的做法遭到子游的嘲笑。子游说:"子夏之门人小子,当洒埽应对进退,则可矣,抑末也。本之则无如之何?"子夏听了颇不以为然:"噫! 言游过矣。君子之道,孰先传焉,孰后倦焉,譬诸草木,区以别矣。君子之道,焉可诬也? 有始有卒者,其唯圣人乎。"②子游认为"洒埽应对进退"等礼数小节是"末",而学习应以礼的精神为"本","本"的问题解决了,"末"的问题就迎刃而解。而子夏认为礼数小节也很重要,由末而本就是由易而难、由浅入深,这样学生更容易理解、把握礼。子游和子夏的观点表面上似乎仅是教育方式的区别,实则蕴含着二者在认识论上的分歧。礼义自内而外,以心指导行,而礼仪则自外而内,以行作用于心。所以子游重视内心省察,主张向内。子夏重视经验,主张向外,正与法家主张一致。

子夏不仅在思想上影响了前期法家,他的一些言论还直接启发了法家诸子。《韩非子·外储说右上》有:"子夏曰:'《春秋》之记臣杀君、子杀父者,以十数矣,皆非一日之积也,有渐而以至矣。'凡奸者,行久而成积,积成而力多,力多而能杀,故明主蚤绝之。今田常之为乱,有渐见矣,而君不诛。晏子不使其君禁侵陵之臣,而使其主行惠,故简公受其祸。故子夏曰:'善持势者,早绝奸之萌。'"《韩非子·喻老》有:"子夏曰:'吾入见先王之义则荣之,出见富贵之乐又荣之,两者战于胸中,未知胜负,故臞。今先王之义胜,故肥。'"韩非由此得出:"是以志之难也,不在胜人,在自胜也。故曰:'自胜之谓强。'"可见韩非虽批判儒家,却是认同子夏之儒的。

法家始祖李悝直接师承子夏。《汉书·艺文志》法家类起首即

---

① 清·王先谦集解《荀子集解·非十二子》。
② 《论语注疏·子张》。

"李子三十二篇",注曰:"名悝,相魏文侯,富国强兵。"儒家类又有:"《李克》七篇。"注云:"子夏弟子,为魏文侯相。"《史记·孟子荀卿列传》有:"魏有李悝,尽地力之教。"《汉书·食货志》也有:"李悝为魏文侯作尽地力之教。"《史记·平准书》说:"魏用李克,尽地力,为强君。"《货殖列传》又说:"当魏文侯时,李克务尽地力。"同为魏文侯相,又同尽地力之教,且名字又这么相似,因而推测李悝、李克为一人应是不错的。至于既列法家又列儒家正说明李悝思想兼儒、法,有从儒家向法家过渡的特点。这种现象在《汉书·艺文志》中并非仅此一例,如商鞅就既列法家又列兵家。李悝是法家的始祖,他受业于子夏使得法家在源头上就和儒家有了不可分割的关系。钱穆说:"人尽夸道鞅政,顾不知皆受之于李吴。人尽谓法家原于道德,顾不知实渊源于儒者。"①沈家本在《历代刑法考》中的一段话进一步揭示了儒家和法家之间的渊源。沈氏云:"自商鞅变法相秦孝公而秦以强,秦人世守其法,是秦先世所用者,商鞅之法也。始皇并天下,专任刑法,以刻削毋仁恩和义为宗旨,而未尽变秦先世之法,是始皇之所用者,亦商鞅之法也。鞅之法,受之李悝。悝之法,撰次诸国,岂遂无三代先王之法存于其中者乎?"由李悝撰就、商鞅继承发扬的《法经》中原本就有三代法令制度的影子,这也使得李悝和儒家不可分,因而法家和儒家也不可分了。

(二) 尸子对法家的影响

　　法家与儒家的关系在商鞅身上也有体现。商鞅在魏国做中庶子时是魏惠王在位时期。惠王之前是在位二十六年的魏武侯,武侯之前就是战国时代第一位推行改革的魏文侯了。商鞅入仕魏国

---

① 钱穆《先秦诸子系年》,北京:商务印书馆 2001 年版,第 264 页。

相府,距离魏文侯推行改革才不过数十年的光景①。因此,魏国文侯时代由子夏传播开来的浓厚儒家气息势必使商鞅受到熏陶。除此之外,其师尸佼以儒家为核心的思想对商鞅也产生很大影响。

《汉书·艺文志》杂家类有:"《尸子》二十篇。"注曰:"名佼,鲁人,秦相商君师之。鞅死,佼逃入蜀。"《史记·孟子荀卿列传》有:"楚有尸子、长卢。""集解"引刘向《别录》说:"楚有尸子,疑谓其在蜀。今按《尸子书》,晋人也,名佼,秦相卫鞅客也。卫鞅商君谋事画计,立法理民,未尝不与佼规之也。商君被刑,佼恐并诛,乃亡逃入蜀。自为造此二十篇书,凡六万余言。卒,因葬蜀。"究其国籍,应为晋人。因为尸佼曾逃亡在蜀,所以《史记》将其列为楚人,又因"晋"、"鲁"形近而误,所以班固认为他是鲁人。

现存《尸子》分上下二卷,以儒家思想为主体,杂以他家思想②。刘向《荀子序》曰:"……楚有尸子、长卢子、芋子,皆著书,然非先王之法也,皆不循孔氏之术,惟孟轲、孙卿为能尊仲尼。"③《后汉书·宦者列传》中,李贤注曰:"尸子,晋人也,名佼,秦相卫鞅客也。……作书二十篇,十九篇陈道德仁义之纪,一篇言九州险阻,水泉所起也。"两种说法看似矛盾,实际只是所取参照不同。班固《汉书·艺文志》说杂家"兼儒、墨,合名、法,知国体之有此,见王治之无不贯"。《尸子·广泽篇》认为,儒、道、名、墨之所以彼此相非,是因为其学说囿于一端,所以主张各家摒弃己之一端之见,归于"一实","若使兼公虚均衷平易别囿一实,则无相非也",与班固对杂家的定义正一致。所以金德建说:"尸佼年代较早,开创杂家学派。《广泽篇》的说明宗旨,树义如此明确;足为后来的杂家视为准

―――――――――

① 参见郑梁树著《商鞅评传》,南京:南京大学出版社1998年版,第87页。

② 孙次舟有《论〈尸子〉的真伪》,认为《尸子》是伪书(载《古史辨》第6册)。笔者以为,和先秦许多子书一样,《尸子》在流传中内容或有增删,但其主体思想没有改变。

③ 清·王先谦集解《荀子集解》,第558—559页。

则。"①既是杂家,与作为儒家正统的孟、荀相比,《尸子》的儒家色彩自然要淡一些。另外,刘向本人敬孔尊儒,在他眼中,"诸子之事,皆以为非先王之法也"②,这也使得他认为《尸子》不合孔、孟、荀之道。而实际上,《尸子》的儒家色彩是比较浓厚的。如《四仪》说:"行有四仪,一曰志动不忘仁,二曰智用不忘义,三曰力事不忘忠,四曰口言不忘信。慎守四仪以终其身,名功之从之也,犹形之有影,声之有响也。"《尸子》尤其重视义,《君治》有:"仁则人亲之,义者人尊之。"《尸子》下卷把义比喻为统率十万大军的将军:"十万之军,无将军必大乱。夫义是万事之将也。国之所以立者义也,人之所以生者亦义也。""正名"是孔子的代表思想,《尸子》也讲"正名",但其内涵与孔子有异。《分》说:"君人者,苟能正名,愚智尽情。执一以静,令名自正,令事自定,赏罚随名,民莫不敬。"《发蒙》谓:"正名则不虚,赏贤罚暴则不纵。"又曰:"治天下之要,在于正名。正名去伪,事成若化。苟能正名,天成地平。"可以看出,《尸子》的正名说已有法家的色彩,追求名实相当,并以此作为赏罚的依据。《尸子》的儒家色彩也表现在对孔子及其弟子言语的征引上,如《处道》引孔子言:"君者盂也,民者水也。盂方则水方,盂圆则水圆。"又:"得之身者得之民,失之身者失之民。"《尸子》下卷:"孔子曰:'诵诗读书,与古人居。读诗诵书,与古人谋。'"又引孔子和子贡的一段对话:"子贡问孔子曰:'古者黄帝四面,信乎?'孔子曰:'黄帝取合己者四人,四方不计而耦,不约而成,此之谓四面也。'"《君治》中有孔子和子夏的一段对话:"孔子曰:'商,汝知君之为君乎?'子夏曰:'鱼失水则死,水失鱼犹为水也。'孔子曰:'商知之矣。'"可见,《尸子》中儒家因素还是比较明显的。作为商鞅信任的老师,他这些思想不可能不影响到商鞅。

---

① 金德建《先秦诸子杂考》,郑州:中州书画社 1982 年版,第 164 页。
② 清·王先谦集解《荀子集解》,第 557 页。

　　儒家思想对商鞅的影响从《史记·商君列传》中某些细节可以看出。商鞅问赵良:"始秦戎翟之教,父子无别,同室而居。今我更制其教,而为其男女之别,大筑冀阙,营如鲁、卫矣。子观我治秦也,孰于五羖大夫贤?"商鞅向赵良夸耀的不是他让秦国实现了国富兵强,一跃而为诸侯中之强者,而是他使秦人意识到父子有别、男女有别。他把五羖大夫百里奚视为价值评判标准,说明其潜意识里仍视儒家思想为价值尺度之一。游说孝公时,他分别使用了帝道、王道、霸道,可见他对儒家提倡的帝王之道也非常熟稔。假如孝公选择了前二者中的任何一个,或许我们现在看到的就不是作为法家的公孙鞅了。严万里在《商君书新校正·序》中说:"太史公为鞅传,载鞅始见孝公,语未合。鞅曰:'吾说公以帝道,其志不开悟。又说以王道而未入。'似鞅亦明于帝王之道,不得已而重自贬损,出于任法之说者。"其后严氏又认为商鞅故弄玄虚,吊孝公胃口而已。但无论商鞅的目的何在,他懂得儒家帝王之道无疑。总之,商鞅思想中或隐或现的儒家因素是不可否认的。

(三) 荀子对法家的影响

　　荀子是孔子之后的儒家大师之一,他对法家的影响主要体现在韩非身上。韩非师承荀子,很多思想观点直接受益于其师。荀子主性恶,韩非更是把人性自利观点发挥得淋漓尽致。在他眼里,人与人之间,无论君臣、夫妻、父母与儿女都以利相待,没有亲情可言。"人臣之情非必能爱其君也,为重利之故也"[1];"故人行事施予,以利为之心,则越人易和"[2];"且父母之于子也,产男则相贺,

―――――――――

[1]　陈奇猷校注《韩非子新校注·二柄》。
[2]　陈奇猷校注《韩非子新校注·外储说左上》。

产女则杀之。……虑其后便、计之长利也"①。荀子倡导法后王，《非相篇》曰："欲观圣王之迹，则于其粲然者矣，后王是也。彼后王者，天下之君也，舍后王而道上古，譬之是犹舍己之君而事人之君也。"韩非则也明确反对法先王。《韩非子·五蠹》曰："宋人有耕田者，田中有株，兔走，触株折颈而死，因释其耒而守株，冀复得兔，兔不可复得，而身为宋国笑。今欲以先王之政，治当世之民，皆守株之类也。"《忠孝》又说："为人臣常誉先王之德厚而愿之，是诽谤其君者也。"几乎是照搬老师的观点。荀子"隆礼"，但他所说的礼已非纯粹的儒家之礼，而含有法的成份，是礼向法的过渡。譬如说到礼之产生，荀子说："礼起于何也？曰：人生而有欲，欲而不得，则不能无求；求而无度量分界，则不能不争；争则乱，乱则穷。先王恶其乱也，故制礼义以分之，以养人之欲，给人之求，使欲必不穷乎物，物必不屈于欲，两者相持而长，是礼之所起也。"②把礼的产生归于物质相对人之欲望的不足，礼的作用就是明分。这与法家认为争斗产生于物质相对于人口的不足，法之作用就是定分止争的观点非常相似。荀子认为礼乃治、乱之根本："天下从之者治，不从者乱；从之者安，不从者危；从之者存，不从者亡。……故绳墨诚陈矣，则不可欺以曲直；衡诚县矣，则不可欺以轻重；规矩诚设矣，则不可欺以方圆；君子审于礼，则不可欺以诈伪。故绳者，直之至；衡者，平之至；规矩者，方圆之至；礼者，人道之极也。"③这与法家视法为治道之根本，认为法如绳墨、规矩、尺寸如出一辙。除此之外，荀子重势及文化专制思想对韩非也有直接影响。

　　当然，和对待其他先秦诸子一样，韩非对荀子并非一味地继承、发展，也有批判。荀子重仁义："李斯问孙卿子曰：'秦四世有

---

　　① 陈奇猷校注《韩非子新校注·六反》。
　　② 清·王先谦集解《荀子集解·礼论》。
　　③ 同上。

胜,兵强海内,威行诸侯,非以仁义为之也,以便从事而已.'孙卿子曰:'非女所知也。女所谓便者,不便之便也;吾所谓仁义者,大便之便也。彼仁义者,所以修政者也,政休则民亲其上,乐其君,而轻为之死。"(《议兵》)而韩非却说:"见大利而不趋,闻祸端而不备,浅薄于争守之事,而务以仁义自饰者,可亡也。"①荀子主张为君之道以光明正大为要:"主道利明不利幽,利宣不利周。故主道明则下安,主道幽则下危。故下安则贵上,下危则贱上。"(《正论》)韩非则相反,他强调术的隐秘性,就是为了"幽而周"。荀子说:"故主道莫恶乎难知,莫危乎使下畏己。"②韩非却希望臣子摸不透君主的心思,如此则对君主产生畏惧之情,因而俯首听命于君主。

至于齐法家的代表《管子》受儒家影响之大就无需多言了,它的富民以富国、君臣有义、重视道德教化等思想均直接承继儒家而来。

三、法家与名家

学者们对法家与儒、道两家的关系研究较多,而对法家与名家关系的研究则稍显薄弱。实际上,名家对法家的影响不亚于道家和儒家。司马迁为法家人物立传时,说到他们的学术渊源,提到最多的一是黄老,二是刑名。商鞅"少好刑名之学"③,韩非"喜刑名法术之学"④,申不害"本于黄老而主刑名"⑤。"刑名"即"形名",是名家思想的核心所在。《史记·太史公自序》中总结名家特点说:"专决于名而失人情……若夫控名责实,参伍不失,此不可不察

---

① 陈奇猷校注《韩非子新校注·亡征》。
② 清·王先谦集解《荀子集解·正论》。
③《史记·商君列传》。
④《史记·老子韩非列传》。
⑤ 同上。

也。""控名责实,参伍不失"与法家之审核形名相近,由此也可见法家与名家的关系。而且,从现存先秦名家著作看,其内容也多与法家有关。如《四库全书总目》评《尹文子》说:"其书本名家者流。大旨指陈治道,欲自处于虚静,而万事万物则一一综核其实。故其言出入于黄、老、申、韩之间,周氏《涉笔》谓其'自道以至名,自名以至法',盖得其真。"又认为《邓析子》之主旨更接近法家,因此列入子部法家类。名家和法家关系之密切于此可见。

名学的出现是春秋战国时期社会大变动的结果。在那个新旧交替的时代,出身、代表不同阶层的士为了维护各自的利益,彼此间展开激烈论战。为了驳倒对方,辩论者要想方设法提高论辩技巧,因而逻辑学愈来愈受到重视,由此形成所谓的名学(也称为辩学)。名学并非名家独有,作为一种理论工具,当时诸子百家都在不同程度上使用,所以产生了孔子的"正名"说、老子的"无名"说、墨子的"予名"说。只是他们"不是把语言看成是重铸或调节世界的'模范',看成是把握经验世界的'工具',就是把语言看成是体验终极与神秘的'障碍',社会秩序、经验知识和宇宙天道才是他们关注的焦点,而语言本身的问题却在焦点之外模糊一片"①。而所谓的名家则是把名实关系作为研究对象发展起自己的学说。

纯粹意义上的名家的出现不仅与春秋战国时期的名辩思潮有关,更与当时各国的变法运动密切相关。冯友兰说:"所谓名家,就其社会根源说,是春秋、战国时期各国公布法令所引起的一个后果。"②名家先驱邓析即鲜明一例,他的名学思想就是在和旧的法律条文斗争中逐渐形成的。《吕氏春秋·离谓》曰:"郑国多相县以书者。子产令无县书,邓析致之。子产令无致书,邓析倚之。令无穷,则邓析应之亦无穷矣。"又说:"子产治郑,邓析务难之,与民之有狱者

---

① 葛兆光《中国思想史》卷一,上海:复旦大学出版社1998年版,第294页。
② 冯友兰《中国哲学史新编》(上),北京:人民出版社1998年版,第204页。

约,大狱一衣,小狱襦袴。民之献衣襦袴而学讼者,不可胜数。以非为是,以是为非,是非无度,而可与不可日变。所欲胜因胜,所欲罪因罪。郑国大乱,民口欢哗。子产患之,于是杀邓析而戮之,民心乃服,是非乃定,法律乃行。"①初期成文法尚做不到逻辑严密、无懈可击,这就给像邓析这样擅长逻辑思辨的人留下了可乘之机,他们利用语言的歧义,抓住法律条文中的漏洞,和统治者针锋相对,左右非难,使得法令无法顺利执行。这种斗争成为促使名学发展的动力。

先秦名家代表有邓析、惠施、尹文。惠施,宋人,魏惠王相,曾为魏惠王制定法律,"为法已成,以示诸民人,民人皆善之"②。惠施把他的法献给魏惠王,惠王拿给另一臣子翟翦看,翟翦看了虽说好,却不赞成采用。因为在他看来,惠子之法如郑卫之音,听起来悦耳,但不适合治国。《韩非子》中记载了惠子的一些言行。如《说林下》:"惠子曰:'置猿于柙中,则与豚同。'故势不便,非所以逞能也。"这是说势之重要。"羿执鞅持杆,操弓关机,越人争为持的。弱子扞弓,慈母入室闭户。故曰:可必,则越人不疑羿;不可必,则慈母逃弱子。"说明信赏必罚之重要。《韩非子·内储说上》说张仪试图使魏国与秦、韩联合攻打齐、楚,而惠施则主张魏国和齐、楚联手抗衡秦、韩以避免战争。二人在群臣面前争论,众人皆赞成张仪而反对惠施。魏王因此决定按张仪的主张行动。事后惠施给魏王分析这件事说:"夫齐、荆之事也诚利,一国尽以为利,是何智者之众也? 攻齐、荆之事诚不利,一国尽以为利,何愚者之众也? 凡谋者,疑也。疑也者,诚疑,以为可者半,以为不可者半。今一国尽以为可,是王亡半也。劫主者固亡其半者也。"惠施的分析由"名"入手,他认为凡需商议、谋划之事就是不确定的、尚存疑虑的事,因此

① 实为驷歂杀邓析(参见钱穆《先秦诸子系年·邓析考》,第21页)。
② 陈奇猷校释《吕氏春秋新校释·淫辞》,上海:上海古籍出版社2002年版,第1197页。

参预谋划者的态度往往不一致。但在攻打齐、楚这件事上,大臣们不约而同地持赞同态度,这并不意味着这一主张完全正确,而说明君主受到了蒙蔽。惠施由名实不副推测出魏国文武大臣听命于张仪,魏王深受蒙蔽。这种根据名实关系判断大臣所做所为的方法正是法家御臣之术的核心。由此看出,名家从根源上就和法家有割不断的联系。

　　名家思想可大致分为名法和名辩两部分,尹文侧重名法,惠施和公孙龙侧重名辩。名辩家把辩论当成职业和兴趣所在,淡化辩论内容和辩论的现实目的,凸显辩论技巧,以游戏语言为人生旨趣。荀子批评这一做法曰:“不法先王,不是礼义,而好治怪说,玩琦辞,甚察而不惠,辩而无用,多事而寡功,不可以为治纲纪,然而其持之有故,其言之成理,足以欺惑愚众,是惠施、邓析也。”①《庄子·天下》说:“惠施日以其知与人之辩,特与天下之辩者为怪。”名辩家借辩论技巧混淆视听深为法家痛恨,《韩非子·外储说左上》谓:“儿说,宋人,善辩者也。持‘白马非马也’服齐稷下之辩者,乘白马而过关,则顾白马之赋。故籍之虚辞则能胜一国,考实按形不能谩于一人。”《问辩》说:“儒服带剑者众,而耕战之士寡;坚白无厚之词章,而宪令之法息。”法家主要继承的是名家名实相当、名副其实的思想。

　　《汉书·艺文志》著录先秦名家著作主要有《邓析》二篇、《尹文子》一篇、《公孙龙子》十四篇。现存《邓析子》(又称《邓子》),或被认为是伪书②,或认为一定程度上反映了邓析的思想,但有后人附益、杂凑的内容在其中③。笔者窃以为,现存《邓析子》虽然一定程度上保存了名家特有的名实思想,如《转辞篇》有:“故无形者有形之本,无声者有声之母。循名责实,实之极也。按实定名,名之极

---

①　清·王先谦集解《荀子集解·非十二子》。

②　参见冯友兰《中国哲学史新编》(上),第204—206页。

③　参见晁公武《郡斋读书志》卷十一,上海:上海古籍出版社1990年版,第498页。

也。参以相平,转而相成,故得之形名。"但总体偏离邓析思想,故在此不论。

现存《公孙龙子》中有《名实论》一篇,最能反映公孙龙对名实关系的认识。其中说道:"天地与其所产焉,物也。物以物其所物而不过焉,实也。实以实其所实而不旷焉,位也。"天地及其所生都是物,天下之物各相其形色而命之名且没有差错就是"实","实"正确地反映它应当反映的形色而位不空旷就是位。又说:"其'名'正,则唯乎其彼此焉。谓彼而彼,不唯乎彼,则彼谓不行。谓此而此,不唯乎此,则此谓不行。其以当,不当也;不当而当,乱也。故彼彼当乎彼,则唯乎彼,其谓行彼。此此当乎此,则唯乎此,其谓行此。其以当而当也;以当而当,正也。"每一事物都有一个特定的名称,用来称呼此事物的名称就不能再用来称呼彼事物,用来称呼彼事物的名称就不能用来称呼此事物。一个名对应一个事物就是"当",反之则"不当"。名实相当就是正名,不当就是乱名。如果一个名同时称呼两个事物(实),那么这个名就不能使用。所以定名时要注意"彼此","夫名实,谓也。知此之非此也,知此之不在此也,则不谓也。知彼之非彼也,知彼之不在彼也,则不谓也"。知道这个事物已不是这个事物,并且它已不再它的位置,就不能再用原本的名称呼它,否则同样是不当,仍会导致混乱。因此,古之明王"审其名实,所慎其谓"。《名实论》强调名与实必须吻合,当一事物发生改变时,它的名也必须相应的改变,名实相当才能保证人们正确认识事物,名实不当则产生混乱。这正是法家赏必须对应功,罚必须对应过的理论基础。

现存名家著作中,《尹文子》以名论法的倾向最为显著。尽管学界对此书的真伪尚存疑问[①],但尹文的名法思想却不容怀疑。

---

① 参见唐钺《尹文和〈尹文子〉》和罗根泽《〈尹文子〉探源》(见罗根泽编著《古史辨》第6册)。

《吕氏春秋·正名》记载了尹文和齐王的一段对话:

> 齐王谓尹文曰:"寡人甚好士。"尹文曰:"愿闻何谓士?"王未有以应。尹文曰:"今有人于此,事亲则孝,事君则忠,交友则信,居乡则悌,有此四行者可谓士乎?"齐王曰:"此真所谓士已。"尹文曰:"王得若人,肯以为臣乎?"王曰:"所愿而不能得也。"尹文曰:"使若人于庙朝中,深见侮而不斗,王将以为臣乎?"王曰:"否。大夫见侮而不斗,则是辱也。辱则寡人弗以为臣矣。"尹文曰:"虽见侮而不斗,未失其四行也。未失其四行者,是未失其所以为士一矣。未失其所以为士一,而王以为臣,失其所以为士一,而王不以为臣,则向之所谓士者乃士乎?"王无以应。尹文曰:"今有人于此,将治其国,民有非则非之,民无非则非之,民有罪则罚之,民无罪则罚之,而恶民之难治可乎?"王曰:"不可。"尹文曰:"窃观下吏之治齐也,方若此也。"王曰:"使寡人治信若是,则民虽不治,寡人弗怨也。意者未至然乎?"尹文曰:"言之不敢无说。请言其说。王之令曰:'杀人者死,伤人者刑。'民有畏王之令,深见侮而不敢斗者,是全王之令也,而王曰'见侮而不敢斗,是辱也'。夫谓之辱者,非此之谓也,以为臣不以为臣者罪之也,此无罪而王罚之也。"齐王无以应。

尹文之所以能让齐王无以应对,用的就是以名责实的逻辑推理方法,由何谓士而引出以法治国中法与社会舆论、习俗的关系。国家法令规定杀人者死伤人者刑,但齐王又提倡见侮而斗,既争斗则必有死伤,必然违法。所求与所好悖反,名实不副,以此治国不治反乱。尹文所述正反映了战国这一过渡时期道德与法律的矛盾冲突,表现在逻辑上就是名与实相悖。《韩非子·六反》说:"畏死难,降北之民也,而世尊之曰贵生之士。学道立方,离法之民也,而世尊之曰文学之士。游居厚养，牟食之民也，而世尊之曰有能之士。……奸伪无益之民六，而世誉之如彼；耕战有益之民六，而世毁之如此。此之谓六反。"与尹文所说正相同。

正因为现实中存在着诸多名不副实、名实背离的现象，给人们带来许多困扰，故《尹文子》一再强调名不可不辨，不可不察。《大道上》说，名是用来称形的，形是应名的。如果名不能正形，形不能正名，那么名和形就截然分离了。名不能乱，也不能没有。没有名，大道就没法儿称呼了。有了名，就可以正形。世间存在万物，如果没有一一对应之名，就乱了。世间有众多的名，如不能以形分别与之相对应就背离了名的作用。好名是用来命名好的事物的，恶名是用来命名恶的事物的。所以好的事物有好的名称，恶的事物有恶的名称。事物之名一定要清楚。名分清楚则国家治，名分混乱则国家乱。治国要亲贤人远不肖，要赏善罚恶，贤、不肖、善、恶是对那些人或行为的称呼，而亲、疏、赏、罚是我这一方行为的名称，我这一方与那一方以名相应，这就是清楚的名。如果把贤、不肖称为亲、疏，把善、恶称为赏、罚，这就是名称混乱，名称混乱则导致国家混乱①。《尹文子》的名学思想中含有浓重的法家色彩，名实相应理论和以法治国思想在这里趋于融合。

法家把名家的名实论用于治国，提出循名责实。臣子所言是名，所为是实，以名核实，名实相符则赏，不相符则罚；法令是名，行为是实，实与名相应，即处以该名规定的处罚。法家认为，人事纷杂，君主只要遵循循名责实的原则就可以化繁为简，驾驭众臣，治理好国家。这样，名学一方面被法家转化御臣之术，另一方面成为其以法治国的理论基础。

申不害是前期法家中术之一派。他在《大体篇》中这样论述名实关系：

---

① 参见《尹文子·大道上》，北京：中华书局1954年版《诸子集成》第6册，第2页。

名自正也,事自定也,是以有道者自名而正之,随事而定
之也。鼓不与于五音,而为五音主。有道者不为五官之事,而
为治主。君知其道也,臣知其事也。十言十当,百为百当者,
人臣之事也,非君人之道也。昔者尧之治天下也以名,其名正
则天下治。桀之治天下也亦以名,其名倚而天下乱。是以圣
人贵名之正也。

申子认为以名治天下最主要的是正名,也就是名和实相当,名
副其实,这样天下就能得到治理。名实不副,有名而无实,就是名
不正,名不正意味着君主不能驾驭臣下,国家则乱。申不害把名实
关系引申到君臣关系中,发展出御臣之术,这是由名家之形名论到
法家的一个重要转变。这一转变在《管子》和《韩非子》得到发展。
《管子·心术上》曰:

物固有形,形固有名,此言不得过实,实不得延名。姑形
以形,以形务名,督言正名,故曰圣人。不言之言,应也。应也
者,以其为之人者也。执其名,务其应,所以成之,应之道也。
无为之道,因也。因也者,无益无损也。以其形,因为之名,此
因之术也。

万物本有一定的形体,形体本有名称,这是说名称必须符合实
际,"实"不能超出"名"本来包含的内容。以形体的实际说明形体,
以形体的实际确定名称,督察言论,辨正名称,这就是圣人。根据
万物本来的名称使它们与形成的实际规律相吻合,这就是顺应实
际。以实定名,就是顺应自然的方法。其核心是因为名反映着事
物的本质和规律,所以它可以标识、约束万物,君主只要执名检验
群臣所为(实),根据臣下的行为进行相应的奖惩,不必多说什么。
韩非说得更明确,"用一之道,以名为首。名正物定,名倚物徙。故

圣人执一以静。使名自命，令事自定。不见其采，下故素正。因而任之，使自事之。因而予之，彼将自举之。正与处之，使皆自定之。上以名举之。不知其名，复修其形。形名参同，用其所生"[1]，"君操其名，臣效其形，形名参同，上下和调也"[2]。法家认为在君臣不同道这一前提下，君要做的事是执名，臣要做的事是"效其形"，也就是按君主的要求行事。臣下办事能力如何，对君主是否忠诚，君通过名（臣子的官职、言语）去核对，自可得出结论。这是名实论在法家御臣术上的应用。

商鞅学派重法，他们从名家吸收名实相当思想，演化为更为直观的"名分"。《定分》说：

> 一兔走，百人逐之，非以兔也。夫卖者满市而盗不敢取，由名分已定也。故名分未定，尧、舜、禹、汤且皆如　焉而逐之；名分已定，贫盗不取。今法令不明，其名不定，天下之人得议之，其议人异而无定。人主为法于上，下民议之于下，是法令不定，以下为上也。此所谓名分之不定也。夫名分不定，尧、舜犹将皆折而奸之，而况众人乎？……名分定，则大诈贞信，民皆愿悫而各自治也。夫名分定，势治之道也；名分不定，势乱之道也。

一物在没有确定所属之前，即使微不足道，人们也要争夺，因此确定所属是消除纷争的最佳途径。事物之所属即其名分，名分定则治，名分不定则乱，把名分用法律形式确定下来就是最好的治道。就像每个事物都有相对应的名一样，法律规定了社会中人的行为范围及所属，超出这一范围或所属就是名实相违，就是违法

---

[1] 陈奇猷校注《韩非子新校注·扬权》。
[2] 同上。

犯罪。

　　赅而言之,名家之名实论是法家"循名责实"的理论基础,法家之循名责实是名家名实论在治国中的具体应用。

四、法家与墨家

　　郭沫若说:"然而韩非思想,在道家有其渊源,在儒家有其瓜葛,自汉以来早为学者所公认,而与墨家通了婚姻的一点,却差不多从未被人注意。"①法家对墨家的继承主要表现在两个方面,一是对墨家专制思想的继承,二是对墨家实用主义的继承。

(一) 对墨家专制思想的继承

　　"尚同"是墨家的重要思想。墨子希望通过"尚同"建立一个平等、统一、没有争斗的社会。但他的这一理论不仅没有实现他的理想,为法家继承后,反而成为君主专制思想的理论源泉之一。《墨子·尚同上》说:

　　　　古者民始生未有刑政之时,盖其语"人异义"。是以一人则一义,二人则二义,十人则十义,其人兹众,其所谓义者亦兹众。是以人是其义,以非人之义,故交相非也。是以内者父子兄弟作怨恶,离散不能相和合。天下之百姓皆以水火毒药相亏害,至有余力不能以相劳,腐朽余财不以相分,隐匿良道不以相教,天下之乱,若禽兽然。

　　墨子认为,天下大乱的原因在于"人异义",人们都认可自己的

---

　　① 郭沫若著《十批判书·韩非子的批判》,北京:东方出版社1996年版,第367页。

主张,反对他人的主张,因而互相攻击,使得家中父子兄弟互相责备、怨怒,民众之间"皆以水火毒药相亏害",没有道德,没有约束,人们像禽兽一样争夺、厮杀。所以,要消除这种混乱的局面就要"尚同"。所谓"尚同"就是下级以上级之意为己意,唯上级是瞻。里长命令里之百姓说:"闻善而不善,必以告其乡长。乡长之所是必皆是之,乡长之所非必皆非之。去若不善言,学乡长之善言;去若不善行,学乡长之善行。"①乡长、国君分别以相似言辞命令一乡、一国之百姓。乡长能壹同一乡之人则乡治,国君能壹同一国之人则国治,天子能壹同天下之人则天下治,这就是"尚同"。不难看出,"尚同"与专制非常接近。为了防止由"尚同"导致专制,墨子提出"尚贤"和"明天鬼"。"尚贤"即各级长官均需选举产生,以保证从天子、国君到乡长、里长都由贤良之人担当。里长是一里之仁人,乡长是一乡之仁人,天子是天下的仁人,如此,"尚同"就避免了专制和由此而来的独断专行、为所欲为。但仅有"尚贤"还不够,人毕竟是会变的,一个人做平民时或许品德高尚,大公无私,一旦环境改变,地位提高,变得贪婪、自私、没有公德心也是完全可能的。所以墨子又提出天下的人都要上同于天。天在古人眼中是公正、无私的象征,所以一同于天就是一同于天的公正、无私,就是以公正、无私为准则治国。墨子说如果人们不一同于天,上天会降灾难于下界,"今若天飘风苦雨,溱溱而至者,此天之所以罚百姓之不上同于天者也"②。《尚同中》又说:"夫既尚同乎天子,而未上同乎天者,则天灾将犹未止也。……故古者圣王,明天鬼之所欲,而避天鬼之所憎,以求兴天下之利,除天下之害。"这就是"尚同"的第二个前提"明天鬼"。无论"尚贤"还是"明天鬼",其实质都是对最高统治者天子的制约。但这种制约对于大权在握的天子来说形同虚

---

① 清·孙诒让编撰《墨子间诂·尚同上》,北京:中华书局 2001 年版。
② 同上。

设。如果天子相信天是意志之天，或许还能起点作用，如果不相信，那么它不但起不到制约作用，反而成为天子代天行事的借口。在《韩非子》中我们看到的正是这一结果。韩非接受了"尚同"理论，主张臣民要无条件服从于君主，但他不信鬼神、天命，认为相信鬼神、天命不仅于国家富强无补，而且可能导致覆亡，"用时日，事鬼神，信卜筮，而好祭祀者，可亡也"①。《饰邪》一篇，韩非更是用大量事实证明卜筮和占星术的荒唐。管仲学派也不信这一套。《管子·轻重丁》说："智者役使鬼神，而愚者信之。"这样一来，墨子为了避免"尚同"导致专制而设置的第二重约束就被法家轻而易举地破除了。如此，"尚同"为法家君主专制，尤其是韩非的绝对君主专制提供了理论依据。

为了在政治上实现"尚同"，墨子专门有一些措施予以保证。首先是用刑罚惩治反对"尚同"者。《尚同上》说："古者圣王为五刑，请以治其民。譬若丝缕之有纪，罔罟之有纲，所连收天下之百姓不尚同其上者也。"其次广设耳目，提倡告密。墨子说治理国家必须要了解下情以赏善罚恶，"得下之情则治，不得下之情则乱"②。但是国家土地广博，靠天子一人不可能掌握民之善非，因此要设置三公、里长等职作为君主的羽翼、耳目。在众人的帮助下，天子就变得耳聪目明，可以眼观六路，耳听八方，"与人谋事，先人得之；与人举事，先人成之；光誉令闻，先人发之"③，"是以数千万里之外有为善者，其室人未遍知，乡里未遍闻，天子得而赏之。数千万里之外有为不善者，其室人未遍知，乡里未遍闻，天子得而罚之。是以举天下之人皆恐惧振动惕慄，不敢为淫暴，曰：'天子之

---

① 陈奇猷校注《韩非子新校注·亡征》。
② 清·孙诒让编撰《墨子间诂·尚同下》。
③ 同上。

视听也神'"①。天子的羽翼、耳目把千里之外发生的善与不善之
举迅速报告天子,天子据此做出赏罚决定,不明究竟的人民颇感惊
讶,以为天子果然不同于众,因此更惧怕他。墨子得意地说:"先王
之言曰:'非神也,夫唯能使人之耳目助己视听,使人之吻助己言
谈,使人之心助己思虑,使人之股肱助己动作。'助之视听者众,则
其所闻见者远矣;助之言谈者众,则其德音之所抚循者博矣;助之
思虑者众,则其谈谋度速得矣;助之动作者众,即其举事速成
矣。"②墨子区分善与不善的标准是是否壹同于为上者,壹同于上
者则善则赏,反之则不善则罚。天子设置的众多耳目要帮助他监
督的也是哪些人肯俯首听命,哪些人违背天子旨意。有了以上措
施保证,所有民众以上之所是为是,以上之所非为非,天下统一于
天子。在墨子看来,做到这一点,距离政治清明、天下大治、人民安
居乐业就为时不远了。殊不知,缺乏强有力监督机制的监督,墨子
这一套完善的"尚同"理论只能与他的政治理想南辕北辙。不仅如
此,它还为君主专制提供了蓝图,成为法家君主专制最直接的理论
来源。在法家的君主专制理论中我们时时处处都可以看到墨家
"尚同"的影子。学界对此有持不同观点者,如侯外庐说:"有人怀
疑墨子的政治论是开创专制主义的先声,这是误解。他的'一同天
下之义'的理想,和等级的封建专制主义不相适合,毋宁说指一同
于墨子的宗教观。因为墨子并没有把一般的天子规定为可效法
的,而只假定一个被人民所选择的天子才可以效法,这一个天子又
是墨子的主张之执行者。"③但实际上,正如萧公权所说:"墨子既
无民选之明文,而其思想系统以及历史背景均无发生民选观念之

---

① 清·孙诒让编撰《墨子间诂·尚同中》。

② 同上。

③ 侯外庐、赵纪彬、杜国庠著《中国思想通史》卷一,北京:人民出版社1957年版,
第214页。

可能……"①没有民选保证,"一同天下"只能导向专制,别无他路。但是,萧公权是矛盾的,他否定了墨子思想中的民选因素,却又说:"墨子虽重视政治制裁,然并不似法家诸子之倾向于君主专制。简言之,墨家尚同实一变相之民享政治论。盖君长之所以能治民,由其能坚持公利之目标,以为尚同之准绳。若君长不克尽此基本之责任,则失其所以为君长而无以为治。"②失去民选前提,且缺少监督、约束机制,怎么保证君长坚持公利? 既不能保证君长坚持公利,民享何以实现? 两位先生都强调墨子的本意,或者说理想,决不是君主专制,这是无可否认的。墨家是小生产者的代言人,因而决定了从本意上来说他们不仅不提倡而且是反对专制的。但理想不等于现实。墨子设计的希望通向民约、民主理想的道路在现实中却把人们引向反面——专制,原因在于那个时代的局限,当然也是墨家思想的局限。所以,说墨子思想对法家专制主义的形成有影响,并不是说他"尚同"的本意是为了专制。二者是有区别的。

(二) 对墨家实用主义的继承

崇尚实用,以实用为美是法家显著的特点,无论《管子》还是《韩非子》、《商君书》都如此。这一特点固然是法家学说自身的要求,也是当时学派之间互相影响、吸收的结果。在实用主义上,法家显然受墨家影响。

墨子认为,任何事物、制度、学说都要有实际的用途,所有的事物在他看来都是为着应用而来的。《公孟篇》中,墨子问儒者:"何故为乐?"儒者回答:"乐以为乐也。"墨子对这一回答很不满意,他

　　① 萧公权著《中国政治思想史》,上海:国立编译馆、商务印书馆民国三十六年出版发行,第 103 页。
　　② 萧公权著《中国政治思想史》,第 102 页。

说："予未我应也。今我问曰：'何故为室？'曰：'冬避寒焉，夏避暑焉，室以为男女之别也。'则子告我为室之故也。今我问曰：'何故为乐？'曰：'乐以为乐也。'是犹曰：'何故为室？'曰：'室以为室也。'"在墨子看来人世间任何事物都应该有一个为什么，回答不出为什么的事物就没有存在的价值。他之为什么就是事物存在的实用价值，没有实用价值就没有存在的价值。实用是墨子衡量事物的标准，而且是唯一的标准。所以胡适说墨子的根本观念在于人生行为上的应用，其余的兼爱、非攻、尚贤、尚同、非乐、非命、节用、节葬，都是这根本观念的应用①。《非乐》曰：

> 仁之事者，必务求兴天下之利，除天下之害，将以为法乎天下。利人乎，即为；不利人乎，即止。且夫仁者之为天下度也，非为其目之所美，耳之所乐，口之所甘，身体之所安，以此亏夺民衣食之财，仁者弗为也。是故子墨子之所以非乐者，非以大钟鸣鼓、琴瑟竽笙之声以为不乐也，非以刻镂华文章之色以为不美也，非以犓豢煎炙之味以为不甘也，非以高台厚榭邃野之居以为不安也。虽身知其安也，口知其甘也，目知其美也，耳知其乐也，然上考之不中圣王之事，下度之不中万民之利，是故子墨子曰：为乐非也。

墨子否定音乐、文章之色、煎炙之味、高台厚榭，并非否认它们带给人们的快感和享受，而是以他"利人乎，即为；不利人乎，即止"的实用标准来看，这些事物不能给一般民众带来切实的益处。而且，统治者过度追求这些东西就意味着他们对百姓的横征暴敛。墨子不完全反对统治阶级"厚措敛乎万民"，但前提是取之于民用之于民。他说以前的圣王也厚敛于民，但他们把得到的财物用来

---

① 胡适著《中国哲学史大纲》，上海：上海古籍出版社1997年版，第118页。

制造舟、车等物,人们借此可以休息双脚、减轻肩上的负担,所以不会怨恨圣王。如果把从人民那儿得到的钱财用来追求奢华的生活,在墨子看来是"亏夺民衣食之财",因而反对之。墨子说人民有"三患",一患饥者不得食,二患寒者不得衣,三患劳者不得息①。撞巨钟、击鸣鼓、弹琴瑟、吹竽笙在帮助人民减轻这三患上没有任何作用,也改善不了大国攻小国、大家伐小家、强劫弱、众暴寡、诈欺愚、贵傲贱、寇乱盗贼并兴的混乱局面。不仅如此,尚乐还给社会带来负面影响。人不同于鸟兽,鸟兽可以不劳动,靠自然的赐予就能生存,而人则必须劳动,否则就无法生存。音乐却妨碍劳动,众人沉浸于音乐的欣赏之中忘记自己要做的事。《非乐》说:

> 今惟毋在乎王公大人说乐而听之,即必不能蚤朝晏退,听狱治政,是故国家乱而社稷危矣。今惟毋在乎士君子说乐而听之,即必不能竭股肱之力,亶其思虑之智,内治官府,外收敛关市、山林、泽梁之利,以实仓廪府库,是故仓廪府库不实。今惟毋在乎农夫说乐而听之,即必不能蚤出暮入,耕稼树艺,多聚叔粟,是故叔粟不足。今惟毋在乎妇人说乐而听之,即不必能夙兴夜寐,纺绩织纴,多治麻丝葛绪,捆布縿,是故布縿不兴。

百事不兴,国家势必衰败,其根源在尚乐,所以墨子要"非乐"。当然这里的"非乐"不仅仅是否定音乐,它代表墨子对所有"无用之物"的否定。从对国家是否有用,对人民是否有用这一标准出发,墨子也否定了儒家的仁义之说。墨子说:"盲人虽没有见过白与黑,但也知道皑是白的,黔是黑的。但真的让他们分辩白与黑,他们就做不到了。所以人们说盲人不辨白黑不是就言语而论,而是

就实际来说的。现在天下有很多人都能滔滔不绝地谈论仁义,连禹、汤都可能比不上。但让他们去做他们就不知道了。所以我说天下的君子不懂仁义,不是说他们不会谈论仁义,而是说仁义落实不到他们的言行举止中。"①墨子认为儒家学说只是一套华而不实的理论,就像人们都可以高谈阔论仁义道德,但却不能实践之。从实用观点出发,墨子主张治国要"择务而从事",也就是针对具体情况而为,"凡入国,必择务而从事焉。国家昏乱,则语之尚贤、尚同;国家贫,则语之节用、节葬;国家憙音湛湎,则语之非乐、非命;国家滔僻无礼,则语之尊天、事鬼;国家务夺侵凌,即语之兼爱、非攻"②。

墨子对实用的极端追求对法家的实用主义产生很大影响。在《韩非子》中,墨家是韩非着力批判、抨击的学说之一,但他在阐述自己的实用主义时却肯定墨子,多次以墨子的言行为论据。《外储说左上》中楚王问田鸠:"墨子者,显学也。其身体则可,其言多而不辩,何也?"田鸠回答:"今世之谈也,皆道辩说文辞之言,人主览其文而忘有用。墨子之说,传先王之道,论圣人之言以宣告人。若辩其辞,则恐人怀其文忘其直,以文害用也。此与楚人鬻珠、秦伯嫁女同类,故其言多不辩。"另一故事说墨子用三年时间做了一个木鸢,飞了一天就坏了。其弟子赞叹道:"先生手真巧啊,能让木鸢飞上天。"墨子却说:"我没有做车輗的人手巧。他们用咫尺之木,不用一早晨,就能做成用来牵引三十石重量的车輗,走很远的地方,出得力多,使用的寿命还长。我做木鸢花了三年时间,飞了一天就坏了。"惠施听了说:"墨子之巧是大巧,因为他以制造车輗为巧,而以制造木鸢为拙。"③可见在崇尚实用上韩非是认同墨家的。

---

① 参见清·孙诒让编撰《墨子间诂·贵义》。
② 清·孙诒让编撰《墨子间诂·鲁问》。
③ 参见陈奇猷校注《韩非子新校注·外储说左上》。

所以郭沫若说：

> 韩非忌视"文学"，菲薄"技艺"，把"綦组锦绣刻画"认为"末作"，该加以禁制；把"优笑"与"酒徒"等量齐观，不得"乘车衣丝"；无疑是"非乐"的发展，和儒家的敦尚诗书乐舞、重视黼黻文章的观念相为水火。韩非在自成其一家言之后，道家、墨家虽均在所诋毁，然而对于儒家却诋毁得最为厉害。这些倾向是由墨子种的火，经过了韩非的煽扬，而成为了燎原的大势，一直到秦代的焚书坑儒才得了它们的结束。①

　　《管子》也重实用，它的实用思想是否受到墨家的影响，在《管子》一书中还找不到充足的论据。但墨家作为最早的学派之一，对产生于其后的齐法家应该有或多或少的影响。

---

① 郭沫若著《十批判书·韩非子的批判》，第367页。

齐、晋法家吏治思想比较

　　无论制定得多么好的法律，如果不能正确实施终将是废纸一张。君主专制政权下，最高统治者虽然独揽立法大权，但法律的执行却是由各级官吏完成的。如果说法律体现了统治阶级的意志，那么这种意志能否贯彻下去，官吏起着不容忽视的作用。荀子说："法不能独立……得其人则存，失其人则亡。法者，治之端也；君子者，法之原也。故有君子则法虽省，足以遍矣；无君子则法虽具，失先后之施，不能应事之变，足以乱矣。"①虽说有夸大人在以法治国中作用之嫌，但也说出了法不能离开人独立存在的实际。汉代武帝时大臣汲黯曾对武帝说："廷尉，天下之平也，壹倾，天下用法皆为之轻重，民安所错其手足？"②作为国家司法长官，廷尉的一举一动都代表着国家法律，所以汲黯认为他必须做到执法公平。唐代白居易说："虽有贞观之法，苟无贞观之吏，欲其刑善，无乃难乎。"③宋代王安石则谓："合天下之众者，财。理天下之财者，法。守天下之法者，吏也。吏不良则有法而莫守，法不善则有财而莫

---

　　① 清·王先谦集解《荀子集解·君道》，北京：中华书局1988年版。
　　② 汉·班固著《汉书·张冯汲郑传》，北京：中华书局1962年版。
　　③ 唐·白居易著《白氏长庆集》卷四十八《论刑法之弊》，上海：上海书店1989年据商务印书馆1926年版重印《四部丛刊》初编第124册，第5—6页。

理."①清代道光二年(1822年)进士徐栋"究心吏治,以为天下事莫不起于州县,州县理,则天下无不理"②。而"州县理"的关键不在其他,在吏之清明与否。另一进士石家绍自白:"吏而良,民父母也;不良,则民贼也。"③良吏的表现之一通常说来即执法公正公平。可见,从"法治"兴起的战国,到古代社会的兴盛时期,乃至末期,有识之士都在谈论人,具体说来就是官吏在以法治国中的重要性。官吏阶层的优秀与否直接影响着民众对政权的信任度,进而影响王权的兴衰和稳固。但是,因为大权在握,这又是一个极易滋生腐败的阶层,"国家之败,由官邪也,官之失德,宠赂章也"④。所以吏治就成为君主专制政体下一个备受关注的政治内容。先秦法家著作《管子》、《商君书》、《韩非子》中有着丰富的吏治思想,因为治国理念不同,它们的吏治思想同中存异。

《尚书》中已有关于吏治思想的记载。《尚书·伊训》曰:

　　制官刑,儆于有位,曰:敢有恒舞于宫、酣歌于室,时谓巫风。敢有殉于货色、恒于遊畋,时谓淫风。敢有侮圣言、逆忠直、远耆德、比顽童,时谓乱风。惟兹三风十愆,卿士有一于身,家必丧,邦君有一于身,国必亡。臣下不匡,其刑墨,具训于蒙士。

吏治形成系统化的理论是由法家完成的。战国之前强调的是以德以礼治国,所以人们不可能给吏治以过多关注。自春秋末始,以法治国逐渐抬头,官吏是法的具体执行者,因此吏治提上日程。《商君

---

　　① 宋·王安石著《临川集》卷八十二《度支副使厅壁题名记》,台北:中华书局1981年版《四部备要》第488册,第4页。

　　② 赵尔巽等《清史稿·循吏三》,北京:中华书局1977年版,第13058页。

　　③ 同上书,第13055页。

　　④ 晋·杜预注,唐·孔颖达正义《春秋左传正义》桓公二年,北京:中华书局1980年影印《十三经注疏》本,第1743页。

书·开塞》说："民众而无制,久而相出为道,则有乱。故圣人承之,作为土地货财男女之分。分定而无制,不可,故立禁。禁立而莫之司,不可,故立官。"没有制度约束之时,整个社会处于失序、失范状态。圣人为消除混乱而划分财物,这就是法家一再强调的定分。把财产的分配以制度的形式确定下来就形成了法。法已立还需人来执行,于是产生了官吏。可见,官吏的出现与以法治国密切联系。先秦诸子中,法家更重官吏在治国中的作用,对吏治重要性的认识也较其他各家深刻,原因即在此。从人民的角度说,"吏者,民之所悬命也"①,"人主不可以不慎贵,不可以不慎民,不可以不慎富。慎贵在举贤,慎民在置官,慎富在务地。故人主之卑尊轻重,在此三者,不可不慎"②。"慎民"之所以在"置官"是因为官吏直接管理人民,管理得好坏代表着政权的优劣。从君的角度来说,官吏仿佛人之耳目。《管子·君臣上》有曰:"官治者,耳目之制也。"缺少官吏管理,土地无人开辟,国家没有积蓄,所以《权修》说:"万乘之国,兵不可以无主。土地博大,野不可以无吏。"韩非说:"民用官治则国富,国富则兵强,而霸王之业成矣。"③"官治"和"民用"同被列为实现国富兵强的条件。不仅如此,在君主专制政体中,官吏还是君与民之间的桥梁,他们表现、执行着君意。《管子·明法解》说:"人主之张官置吏也,非徒尊其身,厚奉之而已也,使之奉主之法,行主之令,以治百姓而诛盗贼也。"《韩非子·外储说左下》曰:"概者,平量者也;吏者,平法者也。"在认识到吏之重要的同时,法家诸子也认识到这是最容易腐败的一个群体。韩非意味深长地说:"闻有吏虽乱而有独善之民,不闻有乱民而

---

　①　黎翔凤校注《管子校注·明法解》,北京:中华书局2004年版。

　②　黎翔凤校注《管子·枢言》。

　③　陈奇猷校注《韩非子新校注·六反》。"民用官治则国富"原文为"官官治则国富",按顾广圻说改(见陈奇猷《韩非子新校注》,上海:上海古籍出版社2000年版,第1008页注6)。

有独治之吏。"①官吏的腐败、堕落意味着国家政治的腐败、堕落。无论法令制定得多么完备,如果没有良吏认真执行,它的作用就无从体现,以法治国根本就是一句空话。"百匿伤上威,奸吏伤官法"②不是无稽之谈,而是历史的总结。所以,以法治国必须重视治吏。

吏治包括两个方面,一是选吏,二是治吏。两方面互相影响。选吏方式正确,任人以才以德,德才兼备者就能进入官吏阶层,治吏就容易得多。如果选吏方式不当,任人唯亲,无德无才者混迹官吏之中,治吏难度自然加大。反之,如果治吏严格,无德无才者即使一时入选,其最终结局也必定如滥竽充数中的南郭处士。

一、选　吏

任何一个政权总是希望选拔最能反映自己意志、为自己的统治带来利益的人才去治理国政。在动荡不安、政权争夺激烈的战国时期,人才显得更为迫切。《论衡·效力》说:"六国之时,贤才之臣,入楚楚重,出齐齐轻,为赵赵完,畔魏魏伤。"得士则强,失士则亡。正因为此,燕王"常置郭隗上坐南面"③,魏文侯"师卜子夏,友田子方,礼段干木"④。法家认识到君主专制政权必须依靠贤能之士才能运转、维持、巩固,"使能则百事理,亲仁则上不危,任贤则诸侯服"⑤。齐法家和晋法家在官吏的选拔和任用上有其作为法家的一致性,也有齐、晋两种不同文化表现出的差异性。

从实践中选拔官吏和任人所长是齐、晋法家共同的用人标准。

---

① 陈奇猷校注《韩非子新校注·外储说右下》。

② 黎翔凤校注《管子校注·七法》。

③ 赵善诒著《说苑疏证·君道》,上海:华东师范大学出版社1985年版,第14页。

④ 陈奇猷校释《吕氏春秋新校释·察贤》,上海:上海古籍出版社2002年版,第1451页。

⑤ 黎翔凤校注《管子·霸言》。

战国时期，一些诸侯虽然求才心切，但对何谓"才"却没有一个明确的标准，因此常常仅凭某些士人的虚言浮辞而非实际才能赐予其高官厚禄。法家极为反对这一用人方式。韩非说："籍之虚辞则能胜一国，考实按形不能谩于一人。"①他们主张以实践检验才能，从实践中选拔官吏。《管子·明法解》说："明主之择贤人也，言勇者试之以军，言智者试之于官。试于军而有功者则举之，试于官而事治者则用之。故以战功之事定勇怯，以官职之治定愚智。故勇怯愚智之见也，如白黑之分。……故明主以法案其言而求其实，以官任其身而课其功，专任法，不自举焉。"对言过其实者要予以重惩："自言能为司马不能为司马者，杀其身以衅其鼓。自言能治田土不能治田土者，杀其身以衅其社。自言能为官不能为官者，以为门父。"②如此一来，试图入仕者就要三思而行，不会为了一官半爵夸大自己的才能，从而保证君主身边皆为真才实学之士。

《管子》选拔人才有"三选"之法。首先是各级官吏逐级往上推荐贤能之人，"凡孝悌、忠信、贤良、俊材，若在长家子弟、臣妾、属役、宾客，则什伍以复于游宗，游宗以复于里尉，里尉以复于州长，州长以计于乡师，乡师以著于士师"③。一旦乡、州、里、游有贤德之士推荐上来，"公亲见之，遂使役之官。公令官长期而书伐以告，且令选官之贤者而复之。曰：'有人居我官，有功，休德维顺，端悫以待时使，使民恭敬以劝。其称秉言，则足以补官之不善政。'公宣问其乡里，而有考验，乃召而与之坐，省相其质，以参其成功成事。可立而时，设问国家之患而不肉，退而察问其乡里，以观其所能，而无大过，登以为上卿之佐。名之曰三选"④。国君要亲自接见自下

---

①　陈奇猷校注《韩非子新校注·外储说左上》。

②　黎翔凤校注《管子校注·揆度》。

③　黎翔凤校注《管子校注·立政》。

④　黎翔凤校注《管子校注·小匡》。

而上举荐上来的贤德之人,并让他们在官府任职。年终官长要呈报这些新官的政绩。国君还要在乡中调查了解这些新官员的情况,听取众人意见。把新官员召来进行交谈,仔细观察其言行举止,如可举拔,则待时而用。凡是考问国家大事应对不穷的,经过调查了解,证实其能力的确出众,而且没有犯过大错,就提拔作上卿的助手。这就是"三选"。可以看出,以实践检验才能的用人准则贯穿了"三选"的整个过程。

《商君书·靳令》曰:"朝廷之吏,少者不毁也,多者不损也,效功而取官爵,虽有辩言,不能以相先也;此谓以数治。"韩非说:"故明主之吏,宰相必起于州部,猛将必发于卒伍。"①均主张从实践中选拔人才。《问田篇》中,韩非借徐渠和田鸠的对话批判"驱于声词,眩乎辩说,不试于毛伯,不关乎州部"的用人方式。楚、魏两国国君不看实际本领,仅凭虚言浮词任命宋觚做楚国的将军,冯离做魏国的相,其结果是失政亡国。所以韩非认为,如果"主有度,上有术",就注重从实践中选拔人才,"无毛伯之试,州部之关,岂明主之备哉!"反之,如果主无术,上无度,就会仅凭处士的滔滔利口和三寸不烂之舌轻易赐予要职。《六反》说:

> 人皆寐则盲者不知,皆嘿则喑者不知。觉而使之视,问而使之对,则喑盲者穷矣。不听其言也,则无术者不知;不任其身也,则不肖者不知。听其言而求其当,任其身而责其功,则无术不肖者穷矣。夫欲得力士而听其自言,虽庸人与乌获不可别也,授之以鼎俎则罢健效矣。故官职者,能士之鼎俎也。任之以事,而愚智分矣。故无术者得于不用,不肖者得于不任。言不用而自文以为辩,身不任而自饰以为高,世主眩其辩、滥其高而尊贵之,是不须视而定明也,不待对而定辩也,喑

---

① 陈奇猷校注《韩非子新校注·显学》。

盲者不得矣。

言辞不能证明一个人的实际才能，相反，生活中真正有才华者往往敏于行而讷于言，所以法家以实际才能而不是虚言浮辞为用人标准，给真正的贤能之士提供了入仕和施展才华的机会。不仅如此，以实际才能为标准选拔人才还是杜绝无才无德者加官进爵、纯洁官吏阶层的最佳手段。以虚言浮辞任人常常导致结党营私和贿赂盛行。朋党之人为了扩大小团体的势力，往往互相吹捧，以虚言浮辞任人正为他们留下可乘之机。而民众如果"见朝廷之可以巧言辩说取官爵"，那么希望得到升迁的人就会"进则曲主，退则虑私所以实其私……然则下官之冀迁者皆曰：'多货，则上官可得而欲也。'曰：'我不以货事上而求迁者，则如以狸饵鼠尔，必不冀矣。若以情事上而求迁者，则如引诸绝绳而求乘枉木也，愈不冀矣。二者不可以得迁，则我焉得无下动众取货以事上而以求迁乎？'"[1]结果就是贿赂成风，德才兼备者被排挤出官场，而无德无才、善于投机钻营者却混迹其中。用这样的官吏治国，国家将日益衰败，与法家富国强兵的治国目标南辕北辙。

尺有所短，寸有所长，所谓人才并非万能之人，而只是在某一方面表现出专长。齐法家和晋法家都注意到这一点，所以在选拔官吏时任人所长，而不是求全责备。《管子》把能否用人之所长视为明主与乱主的区别之一，"明主之官物也，任其所长，不任其所短，故事无不成，而功无不立。乱主不知物之各有所长所短也，而责必备。夫虑事定物，辩明礼义，人之所长，而蝯蝚之所短也。缘高出险，蝯蝚之所长，而人之所短也。以蝯蝚之所长责人，故其令废而责不塞"[2]。《牧民篇》说："使民各为其所长则用备。"《君臣

---

① 蒋礼鸿著《商君书锥指·农战》，北京：中华书局 1986 年版。
② 黎翔凤校注《管子校注·形势解》。

上》说："是以明君之举其下也,尽知其短长,知其所不能益,若任之以事。贤人之臣其主也,尽知短长,与身力之所不至,若量能而授官。上以此畜下,下以此事上,上下交期于正,则百姓男女皆与治焉。"在这一人才思想指导下,齐国用人也的确做到了用其所长。如分配外交官员时,管仲即根据隰朋、宾须无等人的性格特点让他们出使不同国家,分管不同国家的外交事务。隰朋聪明敏捷,可任命管理东方各国的事务。宾胥无坚强而纯良,可任命管理西方各国的事务。卫国的政教,诡薄而好利。公子开方聪慧而敏捷,不能持久而喜欢创始,可以出使卫国。鲁国的政教,好六艺而守礼。季友为人恭谨而精纯,博闻而知礼,多行小信,可以出使鲁国。楚国的政教,机巧文饰而好利,不好立大义而好结小信。蒙孙恰好博于政教而巧于辞令,因而可以出使楚国①。针对各个国家的特点,派出与之相适应的使臣,这样使臣在外交事务中就能游刃有余,易于有所建树。管仲为相三月后,和齐桓公评论百官,他说:"升降揖让,进退闲习,辨辞之刚柔,臣不如隰朋,请立为大行。垦草入邑,辟土聚粟,多众,尽地之利,臣不如宁戚,请立为大司田。平原广牧,车不结辙,士不旋踵,鼓之而三军之士视死如归,臣不如王子城父,请立为大司马。决狱折中,不杀不辜,不诬无罪,臣不如宾胥无,请立为大司理。犯君颜色,进谏必忠,不辟死亡,不挠富贵,臣不如东郭牙,请立以为大谏之官。"②同样体现了任人所长的择吏标准。

韩非首先把任人所长、用人所能视为君无为臣无所不为的必要条件。《扬权》说:"夫物者有所宜,材者有所施,各处其宜,故上下无为。使鸡司夜,令狸执鼠,皆用其能,上乃无事。"其次,他把用人所长视为大臣能够尽忠于君主的必要条件。《功名》说:"人臣守

---

① 参见黎翔凤校注《管子校注·大匡》。
② 黎翔凤校注《管子校注·小匡》。

所长,尽所能,故忠。"第三,任人所长是国家消除内忧外患的必要条件。《用人篇》说:"治国之臣……见能于官以受职……人臣皆宜其能,胜其官,轻其任,而莫怀余力于心,莫负兼官之责于君。故内无伏怨之乱,外无马服之患。"相反,如果所用非所长,"人臣失所长而奉难给,则伏怨结",又何谈忠心于主? 物有所长,有所短,只有用其所长,用者与被用者才各得其所。法家可谓得用人之真谛矣。

齐、晋法家在选吏上的不同主要表现在德与才孰先孰后。

齐法家治国重德,所以选拔人才在重才的同时视德为不可或缺的因素,德才并重,甚至置德于才之前是他们的用人标准。晋法家把才置于德之前,重才甚于重德,而且他们所理解的德仅限于忠君,较齐法家狭窄。

《管子》说治国有"三本",做君主的一定要谨慎对待,"一曰德不当其位,二曰功不当其禄,三曰能不当其官。此三本者,治乱之原也。故国有德义未明于朝者,则不可加于尊位;功力未见于国者,则不可授与重禄;临事不信于民者,则不可使任大官"①。"德不当其位"首当其冲放在第一位,其次才论功与能。《管子》还有用人的四项原则:"一曰大德不至仁,不可以授国柄。二曰见贤不能让,不可与尊位。三曰罚避亲贵,不可使主兵。四曰不好本事,不务地利而轻赋敛,不可与都邑。此四务者,安危之本也。"②多是强调官吏之品德。《小匡篇》中说,每年正月国君考核百官时,桓公询问乡长和五属大夫的第一个问题即有关官吏之德:"于子之乡,有居处为义好学,聪明质仁,慈孝于父母,长弟闻于乡里者,有则以告。有而不以告,谓之蔽贤,其罪五。"其次才问:"于子之乡,有拳勇股肱之力,筋骨秀出于众者,有则以告。有而不以告,谓之蔽才,其罪五。"把才置于德之后。第三个问题又回到德行上:"于子之

---

① 黎翔凤校注《管子校注·立政》。
② 同上。

乡,有不慈孝于父母,不长弟于乡里,骄躁淫暴,不用上令者,有则以告。有而不以告,谓之下比,其罪五。"把贤德之人推荐给国家作为官吏人选是乡长和五属大夫的职责之一,如有懈怠则要以蔽贤之罪予以处罚。以上均体现出《管子》在用人上对德之重视。《管子》还提出:"其选贤遂材也,举德以就列,不类无德。举能以就官,不类无能。以德弇劳,不以伤年。"①国家选拔人才的首要标准是德,其次是能,有德有才都会委以重用,而不因资历或年龄大小加以限制。这种人才观无疑是难能可贵的。

　　道德本身是无形的,对它的评价更多的来自众人之口,而晋法家对众人的毁誉一向持不信任态度,仅以具体可见的功劳为价值评判标准,这一评价方式就决定了他们的用人标准是重才轻德、先才后德的。韩非说:"明主之为官职爵禄也,所以进贤材劝有功也。故曰:贤材者,处厚禄任大官;功大者,有尊爵受重赏。官贤者量其能,赋禄者称其功。是以贤者不诬能以事其主,有功者乐进其业,故事成功立。"②至于商鞅学派,不仅把德行弃置一边,而且把才也限制在农战范围之内。农人以收获粮食多少决定功劳大小,战士以杀敌多少决定能否获得高官厚禄。这是一种极端狭隘的用人标准,以至连韩非都忍不住要说:

　　　　商君之法曰:"斩一首者爵一级,欲为官者为五十石之官;斩二首者爵二级,欲为官者为百石之官。"官爵之迁与斩首之功相称也。今有法曰:斩首者令为医匠,则屋不成而病不已。夫匠者,手巧也;而医者,齐药也。而以斩首之功为之,则不当其能。今治官者,智能也;今斩首者,勇力之所加也。以勇力

---

① 黎翔凤校注《管子校注·君臣下》。
② 陈奇猷校注《韩非子新校注·八奸》。

之所加,而治智能之官,是以斩首之功为医匠也。①

二、治　吏

(一) 重分职

明确官吏职责和管辖范围是政治发达的一种表现,"在国家早期发展时期,夏、商乃至西周时期,国家职能的划分尚不十分明确,官员的职责范围亦不十分确定。因此官爵与职责可以脱离"②。无论齐法家抑或晋法家均强调"官不兼职"。韩非说:"人臣之忧在不得一,故曰:右手画圆,左手画方,不能两成。"③《管子·法法》谓:

> 诬能之人易知也。臣度之先王者,舜之有天下也,禹为司空,契为司徒,皋陶为李,后稷为田。此四士者,天下之贤人也,犹尚精一德,以事其君。今诬能之人,服事任官,皆兼四贤之能,自此观之,功名之不立,亦易知也。故列尊禄重,无以不受也;势利官大,无以不从也。以此事君,此所谓诬能篡利之臣者也。

《管子》从历史的经验得出即使贤能如禹、契、皋陶和后稷,也只能为君主担当一项职责,如果有人试图担任多项官职,这并不能说明他的才智多么出众,而恰恰证明他在欺君篡利。一段时间内固定担任一个官职使官吏易于出政绩,有建树。一个人如身兼数

---

① 陈奇猷校注《韩非子新校注·定法》。
② 陈长琦著《中国古代国家与政治》,北京:文物出版社 2002 年版,第 181 页。
③ 陈奇猷校注《韩非子新校注·功名》。

职,精力、才能无法周全,难免顾此失彼。若因此受上级责难,则易产生怨怒之情,这些都不利于治国。所以,齐、晋法家均把明于分职视为明主、明君的做法。韩非说:"明君使事不相干,故莫讼;使士不兼官,故技长;使人不同功,故莫争。"①又谓:"明主之道,一人不兼官,一官不兼事。"②《管子》说:"明主者……察于分职而不可乱也。"③

法家强调分职,首先因为人非万能,不可能精通诸般事务。明于分职使官吏有所专,能够提高做事效率(法家是最讲究事功的,因而注重效率是他们的特点)。长期做一件事使官吏由不熟悉而熟悉,从而对自己的职任游刃有余。所以慎到说:"古者,工不兼事,士不兼官。工不兼事则事省,事省则易胜。士不兼官则职寡,职寡则易守。故士位可世,工事可常。百工之子,不学而能者,非生巧也,言有常事也。"④韩非说:"人臣安乎以能受职,而苦乎以一负二。"⑤法家主张"官不兼职"的第二个原因在于便于治吏。《管子·小问》中,桓公问管子:"治而不乱,明而不蔽,若何?"管仲回答:"明分任职,则治而不乱,明而不蔽矣。"法家用"形名参同"考核官吏,决定赏罚,其内容之一即把官吏的职责与其实际所作所为对应,看二者是否契合。一人所兼之职越多,其职责范围就越模糊,因此增加了考核难度。《管子》说:"明主之治也,明于分职而督其成事,胜其任者处官,不胜其任者废免,故群臣皆竭能尽力以治其事。"⑥明于分职使群臣在各自职责范围内行使职权,不侵权,亦不推诿责任。《七臣七主》又谓:"劳主不明分职,上下相干,臣主同

---

① 陈奇猷校注《韩非子新校注·用人》。
② 陈奇猷校注《韩非子新校注·难一》。
③ 黎翔凤校注《管子校注·明法解》。
④ 《慎子·威德》,北京:中华书局1954年版《诸子集成》第5册,第2页。
⑤ 陈奇猷校注《韩非子新校注·用人》。
⑥ 黎翔凤校注《管子校注·明法解》。

则,刑振以丰,丰振以刻,去之而乱,临之而殆。"这是就君与官吏而言的,实际上官吏与官吏之间亦如此。第三,强调分职同时也为了防止越位篡权和谋杀事件的发生。法家的根本目标是建立君主专制政体,他们首要防范的就是君主的安全和权力受到威胁,所以对侵官越职极为警觉。《韩非子·二柄》中讲了关于韩昭侯的一个故事。韩昭侯醉酒后睡着,负责君主帽子的官吏担心君主受寒,就把衣服盖在君主身上。韩昭侯醒来后问谁为他盖的衣服,回答是:"负责君主帽子的官吏。"韩昭侯不但没有奖赏这一官吏,反而同时惩处了他和负责衣服的官吏。惩罚前者是因为他越职做事,惩罚后者是因为没尽到职责。作为君主,韩昭侯认为侵官的危害比着凉要大得多,所以"越官则死,不当则罪"①。这里特别要注意的是对官吏来说"不当"仅治罪,而"越官"则死。由此可知,法家强调分职更重要的是为了限制官吏权限,防止越官,保证君位不受威胁。这是法家针对春秋以来诸多僭越、弑君事件而施展的对策。钱穆说:"中国人称权,乃是权度、权量、权衡之意,此乃各官职在自己心上斟酌,非属外力之争。故中国传统观念,只说君职相职。凡职皆当各有权衡。设官所以分职,职有分,则权自别。"②所以对法家的重分职不能做简单理解,它是吏治的需要,也是吏治的内容之一。

(二) 以法治吏

有学者说:"他(指亚里士多德)的法治概念以这样观念为基础:法律必须与规范的价值联系,统治者必须作为法律的卫护者,法律必须限制地方行政官吏的行为,法律是一种维护国家的机制,而国家的主要使命是改进被认为有能力参与政治的少数人的道

---

① 陈奇猷校注《韩非子新校注·二柄》。
② 钱穆著《中国历史研究法》,北京:三联书店 2001 年版,第 26 页。

德。……法律是指导和制衡地方行政官吏权力的必要机制,因为法律规定了界限,限定了特权和义务,并培育了良好习惯。"①现代法治不仅是依法管理民众,更重要的是依法管理执政者。同样,先秦法家的以法治国也不仅是以法治民,更重要的是以法治官。无论齐法家还是晋法家都把法作为治吏的有效工具。《商君书·修权》说:"夫废法度而好私议,而奸臣鬻权以约禄,秩官之吏隐下而渔民。"《慎法》说:"故有明主忠臣产于今世而散领其国者,不可以须臾忘于法。破胜党任,节去言谈,任法而治矣。使吏非法无以守,则虽巧不得为奸。"守法守职之吏如不遵守国家法令,"罪死不赦,刑及三族"②。广泛统一地实施法令,"百县之治一形,则从迁者不敢更其制,过而废者不能匿其举。过举不匿,则官无邪人"③。韩非把刑、赏看作君主的二柄,以此治吏,有功则赏,有罪则罚。而"法平则吏无奸"④更是韩非和商鞅学派的共识。齐法家也是主张以法治吏的。《管子·君臣上》说:"是以为人君者……选贤论材而待之以法。"又说:"上有五官以牧其民,则众不敢蹈轨而行矣。下有五横以揆其官,则有司不敢离法而使矣。"⑤《七臣七主》说:"法律政令者,吏民规矩绳墨也。"《法禁》谓:"君壹置其仪,则百官守其法;上明陈其制,则下皆会其度矣。"正因为此,法家对官吏一切与法律政令不相符,或有损于法律政令的行为都严惩不怠。《重令》有曰:"亏令者死,益令者死,不行令者死,留令者死,不从令者死。"

---

① 高道蕴著《中国早期的法治思想》,载高道蕴、高鸿钧、贺卫方编《美国学者论中国法律传统》,北京:中国政法大学出版社1994年版,第228页。
② 蒋礼鸿著《商君书锥指·赏刑》。
③ 蒋礼鸿著《商君书锥指·垦令》。
④ 蒋礼鸿著《商君书锥指·靳令》。
⑤ 横,张佩纶释为衡,法度。章炳麟同意尹知章的原注,认为"横"指纠察之官(均见黎翔凤《管子校注》,北京:中华书局2004年版,第560页注1)。无论哪一种解释其实质仍是以法治官,纠察之官归根结底也要用法为督察尺度。

《商君书》说:"有敢剟定法令一字以上,罪死不赦。"①为上者只有严格执法,才能保证官吏廉洁奉公,如果触犯国家法令之后有途径逃避惩罚,官吏就会暗自窃喜,损公肥私之举将层出不穷。

法律在约束官吏的同时,对于清廉的官吏通过晋升官爵、提高俸禄给予奖励,因此爵禄是以法治吏的另一方面。《管子·明法解》说:"爵禄者,人主之所以使吏治官也。"《韩非子·六反》说:"故官职者,能士之鼎俎也。任之以事,而愚智分矣。"所以法家诸子强调君主对待官爵俸禄一定要审慎,必待有功而后予之,如果随随便便赐官予爵于无功者,人们就会轻视加官进爵,君主因此失去了治吏的一个有力手段。"官爵不审"带来的结果必然是"奸吏胜"。②

以法治吏是法家的原则。但怎样才能做到准确行使赏和罚,而不是奖无功、罚无辜,这是以法治吏的关键所在。法家首先提出循名责实。《管子·明法解》说:"故明主之听也,言者责之以其实,誉人者试之以其官。言而无实者诛,吏而乱官者诛。是故虚言不敢进,不肖者不敢受官。乱主则不然,听言而不督其实,故群臣以虚誉进其党;任官而不责其功,故愚污之吏在庭。"与《管子》相似,《商君书·慎法》有:"故贵之不待其有功,诛之不待其有罪也;此其势正使污吏有资而成其奸险,小人有资而施其巧诈。"韩非则说:"不以功伐决智行,不以参伍审罪过,而听左右近习之言,则无能之士在廷,而愚污之吏处官矣。"③"参伍",即参验形名,错综事务④。与之相近的还有参验、参同,均为检验形、名是否相合的方法。法家诸子非常欣赏循名责实的治吏方法,韩非这样描述之:

---

① 蒋礼鸿著《商君书锥指·定分》。
② 黎翔凤校注《管子校注·七法》。
③ 陈奇猷校注《韩非子新校注·孤愤》。
④ 陈奇猷《韩非子新校注》,上海:上海古籍出版社2000年版,第159页注7。

循名实而定是非，因参验而审言辞。是以左右近习之臣，知诈伪之不可以得安也，必曰："我不去奸私之行尽力竭智以事主，而乃以相与比周妄毁誉以求安，是犹负千钧之重，陷于不测之渊而求生也，必不几矣。"百官之吏，亦知为奸利之不可以得安也，必曰："我不以清廉方正奉法，乃以贪污之心枉法以取私利，是犹上高陵之颠，堕峻溪之下而求生，必不几矣。"安危之道若此其明也，左右安能以虚言惑主，而百官安敢以贪渔下？是以臣得陈其忠而不弊，下得守其职而不怨。此管仲之所以治齐，而商君之所以强秦也。①

循名责实能有效控制官吏，使其兢兢业业为君主服务，无有二心。

其次，《管子》和《商君书》中都提到通过向民众宣传国家法令，使民众对官吏们形成监督。这无疑是一种积极且有效的治吏途径。这一点在第八章《齐、晋法家立法原则比较》中已有论述，此不赘。

《管子》还主张通过上计课功决定赏罚。《明法解》曰："任人而不言，故不肖者不困。故明主以法案其言而求其实，以官任其身而课其功。"《君臣上》说："是故岁一言者，君也。时省者，相也。月稽者，官也。……相总要者，官谋士，量实义美，匡请所疑。而君发其明府之法瑞以稽之，立三阶之上，南面而受要。是以上有余日，而官胜其任，时令不淫，而百姓肃给，唯此上有法制，下有分职也。"国君一年发布一次政令，并以此考核百官。辅相按四时进行考核，官吏按月考核。《小匡》中这样描述国君考核百官的情形："正月之朝，五属大夫复事于公，择其寡功者而谯之，曰：'列地分民者若一，何故独寡功？何以不及人？教训不善，政事其不治。一再则宥，三

---

① 陈奇猷校注《韩非子新校注·奸劫弑臣》。

则不赦。"①考核之后,"有善者,赏之以列爵之尊,田地之厚,而民不慕也。有过者,罚之以废亡之辱,僇死之刑,而民不疾也"②,"蹴其官而离其群者,必使有害;不能其事而失其职者,必使有耻"③。

　　上计课功是齐法家决定官吏赏罚的一个重要举措,而晋法家却更看重官吏间的互相监督。《商君书·禁使》说:"或曰:人主执虚后以应,则物应稽验,稽验则奸得。臣以为不然。夫吏专制决事于千里之外,十二月而计书以定事,以一岁别计而主以一听见所疑焉,不可,蔽员不足。"这显然是针对上计课功治吏的反驳。商鞅学派提出的治吏之策是建立在利益相异基础上的互相监督,"夫物至则目不得不见,言薄则耳不得不闻;故物至则变,言至则论。故治国之制,民不得避罪如目不能以所见遁心"④。商鞅学派主张造就一种使众人不能逃避罪罚的态势,而以官治官是做不到这一点的。因为官吏虽多,但其利益一致,不但不能减少营私舞弊,反而容易朋党相结以假公济私。故《禁使》曰:"吏虽众,同体一也。夫同体一者相不可。"如果能让官吏与官吏之间利益相异,这样他们彼此间就会互相监督,这是最有效的治官途径。因此《商君书》说至治之国的情形应该是夫妻之间、朋友彼此都不敢、不能包庇罪行,一般民众更不会相互隐瞒罪行。君主和官吏的利益不同,所以君主很自然地会督察属下官吏。官吏和官吏利益相同,让他们彼此监督就像让为君主养鸟的监督为君主养马的,显然不可能。但是假如马能开口说话,它一定能很好地监督饲养它的官吏,因为他们的利益是相反的。所以说:"利合而恶同者,父不能以问子,君不能以问臣。吏之与吏,利合而恶同也。夫事合而利异者,先王之所以为

①　"何故独寡功?"原文为"何故独寡切?"显然错误,据他本改。
②　黎翔凤校注《管子校注·君臣上》。
③　黎翔凤校注《管子校注·法禁》。
④　蒋礼鸿著《商君书锥指·禁使》。

端也。"①而现在,"恃多官众吏,官立丞监。夫置丞立监者,且以禁人之为利也,而丞监亦欲为利,则何以相禁。故恃丞监而治者,仅存之治也。通数者不然也,别其势,难其道。故曰:其势难匿者,虽跖不为非焉"②。商鞅学派否定了设置稽查官员丞监以治吏的做法。丞监也有利欲,怎么能禁止其他官吏为自己谋利呢?所以洞察治国道理的人不会这样做,他们通过"别其势,难其道"制造一种让跖都不敢为非的态势,从而杜绝官吏营私舞弊。这种"势"就是以人性好利恶害为基础的官吏之间的互相监督:"周官之人知而讦之上者,自免于罪,无贵贱尸袭其官长之官爵田禄。"③用被告者的官爵、田禄奖励告奸者,以此鼓励人们互相监督,使之蔚然成风,这样人人都在他人的监督之下生活,人人都小心谨慎,不敢有使奸之心,这就是商鞅学派的禁奸之"势"。这一做法深为韩非赞同。《韩非子·外储说左下》曰:"朋党相和,臣下得欲,则人主孤;群臣公举,下不相和,则人主明。"大臣、官吏之间和睦相处则君主就被孤立、蒙蔽,大臣的欲望就得到满足。相反,臣与臣之间彼此为仇,互相监督,则君主对其行为就一目了然。晋法家对人性一向持不信任态度,所以韩非不相信有自觉忠诚于君的大臣、官吏,他理想中的明主之国是"官不敢枉法,吏不敢为私利,货赂不行,是境内之事尽如衡石也"④。但这一理想的实现不是依靠严于律己、忠心为主的"清洁之吏",而要依靠君主有"务必知之术",使"其臣有奸者必知,知者必诛"⑤。有了知奸之术,君主就把握了主动,使有奸心的大臣、官吏要么不敢轻举妄动,要么一使奸即被发现,受到惩处。为此,他精心研究出多种"务必知之术",如"贱德义贵,下必坐上,

---

① 蒋礼鸿著《商君书锥指·禁使》。
② 同上。
③ 蒋礼鸿著《商君书锥指·赏刑》。
④ 陈奇猷校注《韩非子新校注·八说》。
⑤ 同上。

决诚以参,听无门户"①、"作斗以散朋党"、"渐更以离通比"、"下约以侵其上,相室约其廷臣,廷臣约其官属,兵士约其军吏,遣使约其行介,县令约其辟吏,郎中约其左右,后姬约其宫媛,此之谓条达之道"②。纵观韩非知奸之术,会发现各种手段建立在一个基础上:使大臣之间、官吏彼此之间不是以诚相待、和睦相处,而是相互为仇以形成监督。

《管子》主张的上计课功是一种合理合道的治吏途径,而晋法家以毁灭人与人之间的信任和情感、牺牲道德为代价的互相监督、揭发的治吏手段不仅显得阴暗、卑劣,而且如果推广开来将使整个社会普遍地"小人化"、"卑琐化",陷入"黑暗的密窟"。但是,法家整体吏治思想的积极意义也是必须认识到的。在君主专制政体中,一国之君全面地掌握了官吏,也就掌握了整个国家的管理者阶层和被管理者阶层。《管子》曰:"夫为国之本,得天之时而为经,得人之心而为纪。法令为维纲,吏为网罟,什伍以为行列,赏诛为文武。"③韩非说得更具体:"摇木者——摄其叶则劳而不遍,左右拊其本而叶遍摇矣。临渊而摇木,鸟惊而高,鱼恐而下。善张网者引其纲,不一一摄万目而后得。则是劳而难,引其纲而鱼已囊矣。"④官吏就是"民之本纲",故"圣人治吏不治民"⑤,"明主治吏不治民"⑥。熊十力就此评价韩非说:"详韩子所言,盖谓圣人守法,而选用大臣。大臣则奉法而督责群吏,使各率其民,而举其职,则治本立。故曰明主治吏不治民者,非不治民也,治亲民之吏,而民已

---

① 陈奇猷校注《韩非子新校注·八说》。

② 《韩非子·八经》。陈奇猷认为"下约以侵其上"之"以"应为"不"(见陈奇猷校注《韩非子新校注》,第1071页注34)。

③ 黎翔凤校注《管子校注·禁藏》。

④ 陈奇猷校注《韩非子新校注·外储说右下》。

⑤ 同上。

⑥ 陈奇猷校注《韩非子新校注·外储说右下》,页806。

治矣。是摇木拊本、张网引纲之说也。……韩子重治吏,至今无可易也。"①这正体现了先秦法家吏治思想在管理学上的意义和价值。

---

① 熊十力著《韩非子评论》,台北:台湾学生书局1984年版,第49页。

给法家一个公允的说法

——从亚里士多德对法治和人治的比较看
先秦法家的"以法治国"

先秦法家思想在中国历史上几经潮起潮落，备受争议。或对其赞誉之至，视为强国良方，如元代何犿在《校韩子序》中说：

> 其书言法术之事，贱虚名，贵实用，破浮淫，督耕战，明赏罚，营富强。臣犿窃谓人主智谋不足，而徒以仁厚自守，终归于削弱耳。故孔明手写申、韩书以进后主，孟孝裕亦往往以为言，盖欲其以权略济仁恕耳。今天下所急者法度之废，所少者韩子之臣。①

其言道出了法家重实用，以富国强兵为治国之目标的特点。或有人对法家横加指责，视为洪水猛兽，如宋代苏辙说：

> 商鞅以法治秦，而申不害以术治韩。……及韩非之学，并取申、商，而兼任法术……然秦、韩之治行于一时，而其害见于久远。使非不幸获用于世，其害将有不可胜言者矣。②

---

① 转引陈奇猷校注《韩非子新校注》，上海：上海古籍出版社 2000 年版，第1221 页。
② 同上书，第 1253 页。

　　其言针对法家学说之弊端大加挞伐。即使在法治已经深入人心的今天,学者们对先秦法家的评价依然褒贬不一。任何评判都要首先确立评判标准。法家学说归根结底是一种政治学说,它的核心是"以法治国",所以对它的评价最终还是落在它与现代法治距离的远近上。在西方,亚里士多德的《政治学》被视为政治学的鼻祖,在这一著作中,亚氏系统地论述了关于法治的诸多问题,这些论述成为现代西方法理学和法哲学的核心,其中包括他对法治和人治所做的细致比较。亚氏认为法治在以下方面优于人治:第一,人治是偏私的,"因为欲望就带有兽性,而生命激情自会扭曲统治者甚至包括最优秀之人的心灵。法律即是摒绝了欲望的理智"①。其次,人治的弊端是一个人的精力有限,不可能独理万机,这就必然要由多数人来统治。多数人的智慧、能力总要胜于一人;最后,当人们同等时,"由某一个人来统治与其平等的所有人是不公平的"②,而法治是多数人的统治,法律由多数人制定。亚氏如上论述一向被奉为评判法治的圭臬,我们不妨以此为标准对我国先秦法家思想作以评价,或许能得出一个较为公允的结论。

一

　　人们常说,人非草木,孰能无情,丰富的感情为我们的生活增添了乐趣和生机。但是当感情和公平、公正相遇时,前者成为后者实现的障碍。爱屋及乌,恨屋也及乌,其中的不公显而易见。如此看来,感情和公正、公平似乎成了一对不可调和的矛盾。人类不能没有感情,人类也不能放弃对公正、公平的不懈追求。没有感情,

---

　　① 苗力田主编《亚里士多德全集·政治学》,北京:中国人民大学出版社 1994 年版,第 113 页。

　　② 同上书,第 112 页。

人将不复为人,没有公正、公平,人类社会最终将走向毁灭。怎么解决二者之间的矛盾?法治,法治是惟一的途径。亚里士多德说:"寻求正义的人即是在寻求中道。"①中道,即不偏不倚的"正道"。法正是这样一个没有偏私的中道权衡。因此,它的评价客观、准确、公正。先秦法家也注意到了法的这一特点,从他们论法时常用的一些比喻即可看出。

> 如四时之不忒,如星辰之不变,如宵如昼,如阴如阳,如日月之明曰法。②
> 故绳直而枉木斫,准夷而高科削,权衡悬而重益轻,斗石设而多益少,故以法治国举措而已矣。③

法像四季、昼夜、阴阳二气的循环往复一样,不会因某个人而改变;像尺寸、绳墨、权衡一样,公正地度量,不因人而异。《管子·明法解》中一段话最能说明法家由度量工具看到的法所具备的特点:

> 权衡者,所以起轻重之数也,然而人不事者,非心恶利也。权不能为之多少其数,而衡不能为之轻重其量也。人知事权衡之无益,故不事也。故明主在上位,则官不得枉法,吏不得为私,民知事吏之无益,故财货不行于吏。权衡平正而待物,故奸诈之人不得行其私。

权、衡是客观的,没感情的,因而也不受情感的影响和支配。

---

① 苗力田主编《亚里士多德全集·政治学》,第113页。
② 黎翔凤校注《管子校注·正》,北京:中华书局2004年版。
③ 陈奇猷校注《韩非子新校注·有度》。

人们不事权、衡,因为二者不会因为你的殷勤为你增添好处,也不会因你的冷落而减少你的所得。法之客观与公正也在于此,无论身份高低贵贱,无论皇亲国戚还是平民百姓,所作所为均用法来评价,是非对错黑白分明,赏罚也毋庸置疑。所以贤明君主以法治国,排除个体的好恶私欲,力求公平公正。

亚里士多德说:"不受激情支配的统治者总的说来比易于感情用事的统治者要强。而法律绝不会听任激情支配,但一切人的灵魂或心灵难免会感受激情的影响。"①先秦法家也看到了个人情感和公平之间的矛盾。他们反对儒家建立在亲亲尊尊之上的礼治、德治,就是因为亲亲尊尊把浓郁的感情因素带入判断,不公正不可避免。慎到说:"君舍法而以心裁轻重,则同功殊赏,同罪殊罚矣。怨之所由生也。是以分马者之用策,分田者之用钩。非以钩策过于人智也,所以去私塞怨也。故曰:大君任法而弗躬,则事断于法矣。法之所加,各以其分。"②《商君书·修权》有:"不以法论智、能、贤、不肖者惟尧,而世不尽为尧。是故先王知自议私誉之不可任也,故立法明分,中程者赏之,毁公者诛之,赏诛之法不失其议,故民不争。"以上论述说明同一个问题:人主观的评判不可避免地带有感情,因而妨碍了客观公正。但是,人为之人,即在其有丰富的情感,完全不受感情影响、能客观做事治国的君主少之又少,甚或就没有。贤君明主会告诫自己不要以私害公,却总有"情不自禁"的时候。所以亚氏说:"宣扬王制的人大概会说,君王也可以不把王权传给自己的子嗣。然而这种事毕竟是令人难以置信的,而且对人本性也实在是一种奢求。"③因此要从根本上摆脱感情影响,实现公正公平,只有放弃人治,实行法治。对此,先秦法家和亚

---

① 苗力田主编《亚里士多德全集·政治学》,第 109 页。
② 《慎子·君人》,《诸子集成》第 5 册,北京:中华书局 2006 年版。
③ 苗力田主编《亚里士多德全集·政治学》,第 111 页。

里士多德的认识相同。

为了实现以法治国，法家力主君主去"欲"。《管子》说："心有欲者，物过而目不见，声至而耳不闻也。"①这就要求君主虚静以待物。只有内心虚静，没有任何欲望，消除个人好恶，才能更客观地看待人和物，所下判定也才符合真实，趋于公平。韩非说："人主之道，静退以为宝。"②所谓静，是说内心平静，不受感情影响，无欲无私。退，是说君主不要妄自决定赏罚，"言已应则执其契，事已增则操其符。符契之所合，赏罚之所生也"③。客观的法才是决定赏罚惟一的、最终的因素。也就是说君主要抽身于赏罚之外，而不是置之其中，无论举荐官吏还是评功论赏，都以法为准则，不自度不自举，如此则贤能之人不因某些人的恶意中伤而埋没，无才无德之人也无法借助朋党的举荐得以重用。依法行事，诸事都容易辨别、判定，国家大治自然也不难。

为了实现以法治国，法家还力主废"私"，因为"私"是妨害法之公正、公平的主要因素。慎子说："法之功，莫大使私不行。"④《管子·明法解》有：

> 法度者，主之所以制天下而禁奸邪也，所以牧领海内而奉宗庙也。私意者，所以生乱长奸而害公正也，所以雍蔽失正而危亡也。故法度行则国治，私意行则国乱。明主虽心爱之，而无功者不赏。虽心之所憎而无罪者弗罚也。案法式而验得失，非法度不留意焉。

---

① 黎翔凤校注《管子校注·心术上》。
② 陈奇猷校注《韩非子新校注·主道》。
③ 同上书。
④ 《慎子·逸文》，《诸子集成》第 5 册。

　　"私"使评判背离真实。喜欢一个人,就会有意掩盖他的缺点,夸大他的优点。相反,厌烦一个人,就会夸大其不足,无视其长处。正如《管子·心术上》所说:"人迫于恶,则失其所好;怵乎好,则充其所恶。非道也。"法家诸子力倡以法治国,把法当作判断是非的惟一标准,目的就是行公法去私曲,以实现国治民安。

　　为了废私,法家提倡人君效仿自然之"道"。在他们看来,天地最公平,四时轮回,阴阳消息,"不为一人枉其法"①,"如地如天,何私何亲;如月如日,唯君之节"②。君要像天地大道一样没有亲疏之分,无私而公正,普遍地施恩于万物。为此韩非说:

　　　　古之全大体者,望天地,观江海,因山谷,日月所照,四时所行,云布风动,不以私累己。寄治乱于法术,托是非于赏罚,属轻重于权衡。不逆天理,不伤性情……不引绳之外,不推绳之内。不急法之外,不缓法之内,守成理,因自然。祸福生乎道法,而不出乎爱恶。③

　　为了废私,法家还主张"参验"、名实相当。《管子·明法解》说:"明主之择贤人也,言勇者试之于军,言智者试之于官。试于军而事治者则用之。故以战功之事定勇怯,以官职之治定愚智,故勇怯愚智之见,如白黑之分……故明主以法案其言而求其实,以官任其生而课其功,专任法不自举焉。"以名核实,以实证名,然后据法而定赏罚,如此就排除了私心杂念的干扰,最大限度地保证赏罚的合理,实现法的客观公正。

　　法家认为,以法治国的极致就是臣民和统治者之间无怨无德:

---

① 黎翔凤校注《管子校注·白心》。
② 黎翔凤校注《管子校注·牧民》。
③ 陈奇猷校注《韩非子新校注·大体》。

故明主之治也,当于法者赏之,违于法者诛之。故以法诛罪,则民就死而不怨。以法量公,则民受赏而无德也。①

所谓治主,无忠臣;慈父,无孝子;欲无善言,皆以法相司也。②

今有功者必赏,赏者不得君,力之所致也。有罪者必诛,诛者不怨上,罪之所生也。民知诛罚皆起于身也,故疾功利于业,而不受赐于君。③

以法治国,人们得到奖赏不感激国君,因为是自己功劳所应得。受到惩罚也不怨恨国君,因为自己的行为违反了国家法律,罪有应得。以法治国,臣不说尽忠于国和君,君也毋需施仁于臣与民,按功受赏,因罪受罚,君臣之间没有仁义忠孝,只有法。如此则国家日趋强大,王霸之业自然可得,这就是韩非所说:"君不仁,臣不忠,则可以霸王矣。"④司马谈说法家"严而少恩"⑤,班固认为法家"伤恩薄厚"⑥。孰不知这正是法律客观、公正所要求。

二

在《政治学》中,亚里士多德反复强调多数人的统治优于少数人,原因之一即在于君主一人能力有限,不能独理万机,多数人无论智慧、能力都要优于少数人。"每一位在法律方面受到教育的统治者都能作出良好的判断,可是说用双目看、用双耳听、用双手和

---

① 黎翔凤校注《管子校注·明法解》。
② 蒋礼鸿著《商君书锥指·画策》,北京:中华书局1986年版。
③ 陈奇猷校注《韩非子新校注·难三》。
④ 陈奇猷校注《韩非子新校注·六反》。
⑤ 汉·司马迁著《史记·太史公自序》,北京:中华书局1959年版。
⑥ 汉·班固著《汉书·艺文志》,北京:中华书局1962年版。

双足行动的一个人竟然优于拥有众多耳目手足的众人,那也未免太过荒唐。"①而且,随着城邦的扩大,"让一人事必躬亲也不会没有困难,他将不得不委任许多下属的官员来共同治理城邦"②。对此,先秦法家持相同观点。

法家是应时而生的学派,故其思想学说与现实紧密联系。历史发展至战国,经过长期兼并战争,原来的诸多小国合并为几个大的诸侯国。赵国将军赵奢与田单论兵时说:

> 古者,四海之内,分为万国,城虽大,无过三百丈者;人虽众,无过三千家者。……今取古之万国者,分以为战国七,能具数十万之兵,旷日持久数岁,即君之齐已。……今千丈之城、万家之邑相望也,而索以三万之众,围千丈之城,不存其一角,而野战不足用也,君将以此何之?③

从这段话我们可以管窥蠡测出当时诸侯国的规模。疆域扩大,人口增多,统治者不得不思考如何治理的问题。冯友兰先生说:"当时新兴地主阶级正在建立封建主义的中央集权的政权。新的统治者统治的范围之广及其权力之大,都不是在分封制下面的统治者所能比拟的。他们需要一种新的统治术。法家适应这种新的需要,根据当时的经验,提出一种新的统治术。"④这种新的统治术就是在以法治国的前提下"君道无为臣道无所不为"的"无为而治"。

法家客观地认识到"为人主而身察百官,则日不足,力不

---

① 苗力田主编《亚里士多德全集·政治学》,第 114 页。
② 同上书,第 113 页。
③ 汉·刘向著《战国策·赵策·赵惠文王三十年》,上海:上海古籍出版社 1985 年版。
④ 冯友兰著《中国哲学史新编》(上卷),北京:人民出版社 1999 年版,第 494 页。

给"①，"弃道术，舍度量，以求一人之识识天下，谁子之识能足焉？"②君主事必躬亲则易倦，"倦则衰，衰则复反于不赡之道也"。慎到把这种"人君自任而躬事"而"臣不事事"的治国方式称为"倒逆"之道，"倒逆"最终导致混乱。那么的治国正道是什么呢？"臣事事，而君无事，君逸乐而臣任劳。臣尽智力以善其事，而君无与焉，仰成而已。故事无不治。治之正道然也。"③《管子·心术下》说："心术者，无为而制下也。"国君的位置如心，大臣的位置如九窍，心的任务是指挥九窍，而不是替代做具体的事，故国君要做的只是监管众臣，用法检验他们的所做所为，而不是亲力亲为。《管子》一再告诫说："不要替马行走，这样马才会尽自己的力；不要替鸟飞翔，这样鸟才会努力飞翔。"④不让具体的事务干扰自己的思虑、浪费自己的精力，这样国君不会疲惫不堪，臣下也能尽自己的本分。"心处其道，九窍循理"，而"上离其道，则下失其事"⑤。先秦法家要建立的是君主专制政体，所以不可能主张多数人统治，但因为君主一人不能独理万机，他又不得不让其他人参预国家治理。如此一来，问题就出现了，怎样才能保证众人忠心耿耿地执行君主意志、为君主一人服务？假如没有合理的约束机制，就人的本性而言，很难实现这一目的。法家提出的解决方案是"以法治国"。所谓的"君道无为"并不是说国君真的什么都不做，放任臣下任意妄为。而是说国君不必事必躬亲，只需掌握评判赏罚的依据和标准——法，以法判断臣下所为，做出赏罚决定。所以"以法治国"是法家实现"无为而治"的必然前提。国君用法衡量臣下的言行，合法则赏，不合法则罚，如此国君则可"处匡床之上，听丝竹之声，而

① 陈奇猷校注《韩非子新校注·有度》。
② 《慎子·逸文》，《诸子集成》第5册。
③ 《慎子·民杂》，《诸子集成》第5册。
④ 黎翔凤校注《管子校注·心术上》。
⑤ 同上。

天下治",且"群臣不敢为奸,百姓不敢为非"①。没有法律作保障,君不可能无为,臣也不会无所不为,最后的结局不是国至大治,而是国至大乱。对此,《管子》说得很明白:

> 圣君任法而不任智,任数而不任说,任公而不任私,任大道而不任小物,然后身佚而天下治。失君则不然,舍法而任治,故民舍事而好誉,舍数而任说,故民舍实而好言,舍公而好私,故民离法而妄行,舍大道而任小物,故上劳烦,百姓迷惑,国家不治。圣君则不然,守道要,处佚乐,驰骋弋猎,钟鼓竽瑟,宫中之乐,无禁圉也。不思不虑,不忧不图,利身体,便行驱,养寿命,垂拱而天下治。是故人主有能用其道者,不事心,不劳意,不动力,而土地自辟,囷仓自实,蓄积自多,甲兵自强,群臣无诈伪,百官无奸邪。②

以法治国,君主不必劳神费力,谈笑佚乐间国家即可治理好。如果说《管子》的说法稍显理想化,那么韩非的认识则实际而深刻。《韩非子·难一》讲了这样一个故事:历山的农人为田界产生纠纷,舜亲自去解决;河滨打渔的人争夺地盘,舜亲自去调节;东夷制做的陶器不够坚固,也是舜亲自去帮助提高。孔子称赞说:"耕渔与陶,非舜官也,而舜往为之者,所以救败也,舜其信任乎!"韩非却一针见血地批判这种事事亲为的治国方式说:

> 且舜就败,期年已一过,三年已过三年。舜有尽,寿有尽,天下过无已者,以有尽逐无已,所以止者寡矣。赏罚使天下必行之。令曰:中程者赏,弗中程者诛。令朝至暮变,暮至朝变,

---

① 蒋礼鸿著《商君书锥指·画策》。
② 黎翔凤校注《管子校注·任法》。

十日而海内毕矣,奚待期年? 舜犹不以此说尧令从已,乃躬
亲,不亦无术乎?①

　　韩非认为即便贤智如尧、舜,如果事必躬亲,哪儿有问题就亲
自到哪儿解决,国家面积小、人口少时或许还能起到作用,面积广
大、人口众多时,国君即使席不暇暖,殚精竭虑,国家也不会得到很
好的治理。但是以法治国,法令朝至,人们晚上就会执行;法令暮
到,第二日清晨人们就开始执行,十天整个国家就会按法令所说行
事,这样的效率是人治不能比的。
　　从以上分析看出,在法治提高了治国效率、消除了君主不能独
理万机的弊端上,亚里士多德和先秦法家也是相同的。

三

　　亚里斯多德认为在人们平等的情形下,一人统治就没有公正
可言,而法治是多数人的统治,因而更能体现公正。法治的公正体
现在立法上,就是法由多数人制定。亚氏认为一切政体都有三个
部分或要素,“三者之中第一个部分或要素是与公共事物有关的议
事机构,第二个要素与各种行政官职有关……第三个要素决定司
法机构的组成”②。议事机构主管包括制定和通过法律在内的城
邦主要事务,城邦的行政长官只是法律的监护者而非制定者。与
亚里斯多德不同,先秦法家则主张法由君立,立法权独属人君:

　　　有生法,有守法,有法于法。夫生法者,君也;守法者,臣

---

① 陈奇猷校注《韩非子新校注·难一》。
② 苗力田主编《亚里士多德全集·政治学》,第148页。

也;法于法者,民也。①

　　圣王之立法也,其赏足以劝善,其威足以胜暴,其备足以必完法。②

　　故知者作法,而愚者制焉。③

　　所谓的圣人、圣王、知(智)者在现实中实为人君的代名词。尽管法家同时也说君不能任意立法,而要遵循一定的规则,譬如察人情、量民力、因时等,但都没有从根本上解决问题。所以梁启超先生说:

　　　　他们(先秦法家)知道法律要确定要公布,知道法律要普及于人民,知道君主要行动于法律范围以内,但如何然后能贯彻这种主张,他们没有想到最后最强的保障。申而言之,立法权应该属于何人?他们始终没有把他当个问题。他们主张法律权威如此绝对无限,问法律从哪里出来呢?还是君主,还是政府。他们虽然唇焦舌敝说"君主当设法以自禁",说"君主不可舍法而以心裁轻重",结果都成废话。造法的权在什么人,变法废法的权自然也在那人。君主承认的便算法律,他感觉不便时,不承认他,当然失去了法律资格。他们主张法律万能,结果成了君主万能。这是他们最失败的一点。因为这个漏洞,所以这个主义,不惟受别派的攻击无从辩护,连他本身也被君主专制破坏尽了。④

----

① 黎翔凤校注《管子校注·任法》。
② 陈奇猷校注《韩非子新校注·守道》。
③ 蒋礼鸿《商君书锥指·更法》。
④ 梁启超《先秦政治思想史》,天津:天津古籍出版社2003年版,第256页。

　　这是切中法家要害的一段评述。立法权归属问题是现代法治与先秦法家"以法治国"的本质区别之一,立法权掌握在君主一人手中就不可能有真正的法治。而先秦法家却认为,法由君出,天经地义,"法政独出于主,则天下服德。故威势分于臣,则令不行。法政出于臣,则民不听。故明主之治天下也,威势独在于主,而不与臣共。法政独制于法,而不从臣出"①。立法权归属不同使得亚氏的法治是体现平等、正义和众人智慧、力量的多数人统治,法家的"法治"却仍是君主一人之治。而立法权的归属归根结底又决定于二者不同的政治目标。亚里士多德认为人类所有活动最终都是为了"善",引申到政治学领域就是一切社会团体的建立,其目的总是为了完成某些善业,求取善果。而"政治学上的善即是公正,也就是全体公民的共同利益"②。同时,亚氏又说:"当人们彼此同等或平等时,以一人凌驾于一切人之上就既无公正亦无利益可言;无论有还是没有法律,他即是法律;也无论这一统治者善良还是不善良。而且,即使这人德性超群,除非是在某种特殊情形下,他来统治一切人也无公正和利益可言。"③亚氏因追求善,所以追求平等、公平,因为追求平等、公平所以主张法治。法家追求的是君主专制,至于君主专制的善与恶不在他们考虑范围。他们所做的一切都以建立君主专制为最终目的,于这一政体有利的就提倡,于这一政体不利的就反对。他们说"法不阿贵,绳不挠曲"④,说"君臣上下贵贱皆从法"⑤,但实际都把君主排除在法律约束之外,真正的法治因此不会实现,而这却正是法家的做法。

　　综上所述,先秦法家"以法治国"思想和亚里士多德的法治思

---

　　① 黎翔凤校注《管子校注·明法解》。
　　② 苗力田主编《亚里士多德全集·政治学》,第 98 页。
　　③ 同上书,第 115 页。
　　④ 陈奇猷校注《韩非子新校注·有度》。
　　⑤ 黎翔凤校注《管子校注·任法》。

想有契合处，又有不同。亚里士多德所说法治以平等为基础，立法权归属众人，法律具有至高无上的权威，是"深沉的、实质的"法治。而法家的"以法治国"因为失去平等这一前提，君主独揽立法权，君主权威高于法律权威，所以只能是"浅层的、形式的"法治①。鉴于此，我们应该一分为二地认识法家思想，辩证地运用，如梁启超先生所说："我们要建设现代法治，一面要采取法家根本精神，一面对于他的方法条理加以修正才好。"②

---

① 美国学者皮文睿(Randall Peerenboom)认为"深沉的、实质的"法治是与经济体制、政治体制和人权概念相辅相成的法治。比如说没有民主宪政和人权保障便不可能有法治。而"浅层的、形式的法治"指统治者的权力不是任意运用的，而是依照法律规定行使的。这样的法治概念的对立面是人治。客观规律的存在限制了政权的恣意行使和官员的裁量权，法律的操作有一定的可预见性，因此，人们可以预见其行为的法律后果，并在此预期的基础上计划其生活。见陈弘毅《对古代法家思想传统的现代反思》一文。载徐显明，刘翰主编《法治社会之形成与发展》，济南：山东人民出版社 2003 年版，第 501 页。

② 清·梁启超著《先秦政治思想史》，湖南：岳麓书社 2010 年版，第 256 页。

法家:反智还是崇智?

余英时先生在《反智论与中国政治传统》一文认为:"中国政治思想史上的反智论在法家系统中获得最充分的发展。无论就摧残智性或压制知识分子言,法家的主张都是最彻底的。"①什么是反智论(anti-intellectualism)? 余英时为其下定义说,一是对"智性"(intellect)本身的憎恨和怀疑,认为"智性"及由"智性"而来的知识学问对人生皆有害无益;另一方面是对代表"智性"的知识分子(intellectuals)表现一种轻鄙以至敌视②。周炽成先生《略论法家的智性传统——兼与余英时先生商榷》③提出了不同观点。周先生认为法家"具有浓厚的智性传统。法家不仅不反智,而且崇智、扬智。在对中国思想影响至深的儒、道、墨、法四家中,法家最为重智"。如此,就法家对智的态度产生两种针锋相对的观点。

笔者认真阅读余、周二先生的文章后,发现周先生文章中漏洞颇多。首先是对《韩非子》的解读有偏差。譬如周先生反驳余先生观点时引用的一个重要例证是出自《韩非子·难三》的"子产断案",但不幸的是这是一个因误解原著而用反了的例证。周先生原

---

① 余英时著《反智论与中国政治传统》,载刘小枫主编《中国文化的特质》,北京:三联书店1990年版,第282页。

② 同上书,页264—265。

③ 周炽成著《略论法家的智性传统——兼与余英时先生商榷》,《学术研究》2004年第2期,第12—16页。

文如下：

> 当然，如果仅仅用耳目，而不用心思，也不能保证聪明。针对墨子的狭隘经验论，王充曾要求人们"不徒耳目，必开心意"。韩非子所述子产的故事，也表现了同样的思想。有一天早晨，子产外出，忽然听见妇人的哭声，然后仔细倾听。他听出声音有问题，于是派人把她抓起来审问。结果发现她是杀夫者。左右问子产："您怎么那么厉害，能从她的哭声中听出问题？"子产解释说："其声惧。凡人于其亲爱也，始病而忧，临死而惧，已死而哀。今哭已死，不哀而惧，是以知其有奸也。"子产之听，是用心的听，跟纯粹的耳闻不一样。这是"任耳目"和"开心意"同时进行并着重后者的典型。认同子产用心倾听的韩非子，怎么会是一个反智论者呢？

周先生解读原著后得出的结论是韩非认同子产的做法，并由此而发问：这样的一个韩非子怎么会是反智论者呢？但事实是，韩非并不赞同子产。在《韩非子·难三》中，"子产断案"是作为一个供以批驳的靶子出现的。且看这一故事后面紧跟的"或曰"所说：

> 子产之治，不亦多事乎？奸必待耳目之所及而后知之，则郑国之得奸者寡矣。不任典成之吏，不察参伍之政，不明度量，恃尽聪明、劳智虑而以知奸，不亦无术乎？且夫物众而智寡，寡不胜众，智不足以遍知物，故因物以治物。下众而上寡，寡不胜众者，言君不足以遍知臣也，故因人以知人。是以形体不劳而事治，智虑不用而奸得。故宋人语曰："一雀过，羿必得之，则羿诳矣。以天下为之罗，则雀不失矣。"夫知奸亦有大罗，不失其一而已矣。不修其理，而以己之胸察为之弓矢，则子产诳矣。《老子》曰："以智治国，国之贼也。"其子产之谓矣。

　　韩非难体散文的基本结构是先树起一个靶子——叙述一个例证,然后用"或曰"的方式进行批驳。"或曰"所言才是韩非的观点。而在紧跟着"子产断案"的"或曰"中,韩非明确指出:"不修其理,而以己之胸察为之弓矢,则子产诬矣。《老子》曰:'以智治国,国之贼也。'其子产之谓矣。"韩非对子产所作所为的否定明明白白、清清楚楚。周先生或许因为不太了解《韩非子》难体散文的特点而产生误解,因而把一个证明韩非是反智论者的有力论据误用来证明自己与之相反的观点。

　　周先生文中说:"韩非子坚持,这两个标准(贤、能)要兼顾,缺一不可。如果选用能而不贤的人,他会欺君;如果选用贤而不能的人,他没有办事能力,会把事情搞得一团糟。"这里没有明确指出这段话的出处或根据何在。不过,据笔者核对原文,这段话应该来自《韩非子·八说》篇。那么这又是对原典的一处误读。原文是:

　　　　任人以事,存亡治乱之机也。无术以任人,无所任而不败。人君之所任,非辩智,则修洁也。任人者,使有势也。智士者未必信也,为多其智,因惑其信也。以智士之计,处乘势之资而为其私急,则君必欺焉。为智者之不可信也,故任修士者,使断事也。修士者未必智,为洁其身,因惑其智。以愚人之所惽,处治事之官而为其所然,则事必乱矣。故无术以用人,任智,则君欺;任修,则君事乱。此无术之患也。

　　韩非对"任智"和"任修(贤)"弊端的论述旨在说明用人必须要有"术",否则智者会欺君,贤者因无能会把事情办得一团糟。如果用"术","贱德义贵,下必坐上,决诚以参,听无门户",那么"智者不得欺诈";"计功而行赏,程能而能授事,察端而观失,有过者罪,有能者得",则"愚者不任事"。如此则避免了单纯以才或以德择人带来的负面作用。所以,强调"术"在用人中的重要性才是这段话的中心所在,德才兼备决非由此可得出的结论。

战国时期尚贤成风,诸子百家中有倡导者,如儒家、墨家;有反对者,如道家、名家。法家属于哪一派?应该说属于后者。且看法家以下言论:"人主有二患,任贤则臣将乘于贤以劫其君,妄举则事沮不胜。故人主好贤,则群臣饰行以要君欲,则是群臣之情不效,群臣之情不效,则人主无以异其臣矣。"①在韩非看来,君主重贤就会导致臣子以贤为名行欺骗、蒙蔽之实。所以,治国不用法术而好贤,对君主来说是非常危险的一种途径。再如:"夫治法之至明者,任数不任人。"②"数"即"术",这里主要指国家法令。这句话是说最高明的治国方法是利用法令而不是凭借某个人的智慧或品德。再如:"今夫上贤、任智、无常,逆道也,而天下常以为治。是故田氏夺吕氏于齐,戴氏夺子氏于宋。此皆贤且智也,岂愚且不肖乎?是废常上贤则乱,舍法任智则危。故曰:上法而不上贤。"③"上贤"、"任智"被韩非视为"逆道"之举。他认为正是因为国君尚贤任智才使得齐国姜氏被田氏所代替,宋国子氏被戴氏夺走政权。诸如此类的言论在《韩非子》中还有不少,韩非反对任贤用智已显而易见,毋需多言。

除了韩非,其他法家人物也常有非贤非智的言论。《慎子·威德》:"今也国无常道,官无常法,是以国家日缪,教虽成,官不足则道理匮,道理匮则慕贤智,慕贤智则国家之政要,在一人之心矣。"慎道认为,在"国无常道"——缺少治国的基本原则和"官无常法"——没有约束官员的基本制度的情形下才会产生崇贤任智,而崇贤任智最终导致"国家之政要,在一人之心",即人治而非法治。《商君书·农战》认为,"善为国者,官法明,故不任智虑","今上论

---

① 陈奇猷校注《韩非子新校注·二柄》,上海:上海古籍出版社2000年版。
② 陈奇猷校注《韩非子新校注·制分》。
③ 陈奇猷校注《韩非子新校注·忠孝》。

材能知慧而任之,则知慧之人希主好恶,使官制物,以适主心;是以官无常,国乱而不一。辩说之人而无法也"。

　　法家反对以"贤"和"智"任人的原因在于,首先,尊贤任智突出的是品德和才能,人们在追求智慧和道德完美过程中不可避免削弱权势的价值和作用,无论尚贤还是崇智都会给君主树立一个对手,削弱君主的权势,降低君主独尊的地位,这与法家君主专制的政治目标背离。韩非说:"夫贤之为势不可禁,而势之为道也无不禁;以不可禁之贤与无不禁之势,此矛盾之说也。夫贤、势之不相容亦明矣。"①"贤"和"势"构成不可调和的矛盾双方。崇尚贤能就无法树立君主权威,要想树立君主权威,就不能崇尚贤能。慎子说得更清楚:"立君而尊贤,是贤与君争,其乱甚于无君。"②都说明了君主专制与贤、智的对立。其次,贤、智具有偶然性和不确定性,圣人、天才不是随时随地就可以拥有的,但治国却要追求的是长治久安。因此,在韩非看来以具备确定性的法术势治国比依靠道德高尚、才能突出之人治国要可靠得多。因为社会中多的是"中人",贤智如尧舜者毕竟是少数,必待贤智之人治国就像一百天没吃饭的人等待美味佳肴救命一样不现实且迂腐。而即使是一般人,只要抱法处势就可以把国家治理好。所以他说:

　　　　夫弃隐栝之法,去度量之数,使奚仲为车,不能成一轮。无庆赏之劝、刑罚之威,释势委法,尧、舜户说而人辨之,不能治三家。夫势之足用亦明矣,而曰"必待贤",则不然矣。③

　　又说:

――――――――――

　　① 陈奇猷校注《韩非子新校注・难势》。
　　②《慎子・佚文》,《诸子集成》第5册,北京:中华书局2006年版。
　　③ 陈奇猷校注《韩非子新校注・难势》。

释法术而心治，尧不能正一国。去规矩而妄意度，奚仲不能成一轮，废尺寸而差短长，王尔不能半中。使中主守法术，拙匠守规矩尺寸，则万不失矣。君人者，能去贤巧之所不能守，中拙之所万不失，则人力尽而功名立。①

法术势仿佛匠人手中的规矩，不用它，最高明的匠人也不能保证自己每次测试精确，而用它，即使一般的匠人也不会失手。所以为君者只要能去掉贤人、巧匠也办不成事情的做法，奉行中主、拙匠都万无一失的做法，那么民众就会竭尽全力，功名自然建立。慎到也有相似的说法："厝钧石，使禹察锱铢之重则不识也。悬于权衡，则氂发之不可差，则不待禹之智，中人之知莫不足以识之矣。"②

当然，我们不否认，法家的确有一些尚智的言论。如《韩非子·六反》曰"故明主之治国也……厚其爵禄以尽贤能。"《慎子·知忠》有："将治乱，在乎贤使任职而不在于忠也。故智盈天下，泽及其君。"慎到和韩非都主张用人之长，把不同人的才能、特长都充分发挥出来，君主就可以无为而治。如慎到说："廊庙之材，盖非一木之枝也；粹白之裘，盖非一狐之皮也。"③韩非有言："使鸡司夜，令狸执鼠，皆用其能，上乃无事。"④那么，法家对待智的态度为什么会存在这样的矛盾？冯友兰先生是这样回答的：

法家的思想，从"尚贤"到"不尚贤"，这是一个大转变，这个转变，有其阶级根源，也有其认识论的根源。

---

① 陈奇猷校注《韩非子新校注·用人》。
② 《慎子·佚文》，《诸子集成》第5册。
③ 《慎子·知忠》，《诸子集成》第5册。
④ 陈奇猷校注《韩非子新校注·扬权》。

就其阶级根源说,"尚贤"在当时的社会大转变中,是地主阶级和手工业主向没落奴隶主贵族夺权的一个口号。在奴隶社会中奴隶主贵族掌权是世袭的,辅助他们的人也大多数是他们的兄弟亲属。这就是所谓"亲亲"。当时夺权的阶级,就以"尚贤"的口号反对"亲亲"的制度;到地主阶级已经初步地夺了权,而要巩固它的政权的时候,它就不提倡"尚贤"了。因为他们自己也不一定都贤。在这个时候,就不要尚贤的口号,而提倡"不尚贤"了。……

从认识论的根源说,法家认为:统治劳动人民的主要工具是"法"。有了法以后,下边的官吏们只要执行法就可以了,贤或不贤没有多大的差别。……这就是商鞅所说的"使贤无用也"。后期法家的思想,大都是从这一方面讲"不尚贤"。①

概言之,当贤、智与亲亲尊尊相遇时,法家主张把贤、智作为择人标准,反对任人唯亲。这正体现了法家革新的一面。当贤、智和法、术、势相遇时,法家主张抱法处势用术,反对贤和智。所以,提倡贤、智是法家的权宜之计,反对尚贤崇智才是法家由衷的一贯的主张。

周先生在文中还说,韩非子的著作中虽然不时出现"去智"的提法,但不足以作为法家反智的根据。他举出了三个例子并给予分析:"去好去恶,臣乃见素;去旧去智,臣乃自备"②、"夫仁义辩智,非所以持国也"③、"谨修所事,待命于天。毋失其要,乃为圣人。圣人之道,去智与巧。智巧不去,难以为常"④。周先生认为

---

① 冯友兰著《中国哲学史新编》(上),北京:人民出版社1999年版,第305—306页。
② 陈奇猷校注《韩非子新校注·主道》。
③ 陈奇猷校注《韩非子新校注·五蠹》。
④ 陈奇猷校注《韩非子新校注·扬权》。

第一句话中的智是指与君的好恶有关的"聪明"。第二句话中"智"之意周先生没有明确解释，只说"智"与"辩"相提并论，韩非子之所以非之，是因为他觉得这两者于国无用。第三句话中，"智"与"巧"相连，巧是"伪诈"之意，"智"之义也与此相近。由此周先生得出以下结论：

> 从这几句话中不难看出，韩非子所去、所非之智，并不是指一般意义的智（智性或理智），而是指有特殊含义的"智"。但是，余英时先生在说法家持反智主义时，是在智性或理智的意义上使用"智"这个词的。因此，韩非子以上几种说法并不能支持余先生之立论。

实际上，第一和第三个句子中的"智"正是一般意义上的智性或理智，而非周先生所说"与君的好恶有关的'聪明'"或"伪诈"。陈奇猷先生的《韩非子新校释》是《韩非子》较好的注本，看看他是怎么解释"去旧去智，臣乃自备"的。他说：

> 本书（指《韩非子》）"智故"二字习见……此文（指《主道》）易故为旧者，正如孙师所言与备协韵之故。……《扬权篇》云："圣人之道，去智与巧。智巧不去，难以为常"，常谓常法。是去智与巧则不以智巧害法，不以智巧害法则有常法，有常法则臣下可按法而慎行其事，故曰去智去旧，臣乃自备。若无常法，则下无所循，下无所循，则不能慎适其事，下不能慎适其事，则事无功而乱矣。故《用人篇》云："释法术而心治，（心治，即以智巧为治。）尧不能正一国"，即不去智巧之弊也。[1]

---

① 陈奇猷校注《韩非子新校注》，第71页。

显然,在第一和第三例子中"智"正是一般意义上的智性、理智,而非周先生所说有特殊含义的智。这两个句子旨在说明韩非主张以法治国,反对用智。如果陈奇猷先生的解释还不够有说服力,我们可以看看"去好去恶,臣乃见素;去旧去智,臣乃自备"的下文,"智"的意义自可明了。

> 故有智而不以虑,使万物知其处;有行而不以贤,观臣下之所因;有勇而不以怒,使群臣尽其武。是故去智而有明,去贤而有功,去勇而有强。

这段话是在前段基础上做的结论,其中"有智"、"有行"、"有勇"是平行对等的三个词组,"行"、"勇"就是通常意义上的"行为"和"勇敢",那么"智"自然也应该是一般意义上的"智性"、"理智"之意,那么"去旧去智"之智也应该相同而非"诈伪"之意。退一步说,即使这三个例子中的"智"有特殊含义,在《韩非子》中找出反对一般意义之"智"的例句也非难事。如:

(1) 明主之道:一法而不求智。①

(2) 是以百人事智而一人用力。事智者众,则法败;用力者寡,则国贫。此世之所以乱也。②

(3) 今不行法术于内,而事智于外,则不至于治强矣。③

(4) 今世皆曰:"尊主安国,必以仁义智能。"而不知卑主危国者之必以仁义智能也。故有道之主,远仁义,去智能,服

---

① 陈奇猷校注《韩非子新校注·五蠹》。
② 同上。
③ 同上。

之以法。是以誉广而名威,民治而国安,知用民之法也。①

（5）凡智能明通,有以则行,无以则止。故智能单道,不可传于人。而道法万全,智能多失。②

以上所引足以证明韩非反智而非崇智。

"智的反面是愚。而法家对于愚是很反感的……愚和智不两立,正如可以攻破一切盾的矛与可以抵挡一切攻击的盾不两立一样。非愚者必崇智。从法家之反愚,我们不难看出他们对智的态度。"这是周先生的观点。法家对愚是很反感,但问题在于法家所说的愚仅是他们的一家之言,并不是普遍意义上的愚。"世之愚学,皆不知治乱之情"③,这里的"愚学"指的是在法家眼里不懂得治乱之情的学派,显然儒、墨包含其中。但是如从智的一般意义讲,儒、墨能说是愚学吗?儒家学说作为中华文明的核心两千多年来影响着每一个中国人、亚洲人,乃至整个世界,其中蕴含的智慧得到广泛认可。这样的学说能是愚学吗?"愚者固欲治而恶其所以治。"这句话的意思是那些愚蠢的人想把国家治理好,但却不喜欢把国家治理好的措施。联系下文"皆恶危而喜其所以危者,何以知之?夫严刑重罚者,民之所恶也,而国之所以治也;哀怜百姓轻刑罚者,民之所喜,而国之所以危也"④可知,这是就儒、墨等学派与法家在治国途径上的分歧而言。所以,这里的"愚"也绝非与"智"相对的普遍意义上的"愚"。韩非是把与以法治国相对立的学说都归入"愚学"之列,把反对以法治国的人都归入"愚者"之列。这说明法家反对的"愚"是对与自己观点不同的学派的贬低,因此

---

① 陈奇猷校注《韩非子新校注·说疑》。
② 陈奇猷校注《韩非子新校注·饰邪》。
③ 陈奇猷校注《韩非子新校注·奸劫弑臣》。
④ 同上。

不足以用来支持法家崇智的观点。

周先生说,"法家对道理的重视再次表明他们不反智",因为"一个反智的人应该是对道理不感兴趣的,因为智是明道而示理的"。按照这一推理,道家应是最崇智的,因为在先秦诸子中道家更重道理,韩非的道理论就是对道家老子学说吸收和改造的结果。但恰恰相反,连周先生自己也说:"在对中国思想影响至深的儒墨道法四家中,法家最为重智,道家最为轻智,甚至可以说反智。"实际上,在诸子学说中,重道理与反智、崇智并无必然联系。重道理是道家"无为而无不为"和法家以法治国学说的立足点和要求,也恰是他们反对用智的原因之一。正如余英时先生在其文中所说:"道家重自然而轻文化。""自然"也可以理解为自然之道。老子认为宇宙间万物都有其运行规律——道,所以凡事依道而行即可,毋需人为干涉。法家继承并发展了这一观点,认为法是人间之大道,以法治国就是让国家按照规律运行,如此国家即可大治。人之智慧的运用只会干扰它的正常运行,让其偏离正确轨道。所以,重道理不是法家重智的表现,而恰是他们反对在治国中用智的原因之一。

周先生说:"崇力与尚智应该是一致的,因为智有助于力,智高者力强,智低者力弱",由此法家不会反智。但是法家之崇力与尚智果然一致吗?法家崇力没错,但它所说的力主要指力量、武力,智的成分很少。

　　上古竞于道德,中世逐于智谋,当今争于气力。①
　　是以百人事智而一人用力。事智者众,则法败;用力者寡,则国贫。此世之所以乱也。②

———————

① 陈奇猷校注《韩非子新校注·五蠹》。
② 同上。

故民愚则智可以胜之，世智则力可以胜之。臣愚则易力而难巧，世巧则易智而难力，故神农教耕而王天下，师其智也；汤武致强而征诸侯，服其力也。[①]

很显然，以上例子中，"智"和"力"是两个相对而非等同或相近的概念，法家尚力而不崇智由此即可知。先秦诸子中，法家最重现实，他们的治国思想建立在对时事的深邃洞察之上。战国是凭力而胜的时代，智谋虽然也能起到一定作用，但起决定作用的是力而非智，所以法家蔑视纵横家的如簧巧舌，反对儒家的仁义治国，对墨家之"兼爱"、"非攻"更是不屑一顾。他们坚信只要国富兵强，就能所向无敌，就能在诸侯争雄的局势中胜出，因此他们以富国强兵为目标，强调农战的重要性。韩非认为智即使在治国中要起作用，也必须以力为基础，没有这一基础，智根本发挥不了作用。他说："治强易为谋，弱乱难为计。故用于秦者，十变而谋希失；用于燕者，一变而计希得。非用于秦者必智，用于燕者必愚也，盖治乱之资异也。"[②]秦国国力强大，所以计策容易发挥作用。燕国国力弱小，计策难以奏效。

不错，如周先生所说，"民可以乐成，而不可虑始"在古代是一种普遍现象。儒家开山之祖孔子也说："民可使由之，不可使知之。"[③]但问题在于，儒家不反对庶人议政，不主张愚民（否则他们也不会提倡礼乐诗书了）。而法家为了维护君主专制，就要把人民训练成唯君之令是从、没有思想没有人格的机器，为此他们想尽一切办法愚民弱民，有关言论在《商君书》和《韩非子》中俯拾皆是，最有代表性的就是《商君书·赏刑》所说"圣人之为国也，一赏、一刑、

---

① 蒋礼鸿著《商君书锥指·算地》，北京：中华书局1986年版。
② 陈奇猷校注《韩非子新校注·五蠹》。
③ 《论语注疏·泰伯》，北京：中华书局1980年影印《十三经注疏》本。

一教。……一教则下听上"和《韩非子·五蠹》的"故明主之国,无书简之文,以法为教;无先王之语,以吏为师"。《商君书·赏刑》又解释说:"所谓一教者,博闻、辩慧、信廉、礼乐、修行、群党、任誉、清浊,不可以富贵。"二者的实质均是通过"排他"阻止民众学习知识、增长智慧,是典型的愚民政策。

综上所述,法家之反智显然,余英时先生所下论断也是正确的。而周先生的法家崇智之说经不起推敲,难以让人信服。

试论经济观念对齐法家和三晋法家政治理念的影响

先秦法家按地域可分为三晋法家和齐法家。前者以《韩非子》、《商君书》为代表，后者以《管子》为代表。虽然他们都提倡以法治国，主张君主专制，但仔细分析，其政治理念仍存在显著差异：三晋法家追求极端的、绝对化的君主专制，而齐法家则是理性的、有序的君主专制。其原因当然是多方面的，但经济观念无疑是其中最主要因素之一。

一、三晋法家和齐法家政治理念之比较

齐法家和三晋法家政治理念的不同主要表现在司法、君臣关系、刑罚的使用和治国宗旨等方面。

在司法上，三晋法家把国君置于法律之上，齐法家则将国君置于法律之下，真正实现了一断于法。这是齐法家最不容忽略的价值所在。

齐法家认为法是人们共同遵守的准则，不能因人而异，即使君主也不例外。《管子》认为，法的实质就是"君臣上下贵贱皆发（法）焉，故曰法"①，只有"君臣上下贵贱皆从法"②，国家才能"大治"。

---

① 黎翔凤校注《管子校注·任法》，北京：中华书局 2004 年版。
② 同上。

其次，齐法家主张爱护法律、尊重法律，"不为君欲变其令，令尊于君"①。法律面前没有贵贱亲疏之分，"论功记劳，未尝失法律也。便辟、左右、大族、尊贵、大臣，不得增其功焉。疏远、卑贱、隐不知之人，不忘其劳"②。梁启超评价说："就此点论，可谓与近代所谓君主立宪政体者精神一致。"③

三晋法家所主张的法律面前人人平等把国君排除在外，因国君高于法律。《韩非子·有度》这样说："故依法治国，举措而已矣。法不阿贵，绳不挠曲。法之所加，智者夫能辞，勇者弗敢争。刑国不避大臣，赏善不避匹夫。""刑过"所不避仅止于大臣，"法不阿贵"之"贵"自然不会包括君主了。《商君书·赏刑》："刑无等级，自卿相、将军以至大夫、庶人，有不从王令，犯国禁，乱上制者，罪死不赦"，国君显然也不在法律约束范围。从对抗贵族特权政治方面说，三晋法家的"刑无等级"、"法无阿贵，绳不挠曲"和《管子》所提"令尊于君"、"君臣上下贵贱皆从法"都有积极的时代意义，但作为思想本身，后者的价值无疑超出了前者。

从君臣关系上也能看出齐晋法家政治理念的不同。三晋法家要求臣绝对地忠于君、服从君。《韩非子·有度》曰：

> 贤者之为人臣，北面委质，无有二心；朝廷不敢辞贱，军旅不敢辞难；顺上之为，从主之法，虚心以待令而无是非也。故有口不以私言，有目不以私视，而上尽制之。为人臣者，譬之若手，上以修头，下以修足，清暖寒热，不得不救，入，镆铘傅体，不敢弗傅。

---

① 黎翔凤校注《管子校注·法法》。
② 黎翔凤校注《管子校注·七法》。
③ 梁启超《先秦政治思想史》，天津：天津古籍出版社 2003 年版，第 175 页。

在韩非看来，良臣就是无条件忠于国君的人，他们要像机器一样由国君操纵，不能有自己独立的思想、意志、人格、行为。对如许由、伯夷、务光及叔齐等见利不喜、临难不恐的大臣和像关龙逄、王子比干、楚申胥及伍子胥等不顾自身安危、疾争强谏的大臣，韩非一概予以否定。因为在他看来，轻视爵禄，背主强谏均非尊主之行。

齐法家则在约束臣子的同时，对国君也提出明确要求："世无公国之君，则无直进之士；无论能之主，则无成功之臣。"（《管子·法法》）国君没有尽到一国之君的责任，就没有权利要求臣民为他出生入死，所以"君不君则臣不臣，父不父则子不子，上失其位，则下逾其节。上下不和，令乃不行……且怀且威，则君道备矣。莫乐之则莫哀之，莫生之则莫死之，往者不至，来着不及"①。国君依法行事，不任意妄为，大臣才忠诚侍君，不敷衍职责，即《君臣上》所说："然则上之畜下不妄，则所出法制度者明也，下之事上不虚，则循义从今者审也。"对于臣弑君、子杀父的现象，齐法家这样解释："地之生财有时，民之用力有倦，而人君之欲无穷。以有时与有倦，养无穷之君，而度量不生于其间，则上下相疾也。"②当人君的要求超出臣民的承受能力时，臣民弑君犯上也是可以理解的。由此看来，在君臣关系上，齐法家受儒家影响，强调双方的对等与相互的责任与利益，而不是单纯要求为臣一方，因而相比三晋法家而言，体现出民主、平等的一面。

在刑罚的使用上，齐法家以罪论刑，力求罪刑相当，求之公平、公正，而三晋法家为了控制民众，按需配刑，一味主张严刑重型，求之效益却失之公平。

在先秦法家眼里，刑罚归根结底是统治者控制人民的工具，所

---

① 黎翔凤校注《管子校注·形势》。
② 黎翔凤校注《管子校注·权修》。

以要通过严、酷使人民惧怕。《商君书·去强》曰:"重罚轻赏,则上爱民,民死上;重赏轻罚,则上不爱民,民不死上。"《韩非子·五蠹》篇说:"赏莫如厚而信,使民利之;罚莫如重而必,使民畏之"。《管子·重令》亦有:"安国在乎尊君,尊君在乎行令,行令在乎严罚。罚严令行,则百吏皆恐。"但和三晋法家一味地主张极端化的严刑、重刑不同,齐法家意识到刑罚的使用有限度和边界,超出限度,它就由治国的手段变成乱国的根源。《牧民》说:"故刑罚不足以畏其意,杀戮不足以服其心。故刑罚繁而意不恐,则令不行矣;杀戮众而心不服,则上位危矣。"治国还有比刑罚更有力更重要的手段,那就是公平,公平才是人民所向往,也是国之大治的主要途径,"故赏之不足以为爱,刑之不足以为恶。赏者爱之末也,刑者恶之末也。凡民之生也,必以公平。"①本着公平的原则,《管子》认为奖赏和功劳要一致,惩罚和罪过要相当。过度的赏和罚都不利于国家的治理,前者使国家才用不足,后者使臣民不服,二者都将导致失去民心。

最后,在治国的主导思想上齐法家和三晋法家截然不同。齐法家主张富民而治,三晋法家主张民贫而治。《韩非子·六反》说:

> 夫以殆辱之故而不求于足之外者老聃也。今以为足而可以治,是以民为皆如老聃也。故桀贵在天子而不足于尊,富有四海之内而不足于宝。君人者虽足民,不能足使为君,天子而桀未必以天子为足也,则虽足民,何以为治也?

在韩非看来,人类追求财富的欲望没有止境,所以"足民而可以治"根本是幻想。《商君书》则干脆把国家富强和人民富裕截然对立,认为民弱则国强,民强则国弱。因此治国不能"政作民之所

---

① 黎翔凤校注《管子校注·心术下》。

乐"使民强,而要"政作民之所恶"使民弱。当"民有余粮"时,国家要鼓励他们用粮买官,或通过战争将粮食耗费。这么做,一则使农人不能懈怠于农事,二则使他们重新陷入贫困,如此则便于统治。因为民众生活得屈辱,官爵的贵重才能显示;民众处于弱势,官位的尊显才能体现;民众生活得贫困,国君的赏赐才能得到重视。相反,"民有私荣则贱列卑官,富则轻赏。……农有余食,则薄燕于岁。商有淫利,有美好伤器"①,如此则民众不肯俯首帖耳、听命于国家,出兵打仗必大败。

　　齐法家《管子》的宗旨是富国而治,"仓廪实而知礼仪,衣食足知荣辱"是其代表思想。《治国》中开宗明义:"凡治国之道,必先富民,民富则易治也,民贫则难治也。"原因是:"民富则安乡重家,安乡重家则敬上畏罪,敬上畏罪则易治也。民贫则危乡轻家,危乡轻家则敢凌上犯禁,凌上犯禁则难治也。"②由此和三晋法家形成鲜明对比。在富民而治的前提下,《管子》还赋予德、义、礼等伦理观念以物质经济的内容。《五辅》曰:"德有六兴,义有七体,礼有八经。""六兴"指厚其生,输之以财、遗之以利、宽其政、匡其急,振其穷,其实质就是发展经济,让百姓生活的生活的富裕安定,从而国治民安。义之七体中有"纤啬省用,以备饥馑",礼之八经中有"贫富有度",无不和经济有关。《管子》把经济作为伦理道德的基础,这是它富民而治治国宗旨的又一体现。

二、经济观念对政治理念的影响

　　美国学者皮文睿把法治分为两类:实质的、深度的法治概念和形式的、浅度的法治概念。前者与经济体制、政治体制和人权概念

---

① 蒋礼鸿著《商君书锥指·弱民》,北京:中华书局 1986 年版。
② 黎翔凤校注《管子校注·治国》。

相辅相成。比如说没有民主宪政和人权保障便不可能有法治。后者指统治者的权力不是任意运用的,而是依照法律规律行使①。笼统地说齐法家和三晋法家都应归于形式的、浅度的法治概念。但若仔细分辨,以《管子》为代表的齐法家实际介于实质的、深度的法治概念和形式的、法治概念之间,是形式的、浅度的法治概念向实质的、深度的法治概念的过度,一定程度上已有现代法治的萌芽。而三晋法家则是纯粹形式的、浅度的法治。不同的经济观念是形成这一差别的主要原因。

战国是一个弱肉强食、兼并战争不断的时代,富国强兵是每一个诸侯国避免被吞并的唯一途径。当时富国的主要手段是发展农业,所以不论《韩非子》、《商君书》还是《管子》都不惮其详地论述农业的重要性。《韩非子·诡使》:"仓廪之所以实者耕农之本务也。"《管子·治国》曰:"粟也者民之所归也。粟也者,财之所归也。粟也者,地之所归也。粟之则天下之物尽至矣。"但是对工商业,它们的态度却不同。三晋法家把一般意义上的工商业和"綦组、锦绣、刻画"等奢侈品的生产、消费一并视为"末"而加以抑制、排斥。《韩非子·亡征》曰:"耕战之士困,末作之民利者,可亡也。""耕战之士"与"末作之民"相对,前者指从事农业生产者和战士,后者指二者之外的所有工商业者。在韩非看来,一个国家,农民和战士生活得贫困,而工商之人却获得甚多,这就是亡国的征兆。韩非甚至把工商业者视为国之"五蠹"之一,"人主不除此五蠹之民,不养耿介之士,则海内虽有破亡之国,亦勿怪矣"②。所以三晋法家为农业提供的发展政策往往也是抑制工商业的政策。《商君书·外内》说:"欲农富其国者,境内之食必贵,而不农之征必多,市利之租必

---

① 徐显明、刘翰主编《法治社会之形成与发展》,济南:山东人民出版社2003年版,第501页。

② 陈奇猷校注《韩非子新校注·五蠹》,上海:上海古籍出版社2000年版。

重。则民不得无田。无田不得易其食。食贵则田者利,田者利则事者众。食贵,籴食不利,而又加重征,则民不得无去其商贾技巧而事地利矣。故民之力尽在于地利矣。"又有:"重关市之赋,则农恶商,商有疑惰之心。农恶商,商疑惰,则草必垦矣。"①《韩非子·五蠹》篇曰:"夫明王治国之政,使其商工游食之民少而民卑,以寡趣本务而趋末作。"提倡农业和抑制工商业相伴而行。

重农固然是富国的需要,但假如仅仅是为了富国,工商业也是不可缺少的手段。韩非也承认:"利商市关梁之行,能以所有至所无,客商归之,外物留之,俭于财用节于衣食,宫室器械,不事玩好,则入多。"②《商君书·去强》也说:"农、商、官三者,国之常官也。"但这并不能阻止三晋法家对工商业的敌视,原因在哪里?《吕氏春秋·上农》中一段话道破其中机关:

> 古先圣王之所以导其民者,先务于农。民农,非徒为地利也,贵其志也。民农则朴,朴则易用。易用则边境安,主位尊。民农则重,重则少私义。少私义则公法立,力专一。民农则其产复,其产复则重徙。重徙则死其处而无二虑。民舍本而事末则不令,不令则不可以守,不可以战。民舍本而事末则其产约,其产约则轻迁徙,轻迁徙则国有患皆有远志,无有居心。民舍本而事末则好智,好智则多诈,多诈则巧法令,以是为非,以非为是。

固定于土地的农民,日复一日,年复一年,周而复始地从事着春耕夏收秋获冬藏的单一农业活动,缺少与外界交流与沟通,因而安土重迁、守常畏变、闭塞愚昧,凡事以和为贵,不喜争讼。在生产力极为低下的先秦时期,他们应变外界、抵御灾害的能力也十分有

---

① 蒋礼鸿著《商君书锥指·垦令》。
② 陈奇猷校注《韩非子新校注·难一》。

限,这使得他们相对于工商业者而言,更容易被统治和剥削。三晋法家充分认识到这一点。《商君书·算地》说:"属于农则朴,朴则畏令","民之农勉则资重,战戢则隣危。资重则不可负而逃,隣危则不归于无资。归危外託,狂夫之所不为也。"而非农业人口则不同,"谈说之士资在于口,处士资在于意,勇士资在于气,技艺之士资在于手,商贾之士资在于身,故天下一宅而圜身资。民资重于身,而偏託势于外,挟重资,归偏家,尧、舜之所难也"①。两相比较,农人的易于统治不言而喻。另外,工商界层的崛起对三晋法家绝对君主专制的政治目标构成威胁。依仗雄厚的经济力量,豪商巨贾可以和统治者分庭抗礼,干预国政。孔门弟子子贡、秦之相国吕不韦即是明证。而且,工商业的发展对人们观念更新也起到巨大作用,自由、平等、民主、权利等观念是商品经济发展到一定程度时的必然产物。西方法律中的民法之所以产生于罗马,一个重要的原因就是商品经济的高度发展。"商业的发达缔造了具有独立个人利益的自由民,由此形成了注重个人权利的法观念。罗马人更是直接受益于当时发达的商品经济。罗马法中最主要并且对后世影响最大的就是它的私法,也就是直接涉及商品交换的法律。"②与此相对,"在商品交换不甚发达的古代中国,人们的行为和观念都被束缚在土地上,它的特征是人的依赖关系。商品交换于古代中国不但难以发展,反而遭到诸家责难。在一种自给自足的农业经济社会中,很难设想会有权利观念出现"③。张晋藩先生认为经济上的闭塞、孤立,决定了中国古代政治制度是封闭型的,"正因为如此,所有的封建王朝,都一无例外地推行重农抑商的政策,以维持适宜于专制制度生存的经济基础,阻止与专制主义不相

① 蒋礼鸿著《商君书锥指·算地》。
② 梁治平著《新波斯人信札》,北京:中国法制出版社2000年版,第136页。
③ 同上书,第137页。

协调的商品经济的发展,和新的社会力量——工商阶层的兴起"①。由此看来,抑制工商业的发展固然是为了发展农业,也是三晋法家绝对的、极端的君主专制政治理念得以实现不可或缺的手段和条件。

再来看齐国。优越的地理位置和悠久的商业传统使齐国形成和地处内陆的三晋不同的经济观念。齐国疆域最大时,"冬至海,西至河,南至穆棱,北至无棣",包括今胶东半岛、鲁中、鲁北地区和鲁西大部,临河濒海,四通八达,为商业发展创造了得天独厚的条件,也使生活在这里的人与生活在内陆的人相比更加开放、灵活、富于竞争性。黑格尔充满激情地说:"大海邀请人类从事征服。从事掠夺。但是同时也鼓励人类追求利润,从事商业。平凡的土地、平凡的平原流域把人类束缚土壤上,把他卷入无穷的依赖性里边,但是大海却挟着人类超越了那些思想和行动的有限圈子。"②其次,齐地向来有发展工商业的传统。开国者太公未发迹时曾"屠牛与朝歌,卖饮于孟津",国相管仲和鲍叔"同贾于南阳",大夫宁戚曾贩牛。经商的经历使他们不仅不鄙视工商业者,而且认识到工商业在治国中的重要性。太公说:"大农、大工、大商,谓之三宝。农一乡,则谷足;工一乡,则器足;商一乡,则货足。三宝各安其处,民乃不虑……三宝完,则国安。"③治理齐国过程中,他"通商工之业,便鱼盐之利"④。管仲等人继承了太公的治国传统,使工商业在齐国进一步发展起来。

前文已述,在重农方面,齐法家和三晋法家是相同的,不同的是齐法家重农却不抑商,而是"饬商"。"饬商"首先表现在对"末作

---

① 张晋藩著《中国古代政治制度》,北京:北京师范大学出版社1989年,第173页。

② 王造时译,黑格尔著《历史哲学》,上海:上海书店1999年版,第96页。

③ 《六韬·六守》,杭州:浙江人民出版社1984年版《百子全书》第2册。

④ 汉·司马迁著《史记·齐太公世家》,北京:中华书局1959年版。

文巧"等奢侈品生产和消费的抑制上。此类物品的生产和流通只占工商业的一小部分,但任其发展则会干扰正常的经济秩序,有很大的负面影响:

> 今为末作奇巧者,一日作而五日食,农夫终岁之作,不足以自食。然则民舍本事而事末作。民舍本事而事末作,则田荒而国贫矣。①
>
> 菽粟不足,末生不禁,民必有饥饿之色,而工以雕文刻镂相稚也,谓之逆。布帛不足,衣服无度,民必有冻寒之伤,而女以美衣锦绣綦组相稚也,谓之逆。②

所以,齐法家坚决打击"末"作:"凡为国之急者,必先禁末作文巧,末作文巧禁则民无所游食,民无所游食则必农。"③对一般意义上的工商业,齐法家的认识是理性的。这种理性首先表现在重视并发展工商业。因为工商业之于人民生活和国家富裕都不可或缺。《乘马》说:"聚者有市,无市则民乏矣。"又说:"市者货之准也。"所以《管子》把工、商和士、农同视为"国之石民",也就是国家的支柱。国家政策对他们一视同仁,而不是区别对待。和士人、农人一样,工商之人也有固定的居住区域,这使得工可以"相良材,审其四时,辨其功苦,权节其用,论比、计制断器,尚完利。相语以事,相示以功,相陈以功,相高以知事"④商可以"观凶饥,审国变,察其四时而监其乡之货,以知其市之贾。负任担荷,服牛辂马,以周四方;料多少,计贵贱,以其所有,易其所无,买贱鬻贵。是以羽旄

---

① 黎翔凤校注《管子校注·治国》。
② 黎翔凤校注《管子校注·重令》。
③ 黎翔凤校注《管子校注·治国》。
④ 黎翔凤校注《管子校注·小匡》。

不求而至,竹箭有余于国,奇怪时来,珍异物聚"①。这种按职业聚集而居的居住方式对工商业的传承和发展起到很大作用。"且昔从事于此,以教其子弟,少而习焉,其心安焉,不见异物而迁焉。是故其父兄之教,不肃而成;其子弟学之,不劳而能。"②在社会整体文化程度较低的时代,世代相袭、子承父业是使一门职业或技艺薪火常传的最佳途径,《管子》这一做法无疑为工商业的传承和发展创造了有利条件。不仅如此,商贾之人能够"应于父兄,事长养老,承事敬"③还可以被举荐为官。非官贾、官商者和士而不为君臣者一样要服劳役而不给报酬④。这意味着在奖励机制和约束机制上,工商业者和士人、农人平等。其次,齐法家对工商业的理性认识还在于重视却不放纵其发展,而是精心管理。如为了避免商贾牟取暴利,布帛等民用日常用品要明码标价;政府要清楚各地商品的价格,使其贵贱适度,不给商贾投机机会;通过调节农产品价格抑制豪商巨贾经济势力进一步扩张;当某些商品紧缺时就创造便利条件吸引商人等。这些都体现出齐法家对工商业的善意管理。

结　语

　　与三晋法家严禁人民拥有私有财产不同⑤,齐法家在一定程度上保护民众的私有财产。《管子·禁藏》有:"居民于其所乐,事之于其所利,赏之于其所善,罚之于其所恶,信之于其所馀财,功之于其所无诛。"其中"信之于其所馀财"正是对私有财产的保护。同

————————

① 黎翔凤校注《管子校注·小匡》。
② 同上。
③ 黎翔凤校注《管子校注·大匡》。
④ 参见黎翔凤校注《管子校注·乘马》。
⑤ 蒋礼鸿著《商君书锥指·说民》:"治国之举,贵令贫者富,富者贫。"人民贫富由政府掌握,自然谈不上私有财产的保护和人民拥有私人财产。

以三晋法家思想的治理下的秦国相比,在齐法家思想治理下的齐国,民众拥有宽松、自由的生活氛围也是不争事实。荀子入秦看到:"其百姓朴,其声乐不流污,其服不挑,甚畏有司而顺,古之吏也。入其国,观其士大夫,出于其门,入于公门,出于公门,归于其家,无有私事也,不比周,不朋党,倜然莫不明通而公也,古之士大夫也。"①苏秦看到的齐国都城临淄却是另一番景象:"甚富而实,其民无不吹竽鼓瑟,击筑弹琴,斗鸡斗犬,六博蹋鞠者。临淄之途,车毂击,人肩摩,连衽成帷,举袂成幕,挥汗成雨,家敦而富,志高气扬。"②两相比较,其差别显而易见,秦国民众忠信温顺,齐国民众自由活泼。

依山傍海,商品经济发达,商贾盛行,催生了权利、开放、平等、自由等观念,为齐法家先进政治理念的产生搭建了平台,由此可知超越时代的经济观念和政治理念同时出现在《管子》一书中,实非偶然。

---

① 清·王先谦集解《荀子集解·强国》,北京:中华书局1988年版。
② 《战国策·齐策一》,上海:上海古籍出版社1985年版。

齐、晋法家君臣观比较

君臣关系是中国古代专制社会中一种最重要的人伦,因而也成为先秦诸子探讨得较多的一个问题。《荀子》中有《君道篇》、《臣道篇》,《管子》中有《君臣上》与《君臣下》,《商君书》和《慎子》中都有《君臣》,《韩非子》虽然没有明确把某篇命名为"君臣",但其内容多与君臣有关则毋庸置疑。诸子多言君臣,其观点却有同有异,即使同为法家的《管子》和《韩非子》在君臣观念上也各有己见。

一、《管子》的君臣观

以《管子》为代表的齐法家君臣观的核心论点是在强调君臣有分的基础上主张君臣和谐。

《管子》肯定君臣之分的必要性、合理性。《君臣下》曰:

> 神圣者王,仁智者君,武勇者长,此天之道,人之情也。天道人情,通者质,宠者从,此数之因也。是故始于患者,不与其事;亲其事者,不规其道。是以为人上者,患而不劳也;百姓,劳而不患也。君臣上下之分素,则礼制立矣。是故以人役上,以力役明,以刑役心,此物之理也。心道进退,而刑道滔赶。进退者主制,滔赶者主劳。

　　这是从天道人情的角度为君臣之分、君指挥臣、臣侍奉君找到一个理论依据。而在现实中,《管子》认为君臣有分、高低贵贱各别是分工协作的前提。因为势位均齐谁也指挥不了谁,无人肯听命于他人,因此必须有一个仁智武勇之人居于众人之上,发号施令,众人按其命令行事,所以说君臣有分是治理国家的需要。当然,《管子》强调君臣有分还出于君主专制的需要。《明法解》说:

　　　　故君臣相与,高下之处也,如天之与地也。其分画之不同也,如白之与黑也。故君臣之间明别,则主尊臣卑。如此,则下之从上也,如响之应声;臣之法主也,如景之随形。故上令而下应,主行而臣从。以令则行,以禁则止,以求则得,此之谓易治。

　　君臣明别,君才能保证自己的独尊权威,臣也才会尽力事君。《管子》认为君有君道,臣有臣道,君守君道,臣守臣道,是君臣和谐、国家大治的前提。君道,即做君的规则和职责。臣道,即做臣的规则和职责。君的职责是发号施令,督察众臣。《君臣下》说:"君之在国都也,若心之在身体也。"君若心,百官众臣如九窍,心指挥九窍。《君臣上》说:"是以为人君者,坐万物之原,而官诸生之职者也。"具体说来就是"论材量能,谋德而举之"①,"制群臣,檀生杀"②。臣的职责是实施君的命令,尽心尽力服务于君,悬令仰制,奉法听从,"专意一心,守职而不劳"③。为君者要威势尊显,言辞谨慎。为臣者要卑贱畏敬,鞠躬尽瘁。君、臣各守其道则和谐:"是故有道之君,正其德以莅民,而不言智能聪明。智能聪明者,下之

---

①　黎翔凤校注《管子校注·君臣上》,北京:中华书局 2004 年版。
②　黎翔凤校注《管子校注·明法解》。按:"檀"应为"擅"。
③　黎翔凤校注《管子校注·君臣上》。

职也。所以用智能聪明者,上之道也。上之人明其道,下之人守其职,上下之分不同任,而复合为一体。"(《君臣上》)如果君失君道,去做本该臣子做的事,大臣就不再尽力事君。臣失臣道,越职而替代君主的指挥、领导、督察作用,人主的权势就受到威胁,容易导致臣夺君位。所以,君臣共道则乱,知"道"的贤明君主从不炫耀自己的聪明才智,而是让臣下发挥其聪明才智。君臣明分,各尽其力,就像国家这台机器上的不同部件,共同维护机器的正常运转。

在有分、明别的前提下,《管子》主张君臣之间要有礼有义:"君人者制仁,臣人者守信,此言上下之礼也。"(《君臣下》)亦即君要善待臣,臣要忠诚于君。《史记·太史公自序》中说法家"正君臣上下之分,不可改矣",意谓先秦诸子中法家最强调尊主卑臣,明分职不得相逾越。但是齐法家不是单方面要求臣从君,而是主张君臣对等,先要求君,然后才要求臣,这在君主专制政体中尤为难能可贵。这点从《管子》论述君臣关系时往往是相对而言可看出。《法法》曰:"世无公国之君,则无直进之士;无论能之主,则无成功之臣。""公国之君"指处事公平的君主,君主公正,身边才有忠诚直谏的大臣。同样,君主以才能用人,身边就会有成功的大臣。《形势》说:"君不君则臣不臣,父不父则子不子。上失其位则下踰其节,上下不和,令乃不行。……且怀且威则君道备矣。莫乐之则莫哀之,莫生之则莫死之。"齐法家以为权利和义务相辅相成,君如不行君道,臣则可以不尽臣职。君没有履行一国之君的责任,他就没有权利要求大臣为他出生入死。《君臣上》有:"然则上之畜下不妄,而下之事上不虚矣。上之畜下不妄,所出法则制度者明也。下之事上不虚,则循义从令者审也。上明下审,上下同德,代相序也。君不失其威,下不旷其产,而莫相德也。"君主以法度而不是自己的喜怒奖惩臣下,大臣就会按义的要求尊敬君主,忠诚事君。《形势解》说:"为人君而不明君臣之义以正其臣,则臣不知于为臣之理以事其主矣。"君待臣不以君臣之义,臣事君就不以为臣之理。对于臣

杀君、大臣结党的行为,《管子》也从臣的角度给出解释。《权修》曰:

> 地之生财有时,民之用力有倦,而人君之欲无穷。以有时与有倦,养无穷之君,而度量不生于其间,则上下相疾也。是以臣有杀其君,子有杀其父者矣。故取于民有度,用之有止,国虽小必安。取于民无度,用之不止,国虽大必危。

臣民的能力有限,人君的要求如果无止境,君与臣与民之间则产生怨怒,怨怒日积月累到臣、民无法忍受时,动乱则发生,由此而出现弑君、篡位。也就是说《管子》认为,臣弑君的根本原因不在臣,而在君挥霍无度。在古代社会,君主对大臣结党营私恨之入骨,他们指责大臣不忠不义,为此大开杀戒,却很少有君主反思自己应该承担的责任。《管子》却从臣的角度分析其中的原因:"人主不周密,则正言直行之士危;正言直行之士危,则人主孤而毋内;人主孤而毋内,则人臣党而成群。使人主孤而毋内,人臣党而成群者,此非人臣之罪也,人主之过也。"(《管子·法法》)君主言行不周密,大臣没有安全感,所以不再直言相谏,并且为了自身安全而结成朋党。这一解释在把君主奉为至尊的晋法家来说根本行不通。《韩非子·三守》说:"人主有三守。三守完则国安身荣,三守不完则国危身殆。""三守"之一即"人臣有议当途之失、用事之过、举臣之情,人主不心藏而漏之近习能人,使人臣之欲有言者,不敢不下适近习能人之心而乃上以闻人主。然则端言直道之人不得见,而忠直日疏"。其意与《管子》上文所说相同,但角度却不一样。《管子》认为君主应承担臣下结党营私的责任,而韩非则仅是从君主的角度分析这样做将对君主造成的危害,重视君失去了什么,而没有考虑臣有什么危险。

《管子》强调君尊臣卑,但又告诫君主不能自以为尊贵,这样才符合君道①。《枢言》说:"帝王者审所先所后,先民与地则得矣,先贵与骄则失矣。是故先王慎贵在所先所后。"《君臣下》云:"知得诸己,知得诸民,从其理也。知失诸民,退而修诸己,反其本也。所求于己者多,故德行立。所求于人者少,故民轻给之。"君主要善于自我反省,而不能推卸责任;要多要求自己,少要求臣民,要求自己多,德行容易树立,要求臣民少,臣民才有能力供给。先秦诸子学说中都设计有自己的圣人形象,圣人就是他们心目中完美的君主。《管子》设计的圣人是"上德而下功,尊道而贱物。道德当身,故不以物惑。是故身在草茅之中,而无慑意。南面听天下,而无骄色。如此而后可以为天下王"②。国君应该是有深厚的道德修养的人,身在草茅之中无所畏惧,身处高位亦无盛气凌人。可见,《管子》对理想中君主道德要求之高。

　　《管子》认为,君臣之间要讲诚信,而不应该处处提防。《韩非子·难二》记载晋国客人造访齐桓公,有司请问用什么礼仪,桓公连声说:"去请示仲父。"桓公对管仲的信任可见一斑。韩非却就此批评桓公,他说无论何时,君主都要以法为衡量臣下言行的标准,时刻提防臣子的不法之举,并说:"管仲非周公旦。周公旦假为天子七年,成王壮,授之以政,非为天下计也,为其职也。夫不夺子而行天下者,必不背死君而事其仇;背死君而事其仇者,必不难夺子而行天下;不难夺子而行天下者,必不难夺其君国矣。"经过这番推理,韩非实际要得出一个结论:管仲是可能篡夺君位的人,所以齐桓公不应该完全信任之。晋法家和齐法家对君臣关系认识之不同于此略现。晋法家否定君臣之间可以讲诚信。韩非认为父子、夫妻之间均以利相连,无诚信可言,何况君臣?他说:"人主之患在于

---

① 黎翔凤校注《管子校注·乘马》有:"不自以为所贵,则君道也。"
② 黎翔凤校注《管子校注·戒》。

信人,信人则制于人。"①二者之间就是一种买卖关系,所以君主一定要把权力牢牢掌握在自己手中,不能借权势于臣,"偏借其权势则上下易位矣。此言人臣之不可借权势矣"②。而齐法家则认为,对于选定的官员,就应该予权并信任之,使其在自己的职责范围内行使权力。譬如国相一职,首先要严格选拔:"陈功而加之以德,论劳而昭之以法,参伍相德而周举之。"③一旦选定,就要"尊势而明信之"④,不仅信任还要分权于他。所以《管子》中的相权力很大,"论功劳,行赏罚,不敢蔽贤有私。行用货财,供给军之求索,使百吏肃敬,不敢解怠行邪,以待君之令,相室之任也"⑤。《管子》并不担心拥有如此大的权力的相会威胁到国君,反而认为"君明、相信、五官肃、士廉、农愚、商工愿,则上下体而外内别也"⑥。而且把"主画之,相守之;相画之,官守之;官画之,民役之。则又有符节、印玺、典法、策籍以相揆也"这种在法的约束下相对分权的治国之道视为"明公道而灭奸伪之术"⑦。

　　《管子》强调大臣要尽心于国家社稷,同时也提出君主要保护他们的安全。《君臣上》说:"夫为人君者,荫德于人者也。为人臣者,仰生于上者也。"《四称》所描述有道之君的诸多表现中,有两条与大臣有关,一是"及至先故之大臣,收聚以忠而大富之",意为对于以前的大臣要让他们生活得富裕安心,不能因为他们年迈体弱,也不能为国家出力了就弃置一边,死活由之。二为"固其武臣,宣用其力",对于武臣,要让他们有发挥才能、建功立业的机会,同时

①　陈奇猷校注《韩非子新校注·备内》,上海:上海古籍出版社 2000 年版。
②　同上。
③　黎翔凤校注《管子校注·君臣下》。
④　同上。
⑤　黎翔凤校注《管子校注·地图》。
⑥　黎翔凤校注《管子校注·君臣上》。
⑦　同上。

还要给予相应奖励,以稳固其心。《大匡篇》中桓公问管仲怎样才能考察诸侯君臣父子之间的关系,管仲给出的答案中有"毋专杀大臣"。《侈靡》说保护大臣要像保护古木一样,不要砍伐它伸延开来的根,要坚固它的蒂蔓而不要剪除,翻松它根部的土壤使其能充分吸收营养,不要伤害其高大的树身,要让其享受充分的阳光,帮助它繁荣成长而不要损伤它。做到这些,就可以保证他们不受谗言的威胁,逢凶化吉,吉祥圆满①。同时还说,对于良臣,要用崇高的荣誉、重要的职位表彰他们。但是要根据情况区别对待。与国君有亲戚关系的,国君要与其保持一定距离,免使人嫉妒陷害;出身疏远的,则要多接近,以免被奸臣挑拨离间。这些都是保护良臣的措施②。

　　总体说来,齐法家主张"下之事上也,如响之应声也。臣之事主也,如影之从形也"③,但同时追求君臣之间的和谐。《形势》说,"上下不和,令乃不行","上下不和,虽安必危"。君臣不和,安定是暂时的、表面的,危险却像潜流一样在地表下积蓄,并蓄势待发。对和谐的追求贯穿了《管子》的治国思想,君臣关系的和谐只是其中一个方面,留待后文详述。

二、《韩非子》的君臣观

　　《商君书》对君臣关系论述不多,晋法家的君臣思想主要包含在《韩非子》中,故此处仅就《韩非子》而论。

　　与《管子》一样,《韩非子》也主张君臣有分。《功名》说:"名实相持而成,形影相应而立,故臣主同欲而异使。"又说:"至治之国,

---

① 参见黎翔凤校注《管子校注·侈靡》。
② 同上。
③ 黎翔凤校注《管子校注·任法》。

君若桴,臣若鼓。"无不在强调君臣有分。君臣有分,各处其宜,是实现"无为而治"的前提。韩非反对君主用智显能实际也是为了让君固守君道,不要越职去做臣子该做的事。君守君道,才能实现循名责实,以法术御臣。强调君臣之分,对韩非而言也是确保臣不侵主、维护君主至尊地位的需要。因为保持君臣之间森严的等级在他看来是保证君主人身安全和独尊地位的必要条件。

和《管子》不同的是,韩非认为君臣之间绝对对立,这种对立表现为君臣利益相反,君臣之间不存在情感,君臣之间充满斗争。《孤愤》说:

> 臣主之利与相异者也。何以明之哉? 曰:主利在有能而任官,臣利在无能而得事;主利在有劳而爵禄,臣利在无功而富贵;主利在豪杰使能,臣利在朋党用私。是以国地削而私家富,主上卑而大臣重。故主失势而臣得国,主更称蕃臣,而相室剖符。此人臣之所以谲主便私也。

《扬权》有:"'下匿其私,用试其上;上操度量,以割其下。'故度量之立,主之宝也;党与之具,臣之宝也。臣之所以不弑其君者,党与不具也。故上失扶寸,下得寻常。"韩非强调,君主必须充分认识君臣利益是相反的,"知臣主之异利者王,以为同者劫,与共事者杀,故明主审公私之分,审利害之地,奸乃无所乘"[1]。

韩非否认君臣之间有感情可言,臣之事君不是因为亲君爱君,而是"缚于势而不得不事也"[2]。君臣之间完全是一种买卖关系,"君以计畜臣,臣以计事君,君臣之交,计也"[3]。既然是交易,双方

---

① 陈奇猷校注《韩非子新校注·八经》。
② 陈奇猷校注《韩非子新校注·备内》。
③ 陈奇猷校注《韩非子新校注·饰邪》。

都要算计怎样才能获得最大利益。害身利国,于臣无益,故不为;害国利臣,于君无益,亦弗为。交易成败取决于君臣是否能够各得其所。君臣各有所得通过赏罚实现,"设民所欲以求其功,故为爵禄以劝之;设民所恶以禁其奸,故为刑罚以威之。庆赏信而刑罚必,故君举功于臣,而奸不用于上,虽有竖刁,其奈君何?且臣尽死力以与君市,君垂爵禄以与臣市,君臣之际,非父子之亲也,计数之所出也。君有道,则臣尽力而奸不生;无道,则臣上塞明主而下成私"①。

　　没有亲情,只有利害,所以君臣之间"一日百战"②;君主时刻都处在危险中,因为"为人臣者,窥觇其君心也无须臾之休"③。基于对君臣关系的如此认识,提倡绝对君主专制的韩非自然要把多数精力放在研究御臣之术上,所以熊十力说:"(韩非)虽然法术兼持,而其全书精神,毕竟归本于任术。稍有识者,细玩全书,当不疑于斯言。……韩非书,虽法术并言,而其全书所竭力阐明者,究在于术。"④韩非认为有道之君不在于是否勤政爱民,而在于能否熟练运用御臣之"术"。善于御臣,虽然荒淫无度,国犹且存。而不善御臣,即使节俭勤劳,布衣恶食,国犹自亡。《说疑》中,他举了正反两个例子对此进行说明。赵敬侯"不修德行,而好纵欲,适身体之所安,耳目之所乐,冬日罼弋,夏浮淫,为长夜,数日不废御觞,不能饮者以筒灌其口,进退不肃、应对不恭者斩于前。故居处饮食如此其不节也,制刑杀戮如此其无度也,然敬侯享国数十年,兵不顿于敌国,地不亏于四邻,内无君臣百官之乱,外无诸侯邻国之患"。而燕君子哙,"地方数千里,持戟数十万,不安子女之乐,不听钟石之

---

① 陈奇猷校注《韩非子新校注·难一》。
② 陈奇猷校注《韩非子新校注·扬权》。
③ 陈奇猷校注《韩非子新校注·备内》。
④ 熊十力著《韩非子评论》,第3页。转引谷方《韩非与中国文化》,贵阳:贵州人民出版社1996年版,第169页。

声,内不湮污池台榭,外不罼弋田猎,又亲操耒耨以修畎亩",最后的结局却是"身死国亡,夺于子之,而天下笑之"。之所以有这样的差别,韩非认为原因在于前者"明于所以任臣",后者"不明乎所以任臣也"。"任臣"即御臣。"为君不能禁下而自禁者谓之劫,不能饰下而自饰者谓之乱,不节下而自节者谓之贫"①是韩非的观点。明君精通御臣之术,使"忠臣尽忠于方公,民士竭力于家,百官精克于上"②,自己无论怎样荒淫奢侈都不影响治国。

赏罚是联系君臣的纽带。《扬权》说:"君操其名,臣效其形,形名参同,上下和调也。"以法治国,君执法以御臣,保证臣不犯君,不越君位,故能和调。《守道》说:"治世之臣,功多者位尊,力极者赏厚,情尽者名立。善之生如春,恶之死如秋,故民劝极力而乐尽情。此之谓上下相得。"《用人》曰:"明主立可为之赏,设可避之罚。故贤者劝赏而不见子胥之祸,不肖者少罪而不见伛剖背,盲者处平而不遇深溪,愚者守静而不陷险危。如此,则上下之恩结矣。"以法治国,臣有功则赏,有过则罚,君臣凭法交易,各得所需,皆大欢喜。交易不能掺杂感情,因此君不必仁下,臣无需忠上,君不仁臣不忠时也就是国家称霸之时,所以韩非认为,"治强生于法,弱乱生于阿,君明于此,则正赏罚而非仁下也。爵禄生于功,诛罚生于罪,臣明于此,则尽死力而非忠君也。君通于不仁,臣通于不忠,则可以王矣"③,"人主挟大利以听治,故其任官者当能,其赏罚无私。使士民明焉,尽力致死,则功伐可立而爵禄可致,爵禄致而富贵之业成矣。富贵者,人臣之大利也。人臣挟大利以从事,故其行危至死,其力尽而不望。此谓君不仁,臣不忠,则不可以霸王矣"④。

---

① 陈奇猷校注《韩非子新校注·难三》。
② 同上。
③ 陈奇猷校注《韩非子新校注·外储说右下》。
④ 陈奇猷校注《韩非子新校注·六反》。"不可以霸王"之"不"衍。

交易应当是公平的,而韩非设计的君臣之间的交易却否认公平和等价交换原则。商品交易的前提是双方自愿,但在韩非看来,"普天之下,莫非王臣",所有人无论愿意还是不愿意均要俯首称臣,也就是说必须参加这场交易。如有拒绝称臣者,"赏之誉之不劝,罚之毁之不畏"①,君主常用的刑、德二柄对他们均不起作用,因而无法驾驭之,格杀勿论就是唯一的办法了。这就是韩非对齐太公杀狂矞、华士二人大加赞扬的原因。为了让臣下老老实实听命于君主,死心塌地服务于君主,就必须让他有求于君,所以韩非颇有点儿阴险地说:"夫驯乌者断其下翎焉。断其下翎则必恃人而食,焉得不驯乎?夫明主畜臣亦然,令臣不得不利君之禄,不得无服上之名。夫利君之禄,服上之名,焉得不服?"②这分明是强买强卖,公平从何谈起? 这场交易的不公平从韩非对大臣的评价中也可以看出。韩非赞扬的大臣是没有独立意志、思想、人格,像机器人一样执行君主命令,不会对君主构成威胁的人。《有度》篇这样描述:

> 贤者之为人臣,北面委质,无有二心;朝廷不敢辞贱,军旅不敢辞难;顺上之为,从主之法,虚心以待令而无是非也。故有口不以私言,有目不以私视,而上尽制之。为人臣者,譬之若手,上以修头,下以修足,清暖寒热,不得不救,入,镆铘傅体,不敢弗搏。

韩非认为,如后稷、皋陶、伊尹、周公旦、太公望、管仲、隰朋、百里奚、蹇叔、舅犯、赵衰、范蠡、大夫种、逢同、华登等,方称得上忠臣,他们"夙兴夜寐,卑身贱体,竦心白意,明刑辟、治官职以事其

---

① 陈奇猷校注《韩非子新校注·外储说右上》。
② 同上。

君,进善言、通道法而不敢矜其善,有成功、立事而不敢伐其劳,不难破家以便国,杀身以安主,以其主为高天泰山之尊,而以其身为壑谷鬴洧之卑"①。有这样的大臣,"主有明名广誉于国,而身不难受壑谷鬴洧之卑"②。总之,韩非称赞的大臣是忠心耿耿,任劳任怨,有功归主上,有错自己担,尽己所能使君主有尊位、得美名,同时还不居功自傲,而是匍匐于君主脚下的人。也就是既要有卓越的智慧、才能,还要有奴才的嘴脸。对许由、伯夷、务光及叔齐等见利不喜、临难不恐和关龙逢、王子比干、楚申胥及伍子胥等不顾自身生命安危、疾争强谏的大臣,韩非毫不犹豫地予以否定。在他看来,臣子即使出于维护君主的利益,也不能有丝毫逆上行为。因此师旷为劝谏用琴撞晋平公的举动是"逆上下之位,而失人臣之礼"③。小臣作为齐桓公的臣民却让桓公屈身拜见,这对韩非而言更是无法容忍的犯上之举。且看他对小臣行为的剖析:

> 夫仁义者,忧天下之害,趋一国之患,不避卑辱,谓之仁义。……今桓公以万乘之势,下匹夫之士,将欲忧齐国,而小臣不行,见小臣之忘民也。忘民不可谓仁义。仁义者,不失人臣之礼,不败君臣之位者也。是故四封之内,执会而朝名曰臣,臣吏分职受事名曰萌。今小臣在民萌之众,而逆君上之欲,故不可谓仁义。仁义不在焉,桓公又从而礼之。使小臣有智能而遁桓公,是隐也,宜刑;若无智能而虚骄矜桓公,是诬也,宜戮。④

---

① 陈奇猷校注《韩非子新校注·说疑》。
② 同上。
③ 陈奇猷校注《韩非子新校注·难一》。
④ 同上。

这一番犀利的分析仿佛老吏断狱,小臣非刑则戮,总之难逃惩处。韩非一定要置小臣于此境地的原因说来很简单,就在于他让齐桓公屈尊前去见他,折损了君主的威严。假如他不等桓公来见就自己求上门去,主动为桓公奉献智慧,就不会有这些罪名了。总之,在君臣关系上,韩非贬低臣旨在树立君的绝对权威,无论君主贤明还是昏庸,聪明还是愚笨,其权威都不容否定,地位不容侵犯。如这般主奴一样的君臣关系哪里又能体现交易的平等? 所以,韩非说君臣之间是交易只是为了否定他们之间有感情,告诫君主不能感情用事。实际上,他还是要求臣子尽忠于人君的,否则,"事上不忠,轻犯禁令,则刑法之爪角害之"①、"以尊主主御忠臣,则长乐生而功名成"②就无从可解了。

对于臣在治国中的作用,韩非有清醒认识:"凡五霸所以能成功名于天下者,必君臣俱有力焉。"(《难二》)只有君臣齐心协力,国家才能大治。《功名》曰:"人主之患在莫之应,故曰:一手独拍,虽疾无声。"国君发布命令,臣下认真实施,这是国家得到良好治理的前提。没有众臣的协助,人主一人无论有怎样的才智,无论怎样勤于政事,都不可能实现大治。尧之所以能够南面而守名,舜之所以能够北面而效功,是"众人助之以力,近者结之以成,远者誉之以名,尊者载之以势"③的结果。但是对臣之于君重要性的认识没有成为营造君臣和谐的动因,仅是让韩非出于为君主专制考虑,对君也提出了一些要求。《观行》说:"时有满虚,事有利害,物有生死。人主为三者发喜怒之色,则金石之士离心焉。圣贤之扑浅深矣。"《安危》说:

---

① 陈奇猷校注《韩非子新校注·解老》。
② 陈奇猷校注《韩非子新校注·功名》。"以尊主主御忠臣"中"主"衍一。
③ 陈奇猷校注《韩非子新校注·功名》。

人主不自刻以尧而责人臣以子胥,是幸殷人之尽如比干,尽如比干则上不失、下不亡。不权其力而有田成,而幸其身尽如比干,故国不得一安。废尧、舜而立桀、纣,则人不得乐所长而忧所短。失所长则国家无功,守所短则民不乐生。以无功御不乐生,不可行于齐民。如此,则上无以使下,下无以事上。

君主不能一味要求臣,自己要有相应之举后,才能要求臣。其次,韩非还认为,君使臣要考虑臣之能力,超出其所能为,臣无法满足君之要求,君又以此给予惩罚,不满和怨怒在所难免,长此以往,臣下就会产生叛主之心。所以《用人》说:"人主立难为而罪不及,则私怨生;人臣失所长而奉难给,则伏怨结。劳苦不抚循,忧悲不哀怜。喜则誉小人,贤不肖俱赏;怒则毁君子,使伯夷与盗跖俱辱;故臣有叛主。"可以看出,韩非也在要求君主,但比起对臣之要求,对君之要求实在微乎其微。周勋初认为,君臣观的变化是春秋战国社会变化的一种表现,"奴隶制的君臣关系是宗族制度的扩大,君主统治臣下犹如家长管教子女。家长一有命令,子女就得绝对服从,大家都为同一宗族的利益而统一行动。封建制的君臣关系破坏了血缘的纽带,君主任用臣下犹如地主雇佣长工。血缘关系变成了买卖关系。买卖总得注意公平,才能求得相互合作,发挥臣下的积极性"①。而韩非一方面强调君臣之间是买卖关系,另一方面又把奴隶制下君对臣的绝对控制揉和到这场交易中,构成一种完全从君主角度出发为君主考虑的君臣关系,把君对臣的制约推向极致,这一点古今中外都实为少见。马基雅维里的《君主论》一向被认为是君主专制理论的代表作,但他在论述君臣关系时这样说:

①　周勋初著《〈韩非子〉札记》,南京:江苏人民出版社1980年版,第187页。

如果你察觉该大臣想着自己甚于想及你,并且在他的一切行动中追求他自己的利益,那么这样一个人就绝不是一个好的大臣,你绝不能信赖他;因为国家操在他的手中,他就不应该想着他自己,而应该只想着君主,并且决不想及同君主无关的事情。另一方面,为了使大臣保持忠贞不渝,君主必须常常想着大臣,尊敬他,使他富贵,使他感恩戴德,让他分享荣誉,分担职责;使得他知道如果没有自己,他就站不住,而且他已有许多荣誉使他更无所求,他已有许多财富使他不想更有所得,而且他已负重任使他害怕更迭。因此,当大臣们以及君主和大臣们的关系是处于这样一种情况的时候,他们彼此之间就能够诚信相孚;如果不如此,其结果对此对彼都总是有损的。

马基雅维里认为,正是出于为国君自身考虑,君要让利于臣,以便君臣间形成一种诚信、和谐的关系,而韩非却根本否认君臣间可以建立这样一种关系。

总之,在君臣关系上晋法家的认识与它一贯强调、夸大对立的风格是一致的,虽然在个别条件下,它也承认对立中存在着统一,但都不能从根本上改变把君臣这一对矛盾绝对对立的实质。

三、齐、晋法家不同君臣观念的形成原因

《说文·口部》释“君”曰:“尊也。从尹口,口以发号。”《说文·臣部》释“臣”曰:“臣,牵也,事君者,象屈服之形。”杨树达在《臣牵解》一文这样解释《说文》释“臣”为“牵”的原因:“臣之所以受义于牵者,盖臣本俘虏之称……盖因俘人数不一,引之者必以绳索牵之,名其事则曰牵,名其所牵之人则曰臣矣。”[1]臣之俘虏义也见于

---

[1] 杨树达著《积微居小学金石论丛》卷二,北京:中华书局1983年版,第77页。

典籍,如《礼记·少仪》:"臣则左之。"郑玄注:"臣谓囚俘。"①裴锡圭说,春秋时代的私家有两种臣。一种臣是由俘虏、被征服者等充当的奴隶;一种臣本来大都是贵族或国人家庭的子弟,由于某种经济或政治的原因,自愿或被迫依附私家为臣。他们跟主人的关系近似国家的君臣关系②。《左传》襄公十一年记鲁国三桓三分公室而各有其一,"三子各毁其乘。季氏使其乘之人,以其役邑人者无征,不入者倍征。孟氏使半为臣,若子若弟,叔孙氏使尽为臣,不然不舍"。从臣之产生过程已可看出其低下卑微的地位和必须服从于君的事实,君臣之间自开始就是不平等的。《礼记·礼运》说:"故君者所明也,非明人者也;君者所养也,非养人者也;君者所事也,非事人者也。故君明人则有过,养人则不足,事人则失位。故百姓则君以自治也,养君以自安也,事君以自显也。"齐法家和晋法家的君臣观念是对前期君臣观念的继承和发展。《管子》在承认君臣有分、君尊臣卑、各守其道的前提下,主张君臣和谐,相辅相成,承认二者的对立,更强调二者的统一。《韩非子》则突出、夸大君臣间的对立,认为二者之间没有情义可言,有的只是利害冲突。《管子》对君的要求高于、严于对臣的要求,认为君做出了榜样,臣才会效仿。而韩非认为君最主要的乃是用术御臣,做到这一点,君可以高枕无忧,为所欲为。总之,《管子》的君臣观体现出君臣之间相对的平等,而《韩非子》的君臣观则是其绝对君主专制的表现之一。之所以如此,与二者对"道"的不同认识有关,也与齐文化和晋文化中固有的君臣观念有一定联系。

"道"是先秦诸子共同的话题。《尹文子·大道上》说:"大道治者,则名、法、儒、墨自废。以名、法、儒、墨治者,则不得离道。"然同

---

① 唐·郑元注,唐·孔颖达正义《礼记正义·少仪》,北京:中华书局1980年影印《十三经注疏》本,第1514页。

② 裴锡圭著《古代文史研究新探》,南京:江苏古籍出版社1992年版,第400页。

是一"道",诸子们的理解却不同,在他们的思想体系中被放置的位置也不同,因之使得他们各自学说产生差异,其中也包括君臣关系有别。儒家将道置于君之上。荀子说:"志意修则骄富贵,道义重则轻王公,内省而外物轻矣。"①道义高于富贵权势,所以包括君主在内的所有人都接受道的评判。符合道的是明主、圣主,不合道的则是贪主、暗主。合道的臣是功臣、圣臣,反之是态臣、篡臣。因为道高于君,所以"从道不从君"②。对失道之君,荀子认为臣子可谏可犯可杀,故肯定汤、武杀桀、纣是仁义之举。孟子同样把道置于君之上,认为臣事君要以道义为基础,一味顺从君的并不一定是忠臣、贤臣,忠君爱君首先应表现为讲仁义重道义,"天下有道,以道殉身;天下无道,以身殉道;未闻以道殉乎人者也"③。

　　《管子》中的"道"是宇宙的法则,具有绝对、至上的特性,依道而行,事易为,反道而行,事难成。具体到君臣关系上,《管子》认为,君有君道,也就是做君的规则,臣有臣道,即做臣的规则。君依君道,臣依臣道,君臣才能达到"和"的境界,国家才能大治。如果"上离其道",则"下失其事"④。基于这一认识,《管子》在讲君臣关系时,极少单方面约束臣或者放纵君,而往往是对等地讲。《韩非子》的道论是对《老子》"道"的改造。他把道和君主合二为一,道即君,君即道,道是宇宙的主宰,君就是人间的主宰,道是唯一的,君也是唯一的,道凌驾万物之上,君也凌驾臣民之上。《扬权》说:"道不同于万物,德不同于阴阳,衡不同于轻重,绳不同于出入,和不同于燥湿,君不同于群臣。凡此六者,道之出也。道无双,故曰一。"道生万物,但不同于万物;德包含阴阳,但它不同于阴阳;衡是用来

---

① 清·王先谦集解《荀子集解·修身》,北京:中华书局1988年版。
② 清·王先谦集解《荀子集解·臣道》。
③《孟子注疏·尽心上》,北京:中华书局1980年影印《十三经注疏》本。
④ 黎翔凤撰《管子校注·心术上》。

称量轻重的,但是它不同于轻重;绳墨是用来量曲直的,但它不同于曲直;和表示燥湿适中,但它不同于燥湿;君要依靠臣子,但他不同于群臣。君如道,如德,如衡,如绳,如和,高居于群臣之上,凭借手中掌握的赏罚大权决定大臣的贫富、贵贱。君对臣如道之于万物,有绝对的支配权,君就是臣唯一的价值评判标准。因为有这样的"道"论,《韩非子》认为殉道就是殉君,殉君就是殉道。所以,对"道"的不同认识是齐法家和晋法家君臣观念不同的原因之一。

其次,齐文化和晋文化中固有的对君臣关系的认识也影响了齐法家和晋法家的君臣观念。在齐文化中,国家社稷始终被置于君之上,臣可以为国家社稷而死,却不会为君死。管仲在辅佐公子纠之前就说:"夷吾之为君臣也,将承君命,奉社稷以持宗庙,岂死一纠哉!夷吾之所死者,社稷破,宗庙灭,祭祀绝,则夷吾死之。非此三者,则夷吾生。"①崔杼弑齐庄公,随从问晏婴将怎么做,晏子说:"君民者,岂以陵民?社稷是主。臣君者,岂为其口实?社稷是养。故君为社稷死,则死之;为社稷亡,则亡之。若为己死而为己亡,非其私昵,谁敢任之?"②不但明确把社稷置于君之上,而且认为臣事君不是为了从君之处得到俸禄,臣的俸禄来之于社稷,臣所作所为是为了社稷而不是君主。而晋国则相反,把君置于社稷之上,下面几个事例鲜明地表现出晋文化中与齐文化迥然不同的君臣观念。

例一:晋献公因宠爱骊姬打算废原太子申生而立骊姬所生的儿子奚齐,这是一件不合礼制、有违道义,且事关国家安危的大事。晋国大臣荀息的反应是:"吾闻事君者,竭力以役事,不闻违命。君立臣从,何贰之有?"③里克将杀奚齐前告知于荀息,荀息说:"昔君

---

① 黎翔凤校注《管子校注·大匡》。

② 晋·杜预注,唐·孔颖达正义《春秋左传正义》襄公二十五年,北京:中华书局1980年影印《十三经注疏》本,第1983页。

③ 上海师范学院古籍整理组校点《国语·晋语一》,上海:上海古籍出版社1978年版,第264页。

问臣事君于我,我对以忠贞。君曰:'何谓也?'我对曰:'可以利公室,力有所能,无不为,忠也。葬死者,养生者,死人复生不悔,生人不媿,贞也。'吾言既往矣,岂能欲行吾言而又爱吾身乎? 虽死,焉避之?"①所以荀息在献公死后先立奚齐,奚齐被杀后,又立卓子,卓子又被杀,荀息于是自杀。丕郑对这件事初始的反应是:"吾闻事君者,从其义,不阿其惑。惑则误民,民误失德,是弃民也。民之有君,以治义也。义以生利,利以丰民,若之何其民之与处而弃之也? 必立太子。"②这时尚能把义置于君之前,但事情真的发生以后,却仍以服从君意为宗旨,说:"我无心。是故事君者,君为我心,制不在我。"③视君之意愿为己之意愿,认为臣本来就应该是没有独立意志的人。

例二:武公伐翼,杀哀侯,对哀侯的大夫栾共子说如不殉死即可做上卿,执政晋国,但栾共子的回答是:"成闻之:'民生于三,事之如一。'父生之,师教之,君食之。非父不生,非食不长,非教不知生之族也,故壹事之。唯其所在,则致死焉。报生以死,报赐以力,人之道也。臣敢以私利废人之道,君何以训矣? 且君知成之从也,未知其待于曲沃也。从君而贰,君焉用之?"④最终还是为其君殉死。

例三:中行穆子帅师伐狄,围鼓,鼓降后,鼓子之臣夙沙釐带着家小追随其君。被晋国军吏抓住后说:"我君是事,非事土也。名曰君臣,岂曰土臣? 今君实迁,臣何赖于鼓?"穆子对他说:"鼓有君矣,尔心事君,吾定而禄爵。"夙沙釐的回答是:"臣委质于狄之鼓,未委质于晋之鼓也。臣闻之:委质为臣,无有二心。委质而策死,

---

① 《国语·晋语二》,第 302 页。
② 《国语·晋语一》,第 264 页。
③ 《国语·晋语二》,第 288 页。
④ 《国语·晋语一》,第 251 页。

古之法也。君有烈名,臣无叛质。敢即私利以烦司寇而乱旧法,其若不虞何!"①

例四:栾盈逃到楚国,晋国执政命令栾氏之臣一概不能跟随,跟随者处死并陈尸。辛俞我行我素,被抓,对晋君说:"臣顺之也,岂敢犯之?执政曰'无从栾氏而从君',是明令必从君也。臣闻之曰:'三世事家,君之;再世以下,主之。'事君以死,事主以勤,君之明令也。自臣之祖,以无大援于晋国,世隶于栾氏,于今三世矣,臣故不敢不君。今执政曰'不从君者为大戮',臣敢忘其死而叛其君,以烦司寇。"②

以上数例看出,与齐国臣死社稷不死君相反,晋国则是死君不死社稷。君之令甚至重于国法,他们追求的是无论生死都无愧于君。荀息所言"死人复生不悔,生人不愧,贞也"③,与韩非所说"死君后生臣不愧而复为贞"④何其相似!正是基于如此的君臣观念,齐国的贤臣名相管仲在韩非笔下也成了批判对象。可见,晋法家君臣观念中君对臣的绝对制约和臣对君的绝对服从不是无本之木、无源之水,而有其历史的根源。而齐法家讲求君臣之间的相对平等亦同样离不开齐文化的孕育。

---

① 《国语·晋语九》,第 485—486 页。

② 《国语·晋语八》,第 451—452 页。

③ 《国语·晋语二》,第 302 页。

④ 陈奇猷校注《韩非子新校注·难三》。

《管子》和《商君书》兵学思想比较

德国著名军事理论家和军事历史学家克劳塞维茨说:"战争无非是政治交往用另一种手段的继续。"①所以,当我们在以治国理论闻名的先秦法家著作中看到可与先秦兵家相媲美的兵学思想时也就不以为奇了。战国时期,战争频仍,治兵成了治国的重要内容,所以兵学思想是法家政治思想的有机组成部分。研究先秦法家政治思想无论如何都不能置其兵学思想于一边。法家著作中,兵学思想最为丰富的是齐法家的《管子》和晋法家的《商君书》。虽同为法家,二者表现出的治国思想不同,兵学思想也不同。

一、《管子》的兵学思想

历史上的管仲是一个具有卓越军事才能的政治家,孔子说:"桓公九合诸侯,不以兵车,管仲之力也。"②《管子》虽非完全由管仲所作,但对其思想却一脉相承,因而其中充满丰富的兵学思想也就不足为奇了。石一参曰:"世之谈兵者,辄言孙吴。所言皆临敌用兵之事,非其本已。管氏探本立言。于平昔养兵、练士、错仪、定制、明分、通德、聚财、备器、利敌、用敌,以求全胜之方,研之极周,

---

① [德]克劳塞维茨著,楼棋译《战争论》,北京:京华出版社2000年版,第644页。
② 《论语注疏·宪问》,北京:中华书局1980年影印《十三经注疏》本。

而行之至断。"①可见《管子》兵学思想价值之高。

（一）"夫兵，虽非备道至德也，然而所以辅王成霸"——理性地对待战争

　　春秋战国时，面对连年战争，诸子们纷纷发表见解。墨子提出"非攻"。老子说："兵者不祥之器，非君子之器，不得已而用之，恬淡为上。"②又说："师之所处，荆棘生焉。大军之后，必有凶年。"③因此主张"天下有道，却走马以粪"④。但在当时诸侯争霸的形势下，"非攻"、"弭兵"只能是一种无法付诸实践的空想，既于事无补，而且还给国家带来危害。《左传》襄公二十七年记载，宋人向戌自认为弭兵有功，向宋平公请赏，子罕就此批评他说："天生五材，民并用之，废一不可，谁能去兵？兵之设久矣，所以威不轨而昭文德也。圣人以兴，乱人以废，废兴存亡，昏明之术，皆兵之由也。而子求之，不亦诬乎？以诬道蔽诸侯，罪莫大焉。"子罕认为，设立军队就是为了镇压叛逆，昭显美德。圣人之所以兴，乱人之所以废，都是武力的作用，因此废兴、存亡都离不开武力。子罕此说合乎当时的实际，但又有拔高战争作用之嫌。他把金属的作用限于制造兵器，并由此推导出兵不可弭，带有明显的主观色彩。比较而言，《管子》对战争的看法更恰当。它首先否定弭兵之说。《立政》曰："寝兵之说胜，则险阻不守。兼爱之说胜，则士卒不战。"其原因在于"我能毋攻人，可也，不能令人毋攻我。彼求地而予之，非吾所欲也。不予而与战，必不胜也。彼以教士，我以驱众；彼以良将，我以

①　戴瀆著《管子学案》，上海：学林出版社1994年版，第121页。
②　陈鼓应编撰《老子注译及评介》第三十一章，北京：中华书局1984年版。
③　陈鼓应编撰《老子注译及评介》第三十章。
④　陈鼓应编撰《老子注译及评介》第四十六章。

无能,其败必覆军杀将"①。春秋战国的形势,决定了所有诸侯国无论是否好战均卷入了战争,没有例外。为了免遭欺辱、吞并,即使反对战争的国家也必须随时做好出兵准备,故《管子》认为兵不可弭。其次,《管子》对战争的积极作用和消极作用有理性且实际的认识,既恰当估价战争的必要性,又看到其危害:"兵当废而不废,则古今惑也;此二者不废而欲废之,则亦惑也。此二者伤国一也。黄帝、唐、虞,帝之隆也,资有天下,制在一人,当此之时也,兵不废。今德不及三帝,天下不顺,而求废兵,不亦难乎!"(《法法》)黄帝、唐、虞时期是古人心目中的"至治"时代。即使在那样的太平圣世,军事也没有废除,何况春秋战国呢?军事不该废而废,对国家的危害,等同于该废时而不废。《管子》认为,军事是战国这种战乱时期尊主安国的必要手段,"君之所以卑尊,国之所以安危者,莫要于兵。故诛暴国必以兵,禁辟民必以刑。然则兵者,外以诛暴,内以禁邪。故兵者,尊主安国之经也,不可废也"(《参患》);"不能强其兵,而能必胜敌国者,未之有也"《七法》。说明军事在当时的必要性、重要性。

在强调战争安邦怀民作用的同时,《管子》也指出它的巨大危害,"贫民、伤财,莫大于兵;危国、忧主,莫速于兵"②,"故一期之师,十年之蓄积殚。一战之费,累代之功尽"③。战争恰似双刃剑,伤人时也伤己,所以《管子》不主张战争。《大匡》说:"臣闻有土之君,不勤于兵,不忌于辱,不辅其过,则社稷安。勤于兵,忌于辱,辅其过,则社稷危。"《幼官》则更进了一步:"至善不战。"即使为了确立霸主地位,《管子》也只是把战争视为辅助手段而不是主要手段,更不是唯一手段。在军事力量的协助下以德服人,这是《管子》设

---

① 黎翔凤校注《管子新校注·立政九败解》,北京:中华书局2004年版。

② 黎翔凤校注《管子新校注·法法》。

③ 黎翔凤校注《管子新校注·参患》。

计的最佳称霸途径。所以,它认为一个国家如果能做到"德盛义尊
而不好加名于人,人众兵强而不以其国造难生患,天下有大事而好
以其国后"①,那就是制人之国。而当一个国家"德不盛,义不尊"
却"好加名于人","人不众,兵不强"却"好以其国造难生患"②,依
靠盟国想名利俱收时,就容易受制于人。可见,《管子》强调军事的
重要性、主张建立强大的军事力量,不是为了发动战争、攻城略地,
而是为了国家防御和利用军事威力不战而胜。

(二)"善胜恶,有义胜无义"——重视战争的正义性

尽管史家认为"春秋无义战",但时人仍把"义"看作衡量战争
的一个标准。荀子说:"彼兵者,所以禁暴除害也,非争夺也。故仁
人之兵,所存者神,所过者化,若时雨之降,莫不说喜。"③所以有远
见的政治家、军事家都强调战争的正义性。《管子》论兵把正义性
放在首位:"不理不胜天下,不义不胜人。"(《七法》)"兵不义,不
可。"(《白心》)《管子》对战争正义性的重视与它对战争的理性认识
紧密相连。《问》说:"夫兵事者,危物也。"所以"不时而胜,不义而
得,未为福也"。从战争的正义性出发,《管子》视战争的目的不是
并兼攘夺,而是"以为天下政治也"④。所以"地虽大而不并兼,不
攘夺;人虽众,不缓怠,不傲下;国虽富,不侈泰,不纵欲;兵虽强,不
轻侮诸侯,动众用兵,必为天下正理。此正天下之本,而霸王之主
也"⑤。从战争正义性出发,《管子》不主张轻易发动战争,《霸言》
曰:"自古以至今,未尝有能先作难,违时易形,以立功名者,无有。

---

① 黎翔凤校注《管子校注·枢言》。
② 同上。
③ 清·王先谦集解《荀子集解·议兵》,北京:中华书局 1988 年版。
④ 黎翔凤校注《管子校注·重令》。
⑤ 同上。

常先作难,违时易形,无不败者也。"即使一定要用战争解决争端,也要遵循一个原则:"伐逆不伐顺,伐险不伐易,伐过不伐及。"①

(三)"以治击乱,以富击贫"——政治、经济是战争胜利的保证

战争是政治的延伸,因而必受政治影响。国家政通人和,经济发展,人民安居乐业,这样良好的政治环境是战争胜利的基础和保证。

国家是否政通人和主要体现在民心向背。春秋战国时期,各诸侯国在相互征伐时常把对方的民心向背作为是否出兵的重要依据。齐法家治国重得民心,这就为战争胜利找到一个可靠的保证。《重令》说:"凡兵之胜也,必待民之用也,而兵乃胜。"要用民就必须赢得民心,而民心不是靠一时一事赢得的,"伯夷、叔齐非于死之日而后有名也,其前行多修矣。武王非于甲子之朝而后胜也,其前政多善矣"②。《管子》中论述了一系列争取民心的措施,目的就是为了有一个多善的"前政"做战争保障。认识到"赋敛厚则下怨上矣,民力竭则令不行矣。下怨上,令不行,而求敌之勿谋己,不可得也"③,《管子》就主张减轻税收,不过度剥削民力,以消除民怨民怒。看到"权重之人不论才能而得尊位,则民倍本行而求外势。……民倍本行而求外势,则国之情伪竭在敌国矣"④,《管子》相对应地提出重贤用能而不论贵贱疏远。"货财上流,赏罚不信,民无廉耻,而求百姓之安难,兵士之死节,不可得也"⑤、"功多为上,禄赏为下,则积劳之臣不务尽力。……彼积劳之人不务尽力,

---

① 黎翔凤校注《管子校注·霸言》。
② 黎翔凤校注《管子校注·制分》。
③ 黎翔凤校注《管子校注·权修》。
④ 黎翔凤校注《管子校注·八观》。
⑤ 黎翔凤校注《管子校注·权修》。

则兵士不战矣"①,说的是因赏罚不公而埋下的社会隐患。为了避免这一点,《管子》把赏罚必信且公平合理作为赢得民心的又一重要举措,屡屡强调,"刑罚不颇,则下无怨心"②,"论功计劳未尝失法律也,便辟、左右、大族、尊贵大臣不得增其功焉,疏远、卑贱、隐不知之人不忘其劳。故有罪者不怨上,爱赏者无贪心,则列陈之士皆轻其死而安难,以要上事,本兵之极也"③。

经济发展是政治清明的表现之一,也是影响战争胜负的重要因素。《管子》中有丰富的军事经济理论,其核心就是"国富者兵强,兵强者战胜"④。军事力量强大与否很大程度上决定着战争胜负,而国家经济实力又制约着军事力量。所以《重令》说:"仓廪空虚,财用不足,则国毋以固守。"《七法》说:"国贫而用不足则兵弱而士不厉,兵弱而士不厉则战不胜而守不固,战不胜而守不固则国不安矣。"先秦时期,国家的经济实力主要依靠农业,因此农业是否发达、粮食是否充足在一定程度上就决定了战争胜负,"地之守在城,城之守在兵,兵之守在人,人之守在粟"⑤说的就是这一道理。《管子》主张不夺农时,均分土地,都是为了激发农人生产积极性,发展农业,提高国家经济实力,为国家军事力量奠定坚实的经济基础。

(四)"以能击不能"——重视作战能力

《管子》所说的作战能力包括优良的兵器、训练有素的士卒和得力的将领。

兵器。齐国是古代兵器发达地区之一。齐人的祖先东夷人发

① 黎翔凤校注《管子校注·八观》。
② 黎翔凤校注《管子校注·君臣上》。
③ 黎翔凤校注《管子校注·七法》。
④ 黎翔凤校注《管子校注·治国》。
⑤ 黎翔凤校注《管子校注·权修》。

明了弓箭。《说文·矢部》释"矢"："古者夷牟初作矢。"夷牟是东夷族的一支，"夷"即人背弓之形。春秋战国，青铜兵器逐渐替代早期的木石兵器，齐国有发达的冶炼业，为兵器的铸造提供了有利条件。

《管子》非常看重兵器，论兵时把兵器排在第一位，"故凡兵有大论，必先论其器，论其士，论其将，论其主"①。《兵法》说："审器而识胜。"《问》是一份社会情况调查提纲，其中多有与兵器相关的问题，如："问男女有巧伎，能利备用者几何人？……大夫疏器，甲兵、兵车、旌旗、鼓铙、帷幕、帅车之载几何乘？疏藏器，弓弩之张，衣夹铗，钩弦之造，戈戟之紧，其厉何若？其宜修而不修者故何视？而造修之官，出器处器之具，宜起而未起者何待？乡师车辐造修之具，其缮何若？……人有余兵诡陈之行，以慎国常。……守备之伍，器物不失其具，淫雨而各有处藏。"这些问题涉及兵器的制造、数量、修理、收藏、管理，所论之详，在古代典籍中实属少见。

拥有先进兵器一则鼓舞己方军心，打击敌人士气，二则减少士卒伤亡，所以《参患》说："器滥恶不利者，以其士予人也。……故一器成，往夫具，而天下无战心。二器成，惊夫具，而天下无守城。三器成，游夫具，而天下无聚众。"《兵法》说："胜而不死者，教器备利而敌不敢校也。"相反，如果兵器不得力，战争未始，就先输对方一筹，故《参患》又说："兵不完利，与无操者同实。甲不坚密，与俴者同实。弩不可以及远，与短兵同实。"优良的兵器才能保证攻击顺利，因此"器械巧则伐而不费"②。

《管子》不是空泛地论述兵器的重要性，同时也为制造优良兵器制定了具体措施，创造有利条件。"轻重罪而移之甲兵"保证铸造兵器有足够的材料。为了制造"战胜之器"，还要"选天下之豪

---

① 黎翔凤校注《管子校注·参患》。
② 黎翔凤校注《管子校注·兵法》。

杰,致天下之精材,来天下之良工"。兵器做好之后还要试用、检验,"成器不课不用,不试不藏"①。《银雀山汉墓竹简·守法守令等十三篇》中的《库法》,就是关于齐国兵器收藏的法令,其中这样说:"器成必试乃藏。试器固有法……库器处藏必高,燥湿适,牖户必分节,出入器必以时。恐处藏之空漏,室屋毁败而吏啬夫弗知,大罪也。"这说明《管子》对兵器的重视不仅仅是理论,而是在齐国实践开来的。

士卒。《七法》曰:"以教卒练士击驱众白徒。"说的是士卒要训练有素、团结一致才能赢得战争胜利。

兵多势众固然是战争取胜的必要条件,但更重要的是能否万众一心,团结对敌。《管子》一民心的措施有二,一是号令严、赏罚明,则"远近一心,远近一心则众寡同力,众寡同力则战可以必胜,而守可以必固"②。其次,定民之居,使卒伍之人"人与人相保,家与家相爱,少相居,长相游,祭祀相福,死丧相恤,祸福相忧,居处相乐,行作相和,哭泣相哀。是故夜战其声相闻,足以无乱。昼战其目相见,足以相识。欢欣足以相死。是故以守则固,以战则胜"③。定民之居从感情上把士兵凝为一体。

士卒作战能力还取决于在战场上能否听从指挥、协同作战。"动慎十号,明审九章,饰习十器,善习五官,谨修三官"④就是针对此的军事训练。"号"指号令,"章"指标志,"器"指兵器。"动慎十号,明审九章,饰习十器"是训练士兵遵守号令,熟悉军事标志,熟练使用兵器。"三官"指鼓、金、旗,均为战争中的指挥工具。"五

---

① 黎翔凤校注《管子校注·七法》。
② 黎翔凤校注《管子校注·重令》。
③ 黎翔凤校注《管子校注·小匡》。
④ 黎翔凤校注《管子校注·幼官》。

官"指眼、耳、手、足、心五个方面的训练,即"教其目以形色之旗"、"教其耳以号令之数"、"教其足以进退之度"、"教其手以长短之利"、"教其心以赏罚之诚"。经过这样严格训练的兵士就是"教卒"、"练士",在战场上能以一当十,以十胜百。

将领。将领是一军之主,军队的核心,有什么样的将领就有什么样的士卒,所以说:"观国者观君,观军者观将,观备者观野。"①《权修》开篇即说:"万乘之国,兵不可以无主。"缺少将领的军队就是一盘散沙,根本谈不上作战能力。将领必须具备相应的能力和品德。首先要有杰出的军事才能,具体说来就是"审于地图,谋十官,日量蓄积,齐勇士,遍知天下,审御机数"②。其次,要赏罚必信、不畏权贵、公平无私,对违反军令者,无论功多高权多重都要按军法处置。"罚不避亲贵",才能"威行于邻敌"。罚避亲贵者不可使主兵,因为这样的将领得不到士卒拥戴,不能激励士卒斗志,对敌人形不成威慑,使其带兵打仗,"国之危也"。优秀的将领凭其才能、品德及平时建立起来的威严、气势,使敌人闻风丧胆,仗未打,士气先胜敌人一筹。这是《管子》赞赏的将领。

(五)"智胜愚,疾胜徐"——讲究谋略

桓公问管仲:"野战必胜,若何?"管仲答曰:"以奇。"③"奇"指军事谋略而言。《管子》论兵极为讲究军事谋略:"故凡攻伐之为道也,计必先定于内,然后兵出乎境。计未定于内,而兵出乎境,是则战之自胜('胜'应为'败'),攻之自毁也。"(《七法》)"夫争强之国,

---

① 黎翔凤校注《管子校注·霸言》。
② 黎翔凤校注《管子校注·七法》。
③ 黎翔凤校注《管子校注·小问》。

必先争谋,争刑,争权。"把谋略放在第一位。又说:"令人主一喜一怒者,谋也。……故精于谋,则人主之愿可得,而令可行也。"(《霸言》)谋略得当,人主愿望实现,自然喜。谋略不当,国家受损,人主自然怒。因为谋略关乎战争胜负、国家安危、人主喜怒,所以《管子》提出慎谋,认为"谋易而祸反"①。《管子》不是纯粹的兵书,但因对谋略的重要性有充分认识,所以也详细论述了一些战争的谋略原则,如:"是故先王之伐也,必先战而后攻,先攻而后取地。故善攻者,料众以攻众,料食以攻食,料备以攻备。以众攻众,众存不攻。以食攻食,食存不攻。以备攻备,备存不攻。释实而攻虚,释坚而攻脆,释难而攻易。"②知己知彼的谋略原则贯穿了《管子》整体兵学思想。《七法》说:"故不明于敌人之政,不能加也。不明于敌人之情,不可约也。不明于敌人之将,不先军也。不明于敌人之士,不先阵也。"《地图篇》讲战前要了解地形,对行军中要涉历的各种地形、道路的远近、城郭的大小做到了如指掌,然后方可行军打仗。其次要明了对方士卒数量、作战能力以及武器装备的好坏。做到这三点就是"知形"。但知形还不够,最好能知能、知意,也就是了解对方整体作战能力和作战意图、作战计划。这些问题都清楚了,战争的结局也基本明朗。为了全面了解敌方情况,《管子》甚至主张不惜重金雇用间谍来探知敌情:"故小征千里遍知之,筑堵之墙,十人之聚,日五间之。大征遍知天下,日一间之。散金财,用聪明也。故善用兵者,无沟垒而有耳目。"③兵贵神速也是《管子》重视的。《制分》说:"莫知其将至也,至而不可围。莫知其将去也,去而不可止。敌人虽众,不能止待。"

---

① 黎翔凤校注《管子校注·霸言》。
② 同上。
③ 黎翔凤校注《管子校注·制分》。

二、《商君书》的兵学思想

和管仲一样,商鞅既是政治改革家,也是军事家。正是因为他的赫赫战功,秦孝公封之于、商十五邑,号为商君。《汉书·艺文志》法家类有《商君》二十九篇,兵权谋家有《公孙鞅》二十七篇。在《刑法志》中,班固把商鞅和孙膑、吴起等著名军事家相提并论①。《荀子·议兵篇》说:"……秦之卫鞅……是皆世俗之所谓善用兵者也。"《战国策·齐策五》有:"卫鞅之始于秦王计也,谋约不下席,言于尊俎之间,谋成于堂上,而魏将以禽于齐矣;冲橹未施,而西河之外已入于秦矣。"可见商鞅的军事家地位得到了广泛承认。作为兵书的《公孙鞅》现已亡佚,但从列入法家类的《商君书》中仍可看出商鞅及其后学的兵学思想。

《商君书》重视战争,常常把战争和国家的经济命脉农业生产相提并论。它视战争为称王称霸必不可少的条件,"不胜而王,不败而亡者,自古及今未尝有也"②。其次,它还把战争视为治理国家的措施。《农战》说:"国待农战而安,主待农战而尊。"所以无论国家强弱贫富都要打仗。因为"国强而不战,毒输于内,礼乐虱官生必削"③,"国富而不战,偷生于内,有六虱,必弱"④。反之,国家贫穷,但是务力于战争,"毒生于敌,无六虱,必强"⑤。《商君书》的观点是,农业是国家的经济命脉,战争是国家由弱小贫穷而富裕强大不能缺少的手段。这点与《管子》"至善不战"的观点正好相反,

---

① 汉·班固著《汉书·刑法志》:"吴有孙武,齐有孙膑,魏有吴起,秦有商鞅,皆禽敌立胜,垂著篇籍。"(北京:中华书局 1962 年版。)

② 蒋礼鸿著《商君书锥指·画策》,北京:中华书局 1986 年版。

③ 蒋礼鸿著《商君书锥指·去强》。

④ 蒋礼鸿著《商君书锥指·靳令》。

⑤ 同上。

在先秦诸子中也绝无仅有。

《管子》治国、礼法并提，力主以法治国，同时又视礼义廉耻为"国之四维"。《商君书》则根本反对儒家之"礼"，认为："礼乐，淫佚之征也。慈仁，过之母也。"①甚至明确把诗书礼乐和战胜敌人、国家强大对立起来。《农战》曰："《诗》、《书》、礼、乐、善、修、仁、廉、辩、慧，国有十者，上无使战守。国以十者治，敌至必削，不至必贫。国去此十者，敌不敢至，虽至必却。兴兵而伐，必取；按兵不伐，必富。"与这一指导思想一致，《商君书》论及战争既不在意取胜的手段，也不论其正义与否，而只重视战争结局。《弱民》说："兵至强，威；事无羞，利。用兵久处利势，必王。故兵行敌之所不敢行，强；事兴敌所羞为，利。"公元前 340 年的西鄙之战就是这一思想的实际运用。商鞅以往日友情为诱饵，诱骗魏军将领公子卬与之会盟，趁机将其俘虏。魏军失去统帅，大败自在情理之中。《商君书》不论手段，只重战争结局的军事指导思想对秦国产生一定影响。秦与六国作战时，出兵无需理由，只要能取得胜利，什么计策都可用。

《商君书》认为，战争取胜的决定因素在于士卒奋勇杀敌的顽强斗志，"'强者必刚斗其意。'斗则力尽，力尽则备是，故无敌于海内"②，"民勇者战胜，民不勇者战败"③。《兵守》提出守有城之邑，要用"死人之力"与"客生力战"。所谓"死人之力"就是誓死守城的决心。有了这样的决心，"城尽夷，客若有从入，则客必罢，中人必佚矣。以佚力与罢力战，此谓以生人力与客死力战。皆曰：围城之患，患无不尽死而邑"。所以将领必须能够调动士卒斗志，誓死守城。为了让士卒保持顽强、昂扬的斗志，要严令男、女、老弱三军不能互相来往，因为"壮男过壮女之军，则男贵女而奸民有从谋而国

---

① 蒋礼鸿著《商君书锥指·说民》。
② 蒋礼鸿著《商君书锥指·立本》。
③ 蒋礼鸿著《商君书锥指·画策》。

亡。喜与其恐有蚤闻，勇民不战。壮男、壮女过老弱之军，则老使壮悲，弱使强怜。悲怜在心，则使勇民更虑而怯民不战"[1]。男女士卒互相来往，易互相欣慕、产生感情而厌战，壮男壮女到老弱之军因生悲悯而削弱斗志，凡此均不利于战争胜利。《商君书》把士卒打仗的积极性、斗志放在至关重要的位置，认为其他都是次要甚至不必要的。《管子》论兵极为重视的兵器和计谋，《商君书》却不甚看重："故恃其众者谓之葺，恃其备饰者谓之巧，恃誉目者谓之诈。此三者恃一，因其兵可禽也。"（《立本》）"备饰"指兵革器械，即兵器。"誉目"，高亨认为"誉"当作"訾"；"目"当作"臣"，形似而误。訾，同谟，谋也。訾臣，意同谋臣[2]。这段话的意思是说打仗靠人多不行，靠兵器优良和谋臣的计策也不行。依赖这三者中任意一个，就会打败仗。在商鞅学派看来，战争胜利靠的就是斗志，只要士卒以死相拼，没有打不赢的战争。的确，斗志在战争中有举足轻重的作用，交战双方抵抗力的大小决定于有多少战胜对方的手段和斗志的强弱。无论装备多么优良、粮草多么充足，如果士卒上了战场萎靡不振，绝不可能打胜仗。相反，士卒顽强、斗志昂扬在一定程度上可弥补不利的客观条件。《管子》主张明赏罚、重贤用能，也是为了"列阵之士皆轻死安难"。但不同的是，《商君书》把精神力量——斗志在战争中的作用强调到了无以复加的程度，其中体现出的实际是对士卒生命的轻视。

为了让士卒在战场上奋勇搏杀，《商君书》重视刑赏。商鞅及其后学深知人民厌恶战争，《外内》曰："民之外事莫难于战，故轻法不可以使之。"所以要通过重刑迫使重赏诱惑，形成好战、尚战之风。《立本》说："凡用兵，胜有三等。若兵未起则错法，错法而俗成，而用具，此三者行于境内，而后兵可出也。"通过法令制度，也就

---

① 蒋礼鸿著《商君书锥指·兵守》。
② 高亨著《诸子新笺》，济南：齐鲁书社1980年版，第298页。

是刑赏,形成重战风气,这样士卒才可以出境打仗。连坐法即所施之刑的一种。首先是士卒与家人连带,他们在战场上的表现直接关系家人生命安全,所以出征前,"父遗其子,兄遗其弟,妻遗其夫,皆曰:'不得,无返。'又曰:'失法离令,若死我死'"①。其次,士卒之间也形成连带,每五人组成一伍,"辨之以章,束之以令;拙无所处,罢无所生"②。如此一来,士卒为了保全自己和家人的性命只能拼死而战,客观上就形成了"三军之士从令如流,死而不旋踵"③的胜利局面。又用重赏做诱饵,使"民见战赏之多则忘死,见不战之辱则苦生。赏使之忘死而威使之苦生,而淫道又塞,以此遇敌,是以百石之弩射飘叶也,何不陷之有哉?"④为了使刑赏显示出足够的威力,《商君书》又强调要"弱民","政作民之所恶"使人民弱小,"民弱,国强"⑤。反之,如果"政作民之所乐"则民强,民强则国弱,"民强而强之,兵重弱"⑥。其次还要"利出一孔",使"边利尽归于兵,市利尽归于农"⑦,"富贵之门必出于兵"⑧。人们除了通过农战获得荣华富贵,别无他法。《说民》曰:"民之所欲万,而利之所出一;民非一则无以致欲,故作一。"这样,刑赏就最大限度地发挥其效用,影响人们的生活,故《去强》曰:"怯民使以刑,必勇;勇民使以赏,则死。怯民勇,勇以死,国无敌者强。强必王。贫者使以刑则富,富者使以赏则贫。治国能令贫者富,富者贫,则国多力。多力则王。"在重刑威逼、重赏利诱下,人们不再憎恶、害怕战争,而是

---

① 蒋礼鸿著《商君书锥指·画策》。
② 同上。
③ 同上。
④ 蒋礼鸿著《商君书锥指·外内》。
⑤ 蒋礼鸿著《商君书锥指·弱民》。
⑥ 同上。
⑦ 蒋礼鸿著《商君书锥指·外内》。
⑧ 蒋礼鸿著《商君书锥指·赏刑》。

"闻战而相贺也,起居饮食所歌谣者战也"①,重战之风就此形成。从历史记载来看,以上政策的确实施并且收效显著。《战国策·秦策一》中,张仪说秦王曰:"(秦人)闻战,顿足徒裼,犯白刃,蹈煨炭,断死于前者,比是也。"可为一证。

《商君书》对军事策略、计谋论述较少,仅在《战法》和《兵守》两篇中略有提及,与《管子》相比要薄弱得多。

概言之,《管子》认识到战争的破坏性和残酷,故主张尽可能避免战争,把战争当作不得已而为之的手段。《商君书》则把战争看作获取霸主地位必需的手段,所以主张积极出战而不是回避战争;其次,《管子》看重战争的正义性,而《商君书》更注重战争的结局;第三,《管子》注重兵器和战争谋略,论及为兵之道时,对这两方面有充分认识。《商君书》重视斗志,对如何通过赏罚或激励或逼迫士卒在战场上奋勇搏杀论述得更多;最后,《管子》认为战争的目的不是攻城略地,而是消灭战争。《商君书》则把国家的强大、安定都建立在战争之上,所以主张"战必覆人之军,攻必凌人之城,尽城而有之,尽宾而致"②,表现出对武力和战争的极度崇尚。战争是残酷而血腥的,但因为以人为本,《管子》的兵学思想表现出一些温情。而《商君书》的兵学思想则把国家取得霸主地位视为终极目标,置人之生命于度外,反映了赤裸裸的功利性,因缺少人文关怀而加剧了战争的残酷。

战争胜利与否最终取决于国家政治、经济等因素,但是一定程度上也可以说战争是一个国家政治、经济和文化传统的镜子。《管子》和《商君书》兵学思想的差异反映的正是二者政治理念、经济观念和文化上的差异。齐是周的始封国,受周朝礼乐文化影响较秦

---

① 蒋礼鸿著《商君书锥指·赏刑》。

② 《商君书·赏刑》。蒋礼鸿先生认为"尽宾而致"之"宾"应为"实"(见《商君书锥指》,北京:中华书局1986年版。)

深重。管仲辅佐齐桓公时,出兵多为维护周礼,至少也要打着维护周礼的旗号。所以体现管仲治国思想的《管子》也是礼法并举。秦地处偏僻的西陲,与戎狄相邻,戎狄轻礼乐重功利的特点对秦文化产生很大影响。《战国策·魏策三》中,朱己对魏王说:"秦与戎、翟同俗,有虎狼之心,贪戾好利而无信,不识礼义德行。苟有利焉,不顾亲戚兄弟,若禽兽耳。"商鞅变法奖励军功进一步加剧了秦文化重利轻礼的色彩。《汉书·贾谊传》说:"商君遗礼义,弃仁恩,并心于进取,行之二岁,秦俗日败。故秦人家富子壮则出分,家贫子壮则出赘。借父耰锄,虑有德色;母取箕帚,立而谇语。抱哺其子,与公并倨;妇姑不相说,则反唇而相稽。其慈子耆利,不同禽兽者亡几耳。"这一文化特点反映在《商君书》的兵学思想上就是崇尚战争,不在意战争的正义性,作战以胜利为目的,不计其他。兵学思想的差异也是《管子》和《商君书》政治理念上的差异。《管子》的治国思想具有浓郁的人本、民本色彩,强调富国和富民统一,而且重视经济。前者使其注重兵器在战争中的作用,以减少战争中人员的伤亡,用最小的代价换取最大的胜利。后者使其仅视军事为发展经济的保障,而不是治国的手段。《商君书》正相反,它把国家和人民视为绝对对立的一组矛盾:民弱则国强,民强则国弱。在这样的政治原则下,《商君书》把军事行为视为打击敌人和弱民从而强国的双重手段,所以为了保证战争胜利就要通过重刑厚赏把民众训练成战争机器。对取得军功者,不但升官加爵,还要赐予封地及战俘作家奴。对无功或临战逃跑者,以连坐法惩处。

综上所述,我们可以说《管子》的军事思想是理性的、以和平为目的军事思想,而《商君书》则是以称霸为目的、军国主义的军事思想。尽管六国争霸以秦国胜出为结局,而秦国的胜利一定程度上也可以说是商鞅学派兵学思想的胜利,但从历史发展的角度说,《管子》的兵学思想更具前瞻性,在军事发展史上的影响更为深远,特别是它对武器的重视是值得现代军事学借鉴的远见卓识。

一篇研究先秦法家与秦关系的重要文献

——《史记·李斯列传》

《李斯列传》是《史记》中一篇重要的人物传记,全文近万字,在记述法家重要人物李斯的同时,还叙述了秦二世及奸臣赵高的生平。不仅如此,从中还可以看出李斯、赵高、秦二世等秦王朝重要政治人物对法家学说的接受,以及法家学说在秦王朝,特别是秦二世时期的实践、发展、流变的过程。

一、李斯与先秦法家

汉朝思想家王充《论衡》说"韩非著书,李斯采以言事"①。简洁明了地道出韩非和李斯之间的关系:一个创建理论,一个将理论付诸实践。《韩非子》一书蕴含深刻且切中时弊的政治思想,但这些思想学说于韩非而言尚停留在理论层面,而被李斯掌握后,他常常以此为依据阐述自己的治国策略,其中很多被秦的统治者采纳,如"以吏为师,以法为教"、"督责术"等等。从韩非到李斯就是法家学说从理论到实践的过程。那么,李斯是如何把韩非的法家思想运用到实践中的?其具体表现是什么?对此《史记·李斯列传》做出了详细回答。

---

① 黄晖校释《论衡校释·案书》,北京:中华书局1990年版。

李斯和韩非都是儒学大师荀子的学生。作为同窗,李斯非常熟悉韩非其人其学,他"自以为不如非"①。早期的教育通常是师生在一起通过探讨问题学习,《韩非子》中的观点在韩非求学于荀子门下时一定向老师提出并一起研究过,李斯自然不会陌生。至于已经成型的韩非的文章,荀子和李斯当是第一读者。所以《五蠹》和《孤愤》传到秦,嬴政尚不知出自何人之手,李斯第一个辨出是韩非的大作。因此,熟悉韩非作品和思想是李斯将韩非的治国理论落实到现实政治管理中的重要基础。

第一次游说秦王,李斯就谈到"灭诸侯,成帝业",秦王深为折服,拜他为长史,采纳他的计策"阴遣谋士赍持金玉以游说诸侯。诸侯名士可下以财者,厚遗结之;不肯者,利剑刺之。离其君臣之计"②。但是,这一计策并非李斯的独创,其理论根源来之于韩非。

战国时期,诸侯争霸,弱肉强食,最终哪国胜出,一方面取决于国力强弱,另一方面由拥有人才的质量和数量决定。敌对的两个国家,哪方拥有杰出人才,必对另一方构成极大威胁。"敌国有贤者,国之忧也",正是这种状况的反映。针对这一情形,韩非提出的策略之一是,把握好自己国家官员的任命,同时掌控别国关键职位人员的安排。《韩非子·八经》说:"废置之事,生于内则治,生于外则乱。是以明主以功论之内,而以利资之外,故其国治而敌乱。""废置之事"指官吏的任免,由本国君主自己掌控则国治,由他国势力控制则国乱。因此,贤明的君主在国内讲求事功,按功劳大小、能力高低安排大臣职位,在国外根据自己的利益需要资助敌国大臣,这可造成本国安定而敌国混乱。《内储说下》所说干象反对楚怀王扶置甘茂做秦相,而主张立相共就是出于这一目的。甘茂贤能多才,任秦相将大有裨益于秦国,无形中就给楚国树立了强劲对

---

① 汉·司马迁著《史记·韩非列传》,北京:中华书局 1959 年版。

② 汉·司马迁著《史记·李斯列传》。

手。而相共年纪轻轻即受宠,养尊处优,他做秦相,只会扰乱国政,但这对楚国来说却恰是削弱对手的最佳机会。其次是离间敌国君臣,借机除掉他们的贤能之臣。《内储说下》有:

> 荆王使人之秦,秦王甚礼之。王曰:"敌国有贤者,国之忧也。今荆王之使者甚贤,寡人患之。"群臣谏曰:"以王之贤圣与国之资厚,愿荆王之贤人。王何不深知之而阴有之。荆以为外用也,则必诛之。"

战国末期,横则秦帝,纵则楚王,因此秦、楚之间明争暗斗最为激烈。楚国谋划削弱秦国,秦国同时也在暗地里设法对付楚国。秦王看到出使秦国的楚臣智慧忠诚,于是心有忧虑。秦国大臣就提出利用秦国的财富,首先密切和楚国的使臣的关系,使楚王对他产生怀疑,然后借楚王之手将其除掉。诸如此类的事例在《韩非子·储说》系列中记载了很多。韩非只是提出了一个解决问题的理论方案,真正实施者是在秦国为官的楚国人李斯。凭借韩非的理论利剑,在秦王嬴政的支持下,李斯或用金钱贿赂,或以利剑刺杀,为秦国扫除了统一征途中的诸多隐患,也为自己在秦国铺设了一条人生的通途大道。

李斯对韩非法家理论实践得最成功最典型影响最大的莫过于"以吏为师,以法为教"和督责之术的应用。秦始皇三十四年,秦朝君臣就是否分封子弟展开了一场争论。齐人淳于越向秦始皇提出效仿古制,分封子弟功臣为王以辅佐天子。秦始皇把这一建议交给众臣讨论。身为丞相的李斯首先发难。李斯认为以前天下散乱,诸侯并作,私学并起,学者们虚言乱实,各人都以为自己的学说最高明,并以此来评判君王的言行。"今陛下并有天下,别白黑,而定一尊;而私学乃相与非法教之制,闻令下,即各以其私学议之,入则心非,出则巷议,非主以为名,异趣以为高,率群下以造谤。如此不禁,则主势降乎上,党与成乎下。禁之便。臣请诸有文学诗书百家语者,蠲除去之。令到满三十日弗去,黥为城旦。所不去者,医药卜筮种树之书。若有欲学者,以吏为师"①。李斯之见得到秦始皇认可,于是"收去诗书百家之语以愚百姓,使天下无以古非今。明法度,定律令,皆以始皇起。同文书"。中国历史上一次严厉的文化专制行动由此拉开序幕。东汉王充在《论衡》中反复说:"遭秦用李斯之议,燔烧五经"②、"秦始皇用李斯之议,燔烧《诗》、《书》"③。王充甚至把焚书视为秦灭亡的征兆和李斯受刑的原因:"天或者憎秦,灭其文章,欲汉兴之,故先受命,以文为瑞也。恶人操意,前后乖违。始皇前叹韩非之书,后惑李斯之议,燔五经之文,设挟书之律……李斯创议,身伏五刑。"④但是他是否注意到,焚书非李斯"创议",他不过是实践者,始作俑者则是韩非。

《韩非子·五蠹》说:"明主之国,无书简之文,以法为教;无先王之语,以吏为师。"《说疑》又有:"是故禁奸之法,太上禁其心,其次禁其言,其次禁其事。"为了"禁其言",韩非这样建议君主:"且夫人主于听学也,若是其言,宜布之官而用其身,若非其言,宜去其身而息其端。"⑤这些正是李斯文化专制主张的理论之源。他以自己在秦王朝的地位和影响力把"以吏为师,以法为教"上升为国策,并提出了具体的操作方法。首先,是焚毁法律规定之外的所有典籍,从根源上杜绝民众接受其他学说。其次,民众如不按国家要求去做就是违法犯罪,要被"黥为城旦"(黥,指在面上刺黑字。是一种带有侮辱性的刑罚。城旦,是罚去做筑城的苦役。)。这一举措的权威性和强制性显而易见。至此,韩非的理论在李斯的手中变成

----

① 汉·司马迁著《史记·李斯列传》。
② 黄晖校释《论衡校释·正说》。
③ 黄晖校释《论衡校释·死伪》。
④ 黄晖校释《论衡校释·佚文》。
⑤ 陈奇猷校注《韩非子新校注·显学》,上海:上海古籍出版社 2000 年版。

现实。

李斯另一接受韩非学说的显著表现是他为了迎合秦二世而写的《督责书》。

法家典籍，无论齐法家之《管子》还是晋法家之《商君书》、《韩非子》，都有关于君主御臣之术的论述。在君主专制政权下，君主不能驾驭臣下就无法治国，更遑论稳固君权和统治。法家御臣术一言以蔽之就是督责，其具体做法是"参验"、"参伍"、"参同"、"循名实"。《韩非子·主道》说："有言者自为名，有事者自为形。形名参同，君乃无事焉。"《八经》说："参伍之道：行参以谋多，揆伍以责失。行参必拆，揆伍必怒。不拆则渎上，不怒则相和。拆之征足以知多寡，怒之前不及其众。观听之势，其征在比周而赏异也，诛毋谒而罪同。言会众端，必揆之以地，谋之以天，验之以物，参之以人。四征者符，乃可以观矣"、"听不参，则无以责下；言不督乎用，则邪说当上"。韩非认为，大臣说的话就是"名"，做的事就是"形"（或"实"），确定一个大臣是否忠诚可靠，就是将其所说与所做进行比较，二者吻合则是忠臣，就加以奖赏；二者不合则是奸臣，就进行惩罚。或者说大臣的职掌是"名"，他的所为是"实"，"名"副其"实"就是忠臣，"名"不副"实"就是奸臣。通过"参验"进行督责，一方面可以保证人臣竭心尽力服务于君主，另一方面杜绝他们结党营私，威胁君主地位和利益。公允地说，法家督责术虽然严苛，但在君主专制社会中不失为一种行之有效的管理手段，具有一定的积极意义。可是李斯为了阿顺秦二世，却将其歪曲使用。他清醒地认识到苛政、暴政是激起臣民反抗的直接原因，但是为了保全自己的生命和利益，他在《督责书》中反而一再强调君主要严行督责之术："督责之，则臣不敢不竭能以徇其主矣。此臣主之分定，上下之义明，则天下贤不肖莫敢不尽力竭任以徇其君矣。"为了逢迎秦二世，李斯还把能否全身心享乐视为贱与贵、不肖与贤的标准。他说贤能之主因为使用督责之术，自己专以天下自适，不必苦形劳神，把所有的辛苦与劳作都交于臣民。这是以人徇己，因而是尊贵的象征。而无能的君主"徒务苦形劳神，以身徇百姓"，天下成为他的桎梏。君主做了本该黔首做的事，这是以己徇人，则己贱而人贵。为了迎合秦二世的荒淫之心，李斯不惜违背为人臣的良知。他说：

> 且夫俭节仁义之人立于朝，则荒肆之乐辍矣；谏说论理之臣间于侧，则流漫之志诎矣；烈士死节之行显于世，则淫康之虞废矣。故明主能外此三者，而独操主术以制听从之臣，而修其明法，故身尊而势重也。凡贤主者，必将能拂世磨俗，而废其所恶，立其所欲，故生则有尊重之势，死则有贤明之谥也。①

即使是一心置力于构建绝对君主专制理论的韩非也不会建议君主除去"俭节仁义之人"、"谏说论理之臣"，提倡君主享受"荒肆之乐"、"流漫之志"、"淫康之虞"。这样的治国逻辑连李斯自己都不会相信，却如此这般地开导秦二世。接着，李斯鼓励秦二世坚持使用严刑峻法："能独断而审督责，必深罚，故天下不敢犯也。"李斯认为只要行督责之术，君主就可高枕无忧。督责"则臣无邪，臣无邪则天下安，天下安则主严尊，主严尊则督责必，督责必则所求得，所求得则国家富，国家富则君乐丰。故督责之术设，则所欲无不得矣。群臣百姓救过不给，何变之敢图？若此则帝道备，而可谓能明君臣之术矣。虽申、韩复生，不能加也。"在这封奏折中李斯屡屡引用《韩非子》中表达严刑重罚的话语，如"慈母有败子而严家无格虏"（《显学》），"刑弃灰于道"（《内储说上》），"布帛寻常，庸人不释，铄金百溢，盗跖不搏"和"城高五丈，而楼季不轻犯"（《五蠹》）。他把韩非的论述作为论据以证明自己观点之正确。但是，把李斯的《督责书》与法家倡导的督责术加以对比，就会发现其中显著的区

---

① 汉·司马迁著《史记·李斯列传》。

别在于李斯把督责完全等同严刑重罚,他忽略了法家所说督责的关键是核查大臣的所言与所行、官职与应负的责任是否相副,然后以此为标准进行赏罚,以鼓励忠臣,杜绝奸吏。譬如韩非说:"人主不合参验而行诛,不待见功而爵禄,法术之士安能蒙死亡而进其说,奸邪之臣安肯乘利而退其身。"①又说:"不以功伐决智行,不以参伍审罪过,而听左右近习之言,则无能之士在廷,而愚污之吏处官矣。"②李斯只是一味强调皇帝利用手中的权势压制臣民,使他们因恐惧而不得不为君主服务,如此则君主就可以什么都不做而恣意享乐。督责在李斯笔下完全成为为君主荒淫放纵开路的一个有力工具。李斯在狱中上秦二世书中列举自己对秦的功劳时如此说:"缓刑罚,薄赋敛,以遂主得众之心,万民戴主,死而不忘。"③这说明李斯知道严刑峻法并非万灵之策,但是为了迎合昏庸的秦二世,他却信口开河,大肆鼓吹。

有了李斯的"理论"做依据,秦二世"行督责益严,税民深者为明吏。二世曰:'若此则可谓能督责矣。'刑者相半于道,而死人日成积于市。杀人众者为忠臣。二世曰:'若此则可谓能督责矣。'"④因为秦二世的昏庸,也因李斯的自私,在秦二世听信赵高谗言残酷迫害臣民之时,李斯火上浇油,陷秦朝人民于水深火热之中,最终官逼民反,导致了秦代的覆灭。汉代刘邦曾说:"吾闻李斯相秦皇帝,有善归主,有恶自与。""有善归主,有恶自与"是法家的君臣观,它要求为臣者要把功劳归之于君主,错误则自己承担。李斯一而再再而三地阿从秦二世的无理要求,一方面是屈服于他作为皇帝的淫威,另一方面也是这种君臣观在作祟。这种看似为君

---

① 陈奇猷校注《韩非子新校注・孤愤》。
② 同上。
③ 汉・司马迁著《史记・李斯列传》。
④ 同上。

"分谤"、表现为臣忠心的做法，实则因为掩饰了君主之过，使君主一错再错，小错变大错，大错变祸端。所以王卫尉听了刘邦的话后说："秦以不闻其过亡天下，李斯之分过，又何足法哉。"①从这一角度说，法家学说对秦亡的确有不可推卸的责任。

秦王朝虽直接亡于秦二世胡亥之手，但把胡亥送到君位上的却是赵高和李斯。尽管李斯是被动的、不情愿的，但他的参与是秦王朝易主而亡的重要原因之一。对此后人看得很清楚，明代茅坤说："《李斯传》传斯本末，特佐始皇定天下、变法诸事仅十之一二，传高所以乱天下而亡秦，特十之七八。太史公恁地看得亡秦者高，所以酿高之乱者并由斯为之。此是太史公极用意文，极得大体处。"②

在探究李斯的法家思想的同时，我们还应该注意到，他毕竟受业于儒学大师荀子，因此，他思想中始终保留着些许儒家思想的因子。与匈奴之间的战争是秦王朝走向灭亡的开始。秦始皇因为相信且错解了"亡秦者胡"这句谶语，命蒙恬带兵，举全国之力攻打匈奴。对此，李斯曾进言始皇帝。他说：

> 不可。夫匈奴无城郭之居，委积之守，迁徙鸟举，难得而制。轻兵深入，粮食必绝；运粮以行，重不及事。得其地，不足以为利；得其民，不可调而守也。胜必弃之，非民父母。靡敝中国，甘心匈奴，非完计也。③

这一观点和汉代儒士们在伐匈奴一事上的观点完全相同。但

① 汉·司马迁著《史记·萧相国世家》。
② 杨燕起、陈可青、赖长扬等编著《历代名家评〈史记〉》，北京：北京师范大学出版社1986年版。第626—627页。
③ 汉·班固著《汉书·严朱吾丘主父徐严终王贾传》，北京：中华书局1962年版。

是秦始皇没有接受,依然命蒙恬将兵攻胡,却地千里,以河为境。李斯出身贫贱,深知贫贱的悲哀,也清楚自己所有的荣华富贵不过系于皇帝一人,因此虽感激秦始皇的重用,也明知秦始皇的举措是错误的,但他只是提出建议,一旦最高统治者不采纳,就转而附和,而绝不会强谏。可以说李斯从跨入仕途的那一刻起,每一次面临抉择时,都是儒法在其心中交战的开始,而每一次交战的结局都是法家战胜了儒家:人皆好利恶害,人为利而生,而不会为仁义而生。君臣之间不过是一场交易。在李斯身上,我们可以看到从儒士到法家的发展变化过程,作为儒士的李斯在不断退却,作为法家的李斯逐渐占了上风。但是李斯实践的法家也不是先秦时期商鞅、韩非倡导的纯粹法家。商鞅和韩非或为国或为君都可以义无反顾,勇往直前。所以商鞅明知变法的危险却依然不变初衷,韩非知道为韩国辩护会给自带来灾难,但仍然坚持。所以他们的法家思想中保有一份可贵的持守精神。同样的事换作李斯,他会知难而退。因为在他心中个体利益始终是第一位的,国和君在其次。所以,他感激秦始皇的知遇之恩,也知道矫诏罪大恶极,但在赵高的威胁和诱惑下,他还是同流合污了。他知道秦二世滥用刑罚不对,可是当考虑他自己家族的利益时立刻就是非颠倒,黑白不分。所以李斯实践法家思想的过程是一个凸显法家之糟粕,掩盖其精华的过程。

二、赵高与先秦法家

赵高是赵国王族的远房亲戚,兄弟数人都是宦官,其母因罪受罚,所以地位低下卑贱。但是秦王嬴政听说赵高办事能力强且懂法令,让他做了中车府令。赵高私下还侍奉公子胡亥,教他学习怎么断狱。赵高曾犯大罪,秦王命蒙毅依法惩治。蒙毅不敢歪曲国家法律,判赵高死罪,剥夺他宦者官籍。但是嬴政又怜惜赵高做事勤勉，赦免了他，并恢复他的官爵。假如没有嬴政画蛇添足的这一笔，秦王朝或许不会那么短暂，历史或许会改变。

秦国自商鞅变法后十分重视国家法令的制定、执行、学习和传播。秦王嬴政对法家学说的青睐使秦国各级官吏更认识到掌握法家典籍、熟稔国家法令是飞黄腾达的途径之一。"楚王好细腰，宫中多饿死"，下功夫投君王之好总有收获。出身贫贱的赵高正是瞅准了这一点，所以他努力学习国家法律，钻研法家学说。这一切成为他日后进入国家政治核心阶层的桥梁和凭借。他自己曾说："高固内官之厮役也，幸得以刀笔之文进入秦宫，管事二十余年。"①刀笔之文即法律文牍。为此秦王还让他当上了中车府令。中车府令是执掌乘舆的官员，职位不高，却与皇帝关系亲密。他负责皇帝的车马管理和出行，有时也亲自为皇帝驾御。因为事关皇帝安全，所以必须是皇帝的亲信心腹。凡此都可以看出赵高深得嬴政信任和宠幸。同时，通过这些细节不难推测出赵高心思缜密，擅长人际交往，善于察言观色。

在嬴政的儿子中，胡亥显然谈不上优秀，但他可能是秦王最喜欢的儿子。这点从秦王外出把他带在身边可以看出。一个是深得秦始皇喜爱的皇子，一个是深为秦始皇信任的大臣，加之赵高熟悉国家法令，顺理成章地，他就成了胡亥的老师，二人之间就此有了密切关系。秦始皇死后，赵高为了把胡亥推到皇位上，曾对李斯称赞胡亥说："高受诏教习胡亥，使学以法事数年矣，未尝见过失。"②

赵高对法家的政治主张比较熟悉。他了解和学习法家学说的途径之一是宫中官员之间的口耳相传与实践。因为自商鞅在秦国进行变法后，商鞅的法家思想就始终是秦国官方的政治思想之一。商鞅虽然被车裂，但他的主张依然在秦国施行。途径之二是通过

---

① 汉·司马迁著《史记·李斯列传》。
② 同上。

官方收藏的典籍学习。这主要集中于韩非的法家思想。嬴政是如何看到韩非的《五蠹》和《孤愤》的,我们不得而知。但可以想到的是嬴政青睐韩非之作一定会引起秦国官员对韩非文章的关注,因而加速韩非著作的编集。秦始皇下令焚书时,因为法家思想在秦朝独一无二的地位,法家典籍不在焚毁之列,由此秦收集到的韩非的作品应该保存完整。汉取而代秦后,其图书档案皆被萧何接管。《史记·萧相国世家》:"何独先入收秦丞相御史律令图书藏之。"司马迁在《韩非列传》说:"(韩非)悲廉直不容于邪枉之臣,观往者得失之变,故作《孤愤》、《五蠹》、《内外储》、《说林》、《说难》十余万言。"又说:"申子、韩子皆著书,传于后世,学者多有。"《韩长孺列传》说韩安国"尝受《韩子》、杂家说于驺田生所"。于此可见,韩非的著作流传非常广泛。这种广泛与秦王朝对韩非作品的重视有密切关系。所以可以推想,包括赵高在内的秦国官员有条件阅读韩非的文章,有机会接触韩非思想。这是赵高接受、学习韩非学说的前提。

为了篡取皇权,赵高把法家思想发挥到了极致。

"连坐法"是法家严刑酷法的标志。赵高对它的使用和威力深谙于心。当秦二世胡亥对赵高说他想尽情享受人生时,赵高表示赞同,但提出蒙毅等故臣的存在将威胁秦二世的王位,妨碍他享乐,所以要"严法而刻刑,令有罪者相坐诛,至收族,灭大臣而远骨肉;贫者富之,贱者贵之。尽除去先帝之故臣,更置陛下之所亲信者近之。此则阴德归陛下,害除而奸谋塞,群臣莫不被润泽,蒙厚德,陛下则高枕肆志宠乐矣。计莫出于此。"①赵高是要借秦二世之手铲除异己,培植自己的政治力量。首先,以连坐除去故臣和皇亲。其次,用"贫者富之,贱者贵之"的手段更置亲信。连坐法是法家严刑峻法的一个标志,它使人与人之间没有情感,只有利益牵

---

① 汉·司马迁著《史记·李斯列传》。

连。商鞅利用连坐法使出征的将士在疆场上只能前进不敢退缩，只能奋力拼杀不敢投敌。因为他们的行为直接关系家中亲人的安危，关系到与他们同一伍的士卒的安危。韩非说，连坐法可以使人们互相监督，从而减少犯罪。连坐法虽然有残酷的一面，但从政治管理角度评判尚存合理因素。而赵高教导秦二世用连坐法杀大臣、远骨肉实在是灭绝人性的做法。但是昏庸的秦二世为了保全自己的皇帝之位，为了享乐竟然完全答应，不仅对他父亲的故臣，而且对自己的兄弟姊妹痛下杀手："二世然高之言，乃更为法律。于是群臣诸公子有罪，辄下高，令鞫治之。杀大臣蒙毅等，公子十二人僇死咸阳市，十公主矺死于杜，财物入于县官，相连坐者不可胜数。"①假如说除去贤能的公子扶苏让无能的胡亥做皇帝是赵高篡权的第一步，那么杀大臣远骨肉就是赵高阴谋的第二步。因为老臣与皇族的存在会阻碍他篡权。除去旧势力之后，赵高开始培植自己的党羽。他用的是"贫者富之、贱者贵之"的手段。这本是商鞅驱使民众的一种策略。《商君书·说民》说："治国之举贵令贫者富，富者贫。"《去强》又有："贫者使以刑则富，富者使以赏则贫。治国能富贫，令贫者富则国多力，多力者王。"通过连坐法，赵高借助秦二世之手已经除掉了有权有势的富贵之臣，接下来他要做的是利用秦二世手中掌管的国家财富树立自己的力量。具体的做法就是用功名利禄收买无权无势的大臣，让他们死心塌地地为自己服务，成为自己的心腹和帮凶。这是赵高对先秦法家学说的又一应用。

篡权的障碍除去后，赵高终于要对秦二世下手了。他首先要测试朝中大臣对自己的态度，于是就有了中国历史上丑陋而滑稽的一幕：指鹿为马。这一幕成为中国政治文化一个深刻的烙印，以至于后世君臣常常引以为戒。陆贾《新语·辨惑》篇说："秦二世之

---

① 汉·司马迁著《史记·李斯列传》。

时,赵高驾鹿而从行。……当此之时,秦王不能自信其直目,而从邪臣之言。马鹿之异形,乃众人所知也,然不能分别是,况于闇昧之事乎?……群党合意,以倾一君,孰不移哉!"范晔在《后汉书·灵帝纪》中说:"《秦本纪》说赵高谄二世,指鹿为马,而赵忠、张让亦绐灵帝不得登高临观,故知亡敝者同其致矣。然则灵帝之为灵也优哉!"指鹿为马成为颠倒黑白、混淆是非的代名词。而一说到指鹿为马,人们首先想到的就是赵高,无形中赵高似乎成了这一"历史剧"的原创者。但实际上,这一幕不过是赵高对韩非作品的加工和改造,它是赵高熟读、巧用《韩非子》一个有力的证明。

《韩非子·内储说下》中有一个"燕人浴矢"的故事,可视为指鹿为马的原始版本。燕国某人的妻子与一男子私通。一天,两人正在燕人家约会,不料燕人突然从外面回来。早回的丈夫与好事完毕正往出走的妻子的相好迎面相遇。做丈夫的就问妻子:刚出去的客人是谁? 妻子不慌不忙地回答:没人出去。丈夫又问家里仆人,早被妻子收买的仆人们众口一词地回答没看见任何人。于是做妻子的说:你是不是在外面受魅惑了? 那要除一除的。于是找来一盆狗屎对着丈夫兜头浇上。韩非用这个故事说明君主一定要掌握好自己的权势,不能让大臣夺去,否则将有被大臣凌驾其上的危险。奸诈的赵高反其意而用之,从中学到如想玩弄君主于股掌之上,首先要获得朝中大臣的支持。这是他指鹿为马的"创作"启示之一。另外,鹿在《韩非子》中具有独特的含义,而且鹿与马形体上非常相似,这些是他"创作"指鹿为马的启示之二。鹿在《韩非子》中凡 12 见,除专有地名之外,尚有 9 见,这 9 见表面指动物之鹿,实际喻指与君臣或权势相关的事物。《内储说上》中齐王问文子怎么治国。文子回答:"赏罚是治国的利器。君王您一定要牢牢掌握,不能轻易给人看。至于大臣,就仿佛鹿之类的野兽,只要给他们草料他们就会俯就。"在这里文子把大臣比做鹿。与此相似,《外储说右上》"如耳游说卫嗣公"一节中,卫嗣公用像鹿的马比喻可为己所用的人才,用鹿比喻不为己所用的人才。他说有千金之马却无千金之鹿,因为马可大用,而鹿于人却无用。因此,如耳虽然富于辩才和智谋,但他的心不在卫国,不能为卫所用,所以卫国不会任他为相。韩非用这一故事说明人才如不能为我所用就没有任何价值。赵高指鹿为马正暗合这一故事中鹿与马的喻指。对于不同意他的鹿是马的大臣,赵高的做法也与韩非的主张相同,那就是除掉。所以,赵高指鹿为马的创作"源泉"就在《韩非子》。韩非构思出"指鹿为马"的蓝本,赵高最终将其完成。只是这一幕"历史剧"并没有随着秦代的灭亡而消失,后代仿演者代不乏人,手段虽然不尽相同,但实质却从没改变。只要"秦二世"还在,"赵高"自然也不会断绝。

为了孤立秦二世,赵高还充分使用了韩非神化君主的手段。

《韩非子·扬权》说:"主上不神,下将有因","主失其神,虎随其后"。所谓"神"就是神秘莫测。当君上神秘莫测时,臣子就竦惧乎下,不敢轻举妄动。《亡征》篇甚至说:"浅薄而易见,漏泄而无藏,不能周密而通群臣之语者,可亡也。"心思容易被揣摩猜透的君主更容易亡国。为了更好地控制大臣,韩非把君主设置成一个半人半神的形象。韩非所论,核心宗旨是君主要心思缜密。但是赵高却借此对秦二世说:"天子所以贵者,但以声闻,君臣莫得见其面,故号曰朕。"由此把秦二世和众臣隔绝开来,使其真正成为孤家寡人,如此以来赵高水到渠成地从二世手中接管了朝廷大权。

综上所述,赵高对法家学说,特别是韩非的法家思想熟悉程度不亚于李斯、秦始皇。只是他的接受角度有别于前二者,如果说李斯、嬴政从法家著作中主要学的是如何御臣、治国,那么赵高则完全学的是阴谋之术,而且他对这些阴谋之术的灵活运用达到了登峰造极的程度。所以有学者说"赵高是我国古代最有名的阴谋家之一,他的手段比之春秋时代吴国的伯嚭,汉代的王莽,唐代的卢杞，以及太平天国的韦昌辉，似乎都更巧妙、更阴险、更毒辣"①。
这点从汉代学者对秦亡的反思中也可得到证明。《淮南子·泰族
训》说："夫差用太宰嚭而灭，秦任李斯、赵高而亡。"《盐铁论》中无
论御史大夫还是文学贤良论及秦亡时，多次提及赵高。如：

> 今以赵高之亡秦而非商鞅，犹以崇虎乱殷而非伊尹也。②
> 昔赵高无过人之志，而居万人之位，是以倾覆秦国而祸殃
> 其宗。③
> 法势者，治之具也，得贤人而化。执辔非其人，则马奔驰；
> 执轴非其人，则船覆伤。昔吴使宰嚭持轴而破其船，秦使赵高
> 执辔而覆其车。今废仁义之术，而任刑名之徒，则复吴秦之
> 事也。④
> 赵高以峻文决罪于内，百官以峭法断割于外。死者相枕
> 席，刑者相望，百姓侧目重足，不寒而栗。⑤

可见辩论双方均认为赵高对秦亡负有不可推卸的责任。秦
虽然直接亡于秦二世，但秦二世的许多做法均是赵高所教导，赵
高才是秦亡的真正罪人。所以《盐铁论·诏圣》说："二世信赵高
之计，渫深笃责而任诛断，刑者半道，死者日积。杀民多者为忠，
厉民悉者为能。百姓不胜其求，黔首不胜其刑，海内同忧而俱不
聊生。"贾谊、晁错为此提出要注重对太子的教育，避免秦二世的
悲剧重演。

---

① 韩兆琦著《史记讲座》，桂林：广西师范大学出版社 2008 年版，第 346 页。
② 王利器编撰《盐铁论校注·非鞅》，北京：中华书局 1992 年版。
③ 王利器编撰《盐铁论校注·相刺》。
④ 王利器编撰《盐铁论校注·刑德》。
⑤ 王利器编撰《盐铁论校注·周秦》。

三、秦二世与先秦法家

王夫之曾说："作者用一致之思，读者各以其情而自得。"①同一个文本，同一种思想，因接受者的阅历、喜好不同，从中读出的内容就有了千差万别。所谓仁者见仁，智者见智说的就是文本或思想接受中的这种差异。李斯、赵高出身贫贱，他们时刻梦想的就是出人头地，尽享人间荣华富贵，所以他们从法家学说中学到的是谋略，是心术。李斯与赵高的不同在于，李斯毕竟受学于儒学大师荀子，虽然他未必欣赏老师的学说，但长期的耳提面命和耳濡目染使他在有意无意间受到了儒家仁义礼让的影响。所以他尽管追求功名利禄，但做事有一定的道德底线，只是在赵高的诱惑和恐吓下，他最终没能守住自己的底线，所以才酿就了自己一生的悲剧和秦王朝的悲剧。赵高是一个宦官，他距离荣华富贵似乎只有一步之遥，但却只能望洋兴叹。正因为如此，他对权利充满了渴望。加之他在宫廷中耳闻目睹了太多太多的尔虞我诈，这对他是无形的权谋教育。所以他对术有一种天生的敏感和喜爱，他从法家学说中学到的更多是术，确切地说是阴谋之术。秦二世贵为皇子，生来即锦衣玉食，不知稼穑之苦、生计之难。帝王之家的富贵和安乐使他成长为一个地道的纨绔子弟，不学无术、贪图享受，没有志向，更谈不到雄才大略。他没想过做皇帝，所以秦始皇驾崩后，赵高问他："皇上死了，你哥哥要做皇帝，但你却无尺寸封地，怎么办？"胡亥回答："本该如此。我听说，明君知臣，明父知子。父亲死了，没有分封诸子，还有什么可说的呢！"这时的胡亥没有丝毫篡权之心，他觉着身为皇帝的父亲的安排就是正确的。但是赵高却不甘心就此把皇权交到扶苏手里。扶苏的贤能加上大将蒙恬的勇猛，他哪里还

① 戴鸿森编撰《薑斋诗话笺注》，北京：人民文学出版社1981年版，第3页。

有篡权的可能呢？但是假如平庸的胡亥继位那就大不同了。因此他继续诱惑胡亥。首先告诉胡亥当皇帝是有可能的，其次又告诉胡亥给别人做大臣和让别人做自己的大臣根本就是两回事。可是胡亥仍不开悟，他说："废除兄长而立弟弟，这是不义；不服从父亲的诏命而惧怕死亡，这是不孝；自己才能浅薄，依靠别人的帮助而勉强登上王位，这是无能：这三件事都是大逆不道的，天下人也不服从，我自身遭受祸殃，国家还会灭亡。"这时的胡亥还保存着人性没有被污染之前本能的清醒和理智。但是赵高依然不肯就此罢休，他继续循循善诱："我听说过商汤、周武杀死他们的君主，天下人都称赞他们行为符合道义，不能算是不忠。卫君杀死他的父亲，而卫国人民称颂他的功德，孔子记载了这件事，不能算是不孝。更何况办大事不能拘于小节，行大德也用不着再三谦让，乡间的习俗各有所宜，百官的工作方式也各不一样。所以顾忌小事而忘了大事，日后必生祸害；关键时刻犹豫不决，将来一定要后悔。果断而大胆地去做，连鬼神都要回避，将来一定会成功。希望你按我说的去做。"至此，胡亥被赵高的三寸不烂之舌打动，他长叹一声默许了赵高的安排。这一步决定了他和赵高以后的关系：名义上是君臣，实则仍是师生。他虽然是皇子，但他是赵高的学生；他虽然是皇帝，但他的皇位是赵高争取来的。所以他习惯了听从赵高，事无巨细都要请教赵高，赵高说什么就是什么，赵高怎么说他就怎么做。在赵高面前，他永远都是一个听话的学生。赵高让他杀自己的兄弟姊妹，他就杀。甚至赵高教导他为了避免在群臣面前暴露自己的浅薄、无知，他应该待在深宫中，不与大臣见面，他竟然也听从了。从坐上皇位的那一刻，他就成了赵高手中的玩偶，直至被杀。所以被赵高硬推上皇位以后，胡亥首先考虑的不是怎么治理好国家，而是如何寻欢作乐。他贪图享受的天性借助手中的特权得到了充分发挥、尽情表现。他不顾国家内忧外患，继续修建秦始皇在位时没有建好的阿房宫，安排五万身强力壮的兵丁守卫咸阳，还要饲养供宫廷玩赏的狗马禽兽。兵丁需要粮食,狗马禽兽需要饲料,咸阳仓的储备满足不了,就从下面各郡县征调。参加转运粮食和饲料的人员自带干粮,咸阳四百里之内不准食用这些粮食。他还听从赵高的建议,严酷施法,杀旧臣,杀皇族。他想通过这些举动稳固皇位,使自己更好地享受人生。他对赵高说:"夫人生居世间也,譬犹骋六骥过决隙也。吾既已临天下矣,欲悉耳目之所好,穷心志之所乐,以安宗庙而乐万姓,长有天下,终吾年寿,其道可乎?"①可见他"贪玩"到了何种程度。因为"贪玩",他对《韩非子》的解读也与众不同。当李斯意识到国家危机向他进谏时,他不但不听,反而责问李斯:

> 吾有私议而有所闻于韩子也,曰"尧之有天下也,堂高三尺,采椽不斫,茅茨不翦,虽逆旅之宿不勤于此矣。冬日鹿裘,夏日葛衣,粢粝之食,藜藿之羹,饭土匦,虽监门之养不觳于此矣。禹凿龙门,通大夏,疏九河,曲九防,而股无胈,胫无毛,手足胼胝,面目黎黑,遂以死于外,葬于会稽,臣虏之劳不烈于此矣"。然则夫所贵于有天下者,岂欲苦形劳神,身处逆旅之宿,口食监门之养,手持臣虏之作哉?此不肖人之所勉也,非贤者之所务也。彼贤人之有天下也,专用天下适己而已矣,此所贵于有天下也。夫所谓贤人者,必能安天下而治万民,今身且不能利,将恶能治天下哉!故吾原赐志广欲,长享天下而无害,为之奈何?②

韩非在《五蠹》中用来论述证明"事因于世,而备适于事"的一段话,被秦二世曲解为像尧、禹那般苦形劳神的君主都是不肖之

---

① 汉·司马迁著《史记·李斯列传》。
② 同上。

人。真正贤明的君主应该使整个天下为自己服务,供自己享受。一个不懂得自我享受的君主怎么能治理好天下? 相似的内容还出现在《秦始皇本纪》:"右丞相去疾、左丞相李斯、将军冯劫进谏说:'关东群盗并起,秦发兵诛击,所杀亡甚众,然犹不止。盗多,皆以戍漕转作事苦,赋税大也。请且止阿房宫作者,减省四边戍转。'"于是二世引《五蠹》中"尧舜采椽不刮,茅茨不翦……"一段话进行反驳,最后又大发议论指责这几位大臣:

> 贵有天下者,得肆意极欲,主重明法,下不敢为非,以制御海内矣。夫虞、夏之主,贵为天子,亲处穷苦之实,以徇百姓,尚何于法? 朕尊万乘,毋其实,吾欲造千乘之驾,万乘之属,充吾号名。且先帝起诸侯,兼天下,天下已定,外攘四夷以安边竟,作宫室以章得意,而君观先帝功业有绪。今朕即位二年之间,群盗并起,君不能禁,又欲罢先帝之所为,是上毋以报先帝,次不为朕尽忠力,何以在位?

在秦二世的理解中,韩非的法家学说就是君主以法御臣,臣子尽心尽力为君主卖命且不敢违背君主之意。他认为自己贵为万乘之尊,却没有享受到应该享受的一切。而且当群盗并起时,李斯等人作为臣子却不能为主上分忧,没有履行为臣的职责,既如此又凭什么占据高位? 于是去疾、李斯、冯劫等被下狱,案责其罪。去疾、冯劫不愿受辱而自杀。李斯被囚,受五刑而死。《秦始皇本纪》和《李斯列传》同时记录了秦二世对韩非《五蠹》中这段话的引用,说明司马迁对它的重视。一方面这是秦二世接受法家学说最典型的一个事例,另一方面司马迁借此向世人揭示秦王朝为什么会那么快的二世而亡。二世根据自己的需要曲解法家学说,为自己享乐多方寻找理由,但是对韩非一再提醒君主要防犯的"重臣"却委以重任,拱手让出韩非屡屡强调的君主应该掌握的刑赏大权,而且远忠臣,近佞臣,秦朝遇到这么一位昏君,灭亡完全是情理之中事。所以后人常将秦二世与殷纣王,甚至认为他比殷纣王更加昏庸残暴。王充说:"武王承纣,高祖袭秦。二世之恶,隆盛于纣,天下畔秦,宜多于殷。"①汉初开国功臣陆贾说:"周公与尧舜合符瑞,二世与桀纣同祸殃。"②而说到秦始皇时,陆贾尽管抨击他"设刑罚,为车裂之诛"等举措,但认为这些做法带来的只是"治之失",还未到亡国的程度。相较秦二世,秦始皇对法家学说的接受更多更深。因此,把秦朝二世而亡的罪责归咎于先秦法家是不公允的。

韩非在《显学》篇中说:"孔墨之后,儒分为八,墨离为三。"可见他注意到了接受的过程也是再创造的过程。在《外储说左上》中他通过"郢书燕说"这一故事进一步说明读者与作者有时对文本的理解完全不同。只是他或许没有想到,他的作品到了胡亥手中会被曲解得面目全非。胡亥可以随口引用韩非的名篇《五蠹》反驳李斯,可见他对这篇文章非常熟悉。但是他并没有真正地读懂《五蠹》,而是断章取义,随意曲解。韩非的确说过:"昔者舜鼓五弦,歌南风之诗,而天下治。"但是他的前提是君主要善于治国,善于管理大臣,即"有术而御之,身坐于庙堂之上,有处女子之色无害于治"③。胡亥却是置国家民众于一边,只要自己自在快乐。《韩非子》中屡屡教导的君王御臣之术和频繁提醒君王被臣所御的危险,他一点儿都没有学到。秦二世对韩非学说的接受是一种脱离了文本本意的歪曲接受。但是他这一错误不仅没有得到赵高的及时纠正,反而受到他的鼓励:"此贤主之所能行也,而昏乱主之所禁也。"奸诈如赵高者是仔细研读过《韩非子》等法家典籍的,他知道韩非

---

① 黄晖校释《论衡校释·语增》。
② 王利器校注《新语校注·术事》,北京:中华书局 1986 年版。
③ 陈奇猷校注《韩非子新校注·外储说左上》。

的原意是什么，但是为了篡权，他故意顺从二世的曲解。这是一种更加恶毒的纵容，正是这种纵容最终导致了秦王朝的灭亡。所以贾谊说：

> 夫三代之所以长久者，以其辅翼太子有此具也。及秦而不然。其俗固非贵辞让也，所上者告讦也；固非贵礼义也，所上者刑罚也。使赵高傅胡亥而教之狱，所习者非斩劓人，则夷人之三族也。故胡亥今日即位而明日射人，忠谏者谓之诽谤，深计者谓之妖言，其视杀人若艾草菅然。岂惟胡亥之性恶哉？彼其所以道之者非其理故也。①

老师本是学生追求真善美的引路人，但赵高却把胡亥视为帮助他篡权的工具，不仅不教其从善求真，反而引导他向恶。最终使中国第一个统一的封建王朝在他们的手中土崩瓦解，走向灭亡。

从李斯、赵高、胡亥对法家思想的接受可以看出，无论战国时的秦国还是第一个统一的封建王朝秦，法家思想都是官方主导政治思想。因为不同时期实施法家思想的人物不同，所以法家思想对秦国和秦王朝的影响也不同。先秦诸子百家发展至战国末期，相较儒、道等其他各家，法家最符合当时的历史潮流，李斯凭借他与韩非是同窗的优势，首先接触到了当时最全面最完善的法家学说，并将其运用于实践中，一方面促使秦国加快了统一的步伐，另一方面为稳固新王朝的君主专制政权做出了贡献。赵高接受的是法家思想中的阴暗一面——"权术"，因此他成为秦王朝灭亡的始作俑者。胡亥在赵高的引导下歪曲地接受法家，给秦王朝输入毁灭性的负能量，最终直接导致了秦王朝的灭亡。由此可见，先秦法家固然应该为秦亡负一定的责任，但绝不是全部。法家思想只是

---

① 汉·班固著《汉书·贾谊传》。

一把利刃,用它造福还是致祸完全取决于使用它的人。孝公用商鞅使秦国崛起,嬴政用韩非、李斯而统一六国,但是商鞅和韩非的学说到了秦二世手里却导致秦亡。因此把秦祚不再简单归罪于法家学说过于简单武断。如此我们不仅曲解了法家,而且也难以解释为什么承秦而建的汉代在"过秦"的同时不仅没有拒法家于千里之外,反而开启了儒法合流、外儒内法中国政治文化的源头。

媒人探源

中国古代有着丰富的婚姻礼俗文化,其中许多内容一直延续至今,直接影响着我们的生活,合两性之好、定人室家的媒人即是其中之一。本章试就媒人的产生、演变及其文化意蕴作一些探讨。

一、媒人的产生与演变

媒人的产生与演变大致可分为四个阶段:图腾媒、祖先媒、官媒和私媒。要注意的是这四个阶段不是截然分明的,有时几个阶段同时并存。譬如官媒和私媒,共同存在延续至今。

(一) 图腾媒

人类未能科学地认识、解释自身的繁衍时,对婚姻的重要性也就不甚明了。"婚姻的进化是由杂交而纯粹的血族结婚而亚血族结婚而成最后的一夫一妇。"① 在一夫一妇制之前,人类知母不知父,想当然地认为他们是由某种神物孳生出来的,而这个神物就是我们现在称之为图腾的东西。因而,早期人类把自身的繁衍看作一件神圣伟大而又充满神秘的事情。他们认为夫妻能否生育受制

---

① 郭沫若著《中国古代社会》,北京:商务印书馆 2011 年版,第 10 页。

于一种不可知不可控的力量,由此便产生了祭祀以求子嗣的风俗。《诗经·大雅·生民》讲述了周人的祖先后稷诞生的过程:"厥初生民,时维姜嫄。生民如何? 克禋克祀,以弗无子。"毛传解释说:"弗,去也,去无子,求有子,古者必立郊禖焉。玄鸟至之日,以太牢祠于郊禖,天子亲往,后妃率九嫔御。乃礼天子所御,带以弓韣,授以弓矢,于郊禖之前。"郑玄笺:"姜嫄之生后稷如何乎? 乃禋祀上帝于郊禖,以被除其无子之疾而得其福也。"而所谓的"郊禖"即禖,因其宫建于郊外,故称之郊禖。《汉书·武五子传》有:"初,上年二十九乃得太子,甚喜,为立禖。"颜师古注:"禖,求子之神也。"但禖为何物,各个民族不同。姜嫄在祭祀完回来的路上"履帝武敏"①,即踩到了上帝的大脚印上,于是怀孕生子,这个孩子就是周人的祖先后稷。在这个故事中,上帝是姜嫄怀孕的一个关键因素。那么上帝又是谁? 孙作云先生认为:"原始社会里根本就没有上帝信仰的……说姜嫄履帝迹而生子,显然是后代的讹传,或作诗的人的故意粉饰。"②原始社会究竟有没有上帝信仰,此说还有商榷、探讨的余地。《诗经·大雅·大明》就有:"维此文王,小心翼翼。昭事上帝,聿怀多福。"这里的上帝或者就是上天,因为其下紧接着说"天监在下,有命既集。文王初载,天作之合"、"有命自天,命此文王,于周于京"。但是孙作云先生认为《生民》"履帝武敏"反映出的是周人的图腾信仰,应是不错的。周人相信上帝的存在,而上帝又具化为图腾。就像《玄鸟》所说"天命玄鸟,降而生商"。玄鸟是商民族的图腾,但它是由上天安排降临下界生下商人的。孙先生通过各类文献分析推断出周民族的图腾是熊③,姜嫄踩的大脚印是熊的脚印。由此可知在姜嫄之前周民族的媒神是熊。

---

① 《诗经·大雅·生民》,上海:上海古籍出版社1987年版。
② 孙作云著《诗经与周代社会研究》,北京:中华书局1966年版,第6页。
③ 详见孙作云著《诗经与周代社会研究》,第6页。

　　商民族的诞生与周民族很相似:"天命玄鸟,降而生商。"①毛传说:"春分,玄鸟降,汤之先祖有娀氏女简狄配高辛氏帝。帝率与之祈于郊禖而生契,故本其为天所命以玄鸟至而生焉。"孔颖达疏引《月令·仲春》进一步解释:"仲春之月:玄鸟至。至之月,以太牢祠于高禖,天子亲往。"②也就是说在春天燕子飞来的时候,简狄到郊外祭祀禖神,后怀孕生下了商民族的祖先契。司马迁在《史记》中对"天命玄鸟,降而生商"有一个更加通俗详细的描述:"有娀氏之女,为帝喾次妃。三人行浴,见玄鸟堕其卵,简狄取吞之,因孕生契。"③这一描述与《生民》中姜嫄祭祀完毕踩大脚印而怀孕生后稷非常相似,具有浓郁的神话色彩,同时也更符合早期人类对自身繁衍的认识。据胡厚宣、于省吾等学者研究,玄鸟正是商民族的图腾④。毛传、《月令》的解释显然是在上古神话的基础上附会、引申而形成。

　　图腾媒阶段,"媒"与婚姻的关系虽然还不太紧密,未起"通婚姻"的作用,仅仅是保佑人类获得子嗣,但其地位却很高,犹如神,这从"禖"字的产生就可以看出。《诗经·豳风·伐柯》有:"取妻如何?匪媒不得。"《荀子·赋》:"閭娵、子奢莫之媒也。"都用的是"媒"而非"禖"。至汉代,"禖"频现,与之相应产生了"郊禖"、"高禖"(二者实为一,"高"是"郊"的借字)。卢植解释说:"顺其求子,故谓之禖。以为古者有媒氏之官,因以为神。"⑤段玉裁解释说:

<hr>

　　① 《诗经·商颂·玄鸟》。

　　② 清·阮元校刻《十三经注疏·毛诗正义》,北京:中华书局1980年版,第623页。

　　③ 汉·司马迁《史记·殷本纪》。

　　④ 详见胡厚宣著《甲骨文所见商族鸟图腾的新证据》(《文物》1977年第2期)、于省吾《略论图腾与宗教起源和夏商图腾》(《历史研究》1959年第11期)。于文提到晚商铜器《玄妇方罍》,其上铭文有"玄鸟妇"合文,是商代金文中保留下来的先世玄鸟图腾的残余。

　　⑤ 南朝宋·范晔著,唐·李贤注《后汉书》注,北京:中华书局1965年版,第3108页。

"变媒为禖,神之也。"①这一变化同时反映出汉人对人类繁衍、男女交合有了较为明晰的认识。早期人类认为生子是女性之事,故"媒"从"女"。汉代人认识到生子需男女结合。屈原《天问》"简狄在台,喾何宜? 玄鸟致贻,女何喜"? 王逸释曰:"言简狄侍帝喾于台上,有飞燕堕遗其卵,喜而吞之,因生契也。"②所谓"简狄侍帝喾于台上"是汉人对简狄和帝喾交合之行的委婉说法。姜嫄、简狄皆为女性,只有与男性交合才能有子,因而从"女"之媒变成从"示"之禖,这便暗示了早期的媒——图腾媒是男性,是人类繁衍后代必不可少的一个方面。

　　图腾媒的遗风在后代的神话传说、爱情故事中还有所见。最具有代表性的应是男女对月盟誓,以月为媒。再如《天仙配》中董永与七仙女以老榆树为媒结成百年之好。这都是图腾媒的遗风。

(二) 祖先媒

　　西周时,中国宗法制度正式确立。在意识形态方面,周人不像商人那样迷信,而比较讲求实际,注重人事,"尊礼尚施,事鬼敬神而远之"③。这样,图腾崇拜逐渐转化为祖先崇拜。首先从周人的祖庙可看出。周人的庙主要用于供奉祖宗,而不是后世的供奉神。凡有大事皆到庙中行之,结婚亦如此。郭沫若《卜辞中的古代社会》说:"庙实即古人于神前结婚之所。庙后有寝以备男女之燕私。"④其实,按周朝的实际,非于神前结婚,而是于祖宗前结婚。《诗经·鲁颂·閟宫》中有"閟宫有侐。"毛传曰:"閟,闭也。先妣姜

---

　　① 汉·许慎著,清·段玉裁注《说文解字注·禖》,上海:上海古籍出版社 1981年版。

　　② 宋·洪兴祖《楚辞补注》,北京:中华书局 1983 年版,第 105—106 页。

　　③ 清·孙希旦编撰《礼记集解·表记》,北京:中华书局 1989 年版。

　　④ 郭沫若著《郭沫若全集历史编》第 1 卷,北京:人民出版社 1982 年版,第 246 页。

媐之庙在周，常闭而无事。孟仲子曰：是禖宫也。"可见这时周人的祖先与禖神已合为一体。故而晋代束晳曾有言："高禖者，人之先也。"①闻一多《高唐神女传说之分析》持相同观点："古代各民族所祭祀的高禖全是各该民族的先妣。"②都说明禖神与祖先的关系。

　　媒由图腾发展到祖先媒阶段，其与婚姻的关系仍不甚密切，充其量只起到保佑夫妻幸福多子的作用。但从神到人，从母与子的媒介到初步具有"联婚姻，通行媒"的作用，这是媒人的一个进步，也是人类对自身认识的提高。

　　祖先媒对后代的婚俗有一定影响。明清时新婚夫妻婚后三日祭祖坟，以及婚礼在宗祠内举行，本族淫乱之事也要在家祠内解决等现象，都是受祖先媒影响的表现。时至今日，男婚女嫁的青年仍然喜欢找德高望重的长者作媒人，也是祖先媒的遗风。

（三）官媒

　　当人类不懂婚姻为何物、自身的繁衍是怎么回事时，便只能通过想象寻找其中原因，这种情形下他们自然不会想到去规范婚姻。当人类对自身的认识逐渐提高，并意识到婚姻的实质及其重要性时，具有法律性质的要求就相继出现。官媒就是负责实施这些要求的官员。

　　有关官媒的记载最早见于《周礼·地官·媒氏》：

　　　　媒氏，掌万民之判，凡男女自成名以上，皆书年月日名焉。令男三十而娶，女二十而嫁。凡娶判妻，入子者，皆书之。仲春之月，令会男女，于是时也，奔者不禁。若无故而不用令者，

---

① 南朝宋·范晔著、唐·李贤注《后汉书》注，第3108页。
② 闻一多著《大家国学·闻一多卷》，天津：天津人民出版社2008年版，第263页。

罚之。同男女之无夫家者而会之。凡嫁子娶妻,入币纯币无
过五两。禁迁葬者与嫁殇者。男女之阴讼,听之于胜国之社。
某附之于卉者,归之于七。

可以看出,周代的官媒职责主要有以下几项:(一)掌握出生人
口;(二)限制男女婚嫁的年龄;(三)限制彩礼。官媒不但起撮合男
女的作用,而且负责实施类似现在婚姻法所规定的条律。

战国以后官媒逐渐被私媒代替,但并没有完全消失,例如元代
的媒互人就是官媒。《元史·吕思诚传》:"镇民张叔母孀居目瞽,
丐食以活,⋯⋯思诚怜其贫,令媒互人以养之。"作了媒互人就可以
自养,可见是拿国家俸禄的,自然是官媒了。元人王实甫《破窑记》
第三折:"张千,与我唤将官媒人婆来。"这里特别强调是官媒人婆,
显然是与私媒相对而言的。清代康有为在《大同书》戊部第八章提
出:"国家当设媒氏之官,选秀才年老者充之,兼司教事。其男女婚
姻,皆告媒氏,自具愿书,领取凭照。"这样的媒官已不仅仅以合二
姓之好为职责,而是担负起现今颁发结婚证书的国家民政部门的
功能。

(四) 私媒

春秋战国之交,私媒渐多。《战国策·燕策》中苏代对燕昭王
说:"周地贱媒,为其两誉也:之男家,曰女美;之女家,曰男富。"某
些私媒为了一己私利而欺骗男女双方,促使其订立婚约,深为人所
痛恨。虽然私媒中不乏如《西厢记》中的红娘、《聊斋·辛十四娘》
中的老妇人等成人之美者,但从历代诗文看,古代社会的私媒以唯
利是图、巧言欺诈者居多。

媒人是聘娶制婚姻中不可缺少的一个角色。"父母之命,媒妁
之言"决定了青年男女不可能自由恋爱,在自愿的基础上建立幸福

美满的家庭,而必须有媒人在其中穿针引线传递信息进行撮合。正因为此,私媒几乎贯穿了中国婚姻史。

二、媒人的文化意蕴

中国的文化传统是媒人产生、发展和长期存在的基础。中国是世界四大文明古国之一,是著名的礼仪之邦。在古代社会,其礼仪最重要的内容之一即男女大防。

"夫礼,坊民所淫,章民之别,以为民纪也。"①所谓"章民之别"就是彰显男女之别、尊卑之别,这是每一个人都要遵守的规则,从而堂而皇之地限制了妇女在社会中的地位以及活动范围。《礼记·内则》说:"礼始于谨夫妇。为宫室,辨内外。男子居外,女子居内。深宫固门,阍寺守之;男不入,女不出。"礼首先要求的就是夫妻,男居外,女居内,男不入,女不出,已婚夫妻尚且如此,未婚男女之间就更没有接触的理由和机会。所以《礼记·曲礼》又有:"男女不杂坐,不同椸枷,不同巾、栉,不亲授,嫂叔不通问;诸母不漱裳。女子许嫁,缨;非有大故不入其门。姑、姊、妹,女子子,已嫁而返,兄弟弗与同席而坐,弗与同器而食。"

由于封建礼制的束缚,中国古代妇女一生大多时间都在闺房中度过,男女接触的机会少,这便决定了媒人存在的必要性与必然性。我国最早的诗歌总集《诗经》中许多诗歌描述了媒人在婚姻中的重要性:"伐柯如何?匪斧不克。取妻如何?匪媒不得。"②诗人把媒人比做砍斧柄的斧头,没有他就结不成婚娶不成妻。再如《将仲子》中的少女,虽然牵挂着仲子,却不敢让他越墙相见,其原因是:"父母之言,亦可畏也"、"诸兄之言,亦可畏也"。为什么父母之

---

① 清·孙希旦编撰《礼记集解·坊记》。
② 《诗经·豳风·伐柯》。

言、诸兄之言可畏？显然因为少女和仲子没有经过媒人介绍沟通，故不敢接受这份爱。《孟子·滕文公下》有曰："不待父母之命，媒妁之言，钻穴隙相窥，踰墙相从，则父母国人皆贱之。"《礼记·内则》明确提出："聘则为妻，奔则为妾。"奔即私奔。为爱私奔的男女因为缺失了"父母之命，媒妁之言"这一重要程序而严重违礼，故而女方连妻子的名份都得不到，只能做妾。所以汉代司马相如和卓文君私奔后，卓文君之父卓王孙羞愤至极，为了惩罚他们，他明知这对女儿女婿在成都生活得拮据狼狈，以至于一向娇生惯养的卓文君要当垆卖酒，也不肯给他们丝毫资助。及至唐代，法律更是明确规定没有媒人不能结婚。质言之，中国古代对男女交往的过度限制，使媒人的产生和存在成为必然。

其次，媒人的出现和存在与妇女在社会生产中的地位有关。在男耕女织自给自足的小农经济下，男子在社会生产中起主导作用。稼穑、经商、从军都是男子之事，女子则主要负责家务、纺织、侍奉长辈、相夫教子。《礼记·内则》曰："女子十年不出，姆教婉娩听从，执麻枲，……。十有五年而笄。二十而嫁，缘故。"在生产力不发达的封建经济下，社会不能给妇女提供足够的就业机会，从而限制了妇女参与社会生活，男女接触、自由恋爱自然成为天方夜谭。然而，时至今日，在妇女地位日渐提高，国家大力提倡自由恋爱的同时，婚姻中仍少不了媒人这一角色。例如台湾、广东的民间，男婚女嫁仍须有媒人，尽管成与不成不再由媒人决定，但其中的某些环节却非媒人不可，例如行聘礼、定吉日都需媒人从中传递消息，男女双方是不能见面的。这又是为什么？这涉及到媒人产生和存在的第三个原因：中国传统文化以含蓄为美的特点。

不同民族的风俗习惯造成了各个民族不同的审美趣味。同时，每个民族风俗习惯的形成在某种程度也缘于这个民族的审美趣味。媒人这一婚俗习惯正体现了中华民族的含蓄美。中国人重含蓄轻直白，做诗、绘画无不以神韵为宗旨，以"不著一字，尽得风

流"为极品,在谈情说爱方面含蓄美则表现得更加突出。这从上古
神话中就可以看出。例如同是兄妹合婚,中国汉民族的神话与一
衣带水的日本相比就要隐微含蓄得多。《独异志》记女娲与伏羲结
合时,"以帕遮颜"掩其羞部;苗族的《盘玉书》还说:"伏羲女娲俱已
长大,男颇欲婚,女则不愿,……惟男子屡求,女则不能拒。因谓男
曰:'汝试追我,如能及之,便结夫妻。'"①而日本的创世神话伊邪那
歧与其妹伊邪那美结合的过程则要热烈泼辣得多。伊邪那歧问伊
邪那美:"你的身体怎样了?"伊邪那美答:"我的身体已长成,只有
一处未合。"伊邪那歧于是就说:"我的身体也已长成,但有一处多
余。我想把我的多余处,塞进你的未合处,生产国土如何?"伊邪那
美神应道:"如此甚好。"②。可见在爱情方面注重含蓄在我国由来
已久。再如在我国,表达爱慕之情通常用某种间接方式而非直接
方式:或送一件小礼物,或咏一首诗,或弹一首曲,当然也有不少是
通过包括媒人在内的中间人传递这心灵的信息。

　　总之,媒人的产生和存在与一定的社会经济、民族文化和审美
情趣有关,因而对媒人不能一概视为封建糟粕。在自由恋爱的前
提下,允许以"联婚姻、通行媒"为目的的媒人的存在是有必要的。

---

　　① 高文汉著《中日古代文学比较研究》,济南:山东教育出版社 1999 年版,第
48 页。
　　② 同上书,第 47 页。

后　　记

　　我生于20世纪70年代，自小喜欢读书。那时书少，适合小孩子读的书更少，所以一旦发现一本书，即使不很有趣，也能废寝忘食地去读过。每学期开学发的各种新课本，等不及老师讲，自己先就"读"完了。最得意的事就是长辈心血来潮考量我们各类知识时，其他小孩多不知所云，我却能趁此"大显身手"，应对如流。但那时若问我读书为了什么，我一定答不上。那时我尚无读书提升智慧的主观意识，更没通过读书提高品性修养的思虑。至于说凭借读书铺筑辉煌的未来，谋一个大好的前程，对一个小孩子来说显然太遥远。若是实在想要寻一个为什么读书的答案，只能说是"喜欢"，仅此而已。但这也正契合了读书真正需要的心境吧。

　　及至中学，读书的目标渐渐清晰，那就是要上所好大学，然后有个体面工作，可以养活自己，也能为年迈后的父母尽尽孝心。从没目标的读书到有目标的读书，我都没有把读书和科研联系在一起。因为科研在我心中一直都是一个非常神圣的字眼，科研工作者是让我仰慕之至的人，譬如居里夫人，譬如爱因斯坦。

　　高考报志愿，父亲委婉地表达了他的意见：希望我能学外语，学成后做个高级翻译，对女孩子来说是个蛮好的职业。或可学中文，从事儿童文学创作与研究也好。在职场摸爬滚打多年后，回想父亲这番话，我感慨不已。人常说，知子莫如父，而我想说，知女莫如父。父亲给我指出的两条职业道路与我的性格更吻合一些。母亲没有要求我报什么专业,但明确说了不准报什么专业,那就是中文。我看到中山大学在甘肃招的不多的文科专业中有一专业名曰"汉语言文学研究","研究"一词让我以为这是一个高大上的好专业,于是就填到志愿表上了。不久,不经意间知道了汉语言文学研究就是中文,我一时竟不知说什么好。志愿自然不可能改,只好希望被中山大学的另一个专业录取。但最终因为我的高考成绩较好,所以还是"如愿"被录取到中文。好在又听说此专业是中山大学最好的文科专业之一,诸多硕儒名家如鲁迅、郭沫若、傅斯年、顾颉刚、钟敬文、赵元任、王力、岑麒祥、容庚、商承祚、王起、黄海章等皆曾任教于此,是个人才辈出的院系。这让我心怀大开,欣慰不少。而母亲已经被我顺利考上名牌大学的喜悦"冲昏了头",竟也没有计较专业的问题。

中山大学图书馆藏书非常丰富,据说藏书量在当时的国内图书馆中是数得着的。第一次进书库,看着那满满当当一架又一架的书,我顿时觉着大学是个好地方,可同时又发愁那么多书怎么读得过来?为了多读点儿书,上本科时,我就知道自己一定要读硕士;上硕士时,我知道自己一定会读博士;上博士时,我知道自己一定会做博士后……。这么一路走来,读书、写作、研究变成日常习惯的事情,融成了生活的一部分。蓦然回首,在先秦两汉文学与文化的教学与研究之路上已经跋涉近二十年。这二十年,是成长的二十年,是成家立业的二十年。从姑娘到妻子、母亲,从学士、硕士到博士、博士后,从助教、讲师到副教授、教授,其间苦乐交织,悲喜杂陈,点点滴滴,都凝结在我笔下和电脑上敲出的字字句句中。

这本论文集收录了我这二十年的部分研究心得,每一篇文章就像一段影像,记录着我那个阶段的成长足迹。它是总结,是回顾,也是新的开始。对于女性来说,科研这条路分外艰难些,但是既然选择了,我当然会义无反顾地走下去。"路漫漫其修远兮,吾将上下而求索!"于我而言,这句话以前只是书上的屈子名句,现在则是切身的感受和体悟,其中滋味,唯有自知。

　　在此,感谢多年来给了我帮助和关怀的亲朋好友,感谢上海古籍出版社的王冰鸿编辑和查明昊师弟,也感谢我的爱人和儿子!2002年我到浙江大学古籍研究所攻读博士学位时,儿子未满两岁,牙牙学语,高堪过膝;现在,他已经是一名中学生,心性善良、思想独立、学习优秀,一米八的个头让我可以依靠。清扬有声,嘉天之赐!我爱儿子,因为爱他而更爱我所从事的工作,爱所有的人,爱这个婆娑世界!是以为记!